MADELEINE WICKHAM

Ein Sonntag am Pool

Buch

Seit über zwanzig Jahren findet am letzten Sonntag im Mai in Melbrook ein Wohltätigkeitsbasar statt. Für die Einwohner des kleinen Dorfes vor den Toren Londons ist dies stets die erste Gartenparty des Jahres und zugleich der Beginn der Badesaison: Hugh und Ursula Delaney stellen für dieses Fest traditionsgemäß nicht nur ihr herrliches Anwesen, sondern auch ihren Swimmingpool zur Verfügung. Schon Wochen vorher fiebern die Kinder von Melbrook dem Ereignis entgegen, auch die kleine Katie freut sich auf den Sonntag am Pool. Doch dann geschieht das Unfaßbare: Beim Sprung ins Wasser rutscht das Mädchen aus und wird schwer verletzt. Danach ist nichts mehr, wie es war. Der Unfall zerstört nachbarschaftliche Beziehungen, und die Frage nach Schuld und Verantwortung spaltet schließlich das ganze Dorf. Dabei wird die kleine Katie ganz vergessen, die verzweifelt gegen ihr tragisches Schicksal kämpft und die Unterstützung aller dringend bräuchte...

Autorin

Die 1968 geborene Londonerin Madeleine Wickham studierte Musik in Oxford und am renommierten King's College. Anschließend arbeitete sie als Lehrerin und erzielte nebenher erste journalistische Erfolge. Ihr Debütroman *Die Tennisparty* wurde in England begeistert aufgenommen. Die Autorin lebt mit ihrem Mann und ihrem kleinen Sohn in London.

Von derselben Autorin bei Goldmann:

Die Tennisparty. Roman (43150)
Eine feine Adresse. Roman (43152)

MADELEINE WICKHAM

Ein Sonntag am Pool

Roman

Aus dem Englischen
von Heidi Lichtblau

GOLDMANN

Die Originalausgabe erschien 1997 unter dem Titel
»Swimming Pool Sunday«
bei Black Swan, London

Umwelthinweis:
Alle bedruckten Materialien dieses Taschenbuches
sind chlorfrei und umweltschonend.
Das Papier enthält Recycling-Anteile.

Der Goldmann Verlag
ist ein Unternehmen der Verlagsgruppe Bertelsmann

Deutsche Erstausgabe 1/98

Umschlaggestaltung: Design Team München
Umschlagillustration: John Harris
Satz: Uhl + Massopust, Aalen
Druck: Elsnerdruck, Berlin
Verlagsnummer: 43151
Redaktion: AB / Maria Buchwald
Herstellung: Heidrun Nawrot
Made in Germany
ISBN 3-442-43151-4

1 3 5 7 9 10 8 6 4 2

Ich danke Dr. Stephane Duckett vom
Children's Trust in Tadworth und Anna Lordon
für ihre fachkundigen Ratschläge

1

Es war erst Mai und erst zehn Uhr früh, aber die Sonne schien schon heiß, das Gras im Garten war warm und trocken, und der Wind strich sanft und zärtlich um Katies Beine. Sie zappelte ein bißchen. Am liebsten hätte sie ein paar Ballettsprünge gemacht oder wäre den Rasenhang hinuntergerollt. Doch statt dessen mußte sie stocksteif dastehen, mit einem Gummi um die Beine, das so sehr einschnitt, daß sie dort einen roten Striemen bekommen würde. Sie beugte sich hinunter und verschob es ein wenig.

»Katie!« Amelia, die gerade zum Sprung angesetzt hatte, hielt inne und sah sie verärgert an. »Halt doch still!«

»Mir tut's aber weh! Das Gummi ist zu eng!« Katie drehte ihren Kopf, bis sie einen Blick auf ihre Waden werfen konnte, und entdeckte einen kleinen rötlichen Streifen. »Schau! Ich hab' schon einen Abdruck auf der Haut!«

»Na, dann geh näher an den Stuhl ran. Aber du darfst das Gummi nicht locker lassen!« Katie stieß einen theatralischen Seufzer aus und schlurfte näher zum Stuhl.

Den Stuhl nahmen sie deshalb zu Hilfe, weil man Gummitwist eigentlich zu dritt spielte und sie nur zu zweit waren. Manchmal spielte Mummy mit, aber heute war sie zu beschäftigt. Also hatten sie einen Stuhl in den Garten geschleppt und das Gummiband um seine Beine gelegt. Nun dehnten sich einige Zentimeter über dem Boden zwei weiße, elastische Striche. Allein schon der Anblick versetzte Katie in freudige Erregung. Gummitwist war ihre Leidenschaft. In jeder Schulpause spielten sie es; während des Unterrichts steckte sie oft die Hand in die Hosentasche und prüfte, ob das Gummiknäuel noch an Ort und Stelle war.

»Gut.« Amelias Ton klang geschäftsmäßig. Mit angestrengter Miene begann sie, geschickt über das gespannte Gummi zu springen, immer bedacht, an den richtigen Stellen aufzukommen.

»Rick rack, Donald Duck«, sang sie. »Rein, raus, Mickymaus.« Sie hüpfte hinaus, ohne das Gummi auch nur zu berühren.

»Jetzt bin ich dran«, meinte Katie hoffnungsvoll.

»Bist du nicht«, entgegnete Amelia. »Weißt du nicht, wie man Gummitwist spielt?«

»In meiner Klasse«, sagte Katie, indem sie bedeutungsvoll die Augenbrauen hochzog, »spielen wir's so, daß jeder einen Durchgang macht, dann ist der nächste dran. Mrs. Tully sagt, so ist es am gerechtesten.« Amelia blieb ungerührt. »Das ist bloß für die Kleinen«, sagte sie. »Wir spielen, bis jemand einen Fehler macht.«

»Aber du machst ja nie einen!« rief Katie empört. Sie kratzte sich an der Stelle, wo das Gummi eingeschnitten hatte.

»Doch, bestimmt«, erwiderte Amelia freundlich. »Und außerdem«, setzte sie hinzu, »kannst du sicher sein, daß du als nächstes an der Reihe bist. Der Stuhl wird wohl kaum mitspielen wollen.« Katie betrachtete den Stuhl, der ungerührt im Gras stand. Sie kicherte.

»Wir könnten ihn ja fragen«, begann sie. Aber ihre Schwester war schon wieder losgehüpft.

»Rick rack, Donald Duck, rein, raus, Mickymaus.«

Sie waren zum Spielen in den Garten geschickt worden, bis ihr Vater sie abholen käme. Keiner konnte sich mehr genau erinnern, für welche Uhrzeit er sich angekündigt hatte. Amelia glaubte, für zehn, die Mutter dachte, für halb elf. Katie, die sich in dem Glauben wiegte, er käme zu der Zeit, wo sonst die Schule begann, hatte um Viertel vor neun abmarschbereit an der Tür gestanden, bis es neun vorbei und klar war, daß er erst später eintreffen würde.

Amelia hatte vernünftigerweise vorgeschlagen, Mummy solle Daddy anrufen und ihn fragen. Aber aus irgendeinem Grunde lehnte sie das ab. Nie wollte sie Daddy anrufen. Immer war es Daddy, der anrief. Er hatte unter der Woche angerufen, mit Mummy gesprochen und ihr gesagt, er werde die Mädchen diesen Sonntag zum Angeln mitnehmen. Angeln! Katie war noch nie beim Angeln gewesen. Ganz außer sich vor Freude waren die beiden in den Keller gestürzt und hatten alle Netze und Eimer hochgeholt, die sie auftreiben konnten. Amelia, die von ihrem Großvater bereits eine Angel geschenkt bekommen hatte, hatte Katie großzügig angeboten, sie dürfe sie mit ihr zusammen halten. Mummy hatte ihnen drei Marmeladengläser ausgewaschen, falls sie irgend etwas mit nach Hause bringen wollten, und sie hatten sich als besonderen Leckerbissen einen Schokoladenriegel für ihren Proviant ausgesucht.

Aber sie alle, selbst Mummy, hatten vergessen, daß diesen Sonntag bei den Delaneys Badetag war. Den konnten sie *unmöglich* verpassen. Alle aus dem Dorf gingen hin; sogar Leute, die eigentlich gar nicht gerne badeten. Amelia überlegte kurz, wie das wohl war, wenn man nicht gerne badete. Doch das überstieg ihre Vorstellungskraft. Alle, die sie kannte, badeten gern: sie selbst, Katie, Mummy, ja sogar Daddy, wenn ihm wirklich heiß war.

Erst am Tag zuvor war ihnen das mit dem Badetag wieder eingefallen, als sie beim Einkaufen zufällig Mrs. Delaney getroffen hatten und Mummy auf deren Frage, ob sie denn kämen, geantwortet hatte, dieses Jahr wären die Mädchen leider verhindert. Beinahe hätte Katie auf der Stelle zu heulen angefangen. Dazu war Amelia schon zu groß, aber sobald sie im Auto waren, hatte sie mit flehender Stimme gefragt: »Könnten wir morgen denn nicht zum Baden und ein andermal zum Angeln gehen?« Zuerst hatte Mummy wütend nein, natürlich nicht, gesagt. Dann, zu Hause, sagte sie, nein, aber es sei wirklich jammerschade. Noch später meinte sie, möglicherweise habe Daddy ja nichts dagegen. Und abends beim Zubettgehen sagte Mummy, sobald Daddy da sei, werde sie ihn fragen. Bestimmt sei er einverstanden.

»Rein, raus, Mickymaus.« Amelia hopste aufs Gras. »Ich komme um vor Hitze!«

»Ich auch«, meinte Katie schnell. »Ich kann's gar nicht mehr erwarten, baden zu gehen.«

»Ich werde gar nicht erst den Zeh reinstecken oder so was«, meinte Amelia. »Ich werde auf der Stelle reinhechten.«

»Ich auch«, sagte Katie wieder. »Ich werde *reinhechten.*«

»Das kannst du doch noch gar nicht«, entgegnete ihre Schwester verächtlich.

»Kann ich wohl. Ich hab's im Schwimmunterricht gelernt. Du sitzt am Rand und ...«

»Das ist kein richtiger Hechtsprung.«

»Ist es wohl!«

»Ist es nicht.«

»Doch!« Katies Stimme wurde laut vor Zorn. »Es ist ein richtiger Hecht!« Amelia grinste nur stumm. »Von der ganzen Klasse habe ich's am besten gemacht«, kreischte Katie. »Mrs. Tully hat gesagt, daß ich ein kleiner Otter bin.«

Es gab eine Pause. Dann rümpfte Amelia die Nase und sagte: »Igitt!«

»Was?« Katie wirkte verwirrt. »Wieso igitt?«

»Ein Otter zu sein ist widerlich.« Amelia sah Katie herausfordernd an, und Katie erwiderte ihren Blick einen Augenblick wortlos, ehe sie wegsah. Amelias Augen funkelten.

»Du weißt wohl nicht, was ein Otter ist, was?«

»Weiß ich wohl!«

»Und, was ist es?«

Katie starrte Amelia böse an. Schemenhafte Gestalten geisterten ihr im Kopf herum. Hatte Mrs. Tully ihr je wirklich erzählt, was ein Otter war? *Otter?* Nach was klang das? Sie sah blaugrünes Wasser vor sich, silbrige Lichtstreifen und einen geschmeidigen Körper, der durchs Wasser glitt.

»Das ist eine Blumenfee«, sagte sie schließlich. »Nein, eine Wassernixe. Sie lebt im Wasser und ist blau und grün.«

Amelia brach in hämisches Gelächter aus. »Ach, keine Spur! Katie, du hast ja keinen Schimmer!«

»Was ist es dann?« schrie Katie wütend. Amelia kam mit ihrem Gesicht ganz nah an Katies heran.

»Ein Tier. Es ist glitschig und haarig, und an den Füßen hat's schleimige Schwimmhäute. Das bist du. Und du dachtest, du wärst eine Wasserfee!«

Katie setzte sich ins Gras. Es kam ihr gar nicht in den Sinn, Amelias Worte anzuzweifeln. Amelia schwindelte fast nie.

»Ich hab' keine schleimigen Füße«, sagte sie zittrig. »Und ich bin überhaupt nicht haarig; ich hab' bloß normales Haar.« Sie strich sich den hellbraunen Pony aus der Stirn und blickte Amelia mit ihren blauen Augen verunsichert an. Amelia bekam Mitleid.

»Nein, aber Otter können wirklich gut schwimmen. Das wird Mrs. Tully wohl gemeint haben.«

»Genau, das hat sie gemeint.« Katies Miene hellte sich wieder auf. »Ich bin die beste Schwimmerin aus meiner Klasse, weißt du. Manche tragen immer noch Schwimmflügel.«

»Ein Junge in meiner Klasse hat auch noch welche«, kicherte Amelia. »Dabei ist er schon neun!«

»Neun!« echote Katie verächtlich. Sie war gerade erst sieben und brauchte schon seit dem letzten Sommer keine mehr. Plötzlich hörte man vor dem Haus ein Auto vorfahren.

»Daddy!«

»Daddy!«

Beide rannten ums Haus herum. Ihr Vater stieg eben aus dem Wagen; er trug Shorts und ein uraltes, blaukariertes Hemd und war so groß wie eh und je. Sein Anblick hatte etwas Vertrautes und zugleich Fremdes, was Amelia kurz im Lauf innehalten ließ. Katie drängte sich an ihr vorbei.

»Daddy!« rief sie. Ihr Vater wandte sich um und lächelte. Und, wie vorherzusehen war, brach Katie augenblicklich geräuschvoll in Tränen aus.

Louise Kember saß in ihrer hübschen Küche und wartete darauf, daß Barnaby hereinkam. Sie hatte gehört, wie der Wagen gehalten hatte und die Kinder ihrem Vater zur Begrüßung entgegengelaufen waren; nun konnte sie Katies gedämpftes Schluchzen hören. Es war nun schon fast fünf Monate her, daß Barnaby ausgezogen war, und noch immer weinte Katie jedesmal, wenn er kam oder ging. Und jedesmal krampfte sich Louises Herz zusammen, während bittere Schuldgefühle in ihr wach wurden.

Hatte man ihr nicht gesagt, es sei besser für die Kinder, wenn ihre Eltern sich trennten, anstatt in Unfrieden zusammenzubleiben? In jenen furchtbaren Wochen um Weihnachten herum, als die Streitereien zwischen ihr und Barnaby den Höhepunkt erreicht hatten, als ihre Frustrationen und seine Verdächtigungen alles überschattet und jeder scheinbar harmlosen Bemerkung eine doppelsinnige Bedeutung gegeben hatten, war sie überzeugt gewesen, daß eine Trennung für alle das beste sei. Für sie und Barnaby bestimmt, aber auch für die Mädchen.

Für ein zankendes Ehepaar und zwei schlafende Kinder war Larch Tree Cottage einfach nicht groß genug; mehr als einmal waren sie und Barnaby mitten im heftigsten Streit von einer blaßgesichtigen, kleinen Gestalt in weißem Nachthemd an der Küchentür unterbrochen worden. Dann warfen sie sich gegenseitig vorwurfsvolle Blicke zu, mäßigten ihre Stimmen, boten dem Kind ein Glas Wasser an und unterhielten sich fröhlich mit Mr. Teddy oder Mrs. Kaninchen. Und hernach begleiteten sie mit schlechtem Gewissen das jeweilige Mädchen ins obere Stockwerk, steckten es ins Bett und gingen auf Zehenspitzen hinaus, als wären sie wieder das jungverheiratete Paar, das ganz vernarrt in sein erstes Baby ist.

Einige Augenblicke hielt die Verstellung an. In einer Wolke vorsätzlicher Eintracht schwebten sie gemeinsam die Treppe hinab; doch unten in der Küche herrschte noch dieselbe feindselige Atmosphäre.

Beider Lächeln erlosch. Barnaby brummelte vor sich hin, er gehe noch auf eine Halbe ins *George*, und Louise ließ sich ein heißes Bad ein und weinte frustriert in das schaumige Wasser. Bei Barnabys Rückkehr lag sie bereits im Bett. Manchmal tat sie so, als schliefe sie, doch zuweilen setzte sie sich sofort auf, da sie sich im Geist ihre Worte bereits genau zurechtgelegt hatte. Aber jedesmal winkte Barnaby ab.

»Ich bin zu müde, Lou«, sagte er. »Morgen habe ich einen anstrengenden Tag. Kann das nicht warten?«

»Nein, mein Leben kann nicht warten«, hatte sie einmal gezischt. »Das tut es bereits seit zehn Jahren!« Doch Barnaby befand sich bereits in der Zubettgehlaune, in der er nichts mehr sah, hörte oder dachte, und gab daher keine Antwort. Louise funkelte ihn wütend an.

»Hör mir endlich zu!« kreischte sie, ohne an die Kinder zu denken, ohne an irgend etwas zu denken, außer an ihr Bedürfnis sich auszusprechen. »Wenn du mich wirklich liebtest, dann würdest du mir zuhören!« Barnaby sah verblüfft auf.

»Ich liebe dich«, sagte er leise in aufgebrachtem Ton, während er seine Hose zusammenfaltete. »Du weißt, daß ich dich liebe.« Und dann hielt er inne und sah fort.

Louise sah auch fort. Denn im Grunde wußte sie, daß Barnaby sie liebte. Aber dieses Wissen genügte ihr nicht mehr.

Katie saß neben Barnaby auf der Rasenböschung vor dem Cottage. Er hatte den Arm um sie gelegt; sie zitterte immer noch leicht, aber ihre Tränen waren versiegt. Auf Barnabys anderer Seite saß Amelia, die selbst gern ein wenig geweint hätte, wenn sie dazu nicht schon zu groß gewesen wäre.

»So ist's besser«, sagte Barnaby. Er drückte beide fest an sich, so daß sie mit dem Gesicht gegen sein Hemd gepreßt wurden. Nach ein paar Sekunden begann Katie zu zappeln.

»Ich krieg' keine Luft«, keuchte sie theatralisch. Amelia sagte nichts. Wenn sie so gegen Daddy geschmiegt war, seinen Geruch einatmete und sein Lachen hörte, dann fühlte sie sich sicher. Natürlich umarmte Mummy sie häufig, aber das war nicht dasselbe. Ihr Gesicht wurde gegen einen Knopf gedrückt, und ihr Hals war ein bißchen verdreht, und doch hätte sie den ganzen Vormittag geborgen in Daddys Umarmung bleiben mögen. Aber Barnaby ließ sie los und holte etwas aus dem Auto.

»Bitte schön, ihr zwei!« Er warf jedem Mädchen ein Päckchen in den Schoß. »Die unentbehrliche Ausrüstung für den Tag.«

Beide Mädchen begannen ihre Geschenke auszupacken, und Barnaby sah ihnen mit einem erwartungsvollen Lächeln zu. Für Katie hatte er eine kleine, zusammenklappbare Angel gekauft und für Amelia, die ja schon eine besaß, eine schicke, kleine Zubehörbox.

Katie hatte als erste ausgepackt. Mit einem entzückten Aufschrei sprang sie auf.

»Toll! Eine echte Angel! Du kannst dein blödes, altes Ding behalten, Amelia!«

Doch plötzlich sah Amelia von ihrer Zubehörbox auf und rief bestürzt: »Und was ist mit dem Baden?«

»Was soll damit sein?« meinte Barnaby leichthin. »Ich fürchte, das mußt du den Fischen überlassen. Aber herumplanschen kannst du vielleicht.«

»Nein, du verstehst nicht.« Katie ließ ihre Angel fallen und eilte zu Barnaby. »Badetag bei den Delaneys! Können wir nicht dorthin gehen, anstatt zu angeln?«

Barnaby versuchte, seine Überraschung zu verbergen.

»Was? Wollt ihr denn nicht angeln gehen?«

»Ich will *baden* gehen«, drängelte Katie. »Es ist so heiß!«

Zur Veranschaulichung begann sie, sich mit dem Rock ihres Kleides Luft zuzufächeln. Das rosa- und weißgestreifte Kleid kam Barnaby bekannt vor; ein abgelegtes Kleid von Amelia, wie er jetzt erkannte. Unvermittelt stieg die Erinnerung an eine kleine Amelia in ihm hoch, die es getragen hatte, als sie eben zu einer Geburtstagsfeier aufbrechen wollte und aufgeregt ein Geschenk an sich drückte, während die kleine Schwester sie von der Treppe aus eifersüchtig beobachtete.

»Mummy meinte, es würde dir nichts ausmachen«, erklärte Amelia. Sie versuchte, Katie Zeichen zu machen, den Mund zu halten. Wenn sie nicht aufpaßte, würde sie Daddy verärgern, und dann würde aus dem Baden bestimmt nichts. »Wir könnten dafür nächste Woche angeln gehen«, schlug sie vor. Plötzlich fiel ihr etwas Wichtiges ein: »Und vielen Dank für das schöne Geschenk.«

»Ja, danke, Daddy«, sagte Katie eilig. Sie hob ihre Angel hoch und streichelte sie zärtlich. »Für meine schöne Angel.«

Sie sah auf. »Aber können wir nicht baden gehen? *Bitte!*«

»Ich weiß noch nicht«, sagte Barnaby, mühsam beherrscht. »Ich gehe erst mal rein und spreche mit eurer Mutter.«

Louise hatte in der Küche Kaffeewasser aufgesetzt und wartete nun darauf, daß Barnaby hereinkam. Sie stellte eben ein paar Haushaltsgeräte an ihren Platz, ein sorgloses Lächeln auf den Lippen, und bemerkte dabei mit Freude, wie hübsch die Zitronenbäumchen aussahen, die sie in der Woche zuvor mit Schablonen an die Hintertür gemalt hatte. Diese und die neuen Vorhänge, die mit Blumen in lebhaftem Gelb und Orange bedruckt waren, hatten die Küche wirklich aufgepeppt, dachte sie. Sie hatte vor, als nächstes die Geländerpfosten mit Schablonenmalerei zu verzieren und vielleicht sogar das Wohnzimmer. Die ganzen zehn Jahre über, die sie nun hier lebten, war Larch Tree Cottage auf seine altmodische Art immer hübsch und heimelig gewesen, aber Louise war nun entschlossen, etwas anderes, wirklich Geschmackvolles daraus zu machen – etwas, das Bewunderung hervorrufen würde.

Als sie Barnabys schwere Schritte im Flur hörte, blickte sie sich rasch um, als wolle sie sich noch einmal des Eindrucks vergewissern, den sie zu machen versuchte: eine glückliche, erfüllte Frau, die ihr schönes Zuhause genießt. Trotzdem wandte sie sich bei seinem Näherkommen der Kaffeemühle zu. Ihre Hand zitterte leicht, als sie den Deckel hinunterdrückte, und das Mahlgeräusch übertönte seine Begrüßung.

»Louise!« Sie verringerte den Druck auf den Deckel, so daß der Lärm nachließ, und hörte jetzt, wie aggressiv Barnabys Stimme klang. Louise drehte sich langsam um. Einen Augenblick lang war ihr unbehaglich, doch dann fing sie sich wieder.

»Hallo Barnaby«, sagte sie in sorgfältig moduliertem Tonfall.

»Was soll der ganze Unsinn mit dem Badengehen?«

Als er seine eigene schroffe Stimme hörte, begriff Barnaby, daß er die Sache verkehrt anging. Er hätte ruhig fragen sollen, anstatt wütend hereinzustürmen, aber er fühlte sich nun einmal sehr verletzt. Er hatte diese Angelexpedition sorgfältig geplant und sich darauf gefreut. Er konnte den Mädchen nicht verübeln, daß sie mit heiterer Gleichgültigkeit über sein Vorhaben hinweggingen, aber von Louise hätte er mehr Rücksichtnahme erwartet. Groll stieg in ihm hoch, als er sie jetzt ansah, wie sie, halb weggewandt, das Gesicht durch das duftige Haar verdeckt, dastand. Versuchte sie, seine wenigen Stunden mit den Mädchen zu sabotieren? Sie gegen ihn aufzubringen? In seinem Inneren begann eine offene Wunde zu pochen. Sein Atem ging schneller.

Louise drehte sich um. Sie bemerkte Barnabys vorwurfsvolle Miene und errötete.

»Das ist kein Unsinn«, sagte sie und hob dabei ein wenig die Stimme. »Sie wollen zum Baden zu den Delaneys gehen.« Sie hielt inne. »Ich kann es ihnen nicht verdenken. Heute wird's brütendheiß.«

Sie kippte den gemahlenen Kaffee aus der Kaffeemühle in eine glänzende Cafetiere und goß heißes Wasser darauf. Ein köstlicher Duft erfüllte die Küche.

»Mummy!« ertönte Katies durchdringende Stimme aus dem Flur. »Kriegen wir was zu trinken?« Man hörte das Geräusch von Sandalengeklapper auf Fußbodendielen, und dann stürmten die Mädchen in die Küche.

»Ich gieß ihnen etwas Fanta ein«, meinte Barnaby.

»Wir haben aber kein Fanta mehr«, sagte Louise.

Barnaby, der zum Kühlschrank gegriffen hatte, hielt inne.

»Wasser tut's auch«, setzte Louise hinzu.

»Was hast du gegen Fanta?« wollte Barnaby wissen. Er grinste Amelia aufmunternd an.

»Was hast du gegen Fanta?« echote Amelia.

»Es ist schlecht für deine Zähne«, erwiderte Louise fest, ohne auf Barnaby zu achten. »Das weißt du.«

»Was hast du gegen Fanta?« wiederholte Amelia und lümmelte sich gegen einen Kühlschrank.

»Ich will Fan-ta!« rief Katie.

»Ich kann's ihnen nicht verdenken«, erklärte Barnaby.

»Oder Cola«, sagte Katie, mutig geworden. »Oder Sprite. Ich *liebe* Sprite...«

»Na gut!« brüllte Louise. Mit einem Schlag wurde es still.

»Na los, ihr zwei, geht in Mrs. Potters Laden und kauft euch eine Limo.« Katie und Amelia starrten sie unsicher an. »Na los!« wiederholte Louise mit leicht zitternder Stimme. »Weil's heute so heiß ist. Große Ausnahme. Aber kommt gleich wieder zurück.«

»Und dann gehen wir baden?« fragte Katie.

»Mal sehen«, erwiderte Louise. Sie gab Amelia ein paar Münzen. »Kommt darauf an, was Daddy sagt.«

Als sie gegangen waren, herrschte Stille. Louise drückte mit zusammengepreßten Lippen den Filterstab der Cafetiere hinunter. Sie starrte eine Minute auf ihre glänzende Chromoberfläche und überlegte, was sie als nächstes sagen sollte. Dann sah sie auf.

»Ich wäre dir dankbar, Barnaby«, sagte sie bedächtig, »wenn du nicht immer versuchen würdest, *alles* zu hintertreiben, was ich tue.«

»Na hör mal!« versetzte Barnaby erbost. »Wie zum Teufel hätte ich wissen sollen, daß du plötzlich was gegen Fanta hast?« Es entstand eine Pause. Louise goß den dampfenden Kaffee in Becher.

»Und überhaupt«, setzte Barnaby hinzu, der sich nun an den Grund seines Zorns erinnerte, »... wäre ich dir dankbar, wenn du dich nicht in meine Besuchszeit mit den Mädchen hineindrängen würdest.«

»Mach' ich doch gar nicht! Wie kannst du so etwas sagen? *Sie* wollen doch baden gehen, nicht *ich*!«

»Was, du gehst gar nicht zum Baden?«

»Doch, wahrscheinlich schon«, sagte Louise. »Aber ich hatte nicht vor, sie mitzunehmen.«

»Ach so, du wolltest wohl jemand anderen mitnehmen, stimmt's?« höhnte Barnaby. »Wen denn?« Louise wurde rot.

»Barnaby, das ist unfair.«

»Von wegen!« Barnabys Stimme wurde immer lauter. »Aber wenn du mit deinem Liebhaber baden gehen willst, will ich dir nicht im Weg stehen.«

Gegen ihren Willen mußte Louise auf ein neues, glänzendes Foto blicken, das vor kurzem an die Pinnwand hinter der Tür geheftet worden war. Barnabys Blick folgte ihrem. Sein Herz krampfte sich zusammen. Auf dem Bild war Louise zu sehen, die lächelnd neben einem eleganten, jungen Mann mit gebräunter Haut und glänzendem schwarzen Haar auf der Treppe zu einem imposant wirkenden Haus stand, das Barnaby noch nie gesehen hatte. Beide trugen Abendkleidung: Louise ein seidenes, blaues Kleid, das Barnaby nicht kannte; der Mann einen zweireihigen Smoking. Barnaby konnte seinen Blick nicht von dem Foto losreißen, Abscheu und Verzweiflung erfüllten ihn. Bitter registrierte er den aufgeregten, glücklichen Ausdruck in Louises Gesicht, die neben diesem fremden Mann stand und strahlend in die Kamera lächelte.

Abrupt drehte er sich zu Louise um. »Du hast dir das Haar schneiden lassen!«

Louise, die eine aggressive Bemerkung erwartet hatte, schien überrascht.

»Stimmt.« Sie griff sich an den Hals. »Gefällt's dir?«

»Es macht dich… sexy.«

Barnaby klang so betrübt, daß Louise unwillkürlich lächeln mußte.

»Na, ist doch gut! Gefällt's dir nicht, wenn ich sexy aussehe?« fragte sie mit zweideutigem Unterton, aber Barnaby ging nicht darauf ein. Er betrachtete sie unglücklich.

»Man sieht, daß du dich seiner Vorstellung von ›sexy‹ angepaßt hast, meine ist es nicht.«

Louise wußte nicht, was sie erwidern sollte, und nahm einen Schluck Kaffee. Geknickt sackte Barnaby in seinem Stuhl zusammen.

In fast einvernehmlichem Schweigen saßen sie einige Minuten da. Louises Gedanken lösten sich allmählich von der gegenwärtigen Situation und bewegten sich wie Staubteilchen im Sonnenschein träge in ihrem Kopf herum; sie schnellten rasch davon, wenn sie versehentlich auf etwas zu Schmerzliches oder Ernstes trafen. Wie sie so dasaß, ihren Kaffee trank und den Sonnenschein auf ihrem Gesicht spürte, konnte sie fast alles vergessen. Währenddessen geisterten in Barnabys Kopf Bilder von Louise in den starken Armen dieses Mannes im Smoking herum; er sah sie tanzen, lachen, glücklich sein. Wie *konnte* sie ihm das antun? Plötzlich rüttelte jemand an der Hintertür. Louise sah auf. Katie blickte durch das Küchenfenster herein und hielt triumphierend eine glänzende Limodose hoch. Die Tür ging auf, und Amelia kam hereingehüpft.

»Mrs. Seddon-Wilson hat uns in ihrem Auto nach Hause gefahren«, erzählte sie atemlos. »Sie hat gefragt, ob wir baden gehen.«

»Und beinahe hätten wir ja gesagt«, sagte Katie. Sie tanzte zu Barnaby hinüber. »Gehen wir, Daddy? Gehen wir zum Baden?«

»Wir haben noch nicht darüber gesprochen«, sagte Louise rasch.

»Was?« wunderte sich Katie. »Ihr hattet doch soviel Zeit, während wir zum Laden gegangen sind und unsere Getränke gekauft haben… Sprite gab's nicht«, fügte sie traurig hinzu, »aber ich hab' eine Fanta.« Sie hielt Louise ihre Dose hin.

»Kannst du sie mir aufmachen?«

»Einen Moment«, erwiderte Louise zerstreut.

»Gehen wir baden, Mummy?« fragte Amelia flehentlich. »Mrs. Seddon-Wilson hat gesagt, es wird bestimmt ein Riesenspaß.«

»Ein *Riesenspaß*«, echote Katie. »Und ich hab' ihr von meinem neuen Badeanzug erzählt, und sie hat gemeint, sie würde ihn gerne einmal sehen.«

»Was denkst du, Barnaby?« Louises Stimme nahm einen geschäftsmäßigen Ton an. »Dürfen sie baden gehen?« Barnaby sah auf. Sein Gesicht war gerötet.

»Ich finde, die Mädchen und ich sollten angeln gehen, wie geplant«, antwortete er heftig. Er blickte zu Katie. »Na komm, Katkin, willst du denn nicht deine neue Angel ausprobieren?«

»Will ich schon. Ich will angeln gehen, aber baden eben auch.«

»Aber in der Schule hast du doch jede Woche Schwimmen.« Barnaby bemühte sich, freundlich zu bleiben.

»Das weiß ich, Daddy«, versuchte Amelia ihn zu besänftigen, »aber dies hier ist was anderes. Es ist *der* Badetag. Den gibt's bloß einmal im Jahr!«

»Jetzt paß mal auf«, sagte Barnaby und schenkte ihr ein breites Lächeln. »Ich werde Hugh fragen, ob er uns mal an einem anderen Tag einladen kann, nur uns. Na, wäre das was?« Amelia senkte den Blick und baumelte mit den Füßen.

»Das wäre nicht dasselbe«, erwiderte sie kaum hörbar.

Barnaby platzte der Kragen.

»Warum nicht?« brüllte er. »Warum müßt ihr unbedingt heute baden gehen? Was ist denn bloß los mit euch?« Louises Augen blitzten auf.

»Nur weil die Mädchen an einem heißen Tag mit ihren Freundinnen baden wollen«, bemerkte sie eisig, »muß noch lange nichts mit ihnen los sein.« Sie legte den Arm um Amelia. Amelia sah zu Boden. Plötzlich schluchzte Katie auf.

»Ich geh' zum Angeln, Daddy! Ich geh' mit dir angeln! Wo ist meine Angel?« Sie stürzte zur Hintertür und rannte in den Garten hinaus.

»Na, wunderbar«, sagte Louise schroff. »Wenn du sie erpressen willst, mit dir zu gehen, bitte!«

»Was fällt dir ein!« Barnaby holte Luft. Er war knallrot angelaufen, und seine Stirn glänzte. »Mit Erpressung hat das nichts zu tun! Katie möchte mit mir angeln gehen. Und Amelia würde das auch, wenn du nicht ...«

»Ja? Wenn ich nicht was?« Louises Griff um Amelia wurde fester. »Barnaby, wenn ich nicht was?«

Barnaby sah beide an, Mutter und Tochter, und plötzlich trat ein resignierter Ausdruck in seine Augen. »Nichts«, murmelte er.

Dann ging die Hintertür auf, und Katie kam herein, in der einen Hand ihre Angel, in der anderen ein Gummiband.

»Beinahe hätte ich mein Gummi nicht gefunden«, sagte sie atemlos.

»Bist du dir sicher, daß du angeln gehen willst?« fragte Louise, ohne sich um Barnabys Blick zu kümmern.

»Ja, *ganz* sicher«, erwiderte Katie mit fester Stimme. »Außerdem hab' ich unter meinem Kleid eh einen Badeanzug an, da kann ich mit den kleinen Fischen baden gehen.« Barnaby setzte zu sprechen an, ließ es dann aber.

»Also gut«, sagte Louise, »dann sehen wir uns später.« Sie blickte zu Barnaby. »Kommt nicht zu spät zurück.«

Barnaby schenkte Amelia ein freundliches Lächeln.

»Wie steht's mit dir, Amelia? Möchtest du uns nicht doch begleiten?«

Amelia wurde rot. Sie blickte von Louise zu Barnaby.

»Eigentlich nicht«, sagte sie leise. »Ich möchte zum Baden. Macht's dir was aus, Daddy?« Barnaby bemühte sich, seine Enttäuschung zu verbergen.

»Na ja«, sagte er langsam. »Natürlich fände ich es schön, wenn du mitkämst. Aber, du sollst das tun, was dir am meisten Spaß macht.«

»Mir macht Angeln am meisten Spaß«, verkündete Katie. Sie sah zu Barnaby hoch und schwenkte ihre Angelrute. »Ich hasse das blöde Baden.«

»Aber du bist doch so eine Wasserratte!« protestierte Louise.

»Jetzt nicht mehr«, entgegnete Katie. Sie sah zu Barnaby hoch. »Ich und Daddy hassen Baden, stimmt's, Daddy?« Louise preßte die Lippen zusammen.

»Tja, Katie, du bist nun ein großes Mädchen und kannst selbst entscheiden. Ich hoffe bloß, du bereust es nicht.«

»Bereuen, was ist das?« fragte Katie prompt.

»Das bedeutet, daß du auf etwas zurückblickst, was du getan hast und dir wünschst, du hättest es nicht getan«, erklärte Barnaby. »So wird's bei uns aber nicht sein, was, Katkin?« Aber Katie hörte nicht zu. Sie hatte begonnen, in der Küche den Vogelhändlertanz aufzuführen, wobei sie statt eines Vogelbauers die Angel benutzte, und summte dazu eine Melodie.

»Wir werden es später nicht bereuen, wenn wir jetzt baden gehen«, meinte Amelia tapfer. »Oder, Mummy?«

»Nein, ich glaube nicht. Katie, hör mit der Tanzerei auf und geh mit Daddy.« Katie hielt inne, den Fuß noch immer nach außen gestreckt.

»Ich bereue es nicht, angeln zu gehen«, sagte sie.

»Das kannst du im voraus gar nicht wissen«, gab Amelia zu bedenken.

»Doch!« entgegnete Katie auftrumpfend.

»Jetzt komm«, unterbrach Barnaby sie ungeduldig. »Ab ins Auto mit dir, Katie.« Er lächelte Amelia an. »Wir sehen uns heute abend.«

Als er die Küche verlassen hatte, beschlichen Amelia Zweifel. Nun, wo Daddy und Katie fort waren, wirkte die Küche leer und still, und sie war sich nicht sicher, ob sie sich richtig entschieden hatte. Trostsuchend blickte sie zu Louise, aber die starrte etwas auf der Pinnwand an. Amelia folgte ihrem Blick. Es war ein Foto von Mummy und Cassian.

»Kommt Cassian mit zum Baden, Mummy?« fragte sie.

Louise wirbelte herum.

»Nein!« sagte sie. Dann, beim Anblick von Amelias besorgtem Gesicht, wurde ihre Stimme weich. »Nein«, wiederholte sie. »Cassian ist in London.«

»Aha.« Amelia wußte nicht genau, warum, aber nach dieser Mitteilung fühlte sie sich schon ein bißchen besser. »Aha«, sagte sie noch mal. Plötzlich lächelte Louise.

»Wir haben also einen wunderschönen Tag vor uns«, sagte sie. »Wir gehen baden und lassen uns bräunen. Freust du dich?«

Im Geiste sah Amelia einen himmelblauen Swimmingpool, der im Sonnenschein glitzerte, und sich selbst mittendrin. Sie blickte Louise glücklich an.

»O ja, das wird bestimmt schön!« sagte sie.

»Also, dann hol dein Badezeug«, meinte Louise strahlend. »Wir wollen das Beste aus dem Tag machen.«

Amelia sauste aus der Küche und polterte die schmale Treppe hoch. Louise folgte ihr langsam, summte vor sich hin, überlegte, welchen Sonnenhut sie aufsetzen sollte, und bemühte sich, das Bild von Barnabys verletzter Miene zu verdrängen, die ihr nicht aus dem Kopf gehen wollte.

2

Es war nun zwanzig Jahre her, daß Hugh und Ursula Delaney ihren Swimmingpool erstmals der Allgemeinheit für wohltätige Zwecke zugänglich gemacht hatten; damals waren ihre beiden Söhne noch Kinder gewesen, und die Besitzer von Melbrook Place – dem größten Anwesen im Dorf – hatten sich geweigert, in ihrem Haus ein Dorffest abzuhalten. Devenish House, das Heim der Delaneys, kam zwar nicht ganz an Melbrook Place heran, aber es war immerhin das zweitgrößte Haus im Dorf – und es hatte einen Swimmingpool.

Jener erste Badetag war ein mörderisch heißer Tag gewesen. Damals hatte das nächste öffentliche Schwimmbad dreißig Meilen entfernt in Braybury gelegen, wo es in einer giftgrün gekachelten Halle untergebracht war. An den Luxus eines geheizten Außenbeckens nicht gewöhnt, hatten sich Eltern wie Kinder mit großem Juchu ins erfrischende Wasser gestürzt und mit der Entschlossenheit derer, die wissen, daß das Vergnügen von kurzer Dauer ist, darin herumgetollt. Fotos von diesem Tag im Album der Delaneys zeigten Frauen und Männer in altmodischen Badeanzügen, die vom Sprungbrett sprangen, sich auf dem Rücken treiben ließen oder um den Pool saßen und die Füße ins Wasser steckten. Und überall um sie herum sah man eine Unmenge Kinder. Einige, die nicht schwimmen konnten, klammerten sich in ängstlichem Entzücken an den Beckenrand, während ihre Eltern sie weiter hinein lockten, andere trieben in wohliger Reglosigkeit dahin, von glänzenden Gummiringen und Schwimmflügeln über Wasser gehalten. Manche trugen richtige Badekleidung; viele jedoch nicht. Und nicht wenige hatten noch nie zuvor in einem Swimmingpool gebadet.

In den zwei Jahrzehnten, die seitdem vergangen waren, hatte sich vieles geändert. Die Einwohner von Melbrook konnten nun das brandneue Freizeitzentrum im nahe gelegenen Linningford nutzen, das mit Innen- und Außenbecken, Whirlpool, einem Dampfbad und einer Sauna ausgestattet war. Selbstverständlich konnten alle Kinder im Dorf schwimmen. Das einfache Schwimmbecken der Delaneys – mittlerweile ziemlich alt und ohne Trimmgeräte – hatte einiges an Anziehungskraft eingebüßt. Inzwischen waren neue Leute in Melbrook Place eingezogen und hatten erklärt, sie würden sich überglücklich schätzen, das Melbrook-Place-Fest wieder aufleben zu lassen. Es bestand eigentlich keine Notwendigkeit mehr, den traditionellen Badetag weiterbestehen zu lassen. Aber die Einwohner von Melbrook rückten nicht so leicht von ihren alten Gewohnheiten ab. Als Hugh und Ursula vor sechs oder sieben Jahren zaghaft angedeutet hatten, sie wollten den Badetag eigentlich aufgeben, war ein Aufschrei der Entrüstung durchs Dorf gegangen. Leute, die Hugh und Ursula überhaupt nicht kannten, Leute, die noch nie einen der Badetage besucht hatten, waren auf der Straße an sie herangetreten und hatten sich besorgt erkundigt, ob an den Gerüchten etwas dran sei. Die Bewohner der Neubausiedlung vor dem Dorf hatten sogar eine Bittschrift verfaßt. Eine junge Frau, die erst seit wenigen Monaten in Melbrook lebte, hatte Ursula eines Sonntags vor der Kirche abgefangen und ihr vorgehalten, sie untergrabe die Bräuche des Dorfes.

Nach soviel Protest hatten Hugh und Ursula sich am Ende bereit erklärt weiterzumachen; und nun sah es so aus, als würden die Badetage ewig fortbestehen.

Nur ein einziges Mal war der Badetag ausgefallen. Drei Jahre zuvor war Simon, der jüngere Sohn der Delaneys, mit achtundzwanzig Jahren plötzlich an einem Hirntumor gestorben.

Er starb im Februar, an einem kalten, grauen Tag, und die Kälte war das ganze Jahr nicht mehr aus Ursula und Hugh gewichen. Nach der Beerdigung blieben sie im Haus und gingen allen Leuten aus dem Weg, während draußen die Luft wärmer wurde und die Sonne sich im Wasser des Swimmingpools spiegelte. Dann, als das Laub sich zu färben begann und es wieder kühler wurde, packten sie ihre Koffer und reisten nach Frankreich, wo sie ein Ferienhaus besaßen. Hugh überließ seinen gut laufenden Weinhandel einem Angestellten. Ursula gab bekannt, sie kämen erst nach Weihnachten zurück.

Die beiden sprachen mit keiner Menschenseele. Ihr älterer Sohn Matthew, der in Hongkong lebte, stürzte sich in die Arbeit und versuchte, so gut es ging, allein mit seinem Schmerz fertig zu werden. Ihre anderen Verwandten, die in Derbyshire und Schottland zu Hause waren, lebten zu weit entfernt, als daß sie Simon richtig gekannt hätten, und zu nah, um ihnen Trost geben zu können.

Die einzige, die sie verstand, war Meredith, ihre Schwiegertochter, Simons Witwe.

Er hatte sie bei einer Galerieeröffnung kennengelernt. Sie war eine amerikanische Künstlerin, die gerade durch einige Großstädte Europas reiste. Sie war älter und etwas klüger als er – und bedeutend reicher. Hugh fand sie faszinierend. Die Hochzeit fand in einem Londoner Standesamt statt. Bei dem Empfang, zu dem Meredith einen Frack und einen schwarzen Hut trug, hatte sie Simons entzücktem Chef den Rücken seines Hemdes mit dunkelroter Tinte verziert.

Nach Simons Beerdigung betrachteten Hugh und Ursula Meredith' blasses Gesicht und ihre zitternden Hände und luden sie herzlich ein, für eine Weile ihr Gast zu sein. Ursula stellte ihr Blumen ins Zimmer und ließ ihr heiße Bäder einlaufen. Hugh bot ihr Whisky und Zigaretten an; aber nach zwei Tagen verschwand sie. Sie erhielten eine Postkarte vom Flugplatz; Meredith war in ihre Heimatstadt San Francisco zurückgekehrt.

Danach hörten sie monatelang nichts von ihr. Sie hatten nicht die Möglichkeit gehabt, sie wirklich kennenzulernen. Es gab keine Enkelkinder, an die man hätte denken müssen; und nun schien es, als wäre auch Meredith für immer aus ihrem Leben verschwunden.

Bis sie aus heiterem Himmel bei ihnen in Frankreich auftauchte. »Ich wußte gar nicht, daß ihr zwei euch auch davonmachen wolltet«, waren ihre ersten Worte. Sie war noch immer blaß und sah mitgenommener aus als nach der Beerdigung. »In den Staaten war nicht viel los«, war alles, was sie aus ihr herausbrachten. Sie verlebten eine unbehagliche erste Woche zusammen in dem kleinen Landhaus, wobei sie das Thema Simon tunlichst vermieden. Dann, eines Abends, während die Fenster beschlugen und Hugh im Kamin ein Feuer in Gang setzte, fing Meredith zu reden an. Sie sprach über Simon, über sich selbst und ihre Familie. Ihre Hände zitterten. Sie rauchte eine Zigarette nach der anderen. Sie stellte provozierende Behauptungen über Simon auf und blickte Ursula und Hugh erwartungsvoll an. Gegen Mitternacht begann sie zu weinen. Ursula, völlig verstört durch Meredith' Äußerungen, brach ebenfalls in Tränen aus. Hugh beugte sich über den Tisch und nahm Meredith' Hände fest in die seinen. »Bitte, hör nicht auf«, sagte er mit bebender Stimme. »Hör nicht auf. Und geh nicht wieder fort.«

An einem strahlenden, klaren Morgen kehrten sie zusammen nach Melbrook zurück. Während Hugh und Ursula auspackten, wanderte Meredith im Haus und im Garten umher, als wäre sie noch nie dort gewesen. Schließlich kam sie wieder herein.

»Ihr habt da zwei Schuppen«, stellte sie fest.

»Stimmt«, erwiderte Hugh überrascht. »Einer davon ist eigentlich ein Stall.« Meredith winkte ungeduldig ab.

»Mich interessiert nur, welcher davon mein Studio werden könnte.«

Hugh ging das Herz auf. Meredith hatte sich nie genauer über ihre Pläne ausgelassen. Er und Ursula waren davon ausgegangen, daß sie demnächst wieder nach London ziehen würde – oder noch weiter weg. Und was, so hatten sie betrübt überlegt, konnte eine junge, unabhängige Frau wie Meredith in einem Dorf wie Melbrook halten? Nun fing er Ursulas Blick auf. Sie schaute Meredith ungläubig an.

»Bedeutet das …«, begann sie. Hugh schnitt ihr das Wort ab.

»Such dir einen Schuppen aus.« Seine Stimme verriet, wie sehr er sich freute. »Nimm beide. Nimm das ganze Haus.«

Seitdem wohnte Meredith bei ihnen. Als Matthew in Hongkong heiratete, hatte sie Ursulas Kleid entworfen und sie beide zur Hochzeit begleitet. Und als Hugh und Ursula eine Weinreise durch Burgund unternahmen, hatte sie sich ihnen angeschlossen.

Gelegentlich machte sie sich allein auf – nach London oder Amsterdam oder New York; einmal einen Monat lang nach Sydney. Während ihrer Abwesenheit herrschte eine gespannte Atmosphäre im Haus, denn die unausgesprochene Angst, sie könne nicht mehr zurückkehren, schwebte wie ein Damoklesschwert über ihnen. Doch sie kehrte immer wieder in ihr rot angestrichenes Schlafzimmer und ihr mit Wandgemälden ausgestaltetes Wohnzimmer zurück. Erleichterung machte sich dann in Hugh breit, und er verdrängte die nagende Gewißheit, daß Meredith früher oder später einen neuen Partner finden würde und er und Ursula wieder allein zurückblieben, um ihr altes Leben wiederaufzunehmen; wie sie es meistern sollten, wußten sie allerdings nicht.

Meredith war es auch gewesen, die die Organisation des ersten Badetages nach Simons Tod übernommen hatte. In jenem Jahr hatte den ganzen Mai über trübes Wetter geherrscht; Hugh und Ursula waren davon ausgegangen, daß kaum jemand erscheinen würde. Aber sie hatten nicht mit der Neugier der Dorfbewohner gerechnet. Alle hatten schon von Meredith gehört, aber nur wenige hatten sie persönlich kennengelernt. Eine Familie nach der anderen strömte herein, und die Gesichter erhellten sich, als sie den Gegenstand ihrer Neugierde am Eingang sitzen sahen, während Spenden in den Plastiktopf fielen. Zum Baden war es viel zu kalt. Nur die mutigsten Kinder wagten sich in den Pool. Aber es war nicht zu kalt, um dazusitzen, Meredith anzustarren und sich über sie und ihr tragisches Schicksal auszulassen.

Und nun war Meredith genauso Bestandteil des Badetages der Delaneys wie Ursulas Holunderblütensirup. In Erwartung großer Besucheranstürme hatten sie dieses Jahr Frances Mold, die Frau des Vikars, zur Unterstützung am Kassentisch engagiert. Nach ihrer ersten, etwas frostigen Begegnung bei Simons Begräbnis, bei der Meredith sich als »agnostisch-atheistisch angehauchte Buddhistin« zu erkennen gegeben hatte, hatten diese beiden so gegensätzlichen Frauen – zu jedermanns Überraschung – Freundschaft geschlossen. Man konnte sie oft zusammen sehen, wie sie durch die Felder streiften: ein Tweedrock und derbe Straßenschuhe neben einem Paar Samtreithosen und Reitstiefeln.

Hugh und Ursula saßen gerade bei einer Tasse Kaffee im Wintergarten, als Meredith den Kopf zum Fenster hereinstreckte.

»Es sind schon jede Menge Leute da.« Sie deutete hinter sich.

»Wir sehen's«, erwiderte Hugh. »Ist ja wunderbar. Wir kommen gleich und helfen.«

»Ich bin wegen der Liste hier, auf der steht, wer schon bezahlt hat.« Meredith blickte zu Ursula. »Du weißt schon, welche ich meine. Du hattest sie gestern.«

»Ach ja«, meinte Ursula unbestimmt, »die Liste.« Sie drückte ihr silberblondes Haar zurecht, das zu einem Knoten aufgesteckt war, und trank einen Schluck Kaffee.

»Hast du eine Ahnung, wo sie ist?« erkundigte sich Meredith. »Hast du sie gestern abend gefunden?«

»Nein.« Ursula runzelte die Stirn. »Lag sie nicht auf der Anrichte?«

»Nein, Ursula«, erwiderte Meredith geduldig. »Erinnerst du dich denn nicht? Wir sprachen gestern abend darüber. Ich konnte die Liste nicht finden, und du sagtest, du hättest sie von der Anrichte genommen, um noch einige Namen hinzuzufügen, und wolltest sie mir suchen.«

»O ja. Jetzt erinnere ich mich.«

»Und? Hast du sie gesucht?«

»Eine Zeitlang schon«, meinte Ursula wenig überzeugend. Meredith und Hugh tauschten Blicke aus. Meredith mußte daran denken, daß Ursula Simon mit dieser Art immer auf die Palme gebracht hatte. Unwillkürlich schossen ihr eine Reihe vertrauter Bilder durch den Kopf: Simon, die Hochzeit, Simon im Krankenhaus, die Beerdigung. Ihr ging ein Stich durchs Herz, aber kurz darauf war ihr Kopf wieder klar, die Erinnerung verdrängt. Nur ein starkes Gefühl der Zuneigung für Ursula blieb übrig.

»Aber du hast sie nicht gefunden«, half sie nach.

»Ich glaube nicht«, sagte Ursula schließlich. »Aber ich gehe jetzt und suche noch einmal.« Nachdenklich verzog sie das Gesicht. »Weißt du, Liebes, eigentlich bin ich mir sicher, daß die Liste auf der Anrichte liegt.«

»Da ist sie aber nicht.« Meredith lächelte sie an. »Das ist es ja eben. Dort habe ich schon geschaut.«

»Nun, Liebes, man weiß nie; womöglich hast du sie übersehen«, versetzte Ursula ein wenig störrisch. Sie stellte ihre Kaffeetasse auf einem Bambustisch ab und erhob sich, wobei ihr hübsches grünweißes Kleid aus Crêpe de Chine raschelte. »Ich gehe und suche auf der Stelle danach«, verkündete sie.

»Na schön«, meinte Meredith. »Hugh, vielleicht könntest du ein wenig mitsuchen – und nicht nur auf der Anrichte?« Hugh blinzelte ihr zu.

»Mal sehen, was ich machen kann.«

Als Louise und Amelia beim Devenish House ankamen, hatte Hugh die Liste gefunden, die im Wohnzimmer, hinter einer vergoldeten Uhr verborgen, auf dem Kaminsims gelegen hatte. Meredith war gegangen, um sich den Badeanzug anzuziehen, und Ursula hatte zusammen mit Frances Mold am Kassentisch Platz genommen.

Frances' Mann, Reverend Alan Mold, mußte an diesem Vormittag im Nachbarort Tranton einen Familiengottesdienst abhalten. Er hatte die beiden Gemeinden Melbrook und Tranton unter seiner Obhut und predigte sonntags abwechselnd in der einen oder der anderen. Diese Regelung bestand nun seit fast zehn Jahren, wobei man ursprünglich davon ausgegangen war, daß die Gemeinde aus Melbrook ihm jeden zweiten Sonntag nach Tranton folgen würde und umgekehrt. In der Praxis wurde diese Regelung jedoch nur zu gern als Vorwand benutzt, um den Gottesdienst nur noch alle vierzehn Tage besuchen zu müssen.

Die einzige Person, die Alan regelmäßig nach Tranton begleitete, war Frances. Doch diesmal hatte sogar sie auf den Familiengottesdienst verzichtet, da sie den Delaneys helfen wollte. Nun saß sie am Kassentisch, plauderte vergnügt mit Ursula und blickte in freudiger Erwartung um sich.

Der große Garten war nach italienischer Art stufenförmig

angelegt. Am unteren Ende der Treppe befand sich, eingerahmt von dekorativen Steinen und mit endlosen, makellosen Rasenflächen dahinter, der Swimmingpool – kühl, blau und nierenförmig geschnitten. Die Vorgänger der Delaneys hatten ihn zu einer Zeit bauen lassen, als ein nierenförmiger Swimmingpool als *das* Statussymbol schlechthin galt. Seit ihrem Einzug hatte Hugh viele Male damit gedroht, er werde ihn durch eine rechteckige, funktionale Form ersetzen oder überhaupt entfernen lassen.

»Der Pool könnte ein Putting green sein!« schimpfte er an Tagen, an denen die Poolplane im Wind flatterte und allein schon der Gedanke, in etwas anderes als ein heißes Bad zu tauchen, einem einen Schauer verursachte. »Er könnte zu etwas nütze sein – oder wenigstens geschmackvoll!«

»Betrachte es doch mal so«, hatte Meredith erwidert, als sie ihn zum erstenmal dagegen wettern hörte. »Er könnte schwarz angestrichen sein und die Form eines Penis haben!«

Als Louise an den Kassentisch trat, sah Ursula auf.

»Louise, meine Liebe! Wie schön, daß du gekommen bist. Und Amelia! Aber wo ist Katie?«

»Katie ist mit Barnaby zum Angeln gegangen«, antwortete Louise kurz.

»Schade«, sagte Ursula enttäuscht. »Hugh wird traurig sein, daß Barnaby nicht dabei ist.« Sie machte eine Pause. »Aber ich verstehe schon, daß es ein bißchen unangenehm wäre ...«

Sie verstummte und blickte von Louise zu Amelia. Erst vor kurzem hatte Meredith Ursula endlich davon überzeugen können, daß das Gerücht von der Trennung der Kembers wirklich stimmte und nicht nur böswilliger Dorfklatsch war. Ursula war sehr bestürzt darüber gewesen. »Ich nehme an ...«, sie hielt inne, und ihre Stimme wurde teilnahmsvoll.

»Ich nehme an, es wäre sehr schmerzlich für dich, Barnaby hier zu sehen.«

»Nicht sonderlich«, versetzte Louise kurz.

Sie blickte zu Frances Mold, die sie mitfühlend anlächelte und hastig und betont fröhlich rief: »Hallo, Amelia! Wie schön, daß du auch da bist!« Doch Ursula war ganz in die eigenen Gedanken vertieft.

»Der arme, liebe Barnaby«, sagte sie. Dann, als ihr bewußt wurde, was sie da eben gesagt hatte, fuhr sie zusammen. »Oh, Louise! Meine Liebe, ich wollte nicht...«

»Schon in Ordnung...«, unterbrach Louise sie. Dann öffnete sie ihren Geldbeutel und reichte Frances Mold einen Geldschein. »Bitte, stimmt's so?«

»Ja, paßt genau.« Frances warf Louise einen entschuldigenden Blick zu. »Wir sehen uns noch.«

»Mal sehen«, sagte Louise abweisend und stolzierte davon. Ihr war klar, daß sie sich gegenüber der armen Frances unfair benommen hatte, die stets ungemein taktvoll war. Aber Ursulas dumme Bemerkungen hatten Louise aus irgendeinem Grund an einem wunden Punkt getroffen. Während sie zum Swimmingpool ging, ballte sie wütend die Hände zu Fäusten.

»Dumme Närrin«, murmelte sie aufgebracht.

Louise und Ursula waren sich nie so nahe gewesen wie Barnaby und Hugh. Die beiden Männer hatten sich vor vielen Jahren angefreundet, als Amelia noch ein Baby war. Barnaby hatte im *George* zufällig mitgehört, als Hugh erzählte, seine Hecken bräuchten mal wieder einen Schnitt, und ihm unverzüglich seine Hilfe angeboten; Hugh hatte sich mit einer Kiste Burgunder revanchiert. Danach schlossen die beiden Männer eine herzliche, zwanglose Freundschaft; Louise wollte nicht nachstehen und versuchte ernsthaft, sich mit Ursula anzufreunden. Doch ohne großen Erfolg. Louise fand Ursula zu alt, reichlich langweilig und ausgesprochen dumm.

Als Ursula anfing, ihr mit ihrem Getue um Amelia und Katie auf die Nerven zu gehen, hatte Louise immer öfter Entschuldigungen vorgebracht, um Barnaby nicht zu den Delaneys begleiten zu müssen.

Und dann – nach dem schrecklichen Tod von Simon, dem Jahr, das die Delaneys im Ausland verbracht hatten, und der Ankunft von Meredith – war alles anders geworden.

Louise war mit Meredith nicht klargekommen. Gleich bei ihrer ersten Begegnung hatte Meredith angesichts ihrer förmlichen Mitleidsbekundungen ein finsteres Gesicht gemacht und war mit wehenden Haaren davonstolziert. Später hatte sie sich bei Louise entschuldigt, aber die blieb reserviert. Und seitdem hatte Louise – vielleicht unberechtigterweise – das Gefühl gehabt, Meredith blicke auf sie herab, ja, mache sich sogar über sie lustig, weil sie so ein ereignisarmes, konventionelles Leben führte.

Da man das Devenish House nicht besuchen konnte, ohne auf Meredith zu stoßen, hatten sich Ursula und Louise immer weniger getroffen. Barnaby und Hugh waren immer noch gute Freunde, aber Barnaby bemerkte betrübt, daß Hugh seine Gesellschaft längst nicht mehr so brauchte. Nun, da Meredith bei ihnen wohnte, waren sie nicht mehr so sehr auf andere Menschen angewiesen.

Daisy Phillips traf kurz nach elf vor dem Haus der Delaneys ein, doch in der Mitte der Auffahrt bekam sie plötzlich weiche Knie und blieb stehen.

Sie war noch nie bei den Delaneys gewesen. Ihre Eltern hatten das Cottage in Melbrook erst vor ein paar Wochen gekauft, und sie hatte bislang noch keine richtigen Bekanntschaften geknüpft. Aber Mrs. Mold hatte ihr gesagt, sie müsse unbedingt zum Badetag kommen, und ihr versprochen, sie allen Leuten vorzustellen. Daisy mochte Mrs. Mold. Die

Frau des Vikars, eine Klavierlehrerin, war eines Tages am Cottage vorbeigekommen, als Daisy gerade übte. Auf der Stelle hatte sie an die Tür geklopft.

»Eine Pianistin! In Melbrook!« hatte sie ausgerufen. »Was für ein Glück!«

Im Herbst würde Daisy auf die Royal Academy of Music gehen. Den größten Teil des vergangenen Studienjahres hatte sie in Bologna verbracht, bei Arturo Fosci studiert und ein wenig Italienisch gelernt. Doch dann war sie nach England zurückgekehrt, und ganz unversehens hatte sich das Problem gestellt, wo Daisy wohnen sollte. Da ihre vielbeschäftigten Eltern beide zu Hause in ihrer ruhigen Wohnung arbeiteten, kam diese zum Üben nicht in Betracht. »Früher, in den Schulferien, ging das ja noch«, hatte ihr Vater freundlich erklärt. »Aber jetzt, mehrere Monate hintereinander...« Und dann hatte sein Mobiltelefon geklingelt und ihn unterbrochen, und Daisy hatte dagestanden und auf das Ende des Telefongesprächs gewartet, bis er die Hand über die Sprechmuschel gehalten und gesagt hatte: »Wir sprechen später darüber, Daisy.«

Einer ihrer Brüder wohnte in London, aber er teilte sich mit Freunden eine winzige Wohnung, und für einen Flügel war da kein Platz. Ihr anderer Bruder machte gerade eine Weltreise. Vom Herbst an würde sie in der Akademie üben können, aber bis dahin brauchte sie einen eigenen Bereich, wo niemand sich an ihrem Klavierspiel störte. Eine Weile sah es so aus, als müßte sie sich in London eine Wohnung suchen oder ein Studio mieten, bis ihre Mutter eines Tages beim Abendessen ausrief: »Natürlich, das Cottage!«

»Welches Cottage?« fragte Daisy.

»Das Cottage in Melbrook«, meinte ihr Vater. »Wir haben es gekauft, während du in Italien warst. Es ist sehr hübsch.«

»Und in steuerlicher Hinsicht ein Gewinn«, setzte die Mutter hinzu. Sie füllte ihre Gabel mit Spinat. »Oft fahren wir dort eigentlich nicht hin.«

»Wir fahren eigentlich nie hin, wolltest du sagen«, entgegnete der Vater.

»Nun, einmal waren wir dort«, versetzte die Mutter. »Erinnerst du dich nicht? Es war verflixt kalt.« Sie schauderte.

»Na egal«, sagte der Vater. »Was ist damit?«

»Daisy könnte dort wohnen und nach Herzenslust üben.« Ihre Augen begannen zu leuchten. »Und wenn sie dann selbst steuerpflichtig ist ...«

»Das ist sie bereits«, bemerkte der Vater.

»... dann könnte man ihre sämtlichen Ausgaben von der Steuer absetzen. Was hältst du davon, Daisy?«

»Aber da kriegst du doch niemals Daisys Flügel rein«, wandte der Vater ein, bevor Daisy antworten konnte.

»Aber sicher!« entgegnete die Mutter. »Das Wohnzimmer ist ganz schön groß!«

»Ein Konzertflügel auch!«

»So groß auch wieder nicht.«

»Wann hast du dir denn zum letztenmal einen angesehen?«

Und so ging es das ganze Abendessen lang. Daisys Mutter holte den Grundriß des Cottages und zeichnete einen Konzertflügel neben den Kamin im Wohnzimmer. Ihr Vater lachte laut auf. »Was soll denn das sein? Ein Babyflügel? Ehrlich, Diana, du irrst dich gründlich. Vielleicht hätte er *hier* Platz, aber es würde wahrscheinlich zu eng ...«

Am Ende des Abends war der Grundriß kreuz und quer mit Umrissen des Konzertflügels bemalt, und die Frage, ob Daisy dort überhaupt wohnen wollte, stand gar nicht mehr zur Debatte. Am nächsten Abend verkündete ihre Mutter, sie habe mit dem Grundstücksmakler gesprochen, der sicher gewesen sei, daß in dem Wohnzimmer schon einmal ein Konzertflügel gestanden habe.

»Na, siehst du!« sagte sie triumphierend zu Daisy. »Nun müssen wir nur noch deine Sachen hinbringen.«

Daisy wohnte nun seit drei Wochen in Melbrook und gewöhnte sich allmählich ein. Es machte ihr nichts aus, allein zu wohnen – das hatte sie in Bologna auch schon getan – und fast den ganzen Tag zu üben, aber es war ungewohnt für sie, keine Menschenseele um sich herum zu kennen. Ihr ganzes Leben hatte sie Freunde um sich gehabt. In der Schule und in London, selbst in Bologna waren da immer die anderen Studenten und Studentinnen gewesen, mit denen sie sprechen konnte. Nicht, daß sie ein besonders geselliger Mensch war. Tatsächlich hatte man sie in der Schule immer für eine Einzelgängerin gehalten. Aber Daisy fand, daß es einen Unterschied machte, ob man, umgeben von vierhundert anderen Mädchen, als Einzelgängerin lebte oder umgeben von weiten Feldern.

Immer wieder erkundigten sich ihre Eltern, ob sie schon mit den Leuten aus dem Dorf Kontakte geknüpft habe.

»Bestimmt sind sie freundlich«, meinte ihre Mutter, und ihre Stimme am anderen Ende der Leitung klang forsch wie immer. »Frag sie doch einfach, wie das Getreide wächst oder wie's den Kühen geht...«

»Viele Leute wohnen hier in Bungalows«, warf Daisy ein, aber ihre Mutter hörte gar nicht zu.

»Und denk dran, falls jemand fragen sollte: Du *arbeitest* für uns.«

Das war Daisy wieder eingefallen, als Mrs. Mold sie besucht hatte.

»Ich arbeite für meine Eltern«, sagte sie schnell, als Mrs. Mold mit der Hand liebevoll über die Tasten ihres Flügels fuhr. »Für ihre Firma. Es ist eine Unternehmensberatungsfirma.« Aber Mrs. Mold hörte nicht hin.

»Ein Bösendorfer. Sie Glückliche. Macht es Ihnen was aus, wenn ich mich mal darauf versuche?«

Mrs. Molds Klavierkünste hielten sich durchaus in Grenzen, dachte Daisy nun, während sie zu den Fenstern des Devenish House emporblickte. Doch sie schien sehr nett zu sein, und es wäre schön, sie heute zu treffen.

Sie ging ein paar Schritte zurück, bis sie aus dem Schatten eines riesigen Rhododendronbusches in die gleißende Sonne trat. Daß heute Badetag war, wußte sie, aber wo fand das Ganze statt? Sollte sie ums Haus herumgehen? Was, wenn sie zufällig das falsche Haus erwischt hatte? Sie stellte sich vor, wie sie in den Garten von unbekannten Leuten platzte und eine Familie beim Kaffeetrinken im Garten aufschreckte.

Sie drückte ihre Badesachen fester an sich. Im Geiste hörte sie die bestimmte und ungeduldige Stimme ihrer Mutter: »Du meine Güte, Daisy! Klingle doch einfach und frag. Sie werden dich schon nicht auffressen!«

Die dunkelblaue Haustür befand sich in einem ziemlich imposanten Portal mit grauen Säulen und einem schmiedeeisernen Klingelzug. Während sie darauf wartete, daß jemand öffnete, blickte sie sich um, aber da war bloß ein Fußabstreifer in der Form eines Igels, keinerlei Hinweis auf das Badefest. Wahrscheinlich war dies das verkehrte Haus. Vermutlich gab es zwei Devenish Houses, dachte sie. Oder vielleicht ein altes Devenish House und ein neues Devenish House...

»Hallo?« Ein grauhaariger Mann mit braungebranntem Gesicht und vergnügter Miene stand vor ihr.

»H-hallo.« Daisy konnte das Zittern in ihrer Stimme nicht verhindern. »Man hat mir gesagt...« Mit einemmal fehlten ihr die Worte, und sie schaute ihn hilflos an.

»Sind Sie zum Baden hier?« half Hugh nach.

»J-ja!« erwiderte Daisy dankbar. »Ich heiße Daisy Phillips. Mrs. Mold hat mir gesagt...«

»Ja, natürlich! Frances! Nun, Sie sind herzlich willkommen!«

Unvermittelt veränderte sich Hughs Miene.

»Die Schilder stehen doch da, oder?« wollte er wissen.

»Schilder?« Daisys Blick wanderte zur Auffahrt.

»Ich hätte es wissen müssen! Um *nichts* kann man sie bitten... Hören Sie, das tut mir leid. Es hätten Schilder dastehen müssen, die zeigen, wo es langgeht. Zum Pool geht's hier durch.«

»O gut!« sagte Daisy erleichtert. »Und w-wo kann man sich umziehen?«

Hugh betrachtete Daisy Phillips. Sie war ein großgewachsenes Mädchen, ungefähr achtzehn, schätzte er, mit dichtem, dunklem Haar, das ihr bis zur Taille reichte, und einem sehr blassen Teint. Als er sie ansah, schlug sie die Augen nieder und rieb sich nervös die Hände. Er versuchte sich vorzustellen, wie sich dieses Mädchen in der stickigen, lauten Atmosphäre des Umkleidezeltes zwischen den anderen Damen des Dorfes umzog, doch es gelang ihm nicht.

»Nun«, sagte er bedächtig, »eine ganze Menge Leute tragen bereits ihren Badeanzug, wenn sie hierherkommen; aber Sie können gerne eines unserer Zimmer nehmen.«

»Wirklich? Macht das auch keine Umstände?«

»Nicht im mindesten«, erwiderte Hugh herzlich. Er verspürte das unerklärliche Bedürfnis, sie zu beruhigen. »Also«, sagte er wie zu einer Sechsjährigen, »am besten, Sie wechseln oben Ihre Kleider, und wenn Sie wieder runterkommen, gehen Sie durch den Wintergarten nach draußen zum Pool. Da entlang.« Er deutete auf einen Durchgang. Daisy nickte.

»Inzwischen kläre ich das mit den Schildern für die Auffahrt«, setzte Hugh hinzu.

»In welchem Zimmer soll ich mich denn umziehen?« fragte Daisy, als er schon im Gehen war.

»Ach, in irgendeinem«, rief Hugh ihr über die Schulter zu.

Es war nicht Daisys Schuld, daß gleich das erste Zimmer, das sie betreten wollte, ausgerechnet das von Meredith war. Vorsichtig öffnete sie die Tür und gab dann ein entsetztes »Oh!« von sich. Sie blickte in ein großes Eckzimmer, das tiefrot gestrichen war und von einem großen Mahagonibett beherrscht wurde. An einer Wand befand sich ein Kamin aus grauem Marmor. Gegen eine andere lehnte ein riesiger Spiegel mit vergoldetem Rahmen, und in der Mitte stand eine schlanke, braungebrannte Frau mit langem schwarzem Haar, die splitternackt war und sie mit einem wütenden Blick bedachte.

»Klopfen Sie eigentlich nie an?« fragte sie in ihrem lässigen amerikanischen Tonfall und begann, einen schwarzen Badeanzug mit vielen Trägern anzuziehen.

»Verzeihen Sie bitte«, sagte Daisy, hochrot und bebend. »Ich dachte... Ich wollte nur...« Weiter kam sie nicht. Warum hatte sie nicht geklopft? »I-ich hatte einen Raum zum Umziehen gesucht.«

»Na, wie wär's mit dem Umkleidezelt?« schlug Meredith trocken vor. »Dafür ist es schließlich da!« Daisy starrte sie an.

»Er hat nicht gesagt...«, begann sie. »Er meinte, ich solle nach oben gehen.«

»Wer?«

»Mr. ...«, Daisy hielt inne. Sie kannte den Namen des Hausherrn nicht, oder doch? Hatte Mrs. Mold ihn ihr genannt? Hieß er Devenish wie das Haus?

»Das ist ja jetzt egal«, sagte Meredith abrupt. »Wenn Sie schon hier sind, dann können Sie mir auch helfen, dieses Ding anzuziehen. Sehen Sie diese Träger? Ich krieg' die einfach nicht in die richtige Reihenfolge.« Vorsichtig näherte Daisy sich Meredith. Auf deren Rücken befand sich ein Durcheinander von Trägern.

»Zupfen Sie sie einfach zurecht«, wies Meredith sie an.

Daisy hob ihre Hand unbeholfen und zog einen Träger nach unten und einen anderen nach oben. »Irgendwo hab' ich ein Bild davon«, sagte Meredith. »Das könnte uns weiterhelfen.« Sie ging zu einem kleinen viktorianischen Waschtisch in der Ecke des Raumes, auf dem sich Zeitungen, Illustrierte und Bücher stapelten. »Hier!« Sie warf Daisy ein Hochglanzmagazin zu, die es erschrocken zu Boden fallen ließ.

»Sie Schussel«, sagte Meredith. Als sie zurückkam, warf sie einen Blick in den großen Spiegel. »Ich glaube, jetzt schaut's ganz gut aus.« Sie schüttelte das Haar zurück und sah Daisy mit ihren funkelnden grünen Augen an. »Wie heißen Sie eigentlich?« erkundigte sie sich beiläufig. »Und was tun Sie? Doch hoffentlich nichts, was Koordinationsvermögen verlangt?«

»Ich heiße Daisy Phillips.« Daisy errötete verlegen. »Und ich...« Sie brach ab, als Meredith bei einem Geräusch plötzlich den Kopf hob. Draußen hörte man einen Wagen die Auffahrt hinauffahren. Meredith lief rasch zum Fenster. An ihr vorbei konnte Daisy ein dunkelgrünes Auto sehen, aus dem ein schlanker Mann mit dunklen Augen und angegrauten Schläfen stieg. Einen Augenblick verharrte Meredith regungslos. Dann drehte sie sich um und blickte Daisy zerstreut an.

»Sie können sich hier umziehen, wenn Sie wollen«, sagte sie. »Vergessen Sie aber Ihr Zeug nicht, wenn Sie gehen, und zahlen Sie an der Kasse, okay?«

»Ja«, sagte Daisy. »Vielen Dank!« Meredith wandte sich ihrem Spiegelbild zu und warf ihr Haar zurück.

»Wie finden Sie meinen Badeanzug?« fragte sie unvermittelt.

»Phantastisch«, erwiderte Daisy ehrlich.

»Sollte er auch sein. Schließlich hat er eine Menge Geld gekostet.« Meredith nahm ein dunkelrotes Handtuch, schlüpfte in ein Paar schwarze Ledersandalen und schloß die Tür hinter sich. Auf dem Treppenflur hielt sie inne und kostete das Gefühl erregter Vorfreude aus, das in ihr aufstieg. Durch das runde Fenster über der Treppe konnte sie noch immer Alexis Faradays Auto sehen. Er war da – Alexis war da. Meredith straffte die Schultern und ging die Treppe hinunter. Dann fiel ihr ein, daß sie ihre Sonnenbrille brauchen würde. Abrupt drehte sie sich um und stieß die Tür zu ihrem Zimmer auf. Daisy blickte sich erschrocken um. Sie hatte nur noch ein Höschen an.

»Hab' meine Sonnenbrille vergessen«, meinte Meredith. »Macht Ihnen doch nichts aus, oder?« Daisy errötete; es war ein zartes Rosa, das sich bis zu ihren vollen, weißen Brüsten ausbreitete. Meredith beobachtete interessiert, wie die Farbe allmählich wieder verblaßte. »Haben Sie Sonnenschutzcreme dabei?« fragte sie und griff nach ihrer Sonnenbrille.

»J-ja«, stotterte Daisy.

»Gut«, erwiderte Meredith. »Ohne die werden Sie nicht auskommen.« Sie setzte ihre dunkle Brille auf und begab sich zum Swimmingpool – und zu Alexis.

Zehn Meilen entfernt, mitten in einer unerträglich heißen, staubigen Autoschlange, verlor Barnaby endgültig die Beherrschung.

»Schon gut, Katie!« schrie er. Auf einen Schlag war es still im Wagen. »Hör auf zu quengeln. Wenn du es dir wirklich anders überlegt hast, wenn du *wirklich* baden gehen willst, dann tun wir das auch!«

Schweren Herzens legte er den Rückwärtsgang ein und wendete das Auto, ohne sich um die Verärgerung der anderen Autofahrer zu kümmern. Dann stieg er aufs Gas und raste auf der freien Straßenseite zurück nach Melbrook, zum Haus der Delaneys.

3

Amelia und Katie schlugen im niedrigen Bereich des Swimmingpools Purzelbäume. Katie liebte es, Purzelbäume zu schlagen. Sie hielt sich die Nase zu, wirbelte im Wasser herum und tauchte dann triumphierend wieder in der warmen Sonnenluft auf.

»Na bitte!« Sie strich sich das nasse Haar mit beiden Händen aus den Augen.

»Ich hab' mich zweimal rumgedreht.«

»Hast du nicht.« Amelia hüpfte im Swimmingpool auf und nieder. »Ich hab' zugeschaut.«

»Hab' ich wohl! Es kam mir vor wie zweimal.«

»Es war bloß ein langes Einmal. Nicht mal ich komme zweimal rum«, räumte Amelia ein. »Da geht mir immer die Puste aus. Und jetzt«, sie packte ihre Schwester am Arm, ehe die wieder untertauchen konnte, »mach' ich einen Handstand, und du schaust, wie lange ich mit den Beinen oben bleibe. Zähl so: eintausend, zweitausend.«

»Okay«, willigte Katie ein. »Und dann ich.« Sie schwamm atemlos auf der Stelle und beobachtete, wie Amelia in dem blauen Wasser verschwand. Einen Augenblick später reckten sich ihre Beine in die Höhe.

»Eintausend, zweitausend, dreitausend, viertausend, fünftausend«, zählte Katie hastig. Dann hörte sie auf. Zählte sie etwa zu schnell? »Sechs-tausend«, sprach sie mit betonter Sorgfalt, »sie-ben-tau-send.« Vielleicht war das wiederum zu langsam. Sie fuhr mit dem Finger durch die strahlende, schillernde Wasseroberfläche. Das Wasser war genau richtig; so kalt, daß man beim Hereinspringen kreischte, aber nicht so eisig, daß man sich unbedingt bewegen mußte. Es war wundervoll.

Jetzt, wo sie hier war, konnte sie nicht mehr glauben, daß sie je mit Daddy zu diesem langweiligen Angeln hatte gehen wollen. Im Auto war es entsetzlich gewesen – kochendheiß und stickig –, und der Autositz hatte ihr die Beine verbrannt. Und als sie dann in den Stau gerieten, war Daddy ärgerlich geworden und hatte geschimpft; nicht auf sie, sondern auf die anderen Autofahrer, aber es war trotzdem nicht schön gewesen. Und sie hatte an Amelia und Mummy gedacht und sich plötzlich gewünscht, sie wäre bei ihnen und würde mit einem Sprung in das erfrischende Wasser hüpfen. Und je mehr sie es sich wünschte, um so heißer wurde ihr und um so länger kam ihr die Autofahrt vor.

Zunächst hatte sie nichts gesagt; sie war sehr still und brav gewesen. Dann hatte sie nur ein paar Sätze wie »Mir ist heiß!«, »Können wir anhalten und was trinken?« oder »Wie weit ist es noch?« gemurmelt. Aber als Daddy allmählich wütend geworden war, hatte sie halb schluchzend, halb seufzend hervorgestoßen: »Wären wir doch bloß baden gegangen!« Sie hatte das ein paarmal gesagt und zuerst gedacht, Daddy würde nicht zuhören, und deshalb hatte sie es immer lauter gesagt, bis er schließlich die Geduld verloren und gewendet hatte. Doch als sie zu weinen begann, hatte er ihr versichert, er sei nicht wirklich wütend, und eingeräumt, daß ein Swimmingpool an solch einem heißen Tag ja doch das einzig Wahre sei.

Da hat er recht gehabt, dachte Katie jetzt, lehnte sich zurück und bewunderte ihren glänzenden Badeanzug, der mit Seesternen bedruckt war. Den ganzen Tag wollte sie hier bleiben und die ganze Nacht; vielleicht den Rest ihres Lebens. Sie legte den Kopf träge auf die Wasseroberfläche und spürte, wie kleine, blaue Wellen um ihre Ohren plätscherten.

Sie schreckte zusammen, als ihr einfiel, daß sie aufgehört hatte, bei Amelia mitzuzählen. »Achttausend, neuntausend, zehntausend«, sagte sie rasch und beobachtete Amelias Beine. Die Beine taumelten und fielen ins Wasser zurück.

»Wieviel?« Vor ihr erschien Amelias nasses Gesicht.

»Zehntausend.« Amelia runzelte die Stirn.

»Ist das alles?«

»Jetzt bin ich dran!« sagte Katie rasch. Sie hielt sich die Nase zu, tauchte nach unten und tastete mit einer ausgestreckten Hand nach dem Beckenboden. Aber es war gar nicht so einfach, auf einer Handfläche das Gleichgewicht zu halten, und nach wenigen Sekunden klappte sie zusammen.

»Nur dreitausend«, bemerkte Amelia. »Du solltest beide Hände dazu nehmen.«

»Aber dann tut mir die Nase weh«, jammerte Katie. »Das ganze Wasser steigt mir rein, wenn ich sie nicht zuhalte.«

»Kannst du schon unter Wasser die Augen aufmachen?«

»Natürlich!« meinte Katie verächtlich.

»Na gut, dann laß uns nach Münzen tauchen. Wir holen uns welche von Mummy.«

Louise lag auf dem Rücken und genoß die Sonnenwärme auf ihrem Gesicht. Mit Bedacht hatte sie auf dem Rasen einen Platz gewählt, der sich ein bißchen abseits von der Gruppe plaudernder Frauen befand, zu denen sie sich normalerweise gesellt hätte. Nun konnte sie über das Geplansche und Geschrei vom Pool hinweg hören, wie Sylvia Seddon-Wilson eben eine lange und sicher amüsante Anekdote zum besten gab. Aber Louise war nicht nach Plaudern zumute. Sie wollte allein sein und nachdenken.

Wenn sie den Kopf ganz leicht hob und die Augen nach rechts drehte, konnte sie Barnaby sehen, der es sich neben Hugh Delaney in einem Liegestuhl bequem gemacht hatte.

Unwillkürlich empfand sie Mitleid mit ihm. Eigentlich hätte er wissen müssen, daß Katie keine noch so kurze Autofahrt ohne lautstarke Beschwerden hinter sich brachte, dachte Louise. Hätte er sich einfach nicht darum gekümmert und wäre er so schnell wie möglich zu seinem Angelplatz gefahren, dann hätte Katie schon bald ihren Kummer vergessen, und sie hätten einen wunderschönen Tag miteinander verbracht.

So aber war er zwanzig Minuten zuvor eingetroffen und hatte einen trostlosen, erbarmungswürdigen Eindruck gemacht, und das um so mehr, als Katie sich aus seinem Griff befreit und lauthals gebrüllt hatte: »Mummy! Wir sind da! Wir sind jetzt doch zum Baden gekommen!« Alle hatten aufgeschaut. Alle hatten die Situation augenblicklich erfaßt. Eine Unmenge Augenpaare wandten sich von Barnaby zu Louise und wieder zurück zu Barnaby.

Barnaby war zu ihr gekommen und hatte mit wenigen Sätzen erklärt, warum sie zurückgekommen waren. Louise hatte sich zu einigen mitfühlenden Erwiderungen aufgerafft. Und dann war Barnaby auf die andere Seite des Swimmingpools gegangen, wo Hugh – der treue Hugh – bereits für ihn einen Liegestuhl neben sich gezogen hatte. Für die Unterhaltung der Dorfbewohner würde bestens gesorgt sein, dachte Louise bitter. Nun fehlte zu ihrem Glück eigentlich nur noch, daß Cassian auftauchte, den man im Dorf als eine Art Antichrist betrachtete.

Louise wußte, was das Dorf von Cassian hielt. Sie kannte die hiesige Version der Ereignisse. Niemand hatte je nachgefragt, jeder hatte einfach seine eigenen Schlüsse gezogen. Als Louise auf einen Sprung bei Cassian vorbeigeschaut und schließlich den Abend dort verbracht hatte, hatte man allgemein angenommen, daß etwas Verdächtiges vor sich gehen müsse. Als Barnaby dann im *George* aufgetaucht war, wütend, wortkarg und ohne Louise, war man stillschweigend davon ausgegangen, er hätte irgendeinen handfesten Beweis gefunden. Niemand – und bei diesem Gedanken wand sich Louise wütend auf dem Handtuch –, niemand hatte gemerkt, daß sich die Probleme zwischen ihr und Barnaby weit früher angebahnt hatten, als Cassian noch gar nicht im Dorf gewohnt hatte.

Louise und Barnaby hatten kurz nach dem Abschluß ihres Studiums geheiratet. Die Hochzeit war prunkvoll gefeiert worden – wie es sich für die einzige Tochter eines Mannes, der noch vor kurzem Abgeordneter und früher einmal Kabinettsminister gewesen war, gehörte. Louise Page – wie sie damals noch hieß – war eine wohlbekannte Figur der Wahlkampfszene gewesen. Schon als Schülerin hatte sie ihren Vater unterstützt und sich nach dem Tod der Mutter noch mehr engagiert. Als eine Wahl in ihr erstes Universitätsjahr fiel, war sie jedes Wochenende nach Bristol gerast, um Plakate aufzuhängen und mit einem fröhlichen Lächeln auf den Lippen, einem blauen Schal um den Hals und einem Klemmbrett in der Hand von Haus zu Haus zu gehen.

Als sie an Barnabys Tür geklingelt hatte, war sie auf eine Gruppe von Landwirtschaftsstudenten gestoßen, die gerade ein Fußballspiel im Fernsehen anschauten, Bier tranken und sich nicht stören lassen wollten.

»Warum ist denn diese Wahl so wichtig?« fragte einer von ihnen und bot ihr ein Bier an. Louise machte große Augen.

»Warum sie wichtig ist?« wiederholte sie ungläubig. »Sie... sie ist sehr wichtig!« Hilflos fuchtelte Louise mit den Händen herum. »Euer ganzes Leben ist davon betroffen! Wenn ihr nicht die richtigen Leute wählt...«

»Mich interessiert das nicht«, sagte einer von ihnen. »Verdammte Zeitverschwendung.«

»Ihr müßt wählen!« trompetete Louise durch das ganze Haus. »Ihr müßt! Mein Gott! Ihr seid jung, ist euch denn alles gleichgültig?«

»Ich gehe zur Wahl«, meldete sich Barnaby von weiter hinten. Louise wandte sich um und blickte ihn an. Wie groß er ist, war ihr erster Gedanke. Er saß auf einem ziemlich kleinen Holzstuhl, der unter ihm zusammenzubrechen drohte, und hielt eine Dose Bier in seiner Riesenpranke. Seine Stimme klang freundlich, und Louise lächelte ihn an.

»Gut«, erwiderte sie.

»Aber euch wähl' ich nicht«, sagte Barnaby und deutete auf ihre Parteirosette, »sondern die Grünen.« Er tat einen kräftigen Zug aus der Dose, während seine Freunde spöttische Blicke austauschten.

»Die Grünen?«

»Du bist ein verdammter Hippie, Barn.«

»Wirst demnächst wohl auch die Jagden sabotieren, was?«

Louise kümmerte sich nicht um sie und erwiderte seinen Blick.

»Nun, wenigstens hast du eine politische Meinung.«

Und die beiden hätten sich bestimmt nicht wiedergesehen, wenn Barnaby nicht zu dem Zeitpunkt seine Stimme abgegeben hätte, als Louise gerade als Wahlhelferin fungierte. Sie lächelte ihm zu, als er sich dem Wahllokal näherte, und richtete ihren Stift auf seinen Namen, bereit, ihn abzuhaken.

»Na«, sagte sie, als er vor ihr stand. »Dich brauche ich ja nicht zu fragen, was du wählst, stimmt's?«

»Deine Partei nicht, wenn du das meinst«, erwiderte Barnaby.

»Das habe ich auch nicht erwartet. Eigentlich wäre ich sogar enttäuscht gewesen, wenn du das getan hättest.«

»Wie lange mußt du denn noch hier stehen?«

»Ein paar Stunden noch.«

»Und dann?«

»Gehe ich nach Hause und warte auf die Ergebnisse.« Sie

errötete leicht. »Mein Vater ist der Kandidat der konservativen Partei.«

»John Page, ich weiß.« Bei Louises überraschter Miene grinste er. »Nicht alle von uns sind ahnungslose Rüpel.« Er sah auf ihr Klemmbrett. »Und, macht er das Rennen?«

»Das will ich doch meinen. Diesmal ist es zwar knapper als beim letztenmal, aber trotzdem …«

»Und dann wird groß gefeiert?«

»Dann wird groß gefeiert.«

»Und morgen?«

Louise zuckte die Schultern. »Haben wir alle einen Kater.«

Barnaby grinste. »Ich kenne ein sehr gutes Mittel gegen Kater.«

Sein Mittel hatte darin bestanden, mit ihr ins Bett zu gehen, und zwar mit einer Direktheit, die Louise – an feinfühlige, zuvorkommende Erstsemester gewöhnt – einen leichten Schock versetzt hatte. Danach war er in die Küche gegangen, um ihr eine Tasse Tee zu machen, und sie lag auf seinem Bett, die Decke bis ans Kinn gezogen, als habe sie Angst vor einem Angriff, und zitterte leicht. Von seinem Schlafzimmerfenster aus blickte man auf einen Schulsportplatz, und wie sie so völlig reglos dalag, kam eine Gruppe von leuchtendrot gekleideten Rugbyspielern auf das Spielfeld gerannt. Mit ihren großen, stämmigen Beinen erinnerten sie Louise an Barnaby, und plötzlich begann sie zu weinen.

»Ich dachte, du wärst fortgegangen«, schluchzte sie bei seiner Rückkehr und hielt dann hastig inne, weil sie das eigentlich gar nicht hatte sagen wollen. Doch es war zu spät. Barnaby, der, wie er ihr später erzählte, ruhelos in der Küche auf und ab gegangen war und überlegt hatte, ob das, was gerade zwischen ihnen vorgegangen war, ein Akt der Liebe oder ein Akt der Gewalt gewesen war, eilte mit erleichterter Besorgtheit ans Bett. Sein Tee war so stark, daß Louise erschauderte, aber sie behauptete, er schmecke köstlich, und lächelte ihn unter Tränen an. Barnaby, den unvermittelt eine Woge von nie gekannter Zärtlichkeit überkam, lief schnurstracks aus dem Zimmer, um ihr liebevoll noch eine zweite Tasse Tee zu machen, die genauso stark war wie die erste. Seitdem hatten sie sich nie viel über Politik unterhalten. Bei der nächsten Wahl – ein Jahr, bevor Louise und Barnaby heirateten – kandidierte Louises Vater schon nicht mehr und wurde ein paar Jahre darauf in den Adelsstand erhoben.

»Hätten wir das nur *gewußt*!« klagte Louise immer wieder. »Wir hätten im House of Lords heiraten können!«

»Aber dann hätten wir warten müssen«, erwiderte Barnaby darauf, »und ich hätte allein nach Melbrook ziehen müssen.«

Barnaby hatte den Posten eines Verwalters auf einem mittelgroßen Landgut angenommen, das zehn Minuten von Melbrook entfernt lag, und fing dort zwei Monate nach ihrer Heirat an. Seitdem arbeitete er dort. Louise hatte es längst aufgegeben, ihn zu drängen, nach einem anspruchsvolleren oder lukrativeren Job Ausschau zu halten.

»Wir sind glücklich hier«, antwortete er jedesmal, »das allein zählt.«

Und lange Zeit waren sie glücklich. Sie zogen in das Larch Tree Cottage, und Louise fuhr täglich zu ihrer Arbeit als Vertriebsleiterin in einem kleinen Verlag nach Linningford. Dann bekam sie Amelia und gab ihren Job auf, wenige Jahre später wurde Katie geboren. Politisch engagierte sie sich nicht länger; ihr Vater war kein Abgeordneter mehr, und zudem befand sich Melbrook in einem anderen Wahlkreis. Außerdem hatte ihre Leidenschaft für die Politik ein wenig nachgelassen. Einige Jahre hielt sie der Alltag mit den Kindern, der Schule, dem Dorfklatsch und den Kirchenfenstern in Trab.

Ich bin ein Glückspilz, sagte sie sich immer wieder. Vielleicht mache ich keine Karriere, aber ich habe dafür eine liebe Familie und führe ein glückliches Leben.

Es kam ihr nie in den Sinn, sich zu fragen, warum sie sich das ständig vor Augen halten mußte. Ebensowenig begriff sie, warum sie um ihren zehnten Hochzeitstag herum nervös und gereizt wurde; warum sie Barnaby mit unsinnigen Vorwürfen überhäufte und das Dorf, ihr Leben, ihren Job und England heftig kritisierte. Die Situation wurde noch gespannter, als ihr Bruder mit seiner Familie zu einem, wie es hieß, aufregenden, neuen Leben nach New York gezogen war; zudem kränkte es sie, daß Barnaby für ihre Probleme kein Verständnis aufzubringen schien.

»Aber du bist doch auf dem Land aufgewachsen!« schrie er einmal, als sich ihr Unmut über Melbrook beim Abendessen zu einer gehässigen Schmährede auswuchs.

»Ich weiß!« gab sie wütend zurück. »Aber das war etwas anderes! Das war aufregend! Wir hatten bedeutende Persönlichkeiten zu Gast, es gab interessante Diskussionen, wir hatten eine Wohnung in London und gingen auf Partys ins Unterhaus und...« Sie verstummte, weil sie sich töricht vorkam. »Du verstehst es einfach nicht...«, endete sie schwach.

»O doch«, erwiderte Barnaby bitter. »Du wünschst dir, du hättest einen intelligenten, bedeutenden Mann geheiratet. Nicht so einen Bauerntölpel wie mich.«

»Nein!« rief Louise ein bißchen zu spät aus. »Nein, wie kannst du so etwas denken!«

Und dann war Cassian Brown hergezogen. Gewandt, intelligent und charmant. Barnaby hatte ihm auf den ersten Blick mißtraut. Doch Louise war hingerissen, als Cassian ihr bei einem Willkommensumtrunk im Pfarrhaus eröffnet hatte, daß er sich für Politik interessiere und Lord Page eines seiner großen Vorbilder sei.

Cassian war ein junger Anwalt, der für die größte Anwaltskanzlei Linningfords arbeitete, ein riesiges, renommiertes Unternehmen, das in London und überall auf der Welt Niederlassungen unterhielt. Er war für zwei Jahre nach Linningford versetzt worden, um die Prozeßabteilung zu leiten, und hatte beschlossen – wie er Frances Mold galant unterbreitete –, das Cottage in Melbrook zu mieten, als er sah, welch ausgezeichneten Ausblick man von dort auf die Kirche hatte. Er lächelte Frances an und enthüllte dabei regelmäßige weiße Zähne, die sich gegen seine gebräunte, nicht sehr englisch aussehende Haut abhoben. Frances erwiderte schwach: »Wie nett«, und Barnaby stupste Louise an und flüsterte ihr ins Ohr: »Was für ein Widerling.«

Aber Louise war da anderer Ansicht. Auf dem Heimweg von dem Umtrunk war sie aufgekratzt und redselig.

»Er hat sich doch wirklich an Daddys eine Rede erinnert«, staunte sie, während sie durch die Dunkelheit gingen. »Die über den Wohnungsbau.«

»Die ist ja auch bekannt«, brummte Barnaby. Doch Louise hörte nicht zu; sie war in Gedanken schon weiter.

»Seine Großeltern waren Italiener. Wußtest du das?«

»Wessen Großeltern?« Barnaby war so wütend, daß er sie nicht verstehen wollte.

»Cassians natürlich.« In Barnabys Ohren klang Louises Stimme unbeschwert und fröhlich. »Sie hießen Bruni, aber als sie nach England kamen, änderten sie den Namen in Brown. Schade, findest du nicht? Er hat in Oxford studiert«, setzte sie zusammenhanglos hinzu. »Wie Daddy.«

Barnaby hielt es nicht mehr aus.

»Müssen wir uns weiter über diesen Kerl unterhalten?« Seine Stimme hallte durch die dunkle Straße. Louise wandte sich um, unsicher, wie sie reagieren sollte.

»Also ...«, begann sie in zögerndem, beschwichtigendem

Ton. Aber dann gewann ihre Entrüstung die Oberhand. »Da zieht mal ein interessanter Mann nach Melbrook, und wir dürfen nicht einmal über ihn sprechen. Na gut. Worüber sollen wir dann reden? Oh, ich weiß, die Lämmer. Darüber haben wir uns ja schon eine gute Stunde nicht mehr unterhalten.«

In ihrer Stimme schwang ein ungewohnter Sarkasmus mit, und Barnaby starrte sie einen Augenblick durch die Dunkelheit an, unfähig, in ihrem Gesicht zu lesen. Dann zuckte er die Achseln und ging weiter.

Louise packte ihn am Arm, als er an ihr vorbeiging. »Willst du gar nichts dazu sagen? So mach doch den Mund auf!«

Barnaby blieb stehen und sah sie mürrisch an. Dann murmelte er: »Ich habe nichts zu sagen« und ging weiter.

Und während sich Louise nun auf den Bauch drehte und die sonnengebräunten Wangen auf die Hände legte, dachte sie, wenn Barnaby ein bißchen mehr mit ihr gesprochen hätte, anstatt auf all das dumme Gerede zu hören, wenn er ihr ein wenig mehr vertraut hätte, dann hätte es vielleicht nicht zu all diesen schrecklichen Auseinandersetzungen kommen müssen. Schmerzlich kam ihr die letzte davon in den Sinn. Sie war außer sich gewesen, doch er war hart geblieben. Er hatte ihr doch tatsächlich gesagt, ja, ihr *befohlen*, Cassian nicht mehr zu sehen. Wütend hatte sie gebrüllt, sie sehe, wen immer sie wolle, wann immer sie wolle, und wenn ihm das nicht passe, könne er ja ausziehen, verflucht noch mal.

Noch immer konnte sie nicht begreifen, wie es zu diesen letzten Worten gekommen war, aber einmal ausgesprochen, waren sie nicht mehr rückgängig zu machen gewesen. Barnaby hatte sie ungläubig und völlig entgeistert angesehen. Und Louise hatte sich in einen Sessel fallen lassen und sagen wollen, daß es ihr leid tue und sie es nicht so gemeint habe, es aber nicht über sich gebracht.

»Mummy!« Wasser tropfte auf Louises Rücken, und ein Schatten fiel auf sie. »Krieg' ich zum Werfen ein Zweipennystück?«

»Krieg' ich auch eins? Krieg' ich eine Pfundmünze?«

Widerstrebend sah Louise auf. Vor ihr standen Amelia und Katie, atemlos und aufgeregt, hinterließen nasse Fußabdrücke auf Louises Handtuch und tropften sie naß.

»Hast du gesehen, wie ich einen Handstand gemacht hab'?« erkundigte sich Katie. »Hast du gesehen, wie ich in der Luft radgefahren bin? Hast du gesehen, wie Amelia beinahe einen Rückwärtssalto geschafft hat?« Sie hüpfte auf und nieder, so daß ihr Haar wippte.

»Vorsicht!« Louise setzte sich auf. »Du machst ja alle Leute naß. Wo ist jetzt wieder meine Geldbörse?«

»Hier!« sagte Amelia prompt und hielt sie ihr hin. Sie sah genau zu, wie Louise den Reißverschluß öffnete. »Ein Zweipennystück. Oder einen Penny.«

»Für mich eine Pfundmünze«, meldete sich Katie, die wie ein Häschen auf dem Rasen herumsprang.

»Sei doch nicht so *dumm*«, sagte Amelia. »Eine Pfundmünze kann man nicht sehen. Und was, wenn du sie verlierst?«

»Tu' ich schon nicht.« Katie bedachte Amelia mit einem verächtlichen Blick.

»Hier, ihr beiden«, sagte Louise. »Für jeden ein Zweipennystück. Jetzt ab mit euch zum Spielen.«

»Schau mir beim Kopfsprung zu«, bettelte Amelia. »Ich kann ihn echt gut.«

»Später vielleicht«, sagte Louise. »Nach dem Mittagessen komme ich zu euch rüber.«

Daisy stand am Rand des Rasens und überlegte, wo sie sich hinsetzen sollte. Sobald Meredith verschwunden war, hatte sie sich hastig umgezogen und war dann die Treppe hinuntergeeilt. Mrs. Mold, die am Kassentisch saß, hatte sie herzlich begrüßt und gesagt, leider sei sie im Augenblick zu beschäftigt, um Daisy den Leuten vorzustellen, aber das könne sie ebensogut selbst tun. Sie würde bald merken, wie *unheimlich* freundlich alle seien.

Und Daisy hatte lächelnd genickt. Nun schaute sie sich befangen um, versuchte, selbstbewußt zu wirken, und fragte sich, wen sie ansprechen könne. Rechts war eine Gruppe von Frauen, die soeben alle ausgelassen über etwas lachten. Daisy hatte keine Ahnung, worüber sie sich mit ihnen unterhalten sollte. Nur eine sah so aus, als sei sie annähernd in Daisys Alter, und die war mit einem Baby beschäftigt.

Um den Pool herum saßen kleinere Grüppchen, Familien und auch ein paar einzelne Personen ausgestreckt auf Liegestühlen oder Handtüchern. Keiner von ihnen sah zu Daisy auf, lächelte sie an oder winkte sie her. Voller Verzweiflung sah Daisy sich nach der Amerikanerin um, in deren Zimmer sie vorhin geplatzt war, aber sie konnte sie nirgends entdecken, genausowenig wie den freundlichen Besitzer des Hauses.

Zögernd machte Daisy ein paar Schritte. Irgendwo mußte sie sich niederlassen. Wenn sie noch länger so herumstand, würde man anfangen, sie anzustarren. Am besten suchte sie sich erst mal einen Platz.

Langsam und unsicher bahnte sie sich ihren Weg durch die plaudernden Gruppen, stieg über Strandmatten und Taschen, entschuldigte sich, wann immer sie einem Handtuch zu nahe kam, bis sie schließlich – etwas weiter vom Pool entfernt – zu einem Rasenstück kam, auf dem es ruhiger zuging. Hastig breitete sie ihr Handtuch aus und ließ sich darauf nieder.

Von seinem Liegestuhl am Pool aus hatte Alexis Faraday mit träger Belustigung beobachtet, wie Daisy sich vorwärtsbewegte. Unter den braunen Eidechsenlidern folgten ihr seine Augen, musterten ihr Haar, ihre Augen, ihre blasse Haut und ihre staksige Anmut. Unbeholfen bewegte sie sich zwischen den liegenden Körpern im Gras, entschuldigte sich unnötigerweise und biß sich dauernd nervös auf die Unterlippe. An ihrem Ziel angekommen, sah sie sich um, breitete dann rasch ihr Handtuch aus und legte sich darauf, als befürchtete sie ein Geschützfeuer.

Alexis schaute sie noch eine Weile an und sah erst fort, als ihm klar wurde. daß sie sich nicht wieder aufsetzen würde. Herrgott noch mal, wie kam er eigentlich dazu, ein Kind derart anzustarren! Sie konnte nicht älter als achtzehn sein. Nicht mal halb so alt wie er, wie er mit Ernüchterung feststellte; er schloß die Augen und lehnte sich zurück.

Einige Augenblicke später vernahm er neben sich eine kühle Stimme mit amerikanischem Akzent.

»So bereitet der angesehene Rechtsanwalt also seine Fälle vor. Beim Sonnenbaden!« Alexis öffnete ein Auge und grinste.

»So bereitet die große Künstlerin also die Leinwand für ihre Gemälde vor«, parierte er. Meredith zog sich einen Liegestuhl heran und setzte sich.

»Das ist Arbeit«, sagte sie. Sie lächelte ihn verschwörerisch an, und ihre Augen blitzten herausfordernd.

»Irgendwo müssen wir ja alle unsere Inspiration herbekommen.«

»Ach so! Ja!« Alexis betrachtete Meredith spöttisch. »Inspiration. Muß ich mich also darauf gefaßt machen, in deiner nächsten Sammlung ein Bild mit dem Titel *Schlafender Mann am Swimmingpool* vorzufinden? Und werde ich mich selbst darauf erkennen?« Meredith grinste.

»Das glaube ich eigentlich nicht. Aber wer weiß, vielleicht gerätst du auf eines von Ursulas Aquarellen.«

»Mein Gott!« Unwillkürlich sahen beide zur Terrasse. Dort stand Ursula mit einem Pinsel in der Hand, in einen alten vollgekleckstem Malerkittel von Meredith gehüllt, und betrachtete glücklich lächelnd das Treiben vor sich. »Sag mal«, setzte Alexis beiläufig hinzu, »was macht eigentlich Ursulas Malerei?« Meredith wich seinem Blick aus.

»Sie malt eine Menge«, erwiderte sie reserviert.

»Sicherlich macht sie Fortschritte«, meinte Alexis höflich. Meredith biß sich auf die Lippen.

»Nun ja...« Es entstand eine kurze Pause, dann stieß Meredith unvermittelt ein merkwürdiges Schniefen aus, das ein wenig nach Lachen klang. Alexis sah sie in gespielter Überraschung an.

»Stimmt was nicht?« Meredith schüttelte den Kopf und preßte die Lippen zusammen. Ihre Schultern zuckten.

»Sie ist schrecklich«, flüsterte sie plötzlich und stieß ein halb unterdrücktes, halb hysterisches Kichern aus. Sie beugte sich näher zu Alexis. »Ich kann dir gar nicht sagen, wie miserabel sie malt! Ich dachte, sie würde mit der Zeit besser werden; ich hab' sie sogar ermuntert, aber...«

Alexis begann in sich hineinzulachen.

»Und der Witz ist«, fuhr Meredith fort, »daß jeder in Melbrook sie für ein sagenhaftes Genie hält! Sie hatte sogar schon eine Ausstellung!« Wieder schüttelte sie sich vor Lachen. »Und ich hab' ihr erstes Bild gekauft!«

Unvermittelt setzte sie sich auf. »Übrigens haben wir dich bei der Ausstellung vermißt. Und dabei hatten wir dir eine Einladung geschickt.«

»Das weiß ich«, räumte Alexis ein. »Ich hatte furchtbar viel zu tun.«

»Du arbeitest zuviel«, sagte Meredith vorwurfsvoll. »Wir

kriegen dich nie zu sehen.« Sie warf ihr langes, dunkles Haar zurück und funkelte ihn mit ihren grünen Augen an.

»Ich dachte, Anwälte auf dem Land würden sich jeden Nachmittag fürs Golfspielen freinehmen.«

»Viele tun das auch. Leider spiele ich kein Golf.« Alexis' Gesichtsausdruck veränderte sich, und er seufzte. »Du hast schon recht. Ich komme nicht oft genug her. Dabei sollte ich es, weit ist es ja wirklich nicht. Andererseits kommt bei mir in letzter Zeit wirklich manches zu kurz.«

Er schien das weiter ausführen zu wollen, und Meredith beugte sich interessiert vor. Doch plötzlich ertönte hinter ihnen Ursulas Stimme.

»Oh, Meredith, Liebes. Heute geht mir das Malen so gut von der Hand! Du mußt kommen und einen Blick darauf werfen. Ach, da ist ja Alexis! Wann bist du denn gekommen? Hugh hat es mir gar nicht erzählt.«

»Ursula!« Alexis stand auf. Er war ein eleganter Mann mit schlanker Figur, die im Widerspruch zu seinen angegrauten Schläfen und den leichten Hängelidern stand. »Wie schön, dich zu sehen. Jetzt laß mich doch mal dein Bild anschauen. Meredith, du kannst uns deine Expertenmeinung dazu hören lassen.«

Er hakte sich bei den zwei Frauen ein und drückte Meredith verschwörerisch. Und als sie so dicht nebeneinander auf Ursulas Staffelei zugingen, fühlte Meredith, wie sich ihre Wangen röteten und ihr Herz unwillkürlich ein wenig schneller schlug.

4

Als es auf den Nachmittag zuging, ließ der Wind nach, und die Hitze nahm zu. Die Stimmen um den Pool wurden leiser; vom Picknick gesättigt und müde geworden, schliefen viele ein.

Barnaby und Hugh lagen in einvernehmlichem Schweigen Seite an Seite in ihren Liegestühlen. Louise stand mit verschränkten Armen am Sprungbrett, beobachtete Katie und Amelia beim Springen und rief ihnen von Zeit zu Zeit Ermunterungen zu. Zusammen mit dem Gekreische einiger jüngerer Kinder aus dem Nichtschwimmerbereich erfüllten ihre lautstarken Bitten, Louise solle ihnen zuschauen, die schläfrige, heiße Luft. Hugh warf Barnaby einen Blick zu und deutete auf Louise.

»Schwer für dich«, meinte er knapp. Barnaby zuckte die Achseln.

»Es geht. Könnte schlimmer sein...« Er verstummte. Hugh nickte verständnisvoll. Wieder trat Schweigen ein. Dann sagte Hugh: »Wenn du mal Lust haben solltest, von allem wegzukommen...« Barnaby stieß scharf die Luft aus.

»Häufig«, erwiderte er. »Häufig.« Hugh lehnte sich ein wenig zurück und wechselte die Lage.

»Unser Ferienhaus in Frankreich steht zu deiner Verfügung; du kannst hinfahren.« Er drehte sich zu Barnaby. »Das meine ich ernst. Wenn du das Gefühl hast, du müßtest mal eine Weile für dich allein sein.« Er machte eine Pause. »Wir sind dorthin gefahren, nachdem Simon...« Er hielt inne.

»Natürlich«, erwiderte Barnaby. »Ich erinnere mich.« Er drehte sich zu Hugh um.

»Ich danke dir«, sagte er schlicht. »Das ist ein großzügiges Angebot.« Hugh zuckte die Achseln.

»Es ist nicht leicht, von den Dingen Abstand zu bekommen, wenn man sich Tag für Tag an ihnen reibt. Die Situation ist für euch beide schwierig.« Sie schwiegen, und Hugh sah zu Louise hinüber. »Auch für Louise kann sie nicht einfach sein.«

Barnabys Blut geriet in Wallung; es kam ihm vor, als hätte Hugh mitten im Spiel unversehens die Seite gewechselt. Aber es gelang ihm zu sagen: »Nein, leicht ist es für sie bestimmt auch nicht.«

Hugh warf Barnaby einen amüsierten Blick zu.

»Ich glaube nicht, daß du das wirklich meinst. Warum solltest du auch? Aber ich glaube, ich habe recht; im Augenblick leidet ihr beide.« Er lehnte sich zurück und schloß die Augen. »Aber *dir* biete ich das Ferienhaus an. Du kannst jederzeit darin wohnen, wir haben für diesen Sommer keine bestimmten Pläne.«

»Danke«, sagte Barnaby. Auf einmal drängte es ihn, mehr zu sagen, sich Hugh anzuvertrauen, ihn um Rat zu bitten, ihm zu erzählen, wie sehr er sich von Louise betrogen und verraten fühlte. Aber statt dessen sagte er mit leicht stockender Stimme nochmals: »Danke.« Dann legte er sich zurück, schloß die Augen und wartete ergeben auf den unvermeidlichen Ansturm der eigenen schmerzlichen Gedanken.

Louise hatte keine Lust mehr, in der sengenden Sonne zu stehen und Amelia und Katie dabei zuzusehen, wie sie im Wasser herumhüpften. Doch jedesmal, wenn sie gehen wollte, riefen die beiden wieder nach ihr und forderten sie auf, sie bei weiteren akrobatischen Akten zu bewundern. Von ihrem Platz aus sah sie, wie Barnaby und Hugh miteinander redeten und auf sie deuteten, und eine Welle heißen Zorns stieg in ihr hoch. Sie konnte sich denken, was Hugh von ihr hielt. Die Delaneys waren immer mehr Barnabys Freunde gewesen als ihre; zweifellos fand Barnaby bei Hugh ein offenes Ohr für sein Gejammer.

»Beeile dich«, rief sie barsch zu Katie, die auf dem Sprungbrett stand und zauderte. Sie konnte Hughs neugierigen Blick auf sich spüren und ignorierte ihn entschlossen. Was er wohl dachte? Wahrscheinlich registrierte er soeben empört, daß sie ihre Frustrationen an einem unschuldigen Kind ausließ. Katie sah überrascht auf.

»Ich federe doch bloß auf und ab«, erwiderte sie.

»Ja, jetzt mach schon«, drängte Amelia, die hinter ihr stand und darauf wartete, selbst springen zu können. »Du brauchst immer ewig.«

»Brauch' ich nicht!«

»Brauchst du doch! Transuse!«

»Mummy!« kreischte Katie. »Sie hat mich eine Transuse genannt!«

»Nun mach schon«, sagte Louise fest.

»Na los!«

Doch Katie blieb am Sprungbrettende stehen; plötzlich rannte Amelia auf das Brett und stampfte hart dabei auf. Katie stieß einen Schrei aus und fiel ins Wasser. Als sie wieder auftauchte, schrie sie: »Das ist unfair! Amelia du …« Aber sie konnte nicht weiterreden, denn Amelia machte einen Hechtsprung, wodurch ihre Schwester Wasser in den Mund bekam.

Ursula, die am Pool entlangging, beobachtete das Treiben der Mädchen besorgt. Eilig kam sie auf Louise zu.

»Meine Liebe, vielleicht solltest du die Kinder ein wenig zur Ruhe bringen; sie scheinen furchtbar aufgedreht zu sein.«

Louise wandte sich zu ihr um. Ursula hatte ihr gerade noch gefehlt! Von ihrer Seite konnte sie nur Tadel und Mißbilligung erwarten. Sie war also nicht nur ein herzloses Flittchen, weil sie sich von Barnaby getrennt hatte, auch als Mutter taugte sie nichts.

»Mach dir keine Gedanken, Ursula«, sagte sie kurz angebunden. Sie wartete darauf, daß Ursula eine weitere taktlose Bemerkung über sie und Barnaby machte. Aber Ursulas Augen waren auf Katie gerichtet.

»Hallo Katie!« rief sie.

»Hallo Mrs. Delaney«, rief Katie zurück. »Wollen Sie zuschauen, wie Amelia zwischen meinen Beinen durchschwimmt? Das macht sie wirklich geschickt!« Ursula warf Louise einen hastigen Blick zu, die sich die Genugtuung eines kleinen Lächelns leistete.

»Ja, warum schaust du den Mädchen nicht zu?« sagte sie mit kühler Belustigung. »Du wirst schon sehen, das macht einen Heidenspaß!« Und ehe Ursula protestieren konnte, stolzierte sie rasch davon.

Meredith, die in dem Liegestuhl neben Alexis lag, war eingeschlafen. Eine Weile ruhte sein Blick wohlwollend auf ihr. Seine Augen glitten träge über das Gesicht, die gebräunte Haut, die langen Beine, die schmalen Füße und die starken Hände. Dort hielt er inne und zählte bis zehn. Dann wandte er seine Aufmerksamkeit mit angehaltenem Atem und ohne den Kopf zu bewegen von Meredith ab und dem scheuen jungen Mädchen zu. Sie saß nun aufrecht auf ihrem Handtuch, warf das schwere Haar nach hinten, als sei ihr zu heiß, und sah sich vorsichtig um. Zu dieser Stunde des Nachmittags wurde der Grasflecken, auf dem sie saß, teilweise von einem Baum beschattet, und als sie sich bewegte, zeichneten sich auf ihrer hellen Haut spitze, blättrige Umrisse ab. Langsam erhob sie sich, zog unbeholfen den Badeanzug herunter und warf das Haar wieder zurück. Nervös blickte sie zu der Familie in ihrer Nähe und sah errötend weg, als der Familienvater fragend den Kopf hob.

Fasziniert beobachtete Alexis, wie sie sich zögernd ihren

Weg zum Swimmingpool bahnte. Am Beckenrand machte sie halt und betrachtete unschlüssig das Wasser. Dann tauchte sie langsam einen Zeh hinein. Dabei spiegelte sich ihr langes, milchigweißes Bein in dem glitzernden Wasser, so daß es kurz so aussah, als sei es ein langer Schwanenhals.

»Daisy!« tönte eine Stimme von der anderen Poolseite, und das Mädchen zog auf der Stelle seinen Zeh zurück und blickte sich schuldbewußt um. Alexis sah nach, wem die Stimme gehörte. In einem Gartenstuhl saß, angetan mit einem scharlachroten Badeanzug, die Frau des Vikars und winkte ihr zu. Nun machte sie aufmunternde Handbewegungen in Daisys Richtung.

»Im Pool ist es absolut großartig!« rief sie. »Gehen Sie nur hinein, und kommen Sie danach auf ein Plauderstündchen zu uns rüber!«

Alexis blickte erneut auf das Mädchen: Sie hieß also Daisy. Jetzt lächelte sie die Frau des Vikars schüchtern an; Alexis spürte einen merkwürdigen Stich unter den Rippen. Er sah zu, wie sie mit gestreckten Beinen und wehendem Haar in den Pool sprang, und verspürte plötzlich den großen Wunsch, sie noch einmal lächeln zu sehen – und dieses Lächeln sollte ihm gelten.

»Nun, Louise«, Sylvia Seddon-Wilson lächelte charmant und zog an ihrer Zigarette, »wo ist eigentlich dein attraktiver neuer Begleiter?«

Louise hob zögernd die Schultern.

»Wen meinst du?«

»Aber Louise! Barnaby habe ich dabei ja wohl kaum im Sinn!«

Sylvias neckende Stimme klang unangenehm laut, und Louise machte sich in ihrem Stuhl kleiner. Eigentlich hatte sie nicht vorgehabt, sich zu Sylvia zu gesellen, doch nachdem sie

Ursula vor den Kopf gestoßen hatte, war ihr nichts anderes übriggeblieben. Und Sylvia war immerhin eine alte Bekannte – wenn auch keine Freundin – von Louise, die, da ihre halbwüchsigen Söhne im Internat lebten, ein geruhsames Leben im alten Pfarrhaus führte, in regelmäßigen Abständen sich und das Haus neu ausstaffierte und die dörflichen Angelegenheiten mit scharfen, wenn auch leicht voreingenommenen Augen beobachtete.

Als sich ihre Stimme aufreizend über die Geräuschkulisse am Swimmingpool erhob, blickte Louise zögernd hinüber zu Barnaby, doch der saß zu weit weg, um Sylvias Bemerkungen zu hören.

»Nein, ich meine deinen Verehrer«, klärte Sylvia sie auf. Louise wurde knallrot, aber Sylvia schien es nicht zu bemerken. »Cassian. Der tolle Cass. Nennst du ihn so? Cass?«

»Nein«, erwiderte Louise abweisend. Es war eindeutig ein Fehler gewesen, sich zu Sylvia zu setzen.

»Ich muß schon sagen«, Sylvia lehnte sich gemütlich in ihrem Stuhl zurück, »ich finde ihn göttlich. So sexy. Dieses Haar... Er ist Italiener, stimmt's?«

»Halbitaliener«, murmelte Louise. Sie fand, daß man sie hier in einem falschen Licht sah; eigentlich sollte sie Sylvias Vermutungen richtigstellen.

Andererseits, was sollte sie sagen? Was *ging* denn vor zwischen ihr und Cassian? Sie wußte es selbst nicht ganz genau. Und während sie im Geiste nach einfachen Worten suchte, mit denen man ihre Beziehung beschreiben konnte, fühlte sie sich durch Sylvias Worte auch ein bißchen geschmeichelt und verspürte den Wunsch, das verführerische Bild von sich und Cassian als glanzvollem Paar nicht zu zerstören.

Sie drehte leicht den Kopf, damit sie Barnabys anklagenden Anblick nicht mehr vor Augen hatte, und lächelte Sylvia geheimnisvoll an.

»Seine Großeltern waren Italiener«, erklärte sie.

»Italienische Männer!« Sylvia erschauerte theatralisch. »Wundervoll!«

»O nein, das meinen Sie doch nicht im Ernst! Sie sind schrecklich!« Louise sah auf. Es war Mary Tracey, eine fröhliche junge Frau, die in der Nähe von Louise wohnte und früher öfters auf Amelia und Katie aufgepaßt hatte. Sie war tropfnaß vom Schwimmen und hielt ein ebenso nasses dickes Baby im Arm. »Wir sind einmal im Urlaub in Pisa gewesen, und mein Hintern wurde ganz wund von all dem Zwicken! Mir hätte es ja nichts ausgemacht, wenn er dadurch kleiner geworden wäre«, fügte sie hinzu und setzte sich neben sie.

Louise kicherte.

»Ich habe nicht von ungeschlachten Bauern aus Pisa gesprochen«, versetzte Sylvia blasiert, »sondern von eleganten, jungen Rechtsanwälten.«

Mary sah rasch zu Louise, und ihr Gesicht verschloß sich. Louise, die einen kleinen, unangenehmen Stich verspürte, sah fort. Mary hatte die Trennung der Kembers sichtlich bestürzt; sie war erfolgt, kurz nachdem sie von ihrer Entbindung aus dem Krankenhaus heimgekehrt war, und Louise hatte immer das Gefühl, als hätte sie Mary auf irgendeine unerklärliche Weise enttäuscht. Das Baby auf Marys Schoß begann zu quengeln, und sie seufzte.

»Luke ist schon wieder hungrig. Immerzu ist er hungrig.« Sie ließ ihn auf und nieder hüpfen, und er zog sie zärtlich an den Haaren.

»Au!« schrie sie auf. »Laß los!« Sylvia zog die Augenbrauen hoch.

»Bist du nicht froh, daß deine Kinder aus diesem Alter raus sind?« fragte sie Louise mit gespieltem Entsetzen. Louise lachte, aber sie war von Luke mit seiner entschlossenen Miene und seinen Grabschhändchen fasziniert.

»So wie dieser Lausebengel hier waren Amelia und Katie nie«, meinte Mary fröhlich. »Die beiden waren kleine Schätzchen.« Sie setzte Luke ins Gras. »Wieso kannst du nicht auch so sein?« schalt sie ihn. Er starrte sie einige Sekunden an, dann verzog er das Gesicht und fing zu brüllen an.

»Ich werde ihn wohl füttern müssen«, seufzte sie. »Bis später.«

Während Mary aufbrach, zog Sylvia an ihrer Zigarette. Sie holte eine goldene Puderdose hervor und begutachtete in aller Ruhe ihr Spiegelbild. Dann steckte sie sie fort und lächelte Louise unter azurblau bemalten Augenlidern an. »Du mußt einmal zu mir zum Essen kommen, Louise«, sagte sie. »Du – und natürlich Cassian.«

»Ja, das wäre nett«, meinte Louise zögernd. Sie legte sich in den Stuhl zurück, schloß die Augen und versuchte sich vergeblich vorzustellen, wie sie zusammen mit Cassian als ihrem anerkannten Partner eine Dinnerparty besuchte. Das Dinner der Law Society vor zwei Wochen war etwas anderes gewesen. Es hatte in London stattgefunden; niemand dort interessierte sich für Louise. Sie war als Cassians Gast erschienen, hatte gespeist, den Reden aufmerksam zugehört, sich an den Diskussionen beteiligt und einen Kollegen von Cassian in einem politischen Punkt sogar berichtigt. Ein wunderschöner Abend. Doch das war in London gewesen, nicht hier in Melbrook. Dorfereignisse – sogar private Dinnerpartys – waren überhaupt nicht damit zu vergleichen. Irgendwo mit Cassian aufzutauchen wäre bestenfalls unangenehm für sie, schlimmstenfalls sogar ein Fiasko. Das sollte Sylvia eigentlich wissen, dachte Louise. Doch als sie aus dem Augenwinkel Sylvias affektiertes Lächeln sah, dämmerte ihr, daß das durchaus der Fall war.

Als Meredith aufwachte, hatte sich die Sonne hinter eine Wolke verzogen, und der Platz neben ihr war leer. Alexis muß sich zu einem kleinen Spaziergang aufgemacht haben, dachte sie. Sie stützte sich auf die Ellbogen und blinzelte verschlafen. Ohne wärmendes Licht wirkte der Pool wenig einladend; die naßglänzenden Köpfe der Schwimmer bewegten sich dunkel inmitten der trüben, blaugrauen Wellen, und das Gekreisch der Kinder schien lauter geworden zu sein.

Sie warf ihr Haar zurück, schlug die Beine übereinander und streckte sich. Plötzlich erstarrte sie. Sie hatte Alexis im Pool erblickt. Alexis, der bekanntlich nie schwamm. Sein Haar war naß, er trat Wasser und lächelte jemanden an.

Meredith lehnte sich zurück und griff nach ihrer Sonnenbrille. Die getönten Gläser ließen alles um sie herum noch düsterer erscheinen, aber zumindest konnte sie nun beobachten, mit wem Alexis sprach. Es schien sich um eine Frau zu handeln, aber da ihr Gesicht abgewandt war, konnte sie sie nicht erkennen. Rasch ging Meredith alle in Frage kommenden Frauen im Dorf durch und ließ jede rasch wieder fallen. Dann, als die unbekannte Frau sich im Wasser umdrehte, ging ihr plötzlich ein Licht auf. Es war keine Frau, sondern das komische Mädchen von vorhin; der unbeholfene Teenager: Daisy … Daisy Phillips.

Erleichtert stand sie auf, ging zum Pool und sprang mit einem Kopfsprung hinein.

»Hi, Alexis«, sagte sie, als sie in der Nähe der beiden wieder auftauchte. »Hi, Daisy.« Alexis sah Daisy überrascht an.

»Sie kennen Meredith?«

»Ja«, erwiderte Daisy zögernd. »Aber ich wußte nicht, daß sie Meredith heißt. Verzeihung«, stotterte sie und wandte sich an Meredith, »ich meine, ich wußte nicht, daß *Sie* Meredith heißen. Vielen Dank«, setzte sie hinzu, »daß Sie mir Ihr Zimmer zur Verfügung gestellt haben.«

Meredith hob ironisch die Augenbrauen und versuchte, Alexis' Blick aufzufangen. Aber der starrte noch immer in offensichtlicher Faszination Daisy an.

»Gern geschehen«, erwiderte Meredith in freundlichem Ton. Mit leichtem Unglauben registrierte sie, daß Alexis sich lächelnd zu ihr umwandte, als wolle er ihr danken. Wofür denn? Was war diese Halbwüchsige für ihn? Eine Ersatztochter?

»Sie dürfen mein Zimmer nachher gern wieder benutzen, wenn Sie wollen«, bot sie an und setzte ein fröhliches Grinsen auf. Daisy erwiderte ihr Lächeln dankbar. Und dann, wie ein Spiegelbild, tat der verdammte Alexis es ihr nach. Was geht hier vor? wollte Meredith rufen. Als nächstes frage ich diese dämliche Kleine noch, ob sie mit mir Plätzchen backen will!

Doch statt dessen lächelte sie Alexis und Daisy an, sagte: »Wir sehen uns später« und schwamm mit schnellen Zügen davon.

Die nächste halbe Stunde verbarg sich die Sonne beharrlich hinter einer Wolke, und schließlich standen die am Pool liegenden Sonnenanbeter einer nach dem anderen auf, sahen auf die Uhr und sammelten ihre Sachen ein.

Währenddessen hatten Amelia und Katie, die sich nicht um das Wetter scherten, das Sprungbrett völlig in Beschlag genommen. Amelia machte einen Kopfsprung rückwärts und Katie einen vorwärts.

»Wenn ich in die Oberstufe komme, gehe ich in die Springmannschaft«, verkündete Amelia stolz, mit dem Rücken zum Wasser. Sie sprang hoch, krümmte den Rücken und glitt sauber ins Wasser, die Hände ordentlich gestreckt.

»Ich auch«, erklärte Katie, sobald Amelias Kopf wieder über dem Wasser erschien. »Sieh dir meinen Grätschsprung an!« Sie hüpfte hoch, grätschte die Beine und brachte sie dann wieder gerade zusammen, ehe sie auf dem Wasser aufkam.

»Das ist aber kein Kopfsprung«, bemerkte Amelia verächtlich.

»Genausowenig wie deines ein Rückwärtskopfsprung ist!« Katie paddelte atemlos an den Beckenrand.

»O doch!« versetzte Amelia. »Was sollte ein Rückwärtskopfsprung sonst sein?«

»Kopfsprünge macht man von vorne«, sagte Katie. »Schau!« Sie stürmte an Amelia vorbei aufs Sprungbrett und versuchte einen zaghaften Kopfsprung.

»Das war Mist!« brüllte Amelia, sobald Katie wieder auftauchte. »Ich mach' noch mal einen Rückwärtskopfsprung. Geh mir aus dem Weg!«

»Ich mach' auch einen!« erwiderte Katie verzweifelt. »Ich mach' auch einen Rückwärtskopfsprung. Wirst schon sehen, Amelia!«

Louise packte gerade ihre Sachen zusammen, als Barnaby zu ihr herüberkam.

»Hab' mir gedacht, ich könnte die Mädchen noch zum Essen einladen«, sagte er ohne lange Vorrede. »Vielleicht in eine Pizzeria. Das würde ihnen gefallen.«

»Sie haben morgen Schule«, erinnerte ihn Louise, »und es ist schon reichlich spät. Vielleicht ein andermal.«

»Wir werden's nicht ausdehnen«, beharrte Barnaby, »und ich habe sie heute kaum gesehen.«

»Doch, das hast du.« Louise machte eine Pause. »Außerdem sind sie nach dem Baden zu erschöpft, um noch essen zu gehen.«

»Ach was«, erwiderte Barnaby unnachgiebig. »Es ist erst fünf Uhr. Wir fahren von hier aus hin, essen um sechs und sind um sieben zu Hause – zeitig genug.«

»Von wegen!« Louise hob die Stimme. »Ich muß sie dann noch fürs Schlafen fertigmachen, ihre Hausaufgaben kontrollieren und zusehen, daß sie morgen fit für die Schule sind.«

»Herrgott noch mal!« wetterte Barnaby. »Ist die Schule denn so wichtig?«

»Daß du diesen Standpunkt einnimmst, hätte ich mir denken können.« Louise faltete mit zornigen Bewegungen ein Handtuch zusammen.

»Was soll das denn heißen?« Barnaby starrte sie wütend an.

»Mummy! Schau zu!« ertönte es durchdringend vom Sprungbrett.

»Gleich, Katie!« rief Louise. Sie funkelte Barnaby zornig an. »Das kannst du dir selbst aussuchen!« Einen Augenblick herrschte Schweigen. Dann kam Amelia angerannt, pudelnaß und vor Kälte bibbernd.

»Wo ist mein Handtuch?« wollte sie wissen. Barnaby ignorierte Louises starren Blick.

»Amelia!« rief er. »Hast du Lust, heute abend Pizza essen zu gehen?«

»Au ja! Pizza!« Amelia strahlte Barnaby an.

»Mummy! Amelia! Schaut her!« Louise ignorierte Katies Aufforderung. Ihre Nasenflügel bebten vor Wut.

»Barnaby!« zischte sie. »Wenn du nicht damit aufhörst, dann werde ich...«

»Dann wirst du was?« Barnaby fuhr herum und sah sie zornig und verletzt an. »Was wirst du tun, Louise?«

»Am-ee-lia! Schau zu, wie ich einen Rückwärtskopfsprung mache!« Katies letztes Flehen klang so schrill, daß sich alle umwandten.

Katie stand mit dem Rücken zum Wasser vorn am Sprungbrett und nahm Schwung. Sie hüpfte so lange auf und ab, bis das Brett heftig wippte, und warf sich dann nach einem triumphierenden Blick zu Amelia rückwärts in die Luft.

Louise hörte Amelia noch sagen: »Aber Katie hat doch noch nie einen Rückwärtskopfsprung gemacht!« Und dann sah man Katies kleinen Körper, der sich ungeschickt in der Luft drehte und einen zu weiten Bogen beschrieb, bis sich der Kopf direkt über dem Ende des Sprungbretts befand. Dann hörte man ein gräßliches Knacken, als das Brett nach oben schnellte und mit Wucht ihren Kopf traf. Und dann folgte eine unheimliche Stille, in der ihr regloser kleiner Körper geräuschlos ins Wasser glitt.

5

Cassian Brown fuhr in Siegeslaune von London zurück nach Melbrook. Er hatte den Großteil des Wochenendes mit einem der wichtigsten, aus dem Nahen Osten stammenden Klienten seiner Kanzlei in Besprechungen verbracht, die immerhin fast 800 000 Pfund eingebracht hatten. Was, wie er sich eingestehen mußte, für seinen Klienten ein Klacks war. Auch wenn er selbst dabei nur eine relativ bescheidene Rolle gespielt hatte, würde sein Beitrag an den entsprechenden Stellen sicher positiv vermerkt werden. Nun überlegte er, ob es sich lohnte, Desmond Pickering, den Leiter der Prozeßabteilung in der Londoner Kanzlei, anzurufen. Ein ungezwungener kleiner Anruf, um sich zu vergewissern, daß Desmond Cassians Teilnahme an den Verhandlungen zu würdigen mußte. Vielleicht, dachte Cassian, könnte er ein gemeinsames Mittagessen vorschlagen. Oder Desmond sogar fürs Wochenende nach Melbrook einladen. Er hatte festgestellt, daß Londoner sehr gern aufs Land hinausfuhren, wenn damit keine allzulange Autofahrt verbunden war.

Sie könnten Weißwein trinken, in Cassians hübschem

Gärtchen sitzen, sich dabei über Geschäftliches unterhalten und ein bißchen im Dorf herumschlendern. Und dann könnte er Desmond Louise vorstellen. Auf Desmond würde Louise sicher einen großen Eindruck machen. Immerhin war sie die Tochter von Lord Page.

Und nun hieß sie Kember. Cassian runzelte die Stirn. Was für ein gewöhnlicher Name, genau wie sein Besitzer. Warum in aller Welt hatte Louise bloß den Namen dieses ungehobelten Kerls angenommen? Und, viel unbegreiflicher, wieso hatte sie ihn überhaupt geheiratet? Cassian redete sich gern ein, er hätte schon entdeckt, was in Louise steckte, bevor ihm ihre Verwandtschaft zu Lord Page bekannt geworden war. Sie war ihm sofort aufgefallen; er hatte bald gemerkt, daß sie sich hier langweilte und zuwenig Anregungen hatte. Sie war intelligent und gebildet, dennoch erwartete man von ihr, daß sie ihre Interessen auf ihre Kinder, das Dorf und diesen unerträglichen Tölpel von Ehemann beschränkte.

Im Geiste sah Cassian Barnabys Gesicht vor sich: langweilig und primitiv. Dazu diese riesigen Schultern, die ungeschickten Hände, diese immer dreckverkrusteten Stiefel. Und die Unfähigkeit dieses Mannes, sich auszudrücken! Cassian erinnerte sich an ihre erste Begegnung bei einem Umtrunk. Er hatte versucht, mit ein paar zwanglosen Bemerkungen ein Gespräch in Gang zu bringen, aber Barnaby war scheinbar nicht in der Lage gewesen, mit mehr als einem Achselzucken oder einem Brummen zu antworten.

Louise dagegen hatte richtiggehend gesprüht vor Witz und Charme. Und wie viele interessante Leute sie kannte! Cassian erinnerte sich an den wohligen Schauer, der ihn erfüllt hatte, als sie Kabinettsminister bei ihrem Vornamen nannte und mit dem geringschätzigen Ton des Insiders über das Essen im Unterhaus sprach. Später, nach einigen weiteren Drinks, hatte sie eine Geschichte zum besten gegeben, in der der Premierminister einmal angerufen hatte, als sie allein zu Hause war und sie ihn für einen Schwindler hielt, weswegen sie seine Nachricht nicht ausgerichtet hatte. Dummerchen! Cassian mußte grinsen. Schon bald hatte er entdeckt, daß Louise trotz ihres sachkundigen Anstrichs weniger von der Welt der Politik verstand als sie wahrhaben wollte. Genau wie seine Arbeitskolleginnen war auch sie in ihrem Denken typisch weiblichen Mustern verhaftet. Alle bestanden gleichermaßen darauf, irrelevante Einzelheiten zu kennen und waren auf Namen, Gesichter und Leute fixiert, anstatt sich auf Probleme, Konzepte und Theorien zu konzentrieren. Aber dafür war Louise mit den Abläufen der britischen Politik vertraut, war über die Parteienlandschaft unterrichtet, hatte Kenntnis vom Lebensstil eines Parlamentsmitglieds, und, was vielleicht das wichtigste war, sie wußte, wie man erfolgreich einen Wahlkampf führte. Sie besaß die richtige Kinderstube. Sie gäbe eine bewundernswerte Politikergattin ab. Jedes Auswahlkomitee des Landes würde sich um sie reißen.

Bei diesem Gedanken ging Cassians Atem ein bißchen schneller. Er senkte den Blick und sah, daß seine Finger das Steuer fest umklammerten. Behutsam lockerte er den Griff und atmete tief durch. Er durfte die Dinge nicht überstürzen, seine Chancen nicht verspielen. Ihm war zu Ohren gekommen, was die Leute über ihn sagten: daß er eine Ehe zerstört und Louise ihrem Ehemann ausgespannt hätte.

Anscheinend glaubte man, er und Louise hätten eine leidenschaftliche Affäre miteinander. Hier erlaubte sich Cassian ein Schmunzeln. So hübsch Louise auch war, sie besaß eine mädchenhafte, natürliche Attraktivität, die ihn kaltließ. Aber darum ging es nicht; sie würde eine bezaubernde Gattin abgeben, die hervorragend zu ihm paßte.

Als er sich eben ihre elegante Londoner Hochzeit vorzustellen begann, bei der es vor bedeutenden Leuten aus Politik und Recht nur so wimmeln würde, meldete sich sein Autotelefon. Er stellte auf laut.

»Cassian? Hier ist Jamie.« Cassian runzelte ärgerlich die Stirn. Jamie war eine der neu eingestellten Praktikantinnen in der Linningforder Kanzlei.

»Verflixt, woher haben Sie meine Nummer?« fuhr er sie an.

»I-ich habe Ihre Sekretärin zu Hause angerufen. Es tut mir sehr leid, daß ich Sie stören muß. Es ist nur, ich...«

»Was?«

»Nun, ich habe das ganze Wochenende über recherchiert, und trotzdem habe ich den Fall noch immer nicht für Sie ausfindig machen können. Und, na ja..., ich habe mich gefragt, ob Sie eventuell noch weitere Informationen darüber hätten?«

»Welchen Fall?« erkundigte sich Cassian ungeduldig.

»Der für den Brief an Simmons Ltd. S-sie wollten, daß ich die Einzelheiten überprüfe.«

»Was? Das haben Sie noch nicht erledigt?«

»Äh, n-nein. Ich habe versucht, den Fall zu finden...«

»Jamie, der Brief war dringend!«

»Ich weiß! Ich habe nach dem Fall gesucht. Ich bin jetzt in der Bibliothek, aber viele Anhaltspunkte haben Sie mir nicht gegeben, die mir weiterhelfen könnten...«

»Na, so ein Pech! Sie finden jetzt den Fall, verdammt noch mal, und morgen früh liegt der Brief fertig auf meinem Schreibtisch. Verstanden?«

»Verstanden.«

»Und rufen Sie mich nicht wieder auf dieser Leitung an, okay?«

»J-ja. Es tut mir wirklich leid, Cassian...« Doch Cassian unterbrach Jamie mitten im Satz, indem er das Telefon ausschaltete.

Einen Augenblick wußte er nicht mehr, woran er vor dem

Anruf gedacht hatte. Dann kehrten die angenehmen Bilder in seinen Kopf zurück. Eine Collage aus blauen Augen, duftigem, blondem Haar, einem hellen Lachen, einem bedeutenden Vater und dem mühelosen Zugang zur Welt der Politik.

Als er sich Melbrook näherte, beschloß Cassian, unverzüglich zu Louise zu fahren und ihr von seinem erfolgreichen Wochenende zu berichten. Vielleicht, dachte er, während er zu ihrem Haus einbog, war es sogar an der Zeit, ihre Beziehung auf eine neue Ebene zu stellen. Der durch die Verhandlungen des Wochenendes ausgelöste Adrenalinstoß war noch nicht gänzlich verflogen, seine Erregung noch immer nicht ganz abgeklungen. Er würde sich entspannen, indem er mit Louise ins Bett ging, und damit würde auch die Zweideutigkeit ein Ende haben, die noch immer über ihrer Beziehung schwebte. Bestimmt hatte er nun lange genug gewartet. Barnaby lebte schon seit Monaten nicht mehr bei ihr. Louise mußte nun bereit sein; sie würde ihn nicht zurückweisen.

Erwartungsvoll schlenderte er den Weg hoch, klingelte und strich sich das glänzende, dunkle Haar zurück. Als sich die Tür öffnete, setzte er ein verführerisches Lächeln auf.

Aber nicht Louise stand vor ihm in der Tür, sondern Mary Tracey, ihr Baby im Arm. Cassian runzelte die Stirn. Dann bemerkte er ihr rotes, verschwollenes Gesicht, die blutunterlaufenen Augen und die tränennasse Haut. Augenblicklich dachte er an Louise.

»Ist etwas passiert?« fragte er beunruhigt. Marys Gesicht verzog sich, und sie schluchzte auf.

»Ja, mit Katie«, brachte sie heraus. »Sie hatte einen Unfall.«

Barnaby stand da, hielt sich an der Tür zur Unfallstation des Brabury Hospitals fest und war starr vor Entsetzen. Fünf Meter weiter lag die bewußtlose Katie in einem Krankenhausbett. Eine Plastikvorrichtung steckte in ihrem Mund;

eine Reihe von durchsichtigen Schläuchen verbanden sie mit grünblinkenden Bildschirmen; und nun schwebte über ihrer reglosen Gestalt auch noch ein riesiges Maschinenungeheuer. Jemand hatte ihm behutsam erklärt, daß dies das tragbare Röntgengerät sei und er für kurze Zeit Katies Bett verlassen müsse. Louise hatte eine Bleijacke anziehen müssen und zusammen mit einer Krankenschwester bei ihr bleiben dürfen, aber alle anderen hatten sich aus dem Strahlungsbereich entfernt.

»Fertig.« Der Apparat wurde weggeschoben. Die Stimme des Röntgenologen hallte durch die angespannte Stille, und sofort eilte das Team aus Ärzten und Schwestern wieder herbei, in dem jeder wußte, was er zu tun hatte. Nur Barnaby blieb, vor Hilflosigkeit wie gelähmt, stehen. Er wußte nicht, was er denken oder fühlen sollte. Immer wieder sah er die Szene am Pool vor sich, und er wurde erneut von Schmerz und Verzweiflung überwältigt.

Er war als erster dagewesen. Inmitten der Schreie und Rufe war er irgendwie zum Becken gekommen, ins Wasser gesprungen und hatte verzweifelt nach ihrem kleinen Körper getastet. Schließlich hatte er es geschafft, seine Tochter herauszuheben und vorsichtig an den Beckenrand zu legen. Sie war nicht ertrunken; sie schien zu atmen, und alle hatten gesagt: »Gott sei Dank!«

Dann waren die Sanitäter eingetroffen. Und erst als Barnaby sah, wie sie Katies Kopf in einen hölzernen Rahmen zwängten, sie auf eine Bahre legten, ihr Gesicht mit einer Sauerstoffmaske bedeckten und die Funkmeldung zum Krankenhaus durchgaben, man solle das Traumateam alarmieren, überkam ihn ein Gefühl unaussprechlicher Panik.

Keiner von den Sanitätern hatte ihm aufmunternd zugelächelt oder gesagt: »Keine Bange, bald ist die Kleine wieder auf den Beinen.« Sie waren rasch und sicher vorgegangen, während um den Pool atemlose Stille geherrscht hatte. Louise war es irgendwie gelungen, die Nerven zu behalten. Sie hatte Mary Tracey gebeten, sich um Amelia zu kümmern, und beruhigend auf Katie eingeredet. Barnaby aber hatte stumm dagestanden, immer noch tropfnaß, unfähig, etwas zu sagen, ja, beinahe unfähig mit anzusehen, wie diese ruhigen Profis seine Tochter versorgten und sie eilig von ihm fortnahmen. »Nur ein Elternteil im Ambulanzwagen«, hatten sie gesagt. Und Barnaby hatte sie in dumpfer Verständnislosigkeit angestarrt. Aber Louise hatte sich, blaß und zögernd, zu Hugh umgewandt, und noch ehe sie den Mund aufmachen konnte, bestand er schon darauf, Barnaby bis zum Krankenhaus hinter dem Notarztwagen herzufahren. Bei ihrer Ankunft hatte das Traumateam sie bereits an der Tür erwartet. Und als die Ärzte sich über Katies bewußtlose Gestalt beugten, hatte Barnaby still dagestanden und zugeschaut, während ihm das Wasser vom Hals herunterlief und ihn eine unaussprechliche Angst erfaßte.

Mary Tracey saß an Louise Kembers Küchentisch, preßte ihr Baby an sich und beobachtete Cassian verstohlen. Er hatte sie sanft in die Küche geführt und sie auf einen Stuhl gesetzt. Nun machte er ihnen beiden einen Tee. Während er darauf wartete, daß das Wasser kochte, lehnte er sich lässig an einen Küchenschrank. Selbst in Freizeitkleidung wirkte er elegant. Marys Blick glitt langsam über ihn hinweg, streifte seine gebräunten muskulösen Arme, sein dichtes Haar, seine geschwungenen Lippen und weißen Zähne. Er war, das mußte man ihm lassen, eine blendende Erscheinung.

Mary hatte sowohl Barnaby als auch Louise immer gerne gemocht. Als Gerüchte über sie aufgekommen waren, wollte sie ihnen partout keinen Glauben schenken; als die Kembers sich tatsächlich trennten, war sie am Boden zerstört gewesen.

Wenn so ein glückliches Paar schon nicht zusammenblieb, hatte sie im stillen gedacht, welche Hoffnung bestand dann für alle anderen?

Und im Grunde ihres Herzens hatte sie Cassian Brown die Schuld dafür gegeben. Wenn er nicht ins Dorf gezogen wäre, wäre alles beim alten geblieben. Und da sie ihm noch nie persönlich begegnet war, hatte sie ihn sich als bösen Lüstling vorgestellt, der sich an verheiratete Frauen heranmachte. Das italienische Blut, dachte sie. Kein Wunder. Wahrscheinlich steckte er mit der Mafia unter einer Decke und würde über kurz oder lang auch Louise mit in den Sumpf ziehen.

Als er ihr nun eine Tasse Tee einschenkte und sie charmant anlächelte, blickte sie ihn unsicher an. So ein schlechter Mensch kann er gar nicht sein, dachte sie widerstrebend. Er hatte genau zugehört, als sie ihm alles über den Unfall erzählt hatte – und er sah umwerfend gut aus. Kein Wunder, daß Louise...

»Möchten Sie Zucker?« Cassians Stimme riß sie aus ihren Gedanken.

»Oh, ja bitte.« Sie sah auf Luke hinab und wischte ihm hastig etwas Spucke vom Kinn. Was sie wohl selbst für einen Eindruck auf ihn machte, verweint und zerknautscht wie sie war?

Unvermittelt mußte sie wieder an die arme Katie denken. Ihr wurde ganz elend dabei, und sie rutschte unbehaglich auf dem Stuhl herum. Es erschien ihr nicht richtig, untätig herumzusitzen.

»Ich bringe Amelia gleich etwas zu trinken rauf«, sagte sie leise, »und frage sie, was sie zum Abendessen haben möchte, das arme kleine Schätzchen.«

»Ich vermute, Louise wird die ganze Nacht im Krankenhaus bleiben müssen«, sagte Cassian, »wenn die Sache wirklich schlecht steht.«

Mary sah ihn erschrocken an.

»W-wie schlecht«, stammelte sie, »könnte sie denn Ihrer Meinung nach stehen? Glauben Sie...« Sie war nicht imstande, die Worte auszusprechen. Cassian blickte sie nüchtern an.

»Mit Schädelverletzungen ist nicht zu spaßen.« Er stellte ihr den Tee hin. »Hier, trinken Sie das.«

»Vielen Dank«, murmelte Mary. Unvermittelt verspürte sie Respekt für Cassian. Er war jung, aber er kannte sich in vielem aus.

Sie schlürfte ihren Tee und spürte sofort seine wohltuende Wirkung. Cassian stand noch immer und trank seinen eigenen Tee. Plötzlich schien er einen Entschluß zu fassen.

»Ich denke, ich fahre mal ins Krankenhaus«, sagte er. »Oder brauchen Sie mich hier?«

Mary schüttelte wortlos den Kopf.

»Nein, natürlich nicht«, meinte Cassian verbindlich. »Sie kommen hier sicher gut zurecht. Und ich würde mich gerne, äh... bei Louise nützlich machen.«

»Grüßen Sie sie von mir«, sagte Mary. »Und alles Liebe an Katie.« Marys Stimme zitterte, und sie merkte, wie es in ihrer Nase zu kribbeln begann.

»Mach' ich.« Cassian nahm seine Jacke. »Ganz bestimmt.«

Louise und Barnaby waren in einen winzigen Raum geführt worden, der mit einer graubeigen Polstergarnitur und einer Vase mit Plastikblumen eingerichtet war. In stummer Benommenheit saßen sie da; jeder kämpfte mit seiner Angst und Verzweiflung.

Immer wieder gingen Louise dieselben Bilder im Kopf herum. Katie, die auf dem Sprungbrett auf und ab hüpfte, Katie, die aufschrie und dann ins Wasser fiel. Dieser Schrei. Wenn sie Katie doch nur früher gebeten hätte, aus dem Pool zu kommen! Wenn sie den Mädchen verboten hätte, aufs Sprungbrett zu gehen. Wenn Katie doch zum Angeln gegangen wäre. Ihre Gedanken zauberten ein Wunschbild herbei, auf dem sie glücklich Pizza aßen. Ein flüchtiges, trügerisches Gefühl der Erleichterung folgte, und dann, mit einem Schlag: die nackte Wirklichkeit. Das Bild von Katies kleinem Körper, bewußtlos, an Geräte angeschlossen.

Im Augenblick konnte sie sich nicht von diesen Bildern lösen. In verborgenen Winkeln ihres Herzens rumorten furchterregende Empfindungen, die nur darauf warteten, an die Oberfläche zu kommen und sie zu zerstören. Im Moment mußte sie sie verdrängen, so gut sie konnte.

Sie vermied es tunlichst, Barnaby anzusehen. Ein Wort, ein Blick von ihm, und die Empfindungen würden sich wie Geier auf sie stürzen; dann wäre sie zu jeder Handlung unfähig. Also starrte sie zu Boden und wartete bangen Herzens darauf, daß die Ärzte kamen und ihr und Barnaby berichteten, wie es um Katie stand.

Gerade wollte Mary zu Amelia hochgehen, als es an der Haustür klopfte. Erschrocken ging sie hin und machte auf. Es war Cassian, schon wieder zurück.

»Tut mir leid, wenn ich noch mal störe, Mary«, sagte er mit einem charmanten Lächeln. Marys Herz machte einen kleinen Sprung.

»Oh, Sie stören doch nicht«, erwiderte sie atemlos. »Haben Sie etwas vergessen?«

»Nicht direkt«, sagte Cassian liebenswürdig. »Ich hätte nur noch eine kleine Frage. Mir ist da etwas in den Sinn gekommen.« Er lächelte sie gewinnend an. »Als der Unfall geschah, da waren doch noch eine Menge Leute anwesend, nicht wahr?« Er machte eine vage Geste. »Zeugen, wenn Sie so wollen. Leute, die den Vorfall beobachtet haben.«

»Oh!« rief Mary überrascht. Sie hob Luke ein bißchen höher und streichelte sein weiches Haar. »Doch, ja«, sagte sie. »Ich denke schon. Eigentlich das ganze Dorf. Auch wenn natürlich nicht jeder hingeschaut hat, als es geschah.«

»Ja, natürlich«, meinte Cassian rasch. »Nun, das ist alles, was ich wissen wollte. Danke.« Und er wandte sich um und ging zu seinem Wagen zurück, während Mary ihm leicht erstaunt nachsah.

Als sich die Tür des kleinen Raumes öffnete, fuhr Louise zusammen und sah ängstlich auf. Ein junger Mann mit weißem Kittel und Nickelbrille streckte den Kopf herein.

»Mr. und Mrs. Kember? Mein Name ist Michael Taylor. Ich bin der Facharzt, der für Katie zuständig ist.«

Er kam herein, setzte sich und blickte Louise und Barnaby ernst an.

»Wie Sie wissen«, begann er schnell, »hat Katie eine Kopfverletzung erlitten. Sie bekam einen schweren Schlag, als sie ...«, er sah in seinen Unterlagen nach, »... auf dem Sprungbrett aufschlug. Also«, er hielt inne, »wir haben eben die Ergebnisse von Katies Tomographie erhalten. Wie vermutet, hat sich ein Blutgerinnsel gebildet, das auf Katies Hirn drückt.« Er sah von Barnaby zu Louise. »Ich weiß, daß es für Sie schwer sein wird, sich an den Gedanken zu gewöhnen, aber wir werden dieses Gerinnsel baldmöglichst entfernen müssen, um Katies Heilungschancen zu verbessern.«

Eine Stille trat ein. Barnaby sah fort. Louise begegnete dem Blick des Arztes.

»Ein Eingriff am Gehirn«, stammelte sie.

»Ich weiß, das klingt beängstigend«, erwiderte der Arzt ernst. »Aber in Wirklichkeit ist es eine relativ unkomplizierte Operation.« Er machte eine Pause. »Wir möchten sie so bald wie möglich durchführen.«

Wieder herrschte Schweigen. Louise spürte, wie ihr Atem schneller ging; Übelkeit stieg in ihr hoch. Mit rauher, fast unhörbarer Stimme sagte Barnaby plötzlich:

»Aber sie wird doch wieder... gesund.« Der Arzt verzog keine Miene.

»Es besteht eine große Chance, daß Katie sich gut erholt, wenn der Druck erst einmal von ihrem Hirn genommen worden ist.« Er hielt inne. »Aber Sie müssen bedenken, daß ihr Hirn eine nicht unerhebliche Verletzung davongetragen hat; nicht nur von dem Schlag, sondern auch von dem Sauerstoffmangel von der Zeit unter Wasser.« Er sah zu Barnaby. »Wenn ich recht verstanden habe, war Katie nicht länger als ein paar Minuten unter Wasser?«

»Ich hab' sie...« Barnabys Stimme war heiser und brüchig. »Ich hab' sie so schnell wie möglich rausgeholt.«

»Na dann«, meinte der Arzt freundlich, »kann es sehr gut sein, daß Sie Ihre Tochter vor einem ernsthaften Hirnschaden bewahrt haben.«

»Aber sicher wissen Sie das nicht?« Louises Stimme klang schrill.

»Ich fürchte, nein«, erwiderte der Arzt. »Noch nicht. Nach dem Eingriff sind wir klüger.« Er blätterte in seinen Unterlagen. »Mehrere Faktoren lassen hoffen. Es scheint keine Lähmung vorzuliegen, ihr Rückgrat scheint unbeschädigt zu sein, und die Schwellung des Gehirns ist geringfügiger als erwartet.« Er sah auf. »Doch ehe Ihre Tochter wieder zu Bewußtsein kommt, können wir nicht genau sagen, welcher Schaden entstanden ist.«

»Und wann wird das sein?« Louise versuchte, ihre Stimme unter Kontrolle zu bringen.

»Das können wir jetzt noch nicht wissen.« Er blickte Louise an. »Sie zittern ja, Mrs. Kember. Soll ich Ihnen eine Tasse Tee bringen lassen?«

Louise schüttelte benommen den Kopf.

»Ich würde Katie vor der Operation gern noch einmal sehen.«

»Selbstverständlich. Haben Sie sonst noch irgendwelche Fragen?«

Plötzlich klopfte es an der Tür. Eine Krankenschwester streckte den Kopf ins Zimmer.

»Verzeihen Sie«, sagte sie. »Ein Mr. Brown ist da. Er sagte, er wolle nicht stören, aber er habe Mrs. Kember frische Kleidung und ein Schaumbad mitgebracht.« Sie sah Louise an. »Er dachte, wenn Sie länger hierbleiben müssen, würden Sie vielleicht gern ein Bad nehmen.«

»Eine gute Idee«, meinte der Arzt. »Wenn Katie im Operationssaal ist, wird eine Krankenschwester Sie in ein ruhiges Badezimmer bringen. Sie wollen doch sicher ausgeruht und erfrischt sein, wenn Ihre Tochter aus dem Operationssaal kommt«, setzte er freundlich hinzu. Er blickte zur Krankenschwester. »Sie kümmern sich darum, Schwester Sandra?«

»Natürlich«, meinte die Krankenschwester teilnahmsvoll. Und zu Louise gewandt: »Sagen Sie Bescheid, wenn Sie soweit sind; dann lasse ich Ihnen ein schönes, heißes Bad ein.«

Louise sah in das gütige Gesicht der Krankenschwester, und plötzlich konnte sie ihre Tränen nicht mehr zurückhalten. Schwere, heiße Tropfen fielen auf ihre Hände.

»Sie sind sehr freundlich«, brachte sie heraus.

Die Schwester und der Arzt tauschten einen mitleidigen Blick.

»Ich fürchte, ich muß gehen«, sagte er. »Aber Sandra wird sich um Sie kümmern. Sandra«, fügte er auf dem Weg zur Tür hinzu, »Mrs. Kember würde ihre Tochter vor der Operation gern noch einmal sehen.«

»Natürlich«, erwiderte die Schwester. Sie ging zu Louise, setzte sich neben sie und holte ein Taschentuch hervor.

»Danke«, stammelte Louise. Einen Augenblick lang schien sie sich zu fangen. Sie setzte sich auf und wischte sich die Augen. Doch dann brach sie wieder in Tränen aus.

»Ich weiß, wie Ihnen zumute ist«, sagte die Krankenschwester besänftigend. Sie legte den Arm um Louises Schulter; die wandte sich um und vergrub ihr Gesicht in der Schulter der Schwester.

Barnaby starrte düster vor sich hin, vor Angst und ohnmächtiger Wut wie gelähmt. Alle schienen irgend etwas tun zu können, um zu helfen, bloß er nicht. Jemand tröstete Louise; ein anderer operierte seine Tochter; und wieder ein anderer hatte sogar daran gedacht, Louise ein Schaumbad zu bringen. Barnaby sah Cassians selbstgefälliges Gesicht vor sich, und neidischer Groll packte ihn. Warum war es Cassian gewesen, der Louise das Schaumbad gebracht hatte? Was hatte er im Krankenhaus zu suchen? Was für ein Recht hatte er, sich einzumischen?

Verzweiflung erfaßte Barnaby, und sein Kopf sank nach vorn, bis er nur noch den graubeigen Bezug des Sofas sehen konnte. Aber selbst das war zuviel für ihn. Er schloß die Augen, hörte, wie Louise weinte, und wünschte inständig, man könnte die Uhr noch einmal zurückdrehen und den Tag von vorn beginnen.

6

Spät am nächsten Morgen erwachte Meredith mit einem unguten Gefühl. Sie hatte einen schmerzlichen Traum gehabt, in dem Simon vorkam, doch bevor sie sich genauer daran erinnern konnte, war er ihr bereits entfallen. Sie stand mit weichen Knien auf und zog die Vorhänge zurück. Dann betrachtete sie sich im Spiegel. Ihr Gesicht war blaß und aufgedunsen, und da, wo sie mit dem Gesicht auf einer Naht ihres Nachthemdes gelegen hatte, verlief eine tiefe, rote Falte. Wie eine Narbe, dachte sie.

Und dann fiel ihr mit einem Schlag alles wieder ein: der Unfall, der Krankenwagen, die endlosen Stunden danach. Stunden, in denen man die Gäste überredet hatte, nach Hause zu gehen, die Telefonanrufe abgewehrt und Besucher abgewiesen hatte, denen eine falsche Version der Geschichte zu Ohren gekommen war. Es war bereits Mitternacht gewesen, als jemand angerufen und sie vom neuesten Stand der Dinge unterrichtet hatte. Katies Operation sei gut verlaufen, hieß es, aber sie liege im Koma.

Bilder von Krankenhausstationen, Apparaten und Krankenschwestern schossen Meredith durch den Kopf. Simon hatte vor seinem Tod zwar nur anderthalb Tage im Krankenhaus verbracht, aber in Meredith' Vorstellung war diese Zeit immer länger geworden. Im Geist sah sie sich wieder an seinem Bett sitzen, mit ihm sprechen, seine Hand halten und gegen Angst und Pessimismus ankämpfen. Sie erinnerte sich, wie sie sich bemüht hatte, ihre Stimme warm und optimistisch klingen zu lassen, für den Fall, daß er sie doch noch hören konnte. Nun, dachte sie, würde sie nie wissen, ob er wirklich etwas von ihren Worten verstanden hatte; ob er mitbekommen hatte, wie sie verzweifelt versucht hatte, ihm ihre Liebe und ihren Glauben an ihn zu vermitteln.

Früh am Morgen war sein Beatmungsgerät ausgeschaltet worden, und einige Sekunden danach hatte sie ihm verzweifelt ins Gesicht gesehen, in der unsinnigen Hoffnung, daß er, wenn sie es nur fest genug wollte, aufwachen und die Augen öffnen würde. Aber natürlich hatte er das nicht getan, und vielleicht, durchfuhr es Meredith plötzlich in schmerzvoller Angst, wäre es bei der kleinen Katie genauso.

Sie zog sich rasch an und öffnete ihre Schlafzimmertür. Unten hörte sie die Stimme von Hugh und Ursula… und Frances… und eine Stimme, die nach Alexis klang. Unwillkürlich erwachten ihre Lebensgeister ein wenig, und einen Augenblick rang sie mit dem Wunsch, die Tür noch mal zu schließen, sich etwas Reizvolleres anzuziehen. Aber ein Gefühl dafür, was Vorrang hatte, hielt sie davon ab. Nun war nicht die Zeit, an sich selbst zu denken.

Hugh und Ursula waren in der Küche, einem großen, sonnigen Raum mit gelbgestrichenen Wänden und einem riesigen Eichentisch. An einem Tischende befanden sich die Überreste des Frühstücks; am anderen Ende saß Alexis, der gerade eine Tasse Kaffee trank und besorgt wirkte; an der Hintertür stand Frances – wie immer altmodisch gekleidet – und sah ebenfalls betroffen drein.

Meredith blickte von einem zum anderen.

»Habt ihr irgendwas gehört?«

»Sie liegt noch immer im Koma«, erwiderte Frances.

»O Gott!« Meredith sank in einen Stuhl und goß sich eine Tasse Kaffee ein.

»Ich fühle mich so… so *hilflos*«, meinte Hugh kläglich.

»Ich kann gar nicht daran denken«, sagte Ursula. »Arme Louise. Armer Barnaby.«

»Arme Katie«, ergänzte Meredith nüchtern. Und zu Frances gewandt: »Was stellen die Ärzte für eine Prognose?« Frances zuckte die Achseln.

»Ich glaube, sie warten erst einmal darauf, daß sie aufwacht.«

»Warten«, sagte Meredith. »Das ist das schlimmste. Einfach dazusitzen mit diesem Gefühl, nichts tun zu können.« Eine kurze Stille trat ein. Aus der Diele hörte man das ruhige und gleichmäßige Ticken der Standuhr.

»Aber es gibt etwas, das ihr tun könntet, wenn es euch

nichts ausmacht«, sagte Frances schließlich. »Alan hält heute abend um sechs Uhr einen Gottesdienst für Katie ab. Wir rechnen mit ziemlich vielen Leuten, deshalb brauchen wir zusätzliche Stühle aus dem Gemeindesaal, und ich habe mich gefragt, ob ihr mir vielleicht beim Hinübertragen helfen könntet.« Sie blickte in die Runde. »Wenn wir alle mit anpacken, ist es im Nu erledigt.«

»Natürlich helfen wir.« Hugh seufzte. »Das ist das wenigste, was wir tun können.« Er sah zu Frances. »Glaubst du, Louise und Barnaby werden zu dem Gottesdienst kommen?«

»Keine Ahnung«, meinte Frances. »Ich denke, das hängt ganz davon ab, was passiert...« Eine kurze, ernüchternde Stille trat ein.

»Okay.« Meredith stellte ihre Kaffeetasse ab. »Gehen wir!«

»Ich will euch nicht hetzen«, protestierte Frances.

»Frühstücke doch erst.«

»Ich frühstücke nicht.« Alexis sah Meredith an.

»Dadurch, daß du dein Frühstück ausfallen läßt, ist der kleinen Katie auch nicht gedient«, meinte er ernst.

»Ich weiß«, erwiderte Meredith ungeduldig. »Ich weiß, es hilft nicht, aber trotzdem... es kommt mir wie eine Beleidigung vor, zu *essen*, während sie...« Sie verstummte.

»Meredith!« warf Ursula beunruhigt ein. »Deshalb mußt du doch nicht hungern!«

»Das mach' ich schon nicht!« versetzte Meredith. »Ihr wißt schon, was ich meine.« Sie sah Alexis an. Er nickte.

»Ja«, sagte er langsam, »ich weiß genau, was du meinst.«

Als die anderen zur Kirche aufgebrochen waren, begann Ursula den Frühstückstisch abzuräumen und die Teller und Tassen aufs Geratewohl neben der Spüle aufzutürmen. Trotz vielen Zuredens von Meredith konnte Ursula sich nicht zu der Überzeugung durchringen, daß sie drei genug Geschirr verbrauchten, um das Anstellen der Geschirrspülmaschine zu rechtfertigen. Und so kam es, daß sie sich nach jeder Mahlzeit ein Paar Gummihandschuhe überstreifte und mit der Hand abzuwaschen begann, worauf Meredith dann die Teller wieder aus der Spüle griff und sie in die Maschine steckte. Aber heute war keine Meredith da, die sie aufhielt. Und so stand Ursula eine Weile da und schrubbte jeden Teller sorgfältig mit der Hand. Es ging nur langsam voran, aber sie hatte alle Teller und fast alle Tassen und Untertassen fertig, als sie von einem Geräusch, das von Schritten auf dem Kies herrührte, unterbrochen wurde. Zuerst dachte sie, die anderen kämen von der Kirche zurück, aber es schien nur eine Person zu sein. Es war der junge Mann mit dem dunklen Haar, von dem alle behaupteten, er hätte die Ehe der Kembers zerstört, er stand da und begutachtete ungeniert das Haus. Wie war noch gleich sein Name? Er wollte ihr partout nicht einfallen.

»Hallo?« sagte Ursula stockend. Der junge Mann fuhr zusammen, fing sich aber sogleich wieder und streckte ihr mit einem geschäftsmäßigen Lächeln die Hand entgegen.

»Guten Morgen, Mrs. Delaney. Ich weiß nicht, ob Sie sich an mich erinnern. Cassian Brown.«

»Aber natürlich!« rief Ursula. »Prinz Caspian!«

Cassian schaute sie verständnislos an.

»Nein, nicht Caspian, Cassian. Und ich fürchte, ein Prinz bin ich auch nicht ganz.« Ursula errötete.

»Nein«, klärte sie ihn auf. »Ich dachte an das Buch *The Voyage of the Dawn Treader*, von C. S. Lewis, wissen Sie«, setzte sie schwach hinzu. »Darin kommt ein Prinz Caspian vor. Ihr Name erinnert mich daran, auch wenn er natürlich nicht *ganz* derselbe ist...« Beim Anblick von Cassians verständnisloser Miene verstummte sie. Er lächelte erneut, diesmal ziemlich kurz, bevor er ein ernstes Gesicht aufsetzte.

»Ich wollte Sie fragen, ob Sie mir gestatten würden, einen Blick auf den Swimmingpool zu werfen, in dem Katie sich gestern verletzt hat«, sagte er in gewichtigem Ton.

»Nachdem ich nicht dabei war, würde ich gern selbst einmal sehen ...« Ursulas Gesicht verzog sich betrübt.

»Aber natürlich. Arme Katie. Wissen Sie, wie es ...«

»Ich fürchte, sie ist immer noch bewußtlos.« Cassian ging ums Haus voran, und Ursula folgte ihm ängstlich mit dem Gefühl, daß sich hier etwas Ungutes anbahnte.

Beim Pool angekommen, steuerte Cassian direkt aufs Sprungbrett zu. Er wandte sich an Ursula.

»Ist sie hier ausgerutscht?«

»Ja«, meinte Ursula bekümmert. »Ich kann es kaum ertragen hinzusehen.« Eine Pause entstand. »Ich bin mir allerdings nicht sicher, ob sie tatsächlich ausgerutscht ist.« Aber Cassian schien nicht zuzuhören. Er bückte sich und fuhr mit einem Finger über die Oberfläche des Sprungbretts.

»Wie alt ist der Pool?«

»Nun, so genau weiß ich das gar nicht.« Ursula sah sich unsicher um. »Er war schon hier, als wir eingezogen sind, und das ist über zwanzig Jahre her.«

»Das Sprungbrett auch?«

»Doch, ja.« Sie blickte zum Sprungbrett und erschauerte.

»Ich würde das entsetzliche, gefährliche Ding gern abmontieren lassen!« Cassian sah sie scharf an.

»Wieso gefährlich?« Ursula sah ihn verwirrt an. »Nun, mein Lieber«, sagte sie liebenswürdig. »Katies Unfall geschah, als sie versuchte, davon herunterzuspringen, und ich glaube, auch Profispringer verletzen sich zuweilen.«

»Ja, aber Sie sagten, *dieses* Brett sei gefährlich«, beharrte Cassian.

»Warum sollte ausgerechnet dieses Brett hier gefährlich sein?« Ursula sah ihn verwirrt an.

»Ist es das? Das glaube ich eigentlich nicht.« Cassian gab es auf. Er sah sich um.

»Erinnern Sie sich, wie viele Leute gestern hier waren?« erkundigte er sich im Plauderton. Ursula verzog das Gesicht.

»Ich nehme an, so um die hundert«, sagte sie. »Wenn wir die Spendengelder schon gezählt hätten, könnte ich es Ihnen genau sagen, aber das haben wir noch nicht. Irgendwie schien es nicht …« Sie hielt inne und schlug die Hand auf den Mund. Ihre Augen leuchteten. »Natürlich! Das Geld muß an Katie gehen. Und wir müssen einen Spendenaufruf erlassen. Heute abend in der Kirche können wir anfangen.« Sie blickte Cassian erwartungsvoll an, aber er schien nicht zuzuhören.

»Und wer hat auf die Kinder aufgepaßt?« wollte er wissen.

»Nun«, entgegnete Ursula langsam, »richtig *aufgepaßt* hat eigentlich keiner. Aber, wissen Sie, alle waren mit ihren Eltern da, und irgendeiner hat immer zugeschaut. Ich erinnere mich, daß Louise ziemlich lange bei Amelia und Katie gestanden hat, und dann habe ich ein bißchen auf sie aufgepaßt …«

Sie brach ab und sah ihn mit Tränen in den Augen an.

»Wissen Sie, ich finde das alles so bedrückend«, sagte sie. »Hätten Sie etwas dagegen, wenn wir hineingehen?« Sie hielt inne. »Wie wär's mit einer Tasse Kaffee? Die anderen werden bald wieder da sein, dann können Sie mit ihnen reden.« Sie betrachtete ihn mitfühlend. »Es muß Ihnen furchtbar nahegehen.«

Bei ihrer Rückkehr fanden Meredith und Alexis die Küche leer und die Hintertür geöffnet vor.

»Ich frage mich, wo …«, begann Meredith.

Dann hörten sie von draußen Ursulas Stimme, die sagte: »Oh, da sind sie wohl!«

Als sie in der Hintertür erschien, sah sie ein wenig nervös aus. Meredith öffnete den Mund, um etwas zu sagen, hielt aber überrascht inne, als hinter Ursula unerwartet Cassian Brown auftauchte, der eine dunkle, schwere Aktentasche bei sich hatte. Ihr erster Gedanke war, ihn zu fragen, was er hier eigentlich zu suchen habe, aber statt dessen machte sie einen Schritt auf ihn zu und lächelte ihn an. Er erwiderte ihr Lächeln und nickte höflich in Alexis' Richtung.

»Hallo«, begrüßte sie ihn. »Wir sind uns schon einmal begegnet. Ich bin Meredith.«

»Ich erinnere mich sehr gut«, erwiderte Cassian. »Sie sind die Künstlerin.« Er blickte ihr kurz in die Augen, und zu ihrer Verwunderung spürte sie, wie sein dunkler Blick sie fesselte. Rasch riß sie sich davon los. »Und das ist unser Freund Alexis Faraday ...« Unvermittelt unterbrach sie sich. »Gibt es etwas Neues von Katie? Sind Sie deshalb hier?« Cassian schüttelte mit ernster Miene den Kopf.

»Cassian wollte einen Blick auf den Swimmingpool werfen«, erklärte Ursula.

»Aber ich fürchte, ich muß jetzt gehen«, sagte Cassian ölig. »Haben Sie Dank für Ihre Freundlichkeit.«

Er streckte Ursula die Hand entgegen. Sie zögerte, nahm sie dann und lächelte mit dem törichten Blick eines hypnotisierten Kaninchens zurück. Meredith beobachtete Cassian mißtrauisch und verspürte aus unerfindlichen Gründen plötzlich das Bedürfnis, Ursula zu beschützen. Aber gegen wen? Einen jungen Mann mit Augen, die einen bannten? Alle sahen zu, wie Cassian durch die Küchentür hinausging, und hörten schweigend, wie sich seine Schritte auf dem Kies der Auffahrt entfernten. Dann blickte Ursula Meredith munter an.

»Ich habe eine Idee«, verkündete sie. »Ich finde, wir sollten das ganze Spendengeld von gestern Katie geben, und wir sollten einen Spendenaufruf starten.«

»Gute Idee, Ursula«, erwiderte Meredith vage, aber ihr

Ausdruck war noch immer argwöhnisch. »Was genau hat dieser Cassian gewollt?«

»Er wollte sehen, wo die arme Katie ihren Unfall hatte«, entgegnete Ursula. Sie runzelte die Stirn. »Jedenfalls hat er das gesagt.«

»Wer war das?« wollte Alexis wissen. Nachdenklich verzog er das Gesicht. »Irgendwoher kenne ich den.«

»Louise Kembers Liebhaber«, war Merediths lakonische Antwort.

»Meredith«, rügte sie Ursula. »Das wissen wir doch gar nicht.«

»Aber woher kenne ich ihn?« fragte sich Alexis. »Bin ich ihm schon mal begegnet?«

»Nun«, meinte Meredith, »er ist Rechtsanwalt. Vielleicht besucht er dieselben Lokale wie du.«

»Ein Anwalt?« rief Alexis. Er betrachtete Ursulas arglose Miene, und sein Gesicht verfinsterte sich. »Hat er dir gesagt, warum er sich den Pool ansehen wollte?«

»Na ja«, erwiderte Ursula, »nein, eigentlich nicht. Er sagte bloß, der Grund sei, daß er selbst gestern nicht hier war. Ich dachte, daß es ihn wohl sehr mitgenommen hat.«

»Einen sonderlich mitgenommenen Eindruck machte er auf mich eigentlich nicht«, bemerkte Meredith. »Er sah …«

»Du hast doch nicht etwa mit ihm gesprochen, Ursula?« unterbrach Alexis sie. »Über den Unfall?«

»Na ja, nein. Ich meine, ja.« Sie sah verdutzt von Alexis zu Meredith. »Worauf willst du hinaus? Ist etwas nicht in Ordnung?«

»Doch, doch«, erwiderte Alexis schnell. »Ich hoffe schon.«

Später, als Meredith die Treppe hinaufging, hörte sie aus Hughs Arbeitszimmer eine Stimme. Jemand sagte in gedämpftem Tonfall: »Scheiße.« Vorsichtig öffnete sie die Tür.

Alexis stand an Hughs geöffnetem Schreibtisch und hielt eine aufgeschlagene Broschüre in der Hand.

»Was ist los?« fragte Meredith. »Schuldet Hugh dir Geld?« Alexis fuhr herum und lächelte Meredith zögernd an.

»Nein, alles bestens«, sagte er nicht sonderlich fröhlich. Rasch legte er die Broschüre zurück in die Schublade und schob sie zu. Meredith schaute ihn streng an.

»Stimmt etwas nicht? Steckt Hugh in geschäftlichen Schwierigkeiten?«

»Nein, Meredith«, entgegnete Alexis. »Ich habe bloß... bloß etwas überprüft.« Er ging auf die Tür zu. »So«, sagte er und bedachte sie mit einem freundlichen, wenn auch leicht sorgenvollen Lächeln, »und wie wär's jetzt mit einer Tasse Kaffee Marke Meredith, um mich für den restlichen Tag aufzubauen?«

Er nahm sie beim Arm, und Meredith überkam plötzlich freudiges Prickeln. Doch obwohl sie Alexis nun gestattete, sie nach unten zu führen, obwohl sie sich und ihn im Spiegel auf dem Gang erblickte und sie dieses Bild glücklich machte, spürte sie, wie Unruhe von ihr Besitz ergriff und sie nicht mehr losließ.

Cassian traf um vier Uhr im Krankenhaus ein. Er hatte den Großteil des Tages damit verbracht, im örtlichen Lebensmittelladen, in der Post, bei der Kirche und im *George* herumzustreifen. Bis zu seiner Ankunft im Krankenhaus hatte er sich mit über zwanzig Leuten im Dorf über den Unfall unterhalten, sich sorgfältig Notizen gemacht und nach jeder Unterhaltung die entsprechenden Namen notiert. Als er das Krankenzimmer betrat, in dem Katie lag, sah er sich vorsichtig um. Es war ein sehr kleiner, ruhiger Raum mit nur vier Betten, die alle durch blumige Vorhänge voneinander abgeschirmt waren. Bei einem Bett waren die Vorhänge vollständig zugezogen; dahinter war Gemurmel zu hören und dann ein schmerzvoller Aufschrei. Eine Krankenschwester in blauer Tracht kam dahinter hervor, eine Schüssel in der Hand. Cassian wandte den Blick ab.

»Cassian!« rief jemand mit stockender Stimme. Es war Louise, die neben Katies Bett saß und zu ihm aufsah.

»Louise«, grüßte Cassian sie in mitfühlendem Ton. Sie sah sehr elend aus, fand er. Ihr Gesicht war blaß, und sie wirkte auf einmal viel älter als zuvor; die Augen waren blutunterlaufen; sie rang nervös die Hände.

Dann blickte er auf Katie hinunter, und ihm wurde flau im Magen. Man hatte Katie den Kopf rasiert. Ihr kleines, weißes Gesicht verschwand fast unter einem Schlauch; jedes Stück von ihr schien mit einem der vielen Monitore verbunden zu sein, auf denen grüne Linien flimmerten. An der Wand neben ihrem hohen Metallbett hing eine Tabelle, die Glasgow Coma Scale.

»Wie geht's ihr?« fragte er. Louise schluckte.

»Sie ist immer noch im Koma, aber anscheinend ist es nicht mehr so tief wie am Anfang.« Sie fuhr sich nervös durchs Haar. »Das Blutgerinnsel ist weg; sie haben heute nachmittag eine Tomographie gemacht, und bislang hat sich kein neues Gerinnsel gebildet. Die Ärzte halten das für ein gutes Zeichen.« Sie blickte Cassian flehend an. »Es könnte viel schlimmer sein«, sagte sie, als wolle sie sich selbst beruhigen.

Wenig überzeugt schaute Cassian auf Katie hinunter und erschauderte ein wenig.

»Vielleicht«, schlug er vor, »könnten wir eine Tasse Kaffee trinken gehen? Gibt es hier eine Kantine oder so was?«

Die Krankenhauskorridore waren in warmen Pastelltönen gehalten und erinnerten Cassian an das Innere einer schicken Autobahntankstelle. Dieser Eindruck verstärkte sich noch, als sie die Cafeteria des Krankenhauses erreichten und ihnen zusammen mit ihrem Kaffee ein Fragebogen ausgehändigt wurde, auf dem sie eine Beurteilung über die Speisekarte, den Service und die Einrichtung abgeben sollten.

Louise trank einen Schluck Kaffee und zuckte zusammen. »Ich habe heute schon soviel Kaffee getrunken«, sagte sie. »Mehr habe ich nicht getan. Bei Katie gesessen und Kaffee getrunken.« Sie nahm einen weiteren Schluck. »Ich rede mit ihr, singe ihr was vor und reibe ihre Füße, immer wieder, aber nichts davon dringt zu ihr durch.« Sie sah Cassian an. »Vielleicht wird sie wochenlang im Koma liegen!« Ihre Stimme zitterte. »Oder Monate! Ich meine, das ist doch möglich, oder? Was, wenn sie nie mehr aufwacht?«

»So darfst du nicht denken«, sagte er. »Du muß positiv denken. Sie kann jeden Moment aufwachen.«

»Ich weiß«, sagte sie, »aber...« Cassian unterbrach sie.

»Andererseits«, meinte er bedeutungsvoll, »muß man den Tatsachen ins Gesicht sehen. Katie ist schwer verletzt. Wir wissen nicht, wann und inwieweit sie genesen wird.«

Cassian drückte Louises Hände etwas fester und sah ihr tief in die Augen. »Und ich glaube«, fuhr er mit leiser, aufrichtiger Stimme fort, »daß es an dir und Barnaby ist – ja, auch an mir –«, er senkte bescheiden den Blick, »daß es an uns allen ist, soviel für Katie zu tun, wie wir können.«

Louise schaute ihn verständnislos an.

»Wir... wir tun ja schon alles, was wir können. Barnaby kommt vorbei, sobald er mit der Arbeit fertig ist, und dann gehen wir zu dem Sondergottesdienst, der in der Kirche abgehalten wird. Die Ärzte haben gesagt, nun könnten sie nur abwarten. Eine der Krankenschwestern sagte...«, sie schluckte, »... daß Katies Körper sich nur deshalb ins Koma versetzt hat, weil sie jetzt viel Ruhe braucht, und daß alles heilen wird, während sie schläft.« In Louises Augenwinkeln glänzten Tränen.

»Natürlich, natürlich«, sagte Cassian beschwichtigend. »Sicherlich ist das richtig, aber weißt du, man könnte noch mehr tun.« Er zog seine Aktentasche auf den Tisch und öffnete sie rasch. »Ich habe ein paar Nachforschungen über den Unfall angestellt«, sagte er. »Ich möchte dich ja nicht beunruhigen, aber es scheint, als habe sich irgend jemand fahrlässig verhalten.«

Louise erstarrte bei diesen Worten, und ihr bereits blasses Gesicht wurde noch blasser. Ehe sie es verhindern konnte, stiegen in ihren müden Kopf wieder die quälenden Bilder hoch: Ursula, die sie gewarnt hatte, die Kinder seien überdreht; sie selbst, die Katies Kreischen ignoriert hatte; sie und Barnaby, die gedankenlos miteinander gestritten hatten, während ihre Tochter zum Sprung in ihr Unglück ansetzte – der ihr Tod hätte sein können.

Es war ihr Versäumnis. Ein Gefühl von unermeßlicher Schuld erfaßte sie und ließ sie vor Übelkeit erschauern. Sie legte eine Hand auf den Magen und blickte Cassian voll Verzweiflung an.

»Es war ein Unfall«, flehte sie schwach.

»Natürlich war es ein Unfall«, bestätigte Cassian rasch, immer noch mit seiner Aktentasche beschäftigt. »Aber es kann dennoch Fahrlässigkeit mit im Spiel gewesen sein. Ich bin mir da eigentlich fast sicher. Und deshalb …«

Unvermittelt hielt er inne und sah auf. »Du mußt darüber nachdenken und natürlich mit Barnaby sprechen.« Er legte eine Kunstpause ein. »Aber *ich* würde dir empfehlen, vor Gericht zu gehen, Louise.«

Louise sah ihn durch einen Schleier an. »Vor Gericht gehen?« Vor ihren Augen tanzten schwarze Schatten. »Um angeklagt zu werden?« Sie holte tief Luft. »Ich wollte doch nicht … ich dachte doch nicht … es tut mir so leid, so leid …«

»Louise, wovon redest du denn?« Cassians Stimme drang

in ihr Bewußtsein durch. »Ich spreche nicht von einer Anklage. Ich rede von einem Zivilprozeß. Nach dem, was ich entdeckt habe, hast du guten Grund, Ursula und Hugh zu verklagen.«

Barnaby traf um fünf im Krankenhaus ein und begab sich direkt ins Krankenzimmer, die Arme vollgepackt mit Karten und Spielsachen, die an diesem Tag im Larch Tree Cottage eingetroffen waren. Der Stuhl an Katies Bett war leer, und weder Louise noch jemand vom Pflegepersonal waren im Krankenzimmer zu sehen. Während er sich verständnislos umblickte, kam eine ihm unbekannte Krankenschwester herein und sagte zu ihm: »Ich glaube, Mrs. Kember ist in der Cafeteria. Mit ... ihrem Ehemann glaube ich.«

Barnaby starte sie einen Augenblick sprachlos an. Erst als er sich wieder gefangen hatte, konnte er sie fragen, wo sich die Cafeteria befand. Er bückte sich, strich Katie übers Haar und flüsterte: »Bin in einer Minute wieder da, Katkin.« Dann ging er mit glühendem Gesicht und pochendem Herzen den Korridor entlang.

Bei der Cafeteria angekommen, entdeckte er sie sogleich. Entspannt zurückgelehnt saßen sie da, als wäre alles in schönster Ordnung. Sofort ergriff ihn heller Zorn.

»Louise!« rief er.

»Barnaby!« Sie sah auf und lächelte. Tatsächlich, sie lächelte. Barnaby stürzte zu ihr hin.

»Katie ist ganz allein!« Er war sich des vorwurfsvollen Tons bewußt, konnte jedoch nicht dagegen an. »Seit einer halben Stunde ist sie völlig allein.«

»Sie ist nicht allein«, protestierte Louise. »Ein Team von Spezialisten kümmert sich rund um die Uhr um sie.« Sie nahm einen Schluck Kaffee. Barnaby schlug in plötzlicher Wut mit der Faust auf den Tisch.

»Darum geht es doch gar nicht!« schrie er. »Die Ärzte haben gesagt, *unsere* Stimmen würden ihr helfen, das Bewußtsein wiederzuerlangen! Mein Gott, wenn du es nicht einmal fertigbringst, dazusitzen und mit ihr zu reden...« Louise stand auf, das Gesicht rot vor Wut.

»Ich bin schon den ganzen Tag hier! Ich habe mit ihr geredet, ihr die Füße massiert und alles für sie getan, was ich konnte. Ich bin für *eine* Tasse Kaffee hergekommen! Eine Tasse, Barnaby!« Ihre verzweifelte Stimme hallte durch den Raum, und einige Angestellte der Cafeteria drehten sich nach ihnen um. »Und überhaupt«, Louise faßte sich wieder etwas, »haben Cassian und ich uns über den Unfall unterhalten. Du solltest dir anhören, was er dazu zu sagen hat.« Sie setzte sich wieder und trank einen weiteren Schluck Kaffee.

»Was denn?« Barnaby sah Cassian mit finsterem Argwohn an.

»Vielleicht später«, murmelte Cassian zu Louise.

»Nein, jetzt!« donnerte Barnaby. »Erzähl mir, was er gesagt hat und was so wichtig ist, daß du deswegen nicht bei Katie sitzt!«

»Na gut«, erwiderte Louise. Sie holte Luft. »Er sagte, wir sollten Hugh und Ursula in Katies Namen verklagen.«

»Was?«

»Ich bin nicht wirklich sicher, ob dies der richtige Zeitpunkt und der richtige Ort ist, um das zu besprechen«, sagte Cassian glattzüngig. »Vielleicht könntet ihr beide euch erst mal allein unterhalten...« Er stand auf und fuhr zusammen, als Barnaby ihn unsanft wieder auf seinen Platz drückte. Louise blickte besorgt auf Barnaby; sein Gesicht war puterrot, und er zitterte am ganzen Leib.

»Unterhalten?« brüllte er. »Worüber unterhalten?«

»Offenbar können wir ihnen Fahrlässigkeit nachweisen«, begann Louise. Barnaby starrte sie entgeistert an.

»Hugh und Ursula? Willst du damit sagen, du gibst Hugh und Ursula die *Schuld*? Mein Gott...«

»Es ist keine Frage der Schuldzuweisung«, warf Cassian rasch ein. »Sondern eine Frage des... Schadensersatzes.«

»Schadensersatz?« echote Barnaby. »Sie meinen Geld! Geld ist euch wichtig!« Louise sah verlegen auf den Tisch. »Katie ist noch nicht mal einen Tag im Krankenhaus«, schrie Barnaby, »und schon habt ihr nur noch Geld im Kopf!«

Mit ungläubiger Miene blickte er von Louise zu Cassian. Die ganze Sorge und Verzweiflung der letzten vierundzwanzig Stunden kochten in ihm hoch.

»Ihr müßt krank sein!« schrie er plötzlich, »ihr seid beide krank!« Und mit einer abrupten Bewegung stieß er mit dem Fuß einen Stuhl um. Der fiel im Umstürzen gegen den Tisch, so daß die Tassen und Untertassen schepperten. Von der anderen Seite der Cafeteria hörte man neugieriges Gemurmel. Cassian lächelte entschuldigend zum Personal hin und behielt Barnaby dabei im Auge.

»Barnaby, laß das bitte«, sagte Louise. Sie blickte sich besorgt in der Cafeteria um. »Das hilft Katie auch nicht.«

Einige Sekunden starrte Barnaby sie wortlos an. Dann seufzte er, bückte sich und stellte den Stuhl auf. Louise und Cassian beobachteten ihn nervös.

»Ich gehe jetzt«, sagte Barnaby schließlich, »um meine Tochter zu sehen, und dann gehe ich in die Kirche, um für sie zu beten.« Er sah Louise an. »Und du, mach doch, was du willst.« »Barnaby...«, sagte Louise.

»Laß mich, Lou«, erwiderte Barnaby mit heiserer Stimme.

Und ehe Louise noch etwas sagen konnte, drehte er sich um und stapfte unbeholfen zwischen den Tischen, Stühlen und Gästen hindurch. Ohne einen Blick zurück ging er mit hochgezogenen Schultern zur Tür hinaus, in der Gesäßtasche seiner Jeans eine Grußkarte für Katie.

Die kleine Kirche war gerammelt voll, als Barnaby eintraf, Leute liefen herum, flüsterten miteinander, rückten Stühle zurecht und legten Geschenke, Spielsachen und Blumen auf einen Seitentisch, der eigens für diesen Zweck dort hingestellt worden war. Es herrschte eine ängstlich erwartungsvolle Atmosphäre. Als Barnaby hörte, wie sein Name gerufen wurde, fuhr er erschrocken zusammen.

»Barnaby!« Es war Frances Mold, die durch das Portal trat und die Tür hinter sich schloß. Sie schaute ihn aufmunternd an, nahm seinen Arm und drückte ihn. »Ich bin froh, daß du gekommen bist«, sagte sie schlicht.

»Hier sind so viele Leute«, sagte Barnaby unsicher. Er sah auf Frances hinab. »Und ich kenne nicht mal die Hälfte.«

»Viele von ihnen scheinen Katie zu kennen«, erklärte Frances. »Freunde aus der Schule, denke ich.«

»Ich vermute, Louise kennt sie«, sagte Barnaby, und sein Gesicht verfinsterte sich unwillkürlich. Allein der Gedanke an Louise brachte ihn schon in Rage. »Ist sie schon da?« Frances blickte zu ihm hoch.

»Louise kommt nicht zum Gottesdienst«, erklärte sie. »Sie hat vom Krankenhaus aus angerufen. Sie meint, sie müsse bei Katie bleiben, für den Fall, daß sie aufwacht.«

»Oh«, entgegnete Barnaby matt. »Ich verstehe.«

Plötzlich überkam ihn ein Gefühl der Verlassenheit. Er würde dies hier ganz allein durchstehen müssen.

Frances sah auf ihre Uhr und griff zur Tür. »Wir sollten jetzt wirklich reingehen. Ich habe dir neben mir einen Platz freigehalten.«

»Warte«, sagte Barnaby. »Ich werde nicht ...« Er schluckte und sah fort. »Laß mir noch eine Sekunde Zeit.«

Frances beobachtete stumm, wie er sich faßte, ein paarmal tief Luft holte und sich durch das widerspenstige dunkle Haar fuhr.

»So«, sagte er schließlich. »Ich bin soweit.«

Bei seinem Eintreten ging ein Raunen durch die Reihen, und viele wandten sich nach ihm um. Manche starrten ihn mit leicht mitleidigen Mienen an, andere schienen wirklich tiefen Schmerz zu empfinden. Irgendwo weinte jemand leise, und als Barnaby nach vorne ging, begann ein Baby zu schreien.

Alan Mold stand bereits vorn und nickte Barnaby freundlich zu, als dieser seinen Platz einnahm.

»Laßt uns beten«, sagte er.

Einen Moment herrschte Stille. Dann hörte Barnaby hinter sich ein Rascheln, als die Gemeinde gemeinsam auf die Knie sank. Und als sich Barnaby selbst hinkniete, spürte er durch die Stille hindurch die stille Anteilnahme von hundert Leuten, die in einer Welle des Mitgefühls auf ihn zuströmte.

Es war ein kurzer, einfacher Gottesdienst. Alan Mold richtete tröstende Worte an Barnaby und die Gemeinde, verlas Gebete, die von Liebe und Hoffnung sprachen, und stimmte das Lied »All Things Bright and Beautiful« an. Nach dem Ende des Gottesdienstes wollte Barnaby sofort aufbrechen, aber Frances zog ihn am Ärmel.

»An deiner Stelle«, meinte sie, »würde ich noch ein wenig warten. Ansonsten wirst du mit allen reden müssen.«

Barnaby sah zu ihr hinunter. Während des Gottesdienstes hatte er sich unfähig gefühlt, den Mund zu öffnen, unfähig mitzubeten, unfähig, in den Gesang einzustimmen.

Gespräche mit Leuten waren jetzt undenkbar, deshalb nickte er und sank wieder neben Frances nieder.

Hinter sich konnte er das Gemurmel der aufbrechenden Menge hören; viele Stimmen davon erkannte er oder meinte es zumindest. Mehrere Male vernahm er seinen Namen, aber er drehte sich nicht um.

»Barnaby?« Auf einmal war jemand direkt neben ihm. »Barnaby?«

Er sah auf. Es war Ursula, die ihn besorgt anblickte.

»Hallo, Ursula«, brachte er heraus. Ursula lächelte ihn schüchtern an.

»Ich kenne deine Pläne ja nicht«, sagte sie, »aber wir wollten dich fragen, ob du zum Abendessen zu uns kommen möchtest.« Sie hielt inne und setzte dann fürsorglich hinzu: »Du mußt doch anständig essen.«

Barnaby versuchte, sie freundlich anzulächeln, aber es gelang ihm nicht.

»Mach dir keine Gedanken«, erwiderte er, »das tu' ich schon.«

»Dann um der Gesellschaft willen.«

»Ehrlich gesagt, Ursula«, sagte Barnaby, »liegt mir momentan nicht viel daran. Es ist sehr nett von dir, aber ich glaube, ich fahre zurück ins Krankenhaus.«

»Natürlich«, meinte Ursula leicht geknickt. »Ich verstehe.«

Barnaby nahm ihre Hand.

»Ich bin dir sehr dankbar für das Angebot, aber ich muß zu Katie. Vielleicht...« Er schluckte. »Vielleicht wacht sie ja jeden Moment auf.«

»Wir beten dafür«, sagte Ursula emphatisch.

»Ja, das weiß ich«, sagte Barnaby und drückte ihre Hand. »Das weiß ich.«

7

Drei Tage später fuhr Barnaby frühmorgens jäh aus dem Schlaf hoch. Sofort setzte er sich mit klopfendem Herzen auf und hoffte, das Klingeln des Telefons habe ihn geweckt. Aber der Apparat neben seinem Bett war stumm. Wieder war eine

Nacht vergangen, ohne daß man ihn gebeten hatte, ins Krankenhaus zu kommen; ohne die freudige Nachricht, Katie sei endlich aufgewacht. Schwerfällig stand Barnaby auf, ging langsam in die Küche und setzte Wasser auf.

Seit seinem Auszug aus dem Larch Tree Cottage bewohnte Barnaby eine kleine Erdgeschoßwohnung in dem Neubaugebiet am anderen Ende Melbrooks. Es gab nur ein Zimmer, und wenn die Kinder zu Besuch kamen, hatten sie keinen Platz zum Spielen. Aber nach Abzug des Geldes für den Unterhalt, den er Louise und den Mädchen zahlte, konnte er sich nicht mehr leisten. Mürrisch sah er sich um. Er fühlte sich erschöpft und deprimiert. Wie ein Kind vor Weihnachten war er seit dem Unfall jeden Abend in der Hoffnung ins Bett gefallen, bis zum nächsten Morgen würde etwas geschehen. Katie würde aufwachen, lächeln und vielleicht sogar nach ihm verlangen...

Und jeden Morgen wachte er auf, ohne daß sich etwas Neues ereignet hatte. Keine Veränderung. Ihr Gesundheitszustand sei stabil, sagten ihm die Krankenschwestern. Nein, sie könnten nicht sagen, wann sie erwache. Nein, sie könnten nicht sagen, welchen Schaden die Verletzungen angerichtet hätten. Dafür sei es zu früh. Es bleibe nichts anderes übrig, als abzuwarten.

Bis jetzt hatte Barnaby den Krankenschwestern widerspruchslos gehorcht, hatte ihnen beigepflichtet, wenn sie ihm versicherten, daß es keinen Zweck habe, das Schlimmste anzunehmen; hatte vermieden, sie nach den beunruhigenden Gedanken zu fragen, die er in ihren Augen las. Wie ein Feigling hatte er nicht wissen wollen, was sie ihm nicht verrieten. Aber heute wollte er es wissen, entschied er plötzlich, während er kochendes Wasser auf einen Teebeutel goß. Bei der heutigen Unterredung mit dem Arzt würde er Antworten verlangen. Er würde sich eine Liste mit Fragen machen und so lange nachbohren, bis er herausgefunden hatte, wie es um Katie stand. Er setzte sich mit seiner Tasse Tee hin und sah die Briefe durch, die er am Abend zuvor geöffnet hatte. Viele Karten waren für Katie; Briefe der Anteilnahme und des Mitgefühls – als ob sie tot wäre, dachte er grimmig. Warum sahen alle bloß so verdammt schwarz? Sie würde wieder gesund werden. Ganz bestimmt.

Am unteren Ende des Stapels lagen die anderen Briefe. Alltägliche Korrespondenz, hauptsächlich Rechnungen. Seitdem er aus Larch Tree Cottage ausgezogen war, schienen sie kein Ende zu nehmen. Jedesmal wenn Barnaby glaubte, sein monatliches Budget richtig eingeteilt zu haben, wartete schon irgendeine unangenehme Überraschung auf ihn. Diese Woche war es die Rechnung für die Inspektion von Louises Wagen – dreihundert Pfund –, die völlig unerwartet eingetroffen war. Wieder würde er auf seine Ersparnisse zurückgreifen müssen.

Warum war das Leben plötzlich soviel teurer? Als er noch mit Louise zusammengelebt hatte, schien sein Gehalt für all ihre Bedürfnisse vollauf zu genügen; nun reichte es hinten und vorne nicht mehr. Ganz gleich, wie sparsam er auch war, am Ende eines jeden Monats war das Konto überzogen. Und das, obwohl er im billigsten Quartier wohnte, das er hatte finden können, obwohl er sich auf das Wesentlichste beschränkte. Natürlich war es seine Pflicht, Louise und die Mädchen zu unterstützen, dachte er niedergeschlagen, während er einen Schluck Tee nahm und die Rechnung von der Autowerkstatt unter den Kartenhaufen schob. Sie waren von ihm abhängig. Es war nur recht und billig. Aber hieß das, daß er sich nie mehr ein eigenes Leben würde leisten können?

Um zehn vor elf kam eine Krankenschwester an Katies Bett und klopfte Louise sachte auf die Schulter.

»Ja?« Erschrocken fuhr Louise herum.

»Verzeihung«, sagte die Krankenschwester. »Ich wollte Sie nicht erschrecken. Ich dachte, ich erinnere Sie besser daran, daß Sie um elf Uhr ein Treffen mit dem Facharzt haben. Bloß für den Fall ...«, taktvoll machte sie eine Pause, »für den Fall, daß Sie sich noch das Haar kämmen wollen.«

»Ja«, erwiderte Louise matt. »Vielen Dank. Ich sehe wohl schrecklich aus.« Sie hielt inne. »Nicht, daß es darauf ankommt«, setzte sie hinzu und stand langsam auf. »Ich meine, dem Arzt ist das sicher egal, und ich denke, Barnaby auch.«

Seit Montag hatte Louise kaum mit Barnaby gesprochen. Sie hatte überhaupt kaum mit jemandem gesprochen, außer mit den Krankenschwestern, dem ein oder anderen Arzt und natürlich, den ganzen Tag lang, mit der noch immer bewußtlosen Katie. Sie verbrachte ganze Stunden damit, Katies kleines Gesicht anzustarren, ermunternd auf sie einzureden und verzweifelt auf irgendeine Reaktion zu warten. Und da keine kam, ertappte sie sich dabei, wie sie absurderweise ihre eigene Kommunikationsfähigkeit anzweifelte. Bisweilen kam es ihr vor, als lebte sie in einer losgelösten Welt, in der nur sie und die eigenen Gedanken existierten, in der sie schon seit Ewigkeiten am selben Bett saß, Katies Gesicht anschaute und sie mit ihrer Willenskraft zum Aufwachen zu bewegen suchte.

Auf dem Nachtkästchen neben Katies Bett lag ein Notizbuch, das eine der Krankenschwestern Louises gegeben und ihr vorgeschlagen hatte, sie solle ein Tagebuch über Katies Fortschritte führen und auch ihre eigenen Gedanken und Gefühle darin festhalten. Bis jetzt stand noch nichts drin. Louise' Gedanken waren zu ziellos, als daß sie sie hätte aufschreiben können. Wenn sie schlief, hatte sie dunkle, bedrohliche Träume, die sie lange Zeit nicht losließen. Sie fühlte sich heillos überfordert und war am Ende ihrer Kraft.

Sie hatte sich nicht dazu durchringen können, den Gottesdienst am Montag zu besuchen. Als Grund hatte sie angegeben, Katie könne in ihrer Abwesenheit aufwachen, in Wirklichkeit aber hatte sie sich der Sache nicht gewachsen gefühlt. Bei der Vorstellung, den Blicken der Gemeindemitglieder ausgesetzt zu sein – wohlwollenden und mitfühlenden, vielleicht, aber sicher auch neugierigen –, lief ihr ein Schauer über den Rücken.

Und dann war da noch die Sache mit Hugh und Ursula. Sie hatten geholfen, den Gottesdienst zu organisieren. Wenn Louise hingegangen wäre, wäre sie ihnen begegnet; sie hätte sich mit ihnen unterhalten müssen. Louise schloß kurz die Augen. Sie wußte nicht, was sie über Hugh und Ursula denken sollte; sie war unfähig, ihre Gedanken von dem Unfall zu lösen, von den düsteren Träumen, die sie immer noch heimsuchten. Manchmal, wenn sie dasaß und den Unfall wieder Revue passieren ließ, packte sie ein ohnmächtiger Haß gegen die Delaneys, und sie begann zu zittern. Sie haßte ihren Swimmingpool und das gefährliche Sprungbrett. Und sie verspürte das verzweifelte Bedürfnis, daß sie für das bestraft würden, was Katie geschehen war. Und dann machte es in ihrem Kopf klick, und sie sah die gütig lächelnde Ursula und den freundlichen Hugh vor sich. Alte Freunde der Familie, die Katie liebten. Dann stiegen ihr Tränen in die Augen, und der Gedanke, sie zu verklagen, kam ihr lächerlich, undenkbar vor.

Cassian war da allerdings anderer Meinung. Als Louise, leicht schwankend vor Müdigkeit, den Korridor entlang zur Damentoilette ging, dachte sie über Cassians Vorschlag nach. Anscheinend glaubte er wirklich, sie hätten schlagende Argumente. Am Abend nach Barnabys Wutanfall hatte er ihr alles ausführlich erklärt, und dann hatte er sich zurückgelehnt und mit sanfter Stimme gesagt: »Die Entscheidung liegt ganz bei dir. Ich sage kein weiteres Wort mehr, wenn du es nicht wünschst.«

»Nein«, stammelte Louise. »Das klingt alles sehr plausibel. Ich werde mit Barnaby darüber sprechen, ich glaube, er hat es noch nicht richtig verstanden.«

»Genau«, hatte Cassian erwidert. »Der Meinung bin ich auch.« Er sah sie fest an. »Ich finde, du und Barnaby, ihr solltet es als eure Pflicht gegenüber Katie betrachten, einen Prozeß gegen die Delaneys anzustrengen.« Dann wandte er den Blick ab. »Ihr seid es eurer kleinen Tochter schuldig«, sagte er eindringlich. Und Louise, angespannt und erschöpft, hatte gespürt, wie ihr die Tränen über das Gesicht liefen. Cassian hatte recht; er war Katies Retter; er wollte für sie kämpfen.

Einige Minuten vor der Besprechung erreichte Barnaby das Krankenhaus und begab sich geradewegs in Katies Zimmer. Louise saß nicht an ihrem Bett, und Barnaby verspürte auf der Stelle einen heftigen Zorn und zugleich ein schwaches Gefühl der Erleichterung. Wenigstens hatte er Katie einige Augenblicke für sich, ohne daß Louise beobachtend dabeistand und ihm das Gefühl vermittelte, unbeholfen zu sein. Seit dem Streit in der Cafeteria hatte er mit Louise kaum ein Wort gewechselt. Bei den wenigen Gelegenheiten, wo sie sich an Katies Bett begegnet waren, hatten sie lediglich ein paar bedeutungslose Höflichkeiten ausgetauscht, für den Fall, daß Katie sie hören konnte; ansonsten schien Louise ihm eher aus dem Weg zu gehen.

»Katie«, sagte er leise und nahm vorsichtig ihre Hand. »Katie, ich bin's, Daddy. Katie, es wird alles gut. Bald wirst du aufwachen und nach Hause kommen können.« Er verstummte. Sie würde zu Louise heimkehren, ins Larch Tree Cottage; sein Zuhause war es ja nicht mehr.

»Barnaby!« Louise' Stimme hinter ihm ließ ihn zusammenfahren. Als er sich umwandte, sah er sie an Katies Vorhangschiene stehen. Sie sah blaß und erschöpft aus.

»Hallo Louise«, sagte er beklommen. »Hat sich irgendwas…« Er warf einen raschen Blick auf Katie. »Gibt es irgendwelche neuen Entwicklungen?«

»Nein«, erwiderte Louise kurz. »Nichts.« Sie sah auf die Uhr. »Wir sollten besser gehen.«

Die Unterredung fand mit demselben Facharzt statt, den sie schon im Wartezimmer gesprochen hatten; auch Janine, die Krankenschwester, die Katie in ihrer besonderen Obhut hatte, war anwesend. Barnaby sah zu, wie Louise den Arzt mit einem zittrigen Lächeln begrüßte, sich dann neben Janine setzte und in vertraulichem Ton mit ihr redete, als wären sie alte Freunde, die ein Geheimnis hüteten. »Worüber redet ihr?« platzte es ungewollt aus ihm heraus.

»Das tut nichts zur Sache«, versetzte Louise.

»Ging es um Katie? Gibt es da was, das ich wissen sollte?« beharrte Barnaby. Er versuchte, Janine liebenswürdig anzulächeln, aber er merkte, wie er rot anlief und sein Atem schneller ging.

»Ich habe Janine um Schmerztabletten gebeten«, erwiderte Louise schroff. »Ich habe nämlich rasende Kopfschmerzen.«

»Oh«, sagte Barnaby. »Tut mir leid, das zu hören.« Aber Louise hatte den Blick schon abgewandt.

Der Facharzt räusperte sich, blätterte in seinen Unterlagen und sah dann auf.

»Ich bin froh, daß Sie heute beide kommen konnten«, sagte er. »Unseres Erachtens sind regelmäßige Treffen mit den Eltern der Kinder unserer Station sehr nützlich, um sie über die Fortschritte auf dem laufenden zu halten und ihnen die Möglichkeit zu geben, Fragen zu stellen.« Er sah auf seine Notizen hinunter. »Wie Ihnen sicher beiden klar ist, können wir in Katies Fall noch nicht viel sagen, außer, daß sie sehr sorgfältig überwacht wird und wir darauf warten, daß sie wieder zu Bewußtsein kommt. Wir beobachten sie sehr genau, und sobald irgendeine Veränderung in ihrem Zustand eintritt, lassen wir es Sie unverzüglich wissen.«

»Wann, glauben Sie...«, begann Barnaby. Alle sahen ihn an, und er hustete verlegen. »Wann, glauben Sie, wird sie aufwachen?«

»Das ist sehr schwer zu sagen«, erwiderte der Arzt.

»Aber Sie müssen doch irgendeine Vorstellung haben. In einer Woche? In einem Monat? In einem Jahr?« Der Arzt seufzte.

»Ich möchte Ihnen nicht ausweichen, aber von Voraussagen halte ich nicht viel.« Er lächelte Barnaby freundlich an. »Katie wird aufwachen, wenn sie soweit ist.«

»Aber Sie müssen doch zumindest...«, fing Barnaby an. Louise unterbrach ihn.

»Barnaby, hör auf! Sie wissen es eben nicht. Wir müssen einfach abwarten.«

»Es mag auf Sie den Eindruck machen, als würden wir etwas verschweigen«, erklärte der Arzt ernst, »aber ich kann Ihnen versichern, daß das nicht der Fall ist. Bei einer Schädelverletzung muß man mit Prognosen vorsichtig sein.« Er sah Barnaby an. »Erwarten Sie momentan nicht zuviel, nehmen Sie einfach jeden Tag, wie er kommt. Und wenn Katie dann bei Bewußtsein ist, werden viele Dinge klarer sein.«

Es entstand eine kurze Stille, während der Barnaby von einer unerklärlichen Panik ergriffen wurde. Was würde klarer werden? Was verheimlichten sie ihm?

»Aber sie wird doch wieder gesund?« sagte er unvermittelt, die Stimme aggressiv vor Angst. »Ich meine, Sie sagten doch, sie hätte keine Lähmungen davongetragen. Sie wird doch laufen können – und richtig reden? Sie wird doch nicht bloß dahinvegetieren?«

»Barnaby!« rief Louise.

»Also, was wird klarer sein? Wovon sprechen Sie da?«

»Mr. Kember«, meinte der Arzt beschwichtigend, »offensichtlich machen Sie sich um Ihre Tochter große Sorgen.«

»Allerdings«, versetzte Barnaby grob. »Und ich möchte wissen, wie sie sein wird, wenn sie aus dem Koma erwacht.«

»Natürlich wollen Sie das«, meinte der Arzt. »Das wollen wir alle. Aber augenblicklich können wir Ihnen nicht viel sagen.«

»Aber Sie haben doch Tests gemacht, oder?« schrie Barnaby. »Sie haben Tomographien und so was gemacht.«

»Das stimmt«, erwiderte der Arzt geduldig. »Aber eine Tomographie sagt uns auch nicht alles.«

»Was kann sie Ihnen denn sagen? Was könnte denn mit ihr nicht stimmen?«

»Barnaby!« rief Louise plötzlich mit schriller Stimme. »Warum kannst du es nicht dabei bewenden lassen? Warum kannst du nicht abwarten wie alle anderen auch?«

»Ich will's einfach wissen!« entgegnete Barnaby. »Ich will wissen, was mit Katie nicht stimmen könnte! Sie müssen doch eine Vorstellung haben«, wandte er sich wieder an den Arzt. »Ich meine, viele Leute hatten doch schon solche Verletzungen wie Katie. Können Sie uns nicht sagen, was mit denen los war?« Der Arzt seufzte. Er nahm seinen silbernen Kugelschreiber und begann, Kreise auf die Vorderseite seines Schnellhefters zu malen.

»Ein Schaden am Gehirn kann ganz unterschiedliche Folgen haben«, erklärte er. »Beispielsweise leiden viele Opfer nach dem Aufwachen an Verwirrtheit – an einer sogenannten posttraumatischen Amnesie.«

»Ist das alles?« wollte Barnaby wissen. »Ein bißchen Verwirrtheit?«

»Na ja, nein, nicht immer«, räumte der Arzt ein. »Es könnten sich unter Umständen Probleme mit... nun, mit dem Sprechvermögen ergeben. Auch eine Art von posttraumatischer Epilepsie wäre möglich, oder Persönlichkeitsveränderungen. Aber bis Katie wieder erwacht...«

»Und was ist mit dem Laufen?« fragte Barnaby. Es entstand eine Pause. Der Arzt schaute auf die Spitze seines Kugelschreibers.

»Anfängliche Probleme mit dem Gleichgewicht und der Koordination sind möglich«, meinte er schließlich. »Manche Patienten müssen das Gehen erst wieder lernen. Aber nur manche«, setzte er fest hinzu. »Und in den meisten Fällen sind unsere Rehabilitationsmaßnahmen sehr erfolgreich.«

»Ich verstehe«, sagte Barnaby, bemüht, Ruhe zu bewahren. Ihm schien, als hätten sich seine schlimmsten Befürchtungen bestätigt, als hätte man ihm endlich ein Geheimnis enthüllt, das allen anderen schon seit Tagen bekannt war.

»Wenn Katie zur Rehabilitation muß«, sagte Louise mit zitternder Stimme, »würde sie dann hier behandelt werden?«

»Nein, wahrscheinlich in Forest Lodge, einem Rehabilitationszentrum ganz in der Nähe.«

»Wird dort...«, begann Louise.

»Forest Lodge?« schnitt Barnaby ihr das Wort ab. Er spürte, wie es ihm kalt über den Rücken lief. »Diese Klinik auf dem Hügel, wo alle Kinder in Rollstühlen sitzen?«

»Ich glaube nicht, daß alle einen Rollstuhl brauchen«, sagte der Arzt freundlich. Und an Louise gewandt: »Wissen Sie, das Zentrum ist ziemlich bekannt. Sie haben Glück, daß Sie in seiner Nähe wohnen.«

»Glück«, echote Barnaby düster.

»Aber es ist noch viel zu früh, um an so etwas zu denken«, meinte der Arzt rasch. »Augenblicklich müssen wir uns darauf konzentrieren, daß Katie wieder aus ihrem Koma erwacht.« Er lächelte Louise an. »Wenn ich es recht verstanden habe, haben Katies Klassenkameraden für sie eine Kassette besprochen. So etwas ist oft sehr hilfreich.«

»Gut«, sagte Louise. Sie errötete leicht. »Eine Frage noch«, fügte sie hinzu, ohne Barnaby anzusehen. »Falls wir ärztliche Gutachten für ein… für ein Gerichtsverfahren bräuchten, könnten Sie uns die geben?«

»Aber natürlich«, erwiderte der Arzt. »An so etwas sind wir gewöhnt, nicht wahr, Janine?« Er blickte zur Krankenschwester, die nickte.

»Ja sicher«, sagte sie. »Sie werden also vor Gericht gehen?«

»Nein.« Barnaby sah Louise finster an. »Das werden wir nicht.«

Louise ignorierte ihn.

»Möglicherweise«, sagte sie.

Der Arzt sah vom einen zum anderen.

»Es geht mich ja nichts an«, meinte er, »aber ich habe schon viele Eltern in Ihrer Situation erlebt, und ich finde, wenn Sie sich dazu entschließen, einen Prozeß zu führen, dann sollten Sie das wirklich gemeinsam tun.« Er zog die Stirn kraus. »So ein Verfahren kann sehr belastend werden, von den hohen Kosten einmal abgesehen.«

»Nun, das wäre nicht das Hauptproblem.« Louise errötete leicht. »Mein Vater hat sich großzügigerweise bereit erklärt, uns bei den Kosten zu unterstützen. Und wenn wir den Prozeß gewinnen, müssen wir natürlich auch nicht…«

Sie wurde von Barnaby unterbrochen.

»Dein Vater denkt also, wir sollten Klage erheben?« fragte er empört. »Das kann ich einfach nicht glauben!«

Louise blitzte ihn wütend an.

»Du begreifst nicht, daß er seine Enkelin vor alles andere stellt«, zischte sie. »Sein eigen Fleisch und Blut. Findest du das so merkwürdig? Barnaby, wenn das so ist, dann sagt es mehr über dich…«

»Ähem«, räusperte der Arzt sich höflich, und Louise hielt mitten im Satz inne.

»Verzeihung«, murmelte sie. »Fahren Sie bitte fort.«

»Vielleicht sollten wir die Besprechung für heute beenden«, sagte der Arzt. »Denken Sie einfach dran, was immer Sie beschließen, wir werden Ihnen dabei zu helfen versuchen.« Er lächelte Louise an und erhob sich. »Wir sehen uns bald wieder. Bis dahin wenden Sie sich bitte an Janine, wenn Sie Fragen haben.«

»Warten Sie!« sagte Barnaby eilig. »Noch eine Frage: Kommt es manchmal vor, daß jemand aus dem Koma erwacht und wieder ganz gesund ist?«

Eine Pause entstand. Louise murmelte etwas vor sich hin.

»Offen gestanden, nicht sehr häufig«, antwortete der Arzt freundlich. »Nein, eher selten.«

»Aber es ist möglich«, beharrte Barnaby. Der Arzt seufzte.

»Das kommt wohl schon mal vor«, begann er. »Aber ...«

»Schon gut«, unterbrach ihn Barnaby. »Es ist möglich, mehr wollte ich gar nicht wissen.«

Als sie aus dem Unterredungszimmer kamen, wartete Cassian bereits auf Louise.

»Na?« meinte er. »Wissen die Ärzte jetzt mehr?«

»Nein.« Louise rieb sich erschöpft die Augen. »Sie wissen überhaupt nichts. Weder, wann sie wieder erwacht, noch, ob sie Epileptikerin sein wird, noch, ob sie gehen können wird, noch, ob sie dieselbe Persönlichkeit haben wird ...«

»Das alles haben sie gesagt? Sie haben gesagt, daß sie vielleicht nicht mehr laufen kann?«

»Barnaby hat dem Arzt, der uns eben Auskunft erteilte, einfach keine Ruhe gelassen«, erwiderte Louise knapp. Barnaby machte ein finsteres Gesicht.

»Er hat auch gesagt, daß sie möglicherweise aufwacht und alles in Ordnung ist«, versetzte er schroff.

»Oh, Barnaby!« rief Louise. »Komm auf den Erdboden!

Das wird nicht der Fall sein, und das weißt du!« Cassian nickte ernst.

»Auch mir kommt das höchst unwahrscheinlich vor«, sagte er mit gesetzter Stimme zu Louise. »Schädelverletzungen können alle möglichen Folgen haben. Katies Leben wird vermutlich nie mehr so sein wie früher. Selbst wenn sie wieder gesund wird, kann die Rehabilitation Monate, Jahre dauern.« Er machte eine Pause. »Sie muß bei euch absoluten Vorrang haben; ihr müßt sie über alles andere stellen.«

»Natürlich«, schnaubte Barnaby. Cassian zog die Augenbrauen hoch.

»Das sagen Sie so«, versetzte er kühl, während er seine Fingernägel begutachtete. »Aber wenn Sie nicht einmal gewillt sind, für Katie vor Gericht zu gehen ...«

»Das ist etwas anderes«, meinte Barnaby scharf.

»Ich verstehe nicht, wieso«, meinte Cassian glattzüngig. »Sie haben die Gelegenheit, sie finanziell abzusichern, die Last für Ihre Familie zu verringern, Katie und Sie selbst für alle Sorgen und Leiden zu entschädigen. Aller Wahrscheinlichkeit nach würde die Versicherung der Delaneys für sämtliche Leistungen aufkommen, aber Sie weigern sich, etwas zu unternehmen, bloß weil die Delaneys ... Ihre Freunde sind.« Seine Stimme war schneidend geworden. Stille trat ein.

»Es ist nicht nur das«, meinte Barnaby schließlich unsicher. Er blickte zu Louise. »Wie können wir vor Gericht gehen und behaupten, Hugh und Ursula wären daran schuld, was Katie zugestoßen ist? Wie können wir sie dafür verantwortlich machen? Es war ein Unfall. Ein *Unfall*«, wiederholte er mit Nachdruck.

»Ein Unfall, der zu vermeiden gewesen wäre«, warf Cassian eilig ein. »Ich habe mir das Sprungbrett angesehen, und offen gesagt, ich war schockiert. Die Oberfläche ist rutschig, die Trittfläche ist abgetreten ...«

»Na, so schlimm ist es nun auch wieder nicht«, meinte Louise unbehaglich. »Schlimm genug«, erwiderte Cassian. »Vor allem, wenn Kinder beteiligt sind. Nach dem Gesetz hat ein Hauseigentümer eine besondere Sorgfaltspflicht gegenüber Kindern, die ihn besuchen. Hugh und Ursula hätten die Kinder daran hindern sollen, das Brett zu benützen, oder eine Warnung aussprechen oder zumindest eine Aufsicht engagieren sollen.« Erneut hatte seine Stimme einen schneidenden Ton angenommen. »Welcher vernünftige Mensch läßt Kinder von einem rutschigen und gefährlichen Sprungbrett springen? Das ist eine unerhörte Fahrlässigkeit!«

»Katie hat sich nicht den Kopf angeschlagen, weil das Brett rutschig war«, sagte Barnaby grob. »Sie wußte einfach nicht, wie man einen richtigen Kopfsprung rückwärts macht.«

»Woher wissen Sie das?« konterte Cassian. »Woher wissen Sie, daß Katie nicht mit dem Fuß ausrutschte, als sie absprang?«

Es herrschte Schweigen. Barnaby senkte, unsicher geworden, den Blick. Mit einem flauen Gefühl erinnerte sich Louise daran, daß Ursula sie wegen der Kinder angesprochen und gewarnt hatte, sie würden einen überdrehten Eindruck machen. Ein unerträgliches Schuldgefühl stieg in ihr hoch, aber sie unterdrückte es entschlossen.

»Ich finde, Cassian hat recht«, sagte sie rasch zu Barnaby. »Wir sind es Katie schuldig, vor Gericht zu gehen.«

»Ihr wißt ja nicht, wie lange sie in Behandlung bleiben muß«, sagte Cassian. »Unter Umständen benötigt sie jahrelang eine spezielle Betreuung. Krankenpflegerinnen sind nicht billig, wißt ihr. Und was ist, wenn sie sich nicht selbst versorgen kann, wenn sie mal älter wird? Ihr wollt Katie doch sicher ein finanzielles Polster anlegen.«

»Sie wird schon wieder gesund«, versetzte Barnaby mit brüchiger Stimme. »Ihr werdet's sehen.«

»Barnaby!« rief Louise heftig. »Hast du denn eben nicht zugehört? Du kannst nicht einfach den Kopf in den Sand stecken und so tun, als wäre alles in bester Ordnung!«

»Sie lassen Katie im Stich, Barnaby«, erklärte Cassian. »Sie braucht Hilfe, Unterstützung und Geld, keinen Vater, der den Tatsachen nicht ins Gesicht sehen mag.«

»Laßt mich in Ruhe!« brauste Barnaby plötzlich auf. »Ich gehe jetzt zu ihr rein.« Und er lief den Korridor hinunter.

Cassian schaute Louise mit hochgezogenen Augenbrauen an; sie wandte verlegen den Blick ab, hin und her gerissen zwischen Cassians kühlen Überlegungen und Barnabys gefühlsmäßiger Reaktion. Wieder sah sie im Geiste Ursulas besorgtes Gesicht vor sich, dann Hugh, den treuen Hugh, der Barnaby als erster angeboten hatte, ihn ins Krankenhaus zu fahren. Sollten sie wirklich diese anständigen Leute auf die Anklagebank bringen? Nein, das war unmöglich. Doch andererseits ... mußten sie für ihre Tochter nicht alles tun, was sie konnten, ganz gleich, ob sie damit jemandem schadeten? Schuldeten sie Katie nicht mehr als Hugh und Ursula? Ein paar Minuten starrte Louise auf den Korridorboden, während ihr das Für und Wider durch den Kopf ging. Je mehr sie nachdachte, desto unschlüssiger wurde sie. Schließlich sah sie zu Cassian auf und wollte eben etwas sagen, als sie plötzlich hinter sich Barnabys Stimme hörte. Er klang schroff und aufgebracht.

»Ich konnte nicht bleiben. Da sind ein paar Leute drin und bewegen Katies Arme und Beine, als wäre sie eine Puppe.«

»Wer?« Louise drehte sich herum. Barnaby sah erschöpft und niedergeschlagen aus. Er zuckte die Achseln.

»Ärzte wahrscheinlich.«

»Physiotherapeuten«, erinnerte sich Louise plötzlich. »Sie trainieren ihre Gliedmaßen, damit etwas Tonus in der Muskulatur erhalten bleibt und auch, um sicherzustellen, daß sie sich nicht wundliegt.« Sie sah Barnaby an. »Anscheinend ist das ganz normal.«

»Sie sah aus wie eine Puppe«, wiederholte Barnaby. Als er Louise ansah, wurden seine Augen plötzlich feucht. »Ihr geht's so schlecht, Lou.«

»Ich weiß«, erwiderte Louise. Sie legte ihre Hand sanft auf Barnabys. Aber er schüttelte sie ab, blinzelte die Tränen weg, drehte sich dann abrupt um und ging.

8

Mit jedem Tag, der verging, schwanden Barnabys Hoffnungen, und seine heimliche Überzeugung, daß Katie bald erwachen und wieder ganz die alte sein würde, wurde immer schwächer. Was, wenn sie nun nie mehr so wäre wie früher? Seine Gedanken kreisten ständig um die düstere Zukunft seiner Tochter. Immer wieder sah er sie als Krüppel vor sich, an einen Rollstuhl gefesselt, unfähig zu sprechen, unfähig, ein normales Leben zu führen. Wie würde sie damit fertig werden? Wie würde überhaupt einer von ihnen damit fertig werden?

Er war nicht imstande, sich zu einer positiven, aber realistischen Einstellung durchzuringen wie Louise. Andauernd schwankte er zwischen verzweifeltem Optimismus und düsterem Pessimismus. Und zudem quälte ihn ein zorniges unbestimmtes Schuldgefühl, das mit der Zeit nicht etwa nachließ, sondern stärker wurde.

Und so stürzte er sich in die Arbeit im Freien, die keine Zeit zum Nachdenken ließ – nahm alle körperlichen Aufgaben in Angriff, die auf dem Landgut anstanden, ließ den Papierkram auf seinem Schreibtisch zu Stapeln anwachsen. An einem Dienstag, dem neunten Tag von Katies Koma, verbrachte er den Vormittag damit, die Mauern auf dem Landgut zu überprüfen, und kehrte zum Mittagessen in ein nahegelegenes Pub ein. Eileen, die Frau des Besitzers, stand an der Bar und schnalzte mitfühlend mit der Zunge, als sie Barnaby sah.

»Wie geht's Ihrer Kleinen?« erkundigte sie sich und reichte ihm ein Bier. »Ist sie schon wieder bei Bewußtsein?«

Barnaby schüttelte den Kopf und sah sich nach einem Platz um. Ihm war nicht danach zumute, über Katie zu reden. Aber das Pub füllte sich allmählich, und alle Tische waren besetzt.

»Wie lang dauert's jetzt schon?« wollte Eileen wissen.

»Neun Tage«, sagte Barnaby. Er spürte, wie ihn tiefe Schwermut ergriff. Eileen schnalzte erneut.

»Kürzlich hab' ich im Fernsehen was über Leute im Koma gesehen.« Sie beugte sich über die Bar und sprach direkt in Barnabys linkes Ohr. »Ein armer Kerl war zwei ganze Jahre bewußtlos. Ist das zu fassen? Dann ist er aufgewacht, völlig in Ordnung.«

»Wirklich?« murmelte Barnaby.

»Ein anderer lag bloß drei Stunden im Koma, aber als er wieder erwachte, hatte er sein ganzes Gedächtnis verloren. Hat die eigene Frau nicht mehr erkannt!«

Eileen wartete auf eine Reaktion Barnabys, doch der nahm nur eilig noch einen Schluck Bier. Er würde austrinken und gehen. Das Mittagessen konnte er vergessen.

»Aber die in dem Institut haben ihn geheilt«, fuhr Eileen fort, während sie eine Tüte Chips öffnete und Barnaby welche anbot. »Das war wirklich unglaublich.« Barnaby sah auf.

»Institut?« fragte er. »Welches Institut?«

»Das Institut in dem Dokumentarfilm«, erklärte Eileen geduldig. »Das in Amerika. Wirklich interessant!« Sie musterte ihre langen, roten Fingernägel. »Medizinische Sendungen finde ich ungeheuer spannend«, fügte sie hinzu. »Ich bin nicht empfindlich. Graham hält mich für verrückt.«

»Können Sie sich an den Namen erinnern?« Barnaby bemühte sich, Ruhe zu bewahren. Er war plötzlich sehr aufgeregt. »Den vom Institut?« Eileen schüttelte den Kopf.

»Ich glaube nicht«, meinte sie. »Aber es war wirklich ganz berühmt. Anscheinend kommen da Leute aus der ganzen Welt hin. Da war zum Beispiel ein armer Kerl aus Saudi-Arabien, der kein Wort von dem verstanden hat, was man zu ihm sagte. Das hilft jetzt allerdings auch nicht weiter, oder?«

Barnaby starrte sie an. Aufwühlende Gedanken schwirrten in seinem Kopf herum. Doch ehe er etwas sagen konnte, meldete sich sein Handy.

»Barnaby? Ich bin's, Louise.« Wegen des Geräuschpegels im Pub war sie kaum zu verstehen.

»Warte einen Augenblick«, sagte er. »Ich geh' raus.«

Auf dem Parkplatz mußte er wegen des hellen Lichtes ein paarmal zwinkern.

»Es ist wegen Katie.« Louise' Stimme zitterte leicht, und Barnaby spürte, wie ihm das Herz in die Hose rutschte. So lange hatte er auf Neuigkeiten gehofft, hatte verzweifelt darauf gewartet, daß etwas geschehen würde, aber nun hatte er plötzlich Angst, wollte den sicheren Hafen der Unwissenheit nicht verlassen.

»Was ...« Er konnte kaum sprechen.

»Sie ist heute früh aufgewacht.«

Grenzenlose Erleichterung überkam ihn.

»Das ist ja phantastisch!« schrie er. »Das sind ja wunderbare Neuigkeiten! Ich komme sofort. Ist sie gesund? Hat sie etwas gesagt?«

»Nein«, erwiderte Louise schroff. »Sie war nun ungefähr dreißig Sekunden bei Bewußtsein.«

»Was?«

»Anscheinend ist das normal. Es kann noch Ewigkeiten dauern, bis sie richtig erwacht.«

»Oh.« Barnaby fühlte sich ernüchtert. »Nun, ich nehme an, zumindest ist es ein gutes Zeichen.«

»Natürlich ist es das!« versetzte Louise wütend. »Himmel noch mal, Barnaby, was hast du erwartet? Daß sie sich aufsetzt, lächelt und fragt, wo ihr Daddy ist?«

»Nein«, sagte Barnaby, »natürlich nicht.«

»Du mußt realistisch sein.«

»Bin ich doch!« entgegnete Barnaby entrüstet.

»Bist du nicht! Du bist total unrealistisch! Andauernd fällst du von einem Extrem ins andere, und das hilft uns nicht weiter, Barnaby. Überhaupt nicht.« Louise klang, als sei sie den Tränen nahe.

»Schon gut«, beeilte Barnaby sich zu sagen. »Ich hab' aber was gehört, das uns weiterhelfen könnte. Habe mich gerade im *Fox and Hounds* mit Eileen unterhalten, und sie hat gesagt, in Amerika gebe es ein Institut, in dem Leute geheilt werden, die im Koma gelegen haben. Sie hat gesagt, Leute aus der ganzen Welt kämen dorthin.«

»Und?« Barnaby ignorierte den unheilvollen Ton in Louise' Stimme.

»Und da könnten wir doch Katie hinschicken.«

»Oh, Herrgott noch mal, Barnaby!« kreischte Louise. »Du lebst wohl auf einem anderen Stern, was?«

»Wieso?« schrie Barnaby. »Das klang wirklich gut!«

»Ja, und ich nehme an, du kommst für das Ganze auf, ja?« wetterte Louise. »Du machst die halbe Million locker, oder was immer es kostet, ja?« Sie seufzte. »Barnaby, wir wissen ja noch nicht mal, welchen Schaden Katie davongetragen hat, wenn überhaupt. Sie ist ja noch nicht mal richtig erwacht. Jetzt ist wirklich nicht der richtige Zeitpunkt, sich über Institute in Amerika zu unterhalten, oder?«

Barnaby stand kläglich da und wußte nicht, was er sagen sollte.

»Wir sehen uns dann heute abend im Krankenhaus«, sagte Louise.

»Gut. Danke, daß du angerufen hast.«

»Nun, das mußte ich ja wohl, oder?« Louise klang bitter, und Barnaby zuckte zusammen.

Er steckte sein Handy weg, ging zu einer Bank am Rande des Parkplatzes und setzte sich mit weichen Knien hin. Schuldgefühle, Verzweiflung und Empörung erfüllten ihn. Irgend etwas lief schief. Offensichtlich war er Louise keine Hilfe. Katie vielleicht auch nicht. Vielleicht machte er es für alle nur noch schlimmer.

Er vergrub sein Gesicht in beide Hände und machte seinem Herzen Luft. Wie sollte er sich eigentlich verhalten? Mit seinen Sorgen hinterm Berg halten? Mit niemandem sprechen? Seiner Meinung nach hatte das mit dem Institut in Amerika gut geklungen. Sonst hätte er es nicht erwähnt.

Wieder zuckte er zusammen, als er sich an Louise' Stimme erinnerte. Sie hatte hart, angespannt und erschöpft geklungen. Und sie hatte ihm das Gefühl vermittelt, völlig nutzlos zu sein. »Ich nehme an, du kommst für das Ganze auf, ja?« Ihre Worte gingen ihm nicht aus dem Kopf. Was, wenn Katie Geld brauchte und er es ihr nicht geben konnte? Das Bild von seiner hilflosen Tochter stand ihm vor Augen, die für dreißig verwirrende Sekunden wieder zu Bewußtsein gekommen war und sich fragte, wo sie war; sich vielleicht sogar fragte, wer sie war; vielleicht unfähig, sich zu rühren; vielleicht mit schrecklichen Schmerzen. Und hier war er und saß tatenlos in der Sonne herum. Er hielt es nicht länger aus. Er mußte etwas tun, um zu helfen, etwas Konkretes unternehmen. *Irgend etwas...*

Wie ein schlüpfriger Fisch kam ihm plötzlich ein Gedanke.

Ehe er sich darauf konzentrieren konnte, hatte er sich schon wieder fortbewegt. Dann kehrte er zurück und verweilte ein wenig länger, nahm aber sofort wieder Reißaus, wenn er seine Aufmerksamkeit darauf lenken wollte, nur um in einem anderen Winkel seines Geistes sein Spielchen fortzusetzen.

War es ihm ernst damit? Konnte er so etwas wirklich in Betracht ziehen? Was war mit ihm geschehen? Wo waren all seine Einwände geblieben? Sein moralisches Empfinden? Mit aller Macht versuchte er, das Gefühl der Entrüstung heraufzubeschwören, das ihn wenige Tage zuvor verzehrt hatte, doch er schaffte es nicht. Alles war aus seinem Kopf verschwunden außer Katie. Katie beherrschte seine Gedanken, seine Gefühle, seine Überzeugungen. Er mußte sie an die erste Stelle setzen, er mußte es einfach. Was auch immer es kostete; was immer das für andere bedeutete. Geraume Zeit saß er völlig reglos da und wartete, daß sich seine gärenden Gedanken zu einer ernsten Absicht formten. Dann atmete er ein paarmal tief durch, griff nach seinem Handy und kramte in seiner Hosentasche nach der kleinen weißen Karte, die sich schon seit etlichen Tagen dort befand. Er schloß die Augen, zählte bis zehn und wählte die Nummer.

»Cassian?« Als er den Namen aussprach, fühlte er sich plötzlich befangen, und er blickte sich hastig um. Konnte ihn jemand hören? Und wenn, war ihm klar, was Barnaby tat? Einen Augenblick lang kamen ihm Bedenken.

»Barnaby? Sind Sie es?«

»Ja. Ja, ich bin's.« Barnaby holte tief Luft. Katie zuliebe. »Ich habe lang über das nachgedacht, was Sie gesagt haben. Daß man Hugh und Ursula verklagen soll. Und…«, er schluckte schwer, »…und ich denke, wenn irgendeine Chance besteht, daß es Katie helfen könnte, dann sollten wir damit Ernst machen.«

Eine kurze Zeit herrschte Stille. Barnaby umklammerte

das Handy so fest, daß es sich in sein Fleisch grub. Was würde dieser verdammte Kerl sagen? Würde er ihm das Gefühl vermitteln, dumm und unterlegen zu sein? Hatte er wieder das Verkehrte getan?

»Barnaby, ich bin so froh!« Der warme Ton in Cassians Stimme überraschte ihn. »Mir ist klar, wie schwer Ihnen der Entschluß gefallen sein muß, aber ich glaube wirklich, Sie haben für Ihre kleine Katie das Richtige getan. Und wissen Sie, Barnaby, ich persönlich zolle Ihnen großen Respekt dafür, wie wohlüberlegt Sie an die Sache herangegangen sind.« Er machte eine Pause, und Barnaby spürte, wie etwas Röte in seine Wangen stieg. »Sie haben sich nicht drängen lassen«, fuhr Cassian fort, »sondern sich Zeit gelassen und sind schließlich zu einem Entschluß gekommen, der sich für Sie als gut erweisen wird, ganz bestimmt. Barnaby, ich freue mich sehr, mit Ihnen zusammenzuarbeiten.«

»Ich hab' nur getan, was ich für das richtige hielt«, entgegnete Barnaby barsch.

»Selbstverständlich«, beschwichtigte ihn Cassian, »und ich weiß, daß so etwas nie leicht ist. Aber etwas Besseres können Sie für Ihre Tochter gar nicht tun.«

Eine kurze Stille trat ein. Barnaby lehnte sich zurück und spürte eine warme Woge der Erleichterung. Vielleicht hatte er ja einmal etwas gut gemacht.

»So, und wie geht's jetzt weiter?« erkundigte er sich schließlich.

»Wenn Sie und Louise heute nachmittag einfach mal bei mir in der Kanzlei vorbeischauen«, erklärte Cassian glatt, »dann kann ich Sie unseren Experten für Körperverletzung vorstellen, und schon läuft die Sache. Sagen wir, um drei Uhr?«

»Heute nachmittag?«

»Je schneller, um so besser«, erwiderte Cassian. »Und danach brauchen Sie sich um nichts mehr zu kümmern.«

Am nächsten Tag klingelte es zur Teestunde im Devenish House an der Tür. Hugh stellte seine Tasse ab und sagte: »Ich gehe schon.« Meredith blickte Ursula streng an. »Hast du jemanden zum Tee eingeladen, ohne uns davon zu erzählen?« Sie drehte sich zu Alexis. »Sie trifft jemanden auf der Straße, lädt ihn zum Tee ein und vergißt es dann völlig! Wahrscheinlich steht wieder einmal das halbe Dorf vor der Tür.«

Ursula protestierte ohne große Überzeugungskraft. Alexis lächelte nur und biß in einen Keks. Meredith beobachtete ihn verstohlen. Wie elegant er sich in seinem Stuhl zurücklehnte, wie sich seine Haut furchte, wenn er lächelte ... Sie spürte ein schwaches Ziehen in der Magengrube. Alexis hatte diese Woche viel Zeit bei ihnen verbracht. Zuerst hatte er sich nach dem Unglück nur ganz allgemein nützlich gemacht. Aber jetzt ... gegen ihren Willen fühlte sie Hoffnung in sich aufkeimen.

Als ob er Gedanken lesen könnte, wandte er sich um und lächelte sie an.

»Hast du dieses Wochenende schon was vor?«

»Oh!« Überrascht sog Meredith die Luft ein. Dann warf sie auf entschlossen-lässige Art ihr Haar zurück und sagte leichthin: »Nichts Besonderes.« Sie trank einen Schluck Tee. Himmel, das war doch lächerlich. Sie benahm sich ja wie ein Teenager, der sich einen Freund angeln wollte. »Ich dachte, ich sehe mir mal diesen neuen Kinofilm an«, setzte sie hinzu, um einen natürlichen Tonfall bemüht. »Du weißt schon, *The Grandfather's Tale*. Soll zwar ein bißchen unheimlich sein, aber ...«

»Den habe ich mir schon vor ein paar Wochen angeschaut«, sagte Alexis. Meredith schluckte und lächelte dann rasch, um sich ihre Enttäuschung nicht anmerken zu lassen. »Er war ausgezeichnet«, fügte Alexis herzlich hinzu. »Er wird dir gefallen.«

»Sag das nicht!« Meredith zwang sich, munter zu klingen. »Wenn alle mir sagen, wie sehr mir ein Film gefallen wird, dann hasse ich ihn am Ende absichtlich.« Alexis lachte.

»Doch, wirklich«, beharrte Meredith. »In der Hinsicht bin ich äußerst eigen. Wenn man anfängt, mir da Vorschriften zu machen, mucke ich auf.« Sie seufzte. »Die vielen tollen Filme, die für mich ruiniert waren ...«

Ursula hatte mit verdutzter Miene zugehört.

»Aber Meredith, Liebes«, meldete sie sich nun. »Was war dann mit diesem wundervollen Film, zu dem ich dich letztes Weihnachten mitgenommen habe? Ich hatte dir gesagt, daß er dir bestimmt gefallen werde, und danach gabst du mir recht. Du sagtest, du hättest ihn sehr genossen.« Sie verzog nachdenklich das Gesicht. »Wie hieß er doch gleich? Es war ein *bezaubernder* Film. Du mußt dich doch daran erinnern. Ach, diese schönen historischen Kostüme!«

»Äh, ja, Ursula!« sagte Meredith. »Ich erinnere mich. Ich schätze, das war eine Ausnahme.« Sie fing Alexis' Blick auf, und er schenkte ihr ein winziges, verständnisinniges Lächeln. Mit einemmal spürte Meredith, daß ihr Herz wie wild schlug und ihr Gesicht rot anlief. Sie ertappte sich bei dem Gedanken, wie gut sie doch zusammenpassen würden, und in törichter Verzweiflung überschlugen sich ihre Gedanken. Wir unterhalten uns gern miteinander, wir haben denselben Humor, und ich finde ihn umwerfend attraktiv ... Plötzlich verließ sie das Selbstvertrauen. Sie hielt ein und sah rasch fort. Vielleicht hatte sie die Zeichen mißverstanden. Vielleicht fand Alexis *sie* gar nicht attraktiv.

Verstohlen sah sie an ihrem Körper hinab. Schlank, braungebrannt und heute in einem enganliegenden Kleid aus einem teuren, elastischen Material. Wenn er ihr Aussehen nicht mochte, war nicht viel zu machen ... außer vielleicht, sich ein paar Pfunde anzufuttern, dachte sie. Für den Fall, daß er dickere Frauen mochte. Jeden Tag Cheeseburger essen und zwanzig Pfund zulegen. Ob es dann klappen würde? Unwillkürlich mußte sie kichern.

Alexis sah Meredith an, und ihr Lächeln erlosch. Lade ihn ein! sagte sie sich grimmig. Frag einfach. Ist doch nichts weiter dabei; mehr als nein sagen kann er nicht... Aber aus irgendeinem Grund blieb ihr Mund verschlossen.

Ursula blickte mit gerunzelter Stirn auf die Zeitung.

»Hier steht, daß Frauen länger leben als Männer.« Sie legte die Zeitung nieder und sah Meredith verstört an. »Das kann doch nicht stimmen!«

»Doch«, sagte Meredith und biß in einen Keks. »Das ist so.«

Ursula blickte zweifelnd zu Alexis.

»Es stimmt wirklich, Ursula«, sagte er freundlich. »Frauen leben länger.«

»Aber das kann doch gar nicht sein!« beharrte Ursula. Sie schien nachzudenken. Meredith beobachtete sie liebevoll und bemerkte mit leichter Bestürzung, daß die wenigen verbliebenen blonden Strähnen in Ursulas Haar in einem Silbermeer verschwunden waren, ohne daß es ihr aufgefallen war. »Wenn das stimmen würde, hieße das ja, daß es viel mehr Frauen auf der Erde gäbe als Männer.«

»Kann schon sein«, erwiderte Meredith träge. »Auf daß es lange so bleiben möge!«

»Und wenn sich dieses Ungleichgewicht weiterentwickeln würde, Jahr für Jahr, dann würde es irgendwann überhaupt keine Männer mehr geben!« sagte Ursula. Sie blickte Meredith bedeutungsvoll an. »Deshalb kann ich mir nicht vorstellen, daß du recht hast, Liebes.«

»Ursula!« rief Meredith und hielt sich in gespielter Verzweiflung den Kopf. »Wo nimmst du bloß deine Logik her?«

»Mir erscheint das ganz einleuchtend«, protestierte Ursula.

»Das glaub' ich dir!« Meredith begann zu lachen. »Alexis, jetzt bist du gefragt.«

»Na, dann sehen wir uns den Artikel doch mal an«, meinte Alexis. Er beugte sich über Meredith, um an die Zeitung heranzukommen, und Meredith spürte einen Stich des Begehrens.

»Ich möchte ihn auch lesen«, meinte Meredith, ohne nachzudenken. »Laß mich über deine Schulter schauen.«

»Okay«, sagte Alexis locker. Er rutschte mit seinem Stuhl näher zu ihr heran und faltete die Zeitung auf ihren Knien. Sie konnte seinen Geruch einatmen, konnte sein Bein an ihrem spüren, konnte fühlen, wie er ein- und ausatmete. Sekundenlang war sie wie erstarrt vor Verlangen.

»Alexis«, sagte sie sanft. Er wandte sich um und sah sie an.

»Ja?«

Meredith holte Atem und kümmerte sich nicht darum, daß ihre Nerven verrückt spielten. Sie hielt inne, um genau die richtigen Worte zu finden – einen passenden Satz, der nicht zweideutig war. »Glaubst du«, begann sie leise, während sie sich das Haar zurückschüttelte und auf ihre Hände starrte. »Glaubst du ...«

Alexis unterbrach sie mit einem Laut des Erstaunens. Er blickte über ihre Schulter.

»Hugh!« rief Ursula. »Ist etwas nicht in Ordnung?«

Hugh erwiderte ihren Blick. Alle Farbe war aus seinem Gesicht gewichen. Seine Augen hatten ihren fröhlichen Ausdruck verloren, und er hielt einen Brief in der Hand. Meredith wurde plötzlich auf erschreckende Weise an Simons Tod erinnert.

»Das hier ist ein Einschreibebrief«, begann Hugh, »von diesem Burschen, Cassian Brown. Louise Kembers Freund.«

»Katie...«, begann Ursula mit erstickter Stimme. Hugh hob eine Hand.

»Ich habe gerade versucht, Louise anzurufen«, sagte er. »Sie war nicht da, aber ihre Babysitterin hat mir erzählt, daß Katie passable Fortschritte macht. Anscheinend ist sie gestern früh kurz aus dem Koma erwacht.«

Meredith fiel ein Stein vom Herzen, und in einem Winkel ihrer Seele fühlte sie einen Anflug von Neid. Ihr Liebster war nie mehr erwacht. Welches Glück die Kembers hatten...

»Dennoch«, fuhr Hugh mit stockender, ungläubiger Stimme fort, »haben Louise und Barnaby offenbar einen... recht seltsamen Entschluß gefaßt.« Er sah zu Alexis und holte tief Luft. »Sie wollen uns verklagen. Wegen Fahrlässigkeit.«

»Sie wollen bitte *was?*« fragte Meredith ungläubig.

»Uns offenbar verklagen.« Hugh fuhr sich durch die ergrauten Locken. Noch immer war sein Blick auf Alexis gerichtet. »Können die das, Alexis?« Ursula zog Meredith am Ärmel.

»Was genau wollen sie tun?« flüsterte sie.

»Euch einen Prozeß anhängen, Ursula«, erwiderte Meredith. »Schadensersatz aus euch rausholen. Geld«, fügte sie hinzu.

»Aber Meredith, Liebes«, entrüstete sich Ursula. »Da kann doch was nicht stimmen. Es war doch ein *Unfall.* Da waren doch wir nicht dran schuld.« Sie sah Hugh an. »Bist du dir sicher, daß es nicht um den Spendenaufruf ging? Weißt du, wir haben dabei ziemlich viel Geld zusammenbekommen...«

»Ursula«, meinte Alexis sanft, »ich glaube nicht, daß der Spendenaufruf etwas damit zu tun hat. Hugh hat anscheinend recht. Die Kembers haben die Absicht, euch vor Gericht zu stellen.«

»Aber es war ein Unfall«, beharrte Ursula verdutzt. Eine angespannte Stille entstand. Alle blickten auf Alexis.

»Ich fürchte, das macht keinen Unterschied«, sagte er und stieß scharf die Luft aus. »Ihr werdet wegen unterlassener Sorgfaltspflicht verklagt.« Mit einemmal klang er resigniert, und Meredith sah ihn scharf an.

»Aber wir sind doch Freunde«, meinte Hugh betrübt. »Wieso müssen sie uns verklagen? Warum konnten sie nicht einfach herkommen und mit uns darüber reden?« Er sah Alexis mit einem verletzten Ausdruck an. »Wäre das nicht einfacher? Ich meine, begreifen die denn nicht, daß wir ihnen helfen wollen, so gut wir können? Wir geben ihnen Geld, wenn es das ist, was sie brauchen ...«

»Da steckt dieser schleimige Anwalt dahinter«, unterbrach ihn Meredith. »Der hat sie dazu überredet.«

Hugh nahm seine Teetasse, trank einen Schluck und verzog dann das Gesicht, als er merkte, daß der Tee kalt war.

»Ich gehe und rede mit Barnaby.« Er setzte die Tasse nieder. »Wenn wir uns alle zusammensetzen, werden wir bestimmt ...«

»Nein«, entgegnete Alexis fest. Hugh sah überrascht auf. »Es ist insgesamt einfacher«, fuhr er freundlicher fort, »wenn ihr auf Nummer Sicher geht und euch im Augenblick von den Kembers fernhaltet.«

»Ach herrje«, meinte Meredith. »Geht das nicht ein bißchen zu weit?«

»Warte, bis du siehst, welche Schadensersatzforderungen die Kembers stellen«, entgegnete Alexis trocken, »und dann reden wir noch mal darüber, ob es zu weit geht.«

Kurzzeitig herrschte erschrockenes Schweigen. Alexis blickte in die besorgten Gesichter um ihn herum und gab ein wenig nach.

»Kann gut sein, daß dieses ganze Gerede von gerichtlichen Schritten zu nichts zerrinnt, wenn alle sich erst mal ein bißchen beruhigt haben. Das beste ist, nichts Übereiltes zu tun, was man später vielleicht bereut. Behaltet die Ruhe und wartet, was passiert.«

Meredith sah ihn scharf an. »Du glaubst doch nicht im Ernst, daß das Ganze zu nichts zerrinnt, stimmt's? Du willst uns doch bloß aufrichten.« Alexis zuckte die Achseln.

»Tja, kommt ganz drauf an. Wenn sie zur Klage entschlossen sind, dann klagen sie auch.«

»Aber wir haben doch nichts Unrechtes getan!« rief Ursula plötzlich. Sie sah Alexis bestürzt an, als begriffe sie erstmals, was los sei. »Wir haben doch nichts Unrechtes getan!« wiederholte sie und blickte Meredith und Hugh hilflos an, als erwarte sie sich von ihnen Bestärkung. Meredith nahm Ursulas Hand und drückte sie tröstend.

»Natürlich nicht«, meinte sie. »Und das Gericht sieht das hoffentlich auch so.«

Als Hugh und Ursula das Teegeschirr hineingetragen hatten, wandte Meredith sich an Alexis.

»Du hast es gewußt, stimmt's?« sagte sie mit leiser, bebender Stimme. »Du hast gewußt, daß es so kommen würde.«

»Gewußt habe ich's nicht«, erwiderte Alexis müde. »Aber ich hatte so meine Vermutungen. Und zwar, als ich sah, wie dieser junge Anwalt ohne zwingenden Grund herkam und den Swimmingpool in Augenschein nahm.« Meredith dachte einen Augenblick nach.

»Was hast du dir in Hughs Arbeitszimmer angeschaut?« fragte sie abrupt. »Was war das für ein Schriftstück?« Alexis blickte sie grimmig an. Meredith spürte, wie ihr Herz nervös zu schlagen begann.

»Ich habe mir Hughs Versicherungspolice angesehen«, sagte er leise. »Und geprüft, ob der Swimmingpool mit abgedeckt ist – und ob das auch Fahrlässigkeit mit einschließt.«

»Und?« Alexis seufzte und sah fort.

»Er ist es, und er ist es auch wieder nicht. Sie sind zwar gegen Fahrlässigkeit versichert, aber nur für den Privatgebrauch.« Er hielt inne. »Wenn hundert Leute da sind, die alle an der Tür gezahlt haben, kann man davon wohl kaum mehr sprechen.«

»Aber es war doch eine Wohltätigkeitsveranstaltung!« protestierte Meredith. »Sie wollten doch damit nichts verdienen!«

»Das weiß ich ja«, meinte Alexis, »aber ich weiß auch, wie Versicherungsgesellschaften sind. Wenn sie sich vor dem Bezahlen drücken können, werden sie ...« Er brach ab. »Ich fürchte einfach, daß ihnen das als Rechtfertigung vollauf genügt.«

»Das heißt ...«

»Das heißt, wenn Louise und Barnaby ihre Schmerzensgeldforderungen durchbringen, müssen Hugh und Ursula das aus eigener Tasche zahlen. Und das könnte ganz schön happig werden.«

»Wieviel?« fragte Meredith scharf. Alexis seufzte.

»Ich wünschte, ich wüßte es. Im Prinzip hängt das ganz von dem Zustand der Kleinen ab, aber zwischen ein paar tausend Pfund bis zu, was weiß ich, hunderttausend, zweihunderttausend Pfund ist alles drin. Vielleicht sogar noch mehr.« Alexis sah Meredith mit sorgenvoller Miene an. »Vielleicht hätte ich schon früher etwas sagen sollen, hätte Hugh warnen sollen. Aber ich habe wirklich nicht geglaubt, daß es dazu kommt ...«

Meredith starrte zurück und spürte, wie sie von heißem Zorn gepackt wurde.

»Wie können sie das tun?« schimpfte sie schließlich, bemüht, nicht laut zu werden, und mit einem wachsamen Auge aufs Haus. »Wie können sie vor Gericht behaupten, Hugh und Ursula wären schuld? Es war ein Unfall, Herrgott noch mal. Ein Unfall! Keiner hat Schuld daran. Hugh und Ursula waren nicht *fahrlässig*. Die Kleine hatte einfach keine Ahnung, wie man richtig springt!« Alexis zuckte die Achseln.

»Kannst du das beweisen?«

»Nein, natürlich kann ich das nicht *beweisen*, aber ...«

Meredith hielt frustriert inne. Alexis lächelte sie halbherzig an.

»Du solltest an so was gewöhnt sein«, meinte er. »Amerika ist doch so ungefähr das prozeßfreudigste Land auf der ganzen Welt.«

»Das schon«, versetzte Meredith bitter, »aber irgendwie dachte ich, hier sei das anders. Ich dachte, hier sei den Menschen eine Freundschaft mehr wert als Geld. Ich dachte ...« Sie verstummte, schob unvermittelt ihren Stuhl zurück und erhob sich, voll wütender Energie. Alexis sah zu, wie sie ein paar ziellose Schritte machte und sich dann abrupt umwandte. »Nun, sie werden Hughs und Ursulas Geld nicht kriegen«, sagte sie trotzig. »Also, mir tun die Kembers ja sehr leid, und ich weiß, was sie gerade durchmachen.« Sie hielt inne. »Glaub mir, ich kann es ihnen wirklich nachfühlen.«

»Ja«, sagte Alexis leise, »das weiß ich.«

»Aber ich werde nicht zulassen, daß sie Hugh und Ursula fertigmachen. Die beiden sind unschuldig. So was haben sie nicht verdient.« Sie blickte Alexis entschlossen an. »Wir werden dagegen angehen, und du wirst uns dabei helfen.«

»Ich tue mein Bestes«, sagte Alexis, »aber leicht wird es nicht. Ich habe mich ein bißchen umgehört, dieser Cassian Brown soll ein ausgesprochen gerissener Mensch sein.«

Er sah sie an und senkte die Stimme. »Schön wird das Ganze nicht, Meredith.«

»Was ist schon schön«, erwiderte Meredith. »Das Leben ist auch nicht schön.«

Sie wandte den Blick ab, und ihr Gesichtsausdruck verdüsterte sich plötzlich. Alexis erhob sich und begann, sein Jackett anzuziehen.

»Ich schau' morgen abend bei euch rein«, sagte er. »Dann gehen wir alles mal richtig durch.« Er bemerkte Meredith' Miene. »Das ist schon in Ordnung«, setzte er hinzu. »Es eilt nicht. Ganz im Gegenteil.« Er zog eine Grimasse. »Die meisten Klagen ziehen sich über mehrere Jahre hin, und die hier hat noch nicht mal begonnen. Ich finde sowieso, die Kembers handeln reichlich vorschnell, wo sich Katies Zustand noch nicht mal stabilisiert hat...« Er blickte Meredith an. »Da Katie noch minderjährig ist, pressiert das Ganze überhaupt nicht, verstehst du? Die könnten warten, bis sie achtzehn ist, ehe sie überhaupt ans Klagen denken müßten.«

Doch Meredith hörte nicht zu.

»Bleibst du nicht zum Abendessen?« fragte sie unvermittelt und setzte sich neben Alexis. »Ursula und Hugh wäre das sicher sehr lieb, das weiß ich.«

»Das glaube ich gern«, meinte er bedauernd, »und normalerweise würde ich das natürlich auch. Aber ich habe heute abend schon... schon was anderes vor.«

Er wandte hastig den Blick ab. Und Meredith, bemüht, sich ihre Enttäuschung nicht anmerken zu lassen, lächelte ihn an, nickte und sagte: »Da kann man nichts machen«, auf lässige, freundliche Art, ohne zu fragen, was er denn vorhabe. Eine kurze Pause entstand, in der Alexis sich zu ihr beugte und sie rasch auf die Wangen küßte.

»Keine Bange. Wir kriegen das schon hin.«

»Das hoffe ich«, meinte Meredith trübsinnig.

Als er gegangen war, saß sie völlig reglos da, wie in Trance. Zum Schutz gegen den spätnachmittäglichen Wind umschlang sie sich fest und spürte, wie sich ihre ungewollte Enttäuschung über Alexis mit einem plötzlichen rachsüchtigen Haß gegen die Kembers vermischte.

Nach einer Weile verursachte ein Windstoß ihr auf den bloßen Armen Gänsehaut und ließ sie erschauern. Und als sie ihre Jacke um sich zog und aufstand, um hineinzugehen, verspürte sie plötzlich den düsteren Wunsch, daß sie sich irgendwie Simon anvertrauen könnte; daß sie seine Arme wieder um sich spüren, seine Stimme hören und ihn um Rat, Hilfe und Liebe bitten könnte.

9

Daisy lag in der Badewanne, beobachtete das Spiel der Blätter des Apfelbaumes vor dem Badezimmerfenster und überlegte, was für ein Abend sie erwarten würde. Ihre Mutter hatte zuvor angerufen, bloß um zu hören, wie alles so laufe, und Daisy war dabei dummerweise herausgerutscht, daß jemand sie zum Essen eingeladen hatte.

»Wie nett!« hatte ihre Mutter in dem zerstreuten Ton erwidert, der vermuten ließ, daß sie gleichzeitig etwas in ihren Computer eintippte. »Habe gar nicht gewußt, daß es in Melbrook Jungs deines Alters gibt.«

Und anstatt den Mund zu halten, hatte Daisy blödsinnigerweise erwidert: »So direkt in meinem Alter ist er eigentlich gar nicht.«

Eine unheilvolle Pause entstand. Daisy stellte sich vor, wie ihre Mutter mitten im Satz zu tippen aufhörte und automatisch speicherte, während sie entschied, was genau sie sagen sollte.

»So?« kam schließlich die Stimme der Mutter; eine einzige, bedeutungsvolle Silbe, die sowohl eine Frage als auch die Andeutung mit einschloß, daß sie die Antwort schon kannte. »Wie alt ist er denn dann?«

»Älter als ich.« Daisy verfluchte sich, daß sie überhaupt etwas gesagt hatte.

»*Wieviel* älter denn genau?« Daisy schwieg. So genau wußte sie das gar nicht. Aber jetzt, wo sie darüber nachdachte, entschied sie, daß er schon über vierzig sein müsse. Fast so alt wie ihr Vater, dachte sie und zuckte ein wenig zusammen.

Ihre Mutter klang, als würde sie sich erheben. Daisy stellte sich vor, wie sie an die Tür ihres Arbeitszimmers ging, ihren Vater herwinkte und ihm Zeichen gab, die Unterhaltung mit anzuhören.

»Er ist ein ganzes Stück älter«, erwiderte Daisy schließlich. »Aber es ist nicht...«

»Nicht was?« Daisy errötete.

»Du weißt schon...«

»Gehst du mit ihm auf eine Dinnerparty oder so was?« fragte die Mutter, als hätte sie plötzlich verstanden. »Na ja, das ist ja ganz etwas anderes.«

»Nein, ich glaub' nicht. Ich denke, wir sind bloß zu zweit. Aber ich bin mir nicht ganz sicher, warum...« Sie verstummte. Sie konnte unmöglich mit der Wahrheit herausrücken: daß sie überhaupt keine Ahnung hatte, warum er eigentlich mit ihr ausgehen wollte.

»Daisy.« Die Stimme ihrer Mutter ertönte auf ihre sachliche Krisenmanagementart klar am anderen Ende der Leitung. »Daisy, du bist sehr jung und sehr naiv. Bist du dir sicher, daß du mit diesem Mann essen gehen möchtest?« Daisy fuhr zusammen. Irgendwie ließ ihre Mutter alles so schmutzig klingen.

»So ist es doch gar nicht!« rief sie. »Es ist...«

»Was?«

»Ich weiß nicht«, meinte Daisy schwach. Ihre Mutter atmete ungeduldig durch die Leitung.

»Daisy, mein Schatz, jetzt reiß dich zusammen. Man geht nicht einfach so ohne Grund mit jemandem zum Essen. Du mußt vorsichtig sein.« Im Hintergrund war ein elektronischer Piepton zu hören. »Oh, verflixt. Hör mal, Schatz, ich muß los. Wenn du vernünftig bist, dann sagst du diesem Typen ab. Solltest du aber doch gehen wollen, dann ruf uns doch bitte auf jeden Fall an, wenn du wieder daheim bist. Wir machen uns Sorgen um dich, so ganz allein da unten. Keine Ahnung, was dein Vater sagen wird, wenn ich ihm davon erzähle ...« Wieder ertönte der Piepton. »So, jetzt muß ich aber wirklich los. Bye-bye, Herzblatt.«

»Bye, Mummy«, hatte Daisy gesagt. Und sie hatte den Hörer aufgelegt und einige Minuten niedergeschlagen ins Leere gestarrt.

Aber nun hatte sich ihre Laune wieder gebessert. Sie lag wohlig in ihrer Badewanne, lauschte einem Klavierkonzert von Beethoven und spürte freudige Erregung in sich aufsteigen. Es würde doch nett sein, dachte sie, in ein Restaurant zu gehen, ein Menü auszusuchen und etwas Wein zu trinken. Worüber sie sich unterhalten würden, wußte sie nicht so recht. Aber er war so freundlich, da würde sich schon ein Thema ergeben. Am Swimmingpool war er furchtbar nett zu ihr gewesen. Und dann war er eines Tages bei ihr hereingeschneit, als sie gerade übte, und war zum Kaffee geblieben, und sie hatten über das Dorf, ihre Zeit in Italien und den schrecklichen Unfall geplaudert. Dann hatte er sie angerufen und gefragt, ob sie mit ihm essen gehen wolle, und sie hatte ja gesagt.

Mit dem Zeh drehte sie den Heißwasserhahn auf, lehnte sich zurück und spürte, wie ihr Körper langsam von heißem Wasser umhüllt wurde. Das war ja alles gut und schön, dachte sie widerstrebend. Aber was hatte das Ganze zu bedeuten? Im Geiste hörte sie wieder die Stimme ihrer Mutter:

»Man geht nicht einfach so ohne Grund mit jemandem zum Essen.«

Zuerst, am Swimmingpool, da hatte sie gedacht, er wolle einfach liebenswürdig sein, so wie Frances Mold oder einer der Freunde ihres Vaters. Und der Meinung war sie auch noch gewesen, als er zum Kaffee hereingeschaut hatte. Aber jetzt, wo er sie zum Essen eingeladen hatte? War das nicht... eine Verabredung? Meinte er es ernst? Erwartete er... mit ihr zurückzukommen? Mit ihr zu schlafen? Daisy wurde ganz kribblig bei dem Gedanken, und sie zappelte nervös in ihrem Badewasser. Doch selbst als sie es sich ausmalte, sich ausmalte, wie er den Arm um sie legte oder sie küßte – ganz zu schweigen von allem weiteren –, erschien ihr das so lächerlich, daß sie dachte, sie habe bestimmt alles in die falsche Kehle gekriegt, habe ihn total mißverstanden. Und das wäre das schlimmste von allem, dachte sie unvermittelt: ihm den falschen Eindruck zu vermitteln; ihn durch eine falsche Vermutung zu kränken. Wenn sie doch bloß wüßte, *welche* Vermutung verkehrt war. Nun, eigentlich war es ja gleich, solange sie nicht von der falschen ausging.

Alexis fand es lächerlich, wie nervös ihn das bevorstehende Essen mit Daisy machte. Den ganzen Tag über hatte er halb erwartet, sie würde noch absagen. Als er bei seiner Heimkehr keine Nachricht von ihr auf dem Anrufbeantworter vorfand, kam er sich beinahe ertappt vor. Er duschte schnell und vermied es dabei, im Badezimmerspiegel seine ledrige Haut anzusehen; er beschloß, sich nicht noch einmal zu rasieren, spritzte sich aber etwas After-shave aufs Kinn. Sorgfältig suchte er die Kleidung aus: eine helle Hose, ein lichtblaues Hemd, ein modisches Jackett aus einem beigefarbenen Knitterleinen, keine Krawatte.

Er zog alles an und betrachtete sich: ein Mann mittleren

Alters. Die Erinnerung an Daisys junge, makellose, achtzehnjährige Haut ging ihm durch den Kopf, und wieder spürte er den Schock, den er bekommen hatte, als ihm aufgegangen war, wie alt er bei ihrer Geburt schon gewesen war. Bei ihrer Geburt, Herrgott noch mal. Und hier war er, gekleidet wie ein junger Mann, und erwog doch tatsächlich, mit ihr auszugehen. Er mußte verrückt sein. Als er bei ihrem Cottage ankam, ertönte von drinnen Klaviermusik. Er klingelte und ging ein paar Schritte zurück, um den hübschen Obstgarten zu bewundern, und lauschte dabei dem Gesang einer Drossel, der sich mit der Musik vermischte. Nach einer Weile klingelte er nochmals. Das Klavier spielte weiter. Schließlich stieß er vorsichtig die Tür auf. Die Musik wurde lauter. Eine packende, bewegende Musik, die Alexis vertraut vorkam und die er dennoch nicht genau einzuordnen vermochte. Einen Augenblick lang stand er lauschend in dem winzigen Gang, betrachtete im Spiegel der Flurgarderobe sein lächerliches Spiegelbild und spürte, wie sein Herz immer schneller schlug. Schließlich zwang er sich dazu, die Tür zum Wohnzimmer zu öffnen.

Daisy sah von ihrem Platz am Flügel auf und hielt abrupt in ihrem Spiel inne.

»Oh!« stieß sie hervor. »Tut mir leid, ich hab' gar nicht auf die Türglocke geachtet.«

»Macht doch nichts.« Alexis blickte zum Flügel hin. »Das klang ja sehr beeindruckend.«

Daisy errötete. »Das war Chopin.« Eine Pause entstand. »Eine der Etüden«, setzte sie hinzu und biß sich auf die Lippen. Wieder errötete sie, sah auf das Notenbuch vor sich und klappte es zu. Dann blickte sie Alexis erwartungsvoll an.

Alexis erwiderte den Blick. Sie hatte sich zurechtgemacht wie für eine Schulfeier, mit einem ärmellosen weißen T-Shirt, einem dunkelroten Glockenrock und hellen Nylonstrumpfhosen. Ihr Haar wallte in glänzenden, dunklen Wellen bis zu ihrer Hüfte, und sie roch schwach nach Rosen. Daisy merkte, daß Alexis sie ansah, und erglühte.

»Ich wußte nicht, wie schick...«, begann sie stockend. »Sehe ich so recht aus?«

Alexis nickte. Er wollte ihr sagen, wie schön sie aussehe, aber plötzlich brachte er keinen Ton heraus.

»Ich bin noch nicht sonderlich oft ausgegangen«, sagte Daisy. »Seit ich hier wohne, mein' ich.«

Sie erhob sich, schob unbeholfen den Klavierstuhl zurück und warf dabei einen Haufen Notenblätter auf den Boden. Alexis machte Anstalten, sie aufzuheben.

»Lassen Sie nur«, meinte Daisy rasch. »Ich heb' sie später auf.« Eine kleine Pause entstand. »Mei-meine Jacke hängt im Gang«, setzte sie hinzu.

»Gut.« Alexis, der ihr die Tür aufhielt, versuchte, einen unbefangenen Ton anzuschlagen. Aber seine Stimme kam ihm selbst fremd vor. Was zum Teufel war los mit ihm? Was für ein Abend lag vor ihnen, wenn er es nicht mal schaffte, einen anständigen Satz herauszubringen?

In dem düsteren Flur wandte Daisy sich unerwartet um und griff nach ihrer Jacke an der Garderobe. Alexis, der damit nicht gerechnet hatte, machte einen Schritt nach vorn und prallte gegen ihre weiche, warme Haut.

»Entschuldigung!« rief er.

»Keine Ursache«, sagte Daisy schüchtern. »Ich mein', schließlich bin ich Ihnen ja in den Weg getreten.« Ihre Stimme flatterte zart durch die Luft, und Alexis spürte, wie in ihm ein gefährliches Gefühl des Begehrens aufzukeimen begann.

»Lassen Sie mich Ihnen damit helfen«, sagte er. Er nahm ihr die Jacke ab, hielt sie ihr hin und beobachtete, wie Daisy mit ihren blassen, milchigen Armen hineinschlüpfte. Dann wandte sie sich um und sah ihn mit forschenden Augen an.

»Ich wollte das eigentlich nicht fragen«, sagte sie, »aber… sind wir…« Sie hielt inne. »Ist dies…« Ihre Wangen färbten sich. »Es ist bloß, das ist alles ein bißchen neu für mich, und ich war mir einfach nicht sicher, ob…« Sie verstummte, hochrot vor Verlegenheit.

Fast gelähmt vor Verlangen starrte Alexis sie an.

»Nun, wissen Sie… auch für mich ist das alles ein bißchen neu«, brachte er heraus. Er entspannte sich ein wenig.

»Auch für mich ist das alles ein bißchen neu«, wiederholte er, »also improvisieren wir doch einfach, ja?« Er sah auf sie hinab und lächelte. »Es ist nicht unbedingt das eine oder andere. Ich dachte einfach, es wäre nett, wenn wir zusammen essen gehen würden, das ist alles.«

»Oh«, meinte Daisy zweifelnd. »Na dann, okay.« Und sie erlaubte ihm, sie sanft aus dem Cottage in die laue Abendluft zu führen.

Das von Alexis ausgesuchte Restaurant in Linningford war relativ neu. Ein helles, gutbesuchtes Lokal, mit einem polierten Holzboden, Spiegeln und modernen Aquarellen an den Wänden. Daisy sah sich hingerissen um.

»Hier gefällt's mir!« rief sie aus, als sie Platz nahmen. »Es ist alles so hübsch eingerichtet!«

Ein Ober kam und reichte ihnen mit einer schwungvollen Geste zwei riesige Speisekarten.

»Mademoiselle, Monsieur«, murmelte er ehrerbietig. Daisy strahlte Alexis an, der den Ober scharf ansah. Wollte der Kerl auf etwas anspielen? Doch der Ober erwiderte den Blick ausdruckslos und murmelte etwas von einem Aperitif. Alexis betrachtete Daisys glühendes Gesicht.

»Zwei Gläser Champagner«, sagte er leise zu dem Ober. Und dann: »Ach, nein, eine Flasche, bitte.«

Als der Ober fort war, sahen sie sich an. Daisy breitete sich sorgfältig ihre Serviette über den Schoß. Alexis sah sich im Restaurant um, als suche er nach einem Gesprächsthema, aber es war Daisy, die die Unterhaltung begann.

»Ich hab' gestern Mrs. Kember vorbeifahren sehen. Sie hat mich nicht gesehen«, setzte sie bescheiden hinzu. »Ich mein', ich hab' sie bloß durchs Autofenster gesehen. Aber ich dachte ... die Armen.« Sie machte eine mitleidige Geste.

»Ja, die Armen«, sagte Alexis, unfähig, den feindseligen Ton in seiner Stimme zu unterdrücken. Daisy starrte ihn an. »Was ... wieso ...«

»Oh ... tut mir leid«, sagte Alexis. »Natürlich fühle ich mit ihnen. Es ist bloß ...« Daisy starrte ihn mit großen Augen an. Er seufzte. »Na ja, es ist kein großes Geheimnis, nehme ich an.« Er sah sie bedeutungsvoll an. »Die Kembers beabsichtigen, Hugh und Ursula in Katies Namen zu verklagen.«

»Sie zu verklagen?« Daisy blickte ihn entgeistert an. »Was, etwa weil es ihr Swimmingpool war?«

»Genau«, erwiderte Alexis, »und weil Louise' Anwaltsfreund sie zweifelsohne davon überzeugt hat, daß sie aus Hugh und Ursula eine Menge Geld rauspressen können.«

»Und ... stimmt das denn?« Alexis zuckte die Achseln.

»Gute Frage. Möglicherweise schon.«

»Aber ...« Daisy zögerte. »Sie müssen mich für sehr dumm halten«, meinte sie vorsichtig. Alexis lächelte sie ermutigend an und erwiderte: »Ganz und gar nicht.«

»Aber ... muß man denn nicht etwas Unrechtes getan haben, um verklagt zu werden? Ich meine, sie haben doch nichts Unrechtes getan, oder?« Alexis zuckte die Achseln.

»Hängt davon ab, was man darunter versteht. Ist es unrecht, Leute zum Baden in seinem Swimmingpool einzuladen, ohne einen Bademeister einzustellen?« Daisy starrte ihn an.

»Aber das ist doch Blödsinn. Wenn es das *Haus* von jemandem ist ...« Wieder zuckte Alexis die Achseln.

»Wenn man jemand zu sich nach Hause einlädt, hat man ihm gegenüber Pflichten.« Er seufzte. »So lautet das Gesetz.«

Es gab eine Pause. Daisy blickte Alexis verwirrt an.

»Das ist wirklich schwierig«, meinte sie. »Der Unfall, er war so schrecklich, und mir tut das kleine Mädchen leid, und es… es wäre wirklich gut, wenn sie etwas Geld bekommen könnte.« Sie hielt inne. »Aber vor Gericht zu gehen, das kommt mir entsetzlich vor. Außerdem dachte ich, sie seien Freunde.«

»Waren sie auch«, sagte Alexis, fast zu sich selbst. »Aber nicht mehr lange.« Er blickte Daisy an. Sie starrte betrübt auf die Tischdecke. »Worüber reden wir hier eigentlich!« rief er aus. »Lassen Sie uns doch nicht über solch deprimierende Dinge sprechen.« Er sah auf, und sein Ausdruck veränderte sich. »Schauen Sie, genau rechtzeitig!«

Der Ober hatte den Champagner gebracht. Als er ihn mit einem Knall öffnete, glitt über Daisys Gesicht wieder ein zaghaftes Lächeln. Sie sah Alexis an und errötete.

»Champagner!« sagte sie und betrachtete den perlenden Inhalt ihres Glases. »Wahnsinn!«

»Sie müssen ihn nicht trinken, wenn Sie nicht wollen«, sagte Alexis ernst. »Ich hätte Sie zuerst fragen sollen. Aber keine Bange, wir können auch etwas anderes bestellen. Ober…«

Daisy schnappte nach Luft.

»Nein, so hab' ich's doch nicht… ehrlich…« Als sie Alexis' Gesicht sah, hielt sie inne.

»Sie ziehen mich auf«, sagte sie überrascht.

»Stimmt«, bestätigte Alexis. »Stört Sie das?«

»Nein«, sagte sie langsam. Sie betrachtete Alexis, sein braungebranntes Gesicht, seine klugen Augen und sein faltiges Lächeln, und sie lächelte zurück. »Nein… nein, das stört mich überhaupt nicht.«

Später, als sie fertig gegessen hatten, langte Alexis über den Tisch und ergriff Daisys Hand.

»Man sehe sich nur diese Pianistinnenfinger an«, sagte er bewundernd. »Ich wette, sie sind muskulöser als ...«

»Ihr kleiner Finger«, schlug Daisy vor, deren Wangen vom Champagner reichlich gerötet waren. »O nein. Das paßt nicht.« Mißbilligend betrachtete sie ihre Hand, die noch immer auf dem Tisch lag. »Das Problem beim Klavierspiel ist«, sagte sie, »daß du nie lange Fingernägel kriegst. Meine sind entsetzlich, *und* ich beiße sie ab.«

»Ich finde sie schön«, entgegnete Alexis. »Sehr schön.«

Daisy wurde rot.

»Das Essen war herrlich«, sagte Daisy mit ziemlich aufgelöster Stimme. »Es hat mir wirklich gefallen.«

»Gut«, meinte Alexis.

Er blickte sie einen Augenblick lang prüfend an und lockerte dann beiläufig seinen Griff um ihre Hand. Für den Bruchteil einer Sekunde herrschte Schweigen. Daisy zog ihre Hand nicht fort. Alexis starrte nach unten und zählte bis fünf. Eine unbeschreibliche Erregung stieg in ihm hoch. Langsam hob er den Kopf und blickte sie direkt an. Ihre Wangen waren feuerrot; ihr Blick war gesenkt; ihre dichten, dunklen Wimpern warfen Schatten auf ihr Gesicht. Er wagte kaum zu atmen, während er ganz langsam seine Finger wieder um ihre schloß.

Während Alexis um die Rechnung bat und sie beglich, sprachen sie wenig. Draußen, auf der Straße, war es dunkel; eine warme, indigoblaue Dunkelheit, unterbrochen von leuchtenden Ladenschildern, Lachfetzen und kurzen Anblicken buntgekleideter Menschen unter gelben Straßenlampen. Wortlos gingen sie zum Auto. Daisy spürte, wie sie zitterte. Die Ledersitze in Alexis' Auto wirkten kalt und abweisend, als sie einstieg. Ihr wackelten die Knie, und sie wußte nicht, was sie sagen sollte.

»Irgendwann muß ich Ihnen mal richtig beim Klavierspielen zuhören«, begann Alexis das Gespräch, während er den Motor anließ.

»Oh, ja«, rief Daisy. »Nun… Anfang September gebe ich ein Konzert in Linningford.«

»Na, großartig. Was ist es?«

»Ein Klavierkonzert«, meinte Daisy schüchtern, »mit dem Linningforder Symphonieorchester.«

»Wirklich? Ich bin beeindruckt.« Er blickte Daisy von der Seite an. »Das muß sehr aufregend sein«, sagte er.

»Ist es auch.« Daisy spürte, wie ihre Stimme bebte. Was würde geschehen, wenn sie aus dem Auto stiegen? dachte sie unruhig. Würde Alexis noch mit hineinkommen wollen? Würde er sie küssen? Würde er…

»Welches Klavierkonzert?« erkundigte sich Alexis und unterbrach damit unvermittelt die Stille. Daisy zuckte leicht zusammen.

»Oh!« stieß sie hervor. »Äh… Brahms. Das zweite.«

»Ich fürchte, das kenne ich gar nicht«, meinte Alexis leichthin. »Bei Brahms kenne ich mich nicht sonderlich gut aus.«

»Es ist wirklich wunderschön«, erwiderte Daisy ernsthaft. Eine Pause folgte. Dann hielt der Wagen an, und sie blickte erschrocken zu Alexis auf. »Wieso halten wir?« fragte sie leise.

»Weil wir da sind.« Alexis wandte sich lächelnd zu ihr. »Schauen Sie, da ist Ihr Cottage.«

»Ah, ja.« Daisys Stimme war bloß noch ein heiseres Flüstern, und das Herz schlug ihr bis zum Hals. Alexis starrte sie an. Ihre Lippen bebten; ihre dunklen Augen schnellten herum. Er kam sich vor, als hätte er ein Rehkitz in seinem Auto in die Falle gelockt.

Unvermittelt öffnete er seine Tür. Und noch ehe Daisy es ihm gleichtun konnte, war er schon auf ihrer Seite und öffnete ihr mit einem übertriebenen Diener galant die Tür. Unwillkürlich mußte sie kichern.

»Ja dann, gute Nacht«, meinte er freundlich. »Vielen Dank, daß Sie meine Einladung angenommen haben.«

»Nun, ich danke *Ihnen*«, entgegnete Daisy, die ihr Herz schmerzvoll in der Brust schlagen spürte. Sie sah Alexis an, den man in der Dunkelheit nur vage erkennen konnte. Er machte einen Schritt auf sie zu, und sie begann, etwas schneller zu atmen.

»Es hat … viel Spaß gemacht«, sagte er.

»Mir auch«, brachte Daisy heraus.

Sie schwiegen. Dann beugte sich Alexis ganz langsam zu ihr. Er küßte sie einmal sanft auf die Wange. Dann, ehe sie etwas sagen konnte, umfaßte er ihren Kopf und drückte seine Lippen auf ihre. Daisy schloß die Augen und spürte seine warmen Lippen, spürte, wie sein Mund ihren sanft öffnete, wie eine kühle Brise durch ihr Haar fuhr, und konnte an nichts anderes denken. Als er den Kopf hob, starrte sie ihn leicht benommen und mit weichen Knien an. Ich würde, dachte sie unvermittelt, also wenn er es wollte … würde ich ja sagen. Erregte Vorfreude wallte in ihr auf, aber er bewegte sich bereits in Richtung Auto.

»Ich fürchte, ich muß gehen«, sagte er bedauernd. »Haben Sie Ihren Schlüssel?«

»J-ja«, erwiderte Daisy verwirrt.

»Ich warte, bis Sie sicher drin sind.« Alexis öffnete die Autotür. »Wie wär's«, fügte er beiläufig hinzu, »wenn wir uns mal wieder treffen würden?«

»Ja.« Daisy hatte Schwierigkeiten, die Worte herauszubringen. »D-das wäre nett.«

»Ich könnte morgen auf einen Kaffee vorbeikommen«,

schlug Alexis vor. »Außer, Sie müssen üben.« Daisy schluckte.

»Nein«, sagte sie langsam. »Das ginge schon.«

»Gut. Dann bis morgen.«

»Ja, bis morgen.«

Sie überquerte die Straße, ging den Gartenpfad entlang, winkte Alexis schüchtern zu, öffnete die Haustür und verschwand im Cottage. Alexis blieb einige Sekunden still sitzen, ließ dann den Motor an, stieg aufs Gas und fuhr in die Dunkelheit.

10

Die Kunde, daß die Kembers beabsichtigten, die Delaneys wegen Katies Unfall zu verklagen, verbreitete sich rasch im ganzen Dorf, begleitet von allerlei Widersprüchlichkeiten und verwirrenden Angaben. Keinem war Genaueres bekannt, alle wußten es nur vom Hörensagen. Um sich endlich Klarheit zu verschaffen, beschloß Sylvia Seddon-Wilson, zur Unterstützung des Spendenaufrufs für Katie einen vormittäglichen Kaffeeklatsch zu organisieren. Sie lud sämtliche Damen aus dem Dorf dazu ein, einschließlich Louise, Ursula und Meredith.

»Natürlich werden sie nicht kommen«, meinte sie zuversichtlich, während sie beim Frühstück saß und die Umschläge verschloß. James, ihr Ehemann, sah höflich von der *Financial Times* auf.

»Wer wird nicht kommen?«

»Tja, zunächst einmal Louise. Die ist doch viel zu beschäftigt.« James runzelte die Stirn.

»Wer ist denn das noch mal?« Sylvia seufzte ungeduldig.

»James, das *weißt* du doch. Ich hab's dir erzählt. Die Mutter des kleinen Mädchens, das verunglückt ist.«

»Ach so, ja.« James zog die Stirn kraus. »Schlimme Sache. Wie geht's der Kleinen denn?« setzte er hinzu.

Sylvia hielt in ihrer Betätigung inne.

»Offenbar ist sie aus dem Koma erwacht. Aber...« Sie sah James bedeutungsvoll an, »... sie hat einen Hirnschaden davongetragen. Und das Neueste ist, daß die Kembers die Delaneys vor Gericht stellen wollen. Sie verklagen. Kannst du dir das vorstellen?«

»Du lieber Himmel!« James erschauerte und trank einen Schluck Kaffee. Er blickte Sylvia an, als erwarte er weitere Einzelheiten, aber sie klebte schon wieder Umschläge zu, und so nahm er sich erneut seine Zeitung vor. Doch seine Gedanken schweiften ab, und nach einigen Sekunden legte er die Zeitung beiseite.

»Wie schlimm ist es eigentlich?«

»Was?« Sylvia hob fragend die Augenbrauen.

»Der Hirnschaden, wie arg?«

»Oh«, Sylvia zuckte die Achseln. »Keine Ahnung.«

»Hast du sie mal besucht?« Sylvia errötete leicht.

»Nein«, meinte sie knapp. »Und sieh mich bitte nicht so an. Du weißt doch, daß ich's mit Krankenhäusern nicht so habe.« Sie klebte den Umschlag in ihrer Hand fertig zu und legte ihn auf den Haufen neben ihrem Teller. »Statt dessen veranstalte ich diesen Kaffeevormittag«, fügte sie hinzu. »Sozusagen als unterstützende Geste.«

»Unterstützende Geste!« James brach in schallendes Gelächter aus.

»Es ist eine Wohltätigkeitsveranstaltung«, versetzte Sylvia wütend. »Du kannst dir dein Lachen also sparen, James!«

»Ah so, eine Wohltätigkeitsveranstaltung.« James grinste spöttisch. »Ich kenne deine wohltätigen Methoden. Ein gesponserter Klatsch, stimmt's? Fünfzig Pence für jede gelieferte Information, ob wahr oder nicht!«

»Ach, sei doch still!« rief Sylvia. Sie biß wütend ein Stück Toast. »Außerdem«, fügte sie zusammenhanglos hinzu, »dachte ich, du seist diese Woche in Antwerpen.«

»Ich fahr' aber erst am Donnerstag los.«

»Gut«, erwiderte Sylvia. »Dann habe ich dich an meinem Kaffeevormittag aus dem Weg. Wie lange bist du weg?«

»Drei Tage. Dann geht es direkt weiter nach Oslo.«

»Noch besser.« Sylvia lehnte sich in ihrem Stuhl zurück und streckte genüßlich die Arme. »Brauchst dich nicht zu beeilen, heimzukommen.«

»Keine Bange, Schatz«, grinste James. »Das mach' ich schon nicht.«

Am Tag des Kaffeeklatsches hatten sich um elf Uhr morgens bereits vierzehn Damen in Sylvias Wohnzimmer eingefunden, die alle erwartungsvoll zur Tür schauten. Aus der Diele war Mary Traceys reichlich nervöse Stimme zu hören, die gerade eingetroffen war. Da sie im Dorf als Louise' beste Freundin galt, mußte sie mehr über die Angelegenheit wissen als der Rest, da waren sich alle einig.

Folglich hatte niemand das Thema auf den Unfall am Swimmingpool gelenkt, bis Mary den kleinen Luke der zärtlichen Fürsorge von Mrs. Greenly in der Küche übergeben hatte, in den Raum geführt worden war und es sich auf einem großen Sofa, das mitten im Raum stand, bequem gemacht hatte. Sylvia lächelte sie herzlich an und hielt ihr eine Tasse Kaffee hin.

»So, bitte schön«, sagte sie zuckersüß. »Hoffentlich ist er nicht zu stark.«

»Oh, äh, nein«, sagte Mary, die ziemlich rot wurde. »Sicher ist er genau richtig. Köstlich.«

Normalerweise besuchte Mary Sylvias Kaffeevormittage nicht, da sie das doch für ein bißchen zu überspannt hielt, vor allem, seitdem sie auch an Luke denken mußte. Aber Sylvia war am Telefon so reizend gewesen, daß sie einfach nicht hatte nein sagen können. Nun sah sie sich in leichter Panik um; wahrscheinlich war sie die Jüngste hier, mit Sicherheit aber die am schäbigsten Gekleidete.

Es entstand eine Pause, als Sylvia zu ihrem Sessel zurückkehrte und einen Schluck Kaffee trank. Dann holte sie Atem. Alle sahen auf.

»Na, Mary«, meinte sie in teilnahmsvollem Ton. »Wie geht es denn der kleinen Katie nun?« Mary schluckte. Sämtliche Blicke schienen auf sie gerichtet zu sein.

»Also«, begann sie stockend, »sie ist aus dem Koma erwacht.«

Alle atmeten erleichtert auf.

»Gott sei Dank!« rief Mrs. Prendergast, eine füllige Dame, die gegenüber von Sylvia wohnte.

»Das sind ja wunderbare Neuigkeiten!« sagte jemand, für Marys Geschmack allerdings etwas zu fröhlich.

»Ja«, fügte sie eilig hinzu, »aber das heißt nicht, daß es ihr besser geht. Sie ist immer noch sehr benommen, und die Ärzte...«, sie schluckte und nippte an ihrem Kaffee, »... sagen, daß ihr Hirn vermutlich geschädigt sein wird.«

Plötzlich standen ihr Tränen in den Augen. Was war los mit ihr? dachte sie zornig. Schon seit Tagen wußte sie alles über Katie. Eigentlich sollte sie sachlicher darüber sprechen können, aber als sie es nun all diesen Frauen erzählte, überwältigte sie das Entsetzen von neuem. Sie spürte, wie ihr eine Träne die Wange hinunterlief.

»O Mary!« Im Nu war Sylvia an ihrer Seite und streichelte ihre Hand. »Sie brauchen nicht darüber zu sprechen, wenn es Ihnen zuviel ist.«

»Nein, es geht schon.« Mary rang nach Fassung.

»Wir sind ja bloß alle so besorgt um die arme Kleine«, fuhr Sylvia fort.

»Ein Hirnschaden!« murmelte eine der Damen am Fenster. »Wie furchtbar.«

»Sie wird kein... Sie wissen schon, kein totaler...« Mary suchte nach einem annehmbaren Ausdruck und gab auf. »Sie wissen schon. Und es besteht eine kleine Chance, daß sie wieder ganz gesund wird.« Sie schaute sich hoffnungsvoll im Raum um, aber keine der Damen schien ihren Optimismus zu teilen. Sie tauschten vielmehr düstere Blicke aus.

»Das muß die Kembers sehr mitnehmen«, rief Mrs. Prendergast und erschauerte. »Keine Ahnung, wie ich damit fertig würde.«

»Entsetzlich!«

»Schrecklich!« Es entstand eine kurze, respektvolle Pause, dann wandte sich Sylvia an Mary.

»Aber wenn ich es recht verstanden habe«, meinte sie unverbindlich, »wird über Schadensersatz und Schmerzensgeld gesprochen. Läuft das auf eine Klage hinaus?« Sie legte den Kopf fragend zur Seite. Ein feines Rascheln war zu hören, als alle auf ihren Plätzen etwas nach vorn rutschten.

»Nun ja«, begann Mary. Sie sah in die Runde. »Das tut es wohl. Louise und Barnaby wollen gegen die Delaneys prozessieren. Offenbar...«, sie hielt inne und putzte sich die Nase.

»Offenbar verhielten sich die Delaneys fahrlässig. Das Sprungbrett war gefährlich.«

Mrs. Prendergast rang nach Luft.

»Wie entsetzlich!« rief sie. »Ich meine, immerhin haben meine Kinder da früher auch gebadet. Und die sind ständig von diesem Brett gesprungen!«

»Meine auch!« schaltete sich eine andere Dame ein. »Wenn

man bedenkt, wie gefährlich es die ganze Zeit war! Kriminell!« Sie blickte aufgeregt in die Runde.

»Furchtbar!« rief jemand.

»Direkt bewiesen ist allerdings noch nichts«, bemerkte Mrs. Quint, eine zurückhaltende Frau, die bislang nichts zum Gespräch beigesteuert hatte. »Ich halte es nicht für ganz fair, davon auszugehen, daß es wirklich gefährlich war. Und ich muß sagen, auf mich machte das Brett keinen besonders gefährlichen Eindruck.« Die allgemeine Erregung legte sich ein wenig, und Mrs. Prendergast warf Mrs. Quint einen reichlich gekränkten Blick zu.

»Nun, die Kembers würden ja wohl nicht klagen, wenn sie nicht Belastungsmaterial hätten, oder?« versetzte sie triumphierend.

Stille trat ein. Niemand schien dieser Behauptung etwas entgegensetzen zu können.

»Also, ich finde, diese Kembers sollten versuchen herauszuholen, was geht«, meinte Janice Sharp, die ein Wochenendhäuschen in Melbrook besaß und eigens für Sylvias Kaffeevormittag hergefahren war. »Ich wünsche ihnen viel Glück! Ich meine, den Delaneys sieht man ja wohl an, daß sie es sich leisten können.« Mrs. Prendergast nickte.

»Wußten Sie, daß die in ganz Europa Häuser haben?«

Energisch wischte sie sich einige Krümel von ihrem Schoß.

»Sind Sie sich da sicher?« fragte Mrs. Quint.

»Aber ja!« erwiderte Mrs. Prendergast im Brustton der Überzeugung. »Eins in Frankreich mal mit Sicherheit und dann, glaube ich, auch eines in Italien und dann noch irgendwo eines... Da hat man schon soviel und ist doch zu geizig, um seinen Pool kindersicher zu machen! Das ist doch ungeheuerlich!«

»Ich weiß nicht«, meinte Mrs. Quint zweifelnd. »Ich bin mir nicht sicher, ob die Delaneys tatsächlich so reich sind, und ich nehme doch an, daß die Kembers eine sehr hohe Summe fordern werden?«

Alle blickten zu Mary, die rot anlief. Als sie gehört hatte, um welche Summe es in Cassians und Louise' Gesprächen gegangen war, war sie sprachlos gewesen. Platt. Doch Cassian hatte ihr umgehend erklärt, weshalb Katie soviel Geld brauche und warum es unklug sei, wenn man weniger verlange. Mary wurde sogar noch röter, als sie sich erinnerte, wie Cassian neben ihr an Louise' Küchentisch gesessen hatte und der weiche Stoff seines Hemdes ihren bloßen Arm streifte; als sie sich an den schwachen, teuren Duft seines After-shaves erinnerte und die Art, wie er sie angelächelt hatte ... Dann, als sie merkte, daß alle auf eine Antwort warteten, schüttelte sie den Gedanken an ihn ab, holte Luft und sagte abrupt: »Ungefähr eine halbe Million Pfund. Oder so was um den Dreh.« Alle um sie herum schnappten nach Luft.

»Was?«

»Sie machen Scherze!«

Selbst Sylvia war überrascht.

»Mary, ist das wahr?« fragte sie. »Sie wollen wirklich soviel verlangen?«

»Das sagen sie jedenfalls.« Plötzlich wurde Mary sich all der aufgerissenen Augen um sich herum bewußt und überlegte, ob sie nicht zuviel gesagt hatte. Doch es war zu spät, überall im Raum hörte man erstaunte Ausrufe. Mrs. Prendergast nickte ihrer Nachbarin zu und sagte trotzig: »Das überrascht mich kein bißchen!« als solle ja keiner wagen, ihr zu widersprechen.

»Man stelle sich vor«, meinte Janice Sharp. »Eine halbe Million Pfund!«

»Das ist eine Menge Geld«, bemerkte Mrs. Quint nüchtern. »Hoffentlich sind die Delaneys gut versichert.«

Mary fühlte sich etwas in die Defensive gedrängt.

»Nun, schließlich wurde Katie sehr schwer verletzt!« rief sie. »Unter Umständen wird sie jahrelang eine spezielle Pflege brauchen. Sie verdient das Geld.«

»Oh, ich will damit nicht sagen...«, begann Mrs. Quint. Sie wurde vom Klingeln der Türglocke unterbrochen. Sylvia stand auf.

»Entschuldigen Sie mich doch bitte«, sagte sie und ließ allen ein huldvolles Lächeln zuteil werden, »und bedienen Sie sich mit Kaffee!«

Während ihrer Abwesenheit wurde angeregt geplaudert. Mrs. Quint versuchte, das Gespräch auf ein allgemeineres Thema zu lenken, aber keine der Damen schien sich für den desolaten Zustand ihres Gartens zu interessieren oder Lust zu haben, ihre Urlaubspläne zu erläutern.

»Ich habe mir gerade überlegt«, sagte Mrs. Prendergast eben, als sich die Tür öffnete, »daß man, wenn man schon etwas für die Benutzung seines Swimmingpools verlangt, ja wohl auch eine Verantwortung trägt...«

Plötzlich wurde sie von Sylvia unterbrochen, die in der Diele zu hören war. Halb aus Entzücken, halb aus Bosheit hatte sie die Stimme absichtlich erhoben und sagte gerade: »Haben Sie Zeit für eine Tasse Kaffee, Ursula?«

Ein paar der Frauen japsten auf. Mrs. Prendergasts Kopf fuhr herum. Dort, in der Tür, stand Ursula Delaney, mit freundlicher Miene, einen mandelbedeckten Kuchen auf den Handflächen balancierend.

»Hallo allerseits«, sagte sie schlicht. »Ich fürchte, ich kann leider nicht bleiben, aber eine Kleinigkeit beisteuern wollte ich trotzdem.«

»Keine Sorge, Ursula«, erwiderte Sylvia und lächelte die anderen amüsiert an. »Ich würde sagen, es reicht schon, daß Sie überhaupt gekommen sind. Die meisten hier kennen Sie ja, oder?«

»Ich denke schon.« Ursula lächelte vage in die Runde. Sie ging zum Tisch und stellte ihren Kuchen ab. Als sie wieder aufsah, rutschten die anderen verlegen auf ihren Stühlen herum. Keiner sagte etwas.

»Du meine Güte!« rief sie aus. »Bloß wegen mir brauchen Sie doch nicht die Unterhaltung zu unterbrechen! Worüber ging's denn gerade?«

Eine kurze, unangenehme Stille entstand. Mary Tracey merkte, wie ihre Wangen erglühten. Dann räusperte sich Mrs. Quint.

»Ich sprach gerade«, sagte sie fest, »über den schrecklichen Zustand meines Gartens.« Sie blickte Mrs. Prendergast streng an. »Stimmt's?«

»O ja!« pflichtete die ihr eilig bei. »Ja, so war's. Und … und ich auch«, setzte sie hinzu. »Meiner sieht momentan aus wie Kraut und Rüben.«

»Meiner auch«, fielen etliche andere Stimmen mit ein.

Verdutzt blickte Ursula sich um.

»Du liebe Zeit!« sagte sie. »Was für ein Pech. Unser Garten gedeiht eigentlich ganz gut.« Sie schaute nachdenklich aus dem Fenster. »Wir haben sehr guten Mulch«, meinte sie dann. »Vielleicht liegt es daran.«

Sie blickte mit fragend hochgezogenen Brauen in die Runde, aber niemand schien darauf etwas erwidern zu können.

11

Zwei Wochen später erhielt Hugh einen Brief von seiner Versicherungsgesellschaft. Er öffnete ihn beim Frühstück, las ihn und steckte ihn wortlos zurück in den Umschlag.

»Was?« sagte Meredith, der das Logo auf der Vorderseite des Umschlags sofort ins Auge gesprungen war. »Was haben sie geschrieben?«

Seitdem bekannt war, daß die Kembers gegen Hugh und Ursula klagen wollten, war Meredith allmorgendlich voll Kampfgeist aufgewacht, den sie umgehend einsetzen wollte. Aber Alexis hatte ihr offen gesagt, so früh könne sie wenig ausrichten, und im übrigen würde sich die Angelegenheit wahrscheinlich sehr lange hinziehen – unter Umständen über Jahre.

Jahre dieser Anspannung? Der Gedanke war Meredith unerträglich, und sie wußte, sie war nicht die einzige, der es so ging. Während sie in ohnmächtiger Wut im Haus herumgetigert war, unfähig zu arbeiten, unfähig, sich zu entspannen, hatte sich Hugh mehr und mehr in sich zurückgezogen. Er sah mitgenommen und erschöpft aus; er gab zu, nicht gut zu schlafen.

»Was haben sie geschrieben?« wiederholte Meredith, bemüht, nicht ungeduldig zu klingen.

Hugh sah auf. Er warf einen Blick auf Ursula, die friedlich ein gekochtes Ei verspeiste und die *Daily Mail* las, und versuchte dann, Meredith optimistisch anzulächeln, aber der niedergeschmetterte Ausdruck wich nicht aus seinen Augen.

»Sie halten es für höchst unwahrscheinlich, einer Schadensersatzforderung, die auf einen nicht privaten Gebrauch des Pools zurückgeht, nachkommen zu können. Sie schreiben…« Er blickte auf den Brief. »Sie schreiben, daß sie eine zusätzliche Abdeckung hätten arrangieren können, wenn wir sie darüber informiert hätten, daß wir den Pool öffentlich nutzen wollen. Das haben wir aber eben nicht.«

Hugh legte den Brief beiseite und blickte Meredith bekümmert an. »Im Grunde teilen sie uns mit, daß sie nicht zahlen werden.«

»Diese Schweine!« rief Meredith. »Die suchen doch bloß eine Ausrede, um sich da herauszuwinden!«

»Kann sein«, meinte Hugh. Er rieb sich betrübt das Gesicht. »Aber vielleicht haben sie recht. Vielleicht hätte ich sie wirklich anrufen und eine zusätzliche Versicherung arrangieren sollen. Es ist mir bloß nie in den Sinn gekommen ...« Er verstummte.

»Laß mich doch mal den Brief sehen«, verlangte Meredith. Sie schnappte sich den Schrieb von Hughs Teller und überflog ihn. »Es heißt nicht, daß sie auf keinen Fall zahlen«, sagte sie nach einigen Minuten. »Es heißt nur, wahrscheinlich nicht.«

»Ich weiß«, erwiderte Hugh, »aber offen gestanden habe ich keine große Hoffnung, daß sie ihre Meinung noch ändern.«

Meredith sah wieder auf den Brief.

»Vermutlich hast du recht.« Sie lehnte sich in ihrem Stuhl zurück und sah aus dem Fenster. Sie konnte Hugh nicht in die Augen sehen, schaffte es nicht, sich mit ihm über die Auswirkungen dieses Briefes mit Blicken wortlos zu verständigen – an Ursula vorbei, wie so oft. Was, wenn Hugh und Ursula den Prozeß aus irgendeinem Grund verloren? dachte sie plötzlich. Was, wenn sie riesige Schadensersatzsummen zahlen müßten? Abertausende von Pfund? Was würden sie tun?

Siedende Wut stieg in Meredith hoch, und sie schob abrupt den Stuhl zurück.

»Ich geh' raus«, sagte sie und verließ den Raum, ehe Hugh oder Ursula etwas dazu sagen konnten.

Sie marschierte die Auffahrt hinab und schlug, ohne sich dessen so recht bewußt zu sein, den Weg zum Larch Tree Cottage am anderen Ende des Dorfes ein. Das Bild von Hughs niedergeschmettertem Gesichtsausdruck ließ sie nicht los und brachte sie dazu, schneller auszuschreiten. Leicht außer Atem erreichte sie ihr Ziel und fragte sich, was genau sie jetzt tun werde. Aber während sie auf das Haus der Kembers zuging, sah sie Louise aus der Haustür kommen, und alle Unschlüssigkeit war verschwunden.

»Ich dachte mir nur, es würde euch vielleicht interessieren«, begann sie in schroffem Ton, »daß es ganz danach aussieht, als würde unsere Versicherung nicht zahlen wollen. Wenn ihr euren gottverdammten Prozeß also gewinnt, dann müssen Hugh und Ursula alles aus eigener Tasche zahlen und sind vermutlich ruiniert. Nur daß ihr's wißt.« Auf halbem Wege hielt sie inne und blickte Louise gespannt an.

»Ich fürchte«, begann Louise mit bebender, aber ziemlich förmlicher Stimme, »wir können nicht… ich denke wirklich nicht…«

»Nein, das tust du nicht, stimmt's?« unterbrach Meredith sie zornig. »Du denkst überhaupt nicht. Wenn du es nämlich tätest, dann würdest du nicht diese Scheißklage anstrengen. Dann würdest du nicht das Leben zweier absolut unschuldiger Menschen ruinieren!«

»Ich tue doch…«

»Weißt du, was man ihnen damit antut?«

»Na, und weißt du, was dieser Unfall für uns bedeutet?« fiel ihr Louise mit plötzlicher Empörung ins Wort. »Hast du eine Ahnung, was wir durchmachen? Mein Gott, du hast Katie ja noch nicht mal im Krankenhaus besucht! Keiner von euch! Ihr habt nicht gesehen, in was für einem Zustand sie ist! Also fang du nicht an, über ruinierte Leben zu reden. Du hast keine Vorstellung, wie das für uns ist!« Louise funkelte Meredith wütend an.

»Wenn wir nicht im Krankenhaus waren, dann deshalb, weil ihr uns verklagt!« schrie Meredith aufgebracht. »Habt ihr da schon mal dran gedacht? Es wurde uns geraten, uns von euch fernzuhalten. Wenn ihr diese dumme Klage zurückziehen würdet, dann könnten wir euch helfen! Wir wollen helfen!«

Eine näselnde Stimme unterbrach sie.

»Wenn Sie helfen wollen, dann verlassen Sie doch bitte unverzüglich das Grundstück meiner Mandantin.«

Beide Frauen drehten sich ruckartig um. Cassian trat aus der Tür. Meredith blickte ihn finster an.

»Ja«, versetzte Louise, durch sein Erscheinen ermutigt. »Laß mich in Ruhe, Meredith.«

»Ach, verdammt noch mal!« sagte Meredith verächtlich. »Dann geh' ich eben. Aber, um das einmal festzuhalten, ich weiß, was ihr gerade durchmacht...«

»Könnten Sie bitte aufhören, meine Mandantin zu belästigen!« fuhr ihr Cassian über den Mund. Meredith kümmerte sich nicht um ihn und sah Louise direkt an.

»Falls du es vergessen haben solltest, mein Mann ist vor einigen Jahren ins Koma gefallen, genau wie deine Tochter. Mit dem Unterschied, daß er starb.« Sie hielt einen Augenblick lang inne, und Louise errötete leicht.

»Ich kann Ihnen nur sagen«, sagte Cassian, »daß dieser Gefühlsausbruch Ihrer Sache durchaus nicht dienlich ist.« Er zückte ein Notizbuch und begann etwas hineinzuschreiben.

»Und der andere Unterschied ist der«, meinte Meredith knapp, »daß ich es einfach akzeptierte. Ich sah mich nicht nach jemandem um, dem ich die Schuld in die Schuhe schieben konnte, und versuchte auch nicht, aus der Sache Geld herauszuschinden.«

»Ich muß Sie bitten...«, begann Cassian wieder.

»Oh, verpiß dich doch, du kleine Kröte«, unterbrach ihn Meredith. Ohne Cassian anzusehen, mischte sich Louise ein.

»Ja gut, dein Mann ist gestorben«, sagte sie mit stockender

Stimme, »aber vielleicht ist das, was Katie geschehen ist, schlimmer. Möglicherweise wird sie ihr Leben lang einen Hirnschaden haben!«

»Louise!« schnauzte Cassian. »Diese Unterhaltung muß ein Ende haben. Geh und setz dich ins Auto.« Louise sah ihn zögernd an und tat dann, wie geheißen.

»Gut«, sagte Cassian. Er holte ein Handy zum Vorschein. »Nun«, wandte er sich an Meredith. »Entweder Sie gehen jetzt – oder ich rufe die Polizei.«

Ohne zu antworten, wandte Meredith sich zum Gehen. Als sie am Auto vorbeikam, blieb sie stehen und versuchte, Louise' Blick aufzufangen, aber die machte ein finsteres Gesicht und sah fort. Meredith zuckte mit den Achseln und machte sich auf den Heimweg.

Hugh hatte den Rest des Frühstücks damit verbracht, Ursula geduldig die Bedeutung des Briefes von der Versicherung zu erklären, hatte versucht, ihr die Situation klarzumachen, ohne ihr Angst einzujagen. Als er fertig war, sah sie ihn mit nicht allzu besorgter Miene an und sagte: »Oje!«

Und Hugh hatte ihren Blick erwidert, und in ihm war eine Wut hochgestiegen, die sonst gar nicht seine Art war. Ist das alles, was du dazu sagen kannst? wollte er schreien. Aber statt dessen ballte er unter dem Tisch die Hände zur Faust, starrte aus dem Fenster und versuchte, sein angsterfülltes Herz zu beruhigen.

Währenddessen saß Ursula schweigend da, beansprucht von schwierigen und reichlich verwirrenden Gedanken. Sie lehnte sich in ihrem Stuhl zurück und verzog das Gesicht, und als Hugh vom Tisch aufstand, nickte sie ihm abwesend zu, als wäre er ein Fremder in einem Zug. Sie saß weitere zehn Minuten so da, bis sie plötzlich zu einem Entschluß kam. Das Geschirr konnte Mrs. Viney abspülen, die zweimal in der

Woche bei ihnen saubermachte. Ursula ging rasch nach oben zu dem hübschen Frisiertisch aus Satinholz, den sie als Schreibtisch benutzte. Sie setzte sich, nahm einen Schmierzettel und begann, einen Brief aufzusetzen.

Am nächsten Tag, als alle aus dem Haus waren, verließ Ursula Devenish House mit einem großen Korb und einem blaßblauen Umschlag. Sie ging mit schnellen Schritten durch das Dorf, in dem zu dieser frühen Zeit noch nichts los war, bis sie das Larch Tree Cottage erreichte.

Sie wußte sehr wohl, daß Meredith tags zuvor den gleichen Gang gemacht hatte; daß Alexis außer sich wäre, wenn er herausbekäme, was sie da tat; daß sie überhaupt nicht dort sein sollte. Aber ein unerschütterlicher Glaube an den Sinn ihres Handelns ließ sie weitergehen. Ihre Mission, fand sie, war etwas ganz anderes als Merediths Ausbruch.

Ursula war überrascht gewesen, als Meredith ihr ihre Konfrontation mit Louise gebeichtet hatte. Auf der Straße herumzubrüllen! Da zeigte sich doch, daß augenblicklich niemand so recht er selbst war. Das war auch eines der Argumente gewesen, die sie in ihrem Brief an Louise angeführt hatte.

Ursula setzte große Hoffnungen auf ihren Brief. Fast drei Stunden hatte sie sich am Vortag damit herumgequält, hatte ihn dann ordentlich ins reine geschrieben, ehe sie nach Linningford geeilt war, um eine Reihe von Spielsachen zu erstehen. Nun betrachtete sie den Umschlag, der an Mrs. Barnaby Kember adressiert war, und spürte, wie ihr Herz einen hoffnungsvollen Sprung machte. Auch wenn Alexis darauf bestehen mochte, daß sie den Kontakt zu den Kembers vermieden, so konnte doch ein ehrlicher Brief sicher keinen Schaden anrichten. Gewiß würde es Louise' Herz rühren, wenn sie Ursulas aufrichtige Bitte – von Mutter zu Mutter – las. Gewiß würde sie diese dumme Anklage fallenlassen!

Eigentlich hatte sie vorgehabt, den Korb einfach an der Tür abzustellen und wieder zu gehen, aber vor dem Cottage entdeckte sie Amelia, die auf dem Rasen saß und ziemlich lustlos spielte. Als Ursula näher kam, sah sie auf.

»Hallo, Mrs. Delaney«, sagte sie.

»Hallo, Amelia«, erwiderte Ursula überrascht. »Solltest du nicht in der Schule sein?«

»Ich hab' Ohrenschmerzen«, meinte Amelia, »deshalb bin ich zu Hause.«

»Und ist deine Mutter auch zu Hause und kümmert sich um dich?« erkundigte sich Ursula und blickte in plötzlicher Panik zum Cottage. Eine Begegnung mit Louise wollte sie auf jeden Fall vermeiden.

»Nein, die ist nicht da«, sagte Amelia. Ursula entspannte sich etwas. »Die ist im Krankenhaus«, fügte Amelia muffig hinzu und gab dem Gras einen Tritt. »Die ist *andauernd* im Krankenhaus.«

»Nun, Liebes, sie wird sich wohl Sorgen um Katie machen«, meinte Ursula sanft.

»Ich hatte Ohrenschmerzen«, fuhr Amelia beharrlich fort, »und das hab' ich ihr erzählt, und alles, was sie darauf gesagt hat, war: ›Reiß dich zusammen, Amelia!‹ Und dann hat es so weh getan, daß ich die ganze Nacht geweint hab', und sie hat mich zum Arzt gebracht, und alles, was der gesagt hat, war: ›Wie geht's Katie?‹ Und jetzt«, setzte sie in eisigem Ton hinzu, »bin ich auch krank, aber um mich kümmert sich bloß Mary, und Mummy ist wieder Katie besuchen gefahren, wie immer.«

Ursula blickte Amelia mit jähem Unbehagen an. Armes Kind. Natürlich mußte sie sich ziemlich vernachlässigt vorkommen.

»Ich hasse Katie«, zischte Amelia und warf Ursula rasch einen trotzigen Blick zu. Ursula lächelte zaghaft.

»Ich bin mir sicher, daß du das nicht wirklich tust«, meinte sie. Amelia schaute Ursula einige Sekunden herausfordernd an, errötete dann und sah fort.

»Aber schau«, beeilte Ursula sich zu sagen. »Schau, was ich euch mitgebracht habe.« Sie griff in den Korb und zog das erstbeste Spielzeug heraus, das ihr in die Hand kam. Es war eine Barbiepuppe in einer glänzenden Verpackung, bekleidet mit einem pinkfarbenen Gymnastikanzug. Amelia starrte sie an.

»Für mich?« fragte sie argwöhnisch. »*Mir* haben Sie die mitgebracht?«

»Ja«, sagte Ursula und hoffte, überzeugend zu klingen. »Einige von diesen Spielzeugen sind für Katie, und einige sind für dich.« Eine Minute lang drehte Amelia wortlos die Puppe in ihren Händen herum. Dann schluchzte sie plötzlich auf.

»Ich will sie nicht«, jammerte sie. »Ich will, daß Katie sie kriegt.«

Damit begann sie, richtig loszuweinen, ihre Nase lief, und die Tränen schossen nur so hervor. Ohne nachzudenken, setzte sich Ursula ebenfalls auf den Rasen und nahm Amelia in die Arme. Amelia vergrub den Kopf in Ursulas weicher Bluse, die nach Lavendel duftete.

»Keine Bange«, tröstete Ursula sie. »Alles wird wieder gut.«

Mit rotem Gesicht und tränenfeuchten Augen sah Amelia zu Ursula auf.

»Katie ist ganz kahl auf dem Kopf, und sie hat einen scheußlichen Schlauch in ihrem Arm«, stammelte sie. Ursula spürte ein unangenehmes Zwicken in ihrem Magen, aber sie ignorierte es und fuhr fort, Amelia übers Haar zu streichen. »Und sie kann nicht richtig sprechen«, erzählte Amelia weiter, »und hat nicht gewußt, wer ich bin.« Sie erschauderte ein wenig. »Ich hab' gesagt: ›Hallo, Katie, ich bin's, Amelia‹, aber sie hat mich bloß angesehen, als ob sie mich nicht mal *erkennen* würde, und dann ist sie wieder eingeschlafen. Die Karten, die wir für sie mit unserer Kunstlehrerin gemalt haben, hat sie nicht mal angeschaut. Alle haben eine Karte gemalt«, setzte sie hinzu, »sogar Mrs. Jacob. Und wir haben eine Kassette für sie besprochen.«

Ursula drückte Amelia fester an sich. Schmerzliche Erinnerungen an Simon, die sie für begraben gehalten hatte, stiegen in ihr hoch. Um sich abzulenken, sagte sie zu Amelia mit einer bemüht beruhigenden Stimme: »Also deswegen würde ich mir jetzt mal keine Sorgen machen. Katie ist ja noch immer halb im Schlaf, weißt du.«

»Das sagt Mummy auch«, erwiderte Amelia und blickte Ursula argwöhnisch an. »Aber eine aus meiner Klasse, Sarah Wyatt, hat gesagt, sie hätte einen Film gesehen, da lag ein Mädchen im Koma und ist gestorben. Sie hat gesagt, Katie wird *sterben*.« Wieder begann sie zu schluchzen.

»Unsinn«, meinte Ursula rasch. »Katie wird es bald wieder viel bessergehen. Wirst schon sehen.«

Eine kurze Pause entstand. Ursula sah sich nervös um. Irgendwann mußte Mary sich ja fragen, wo Amelia steckte. Sie machte Anstalten aufzustehen, aber Amelia klammerte sich immer noch fest an sie. Plötzlich stieß sie hervor: »Es war alles meine Schuld!« Erschrocken fuhr Ursula zusammen.

»Nein!« rief sie. »Amelia! Das darfst du nicht denken! Wie kommst du denn darauf?«

»Es war meine Schuld«, wiederholte Amelia verzweifelt. »Katie hat bloß deshalb versucht, einen Rückwärtskopfsprung zu machen, weil ich welche gemacht hab'. Sie macht mir immer alles nach.« Sie blickte Ursula flehentlich an. »Ich war's, die schwimmen gehen wollte!« Sie schluchzte auf. »Daddy wollte, daß ich a-angeln gehe, aber ich wollte lieber baden, u-und Katie machte es mir nach. Und dann machte sie mir auch den Rückwärtskopfsprung nach. Wenn ich keinen ...« Sie hielt inne und wischte sich mit der Hand die Nase ab. »Wenn ich keinen gemacht hätte, hätte Katie auch keinen gemacht ...«

Ursula starrte Amelia an. Eine schreckerfüllte Sekunde wußte sie nicht, was sie erwidern sollte, ihr Kopf war wie leergefegt. Aber das ging nicht an, sagte sie sich verzweifelt. Hier war ein verzweifeltes Kind, das von ihr Trost und Beruhigung erwartete; sie mußte etwas sagen. Sie *mußte*.

»Das ist völliger Unfug«, sagte sie schließlich und bemühte sich um einen respekteinflößenden Ton. »Noch nie habe ich so etwas Dummes gehört.« Amelia starrte sie an – schweigend, aber unüberzeugt. »Katie macht dir nur manchmal etwas nach«, fuhr Ursula fort und tastete sich vorsichtig weiter, »aber meistens tut sie genau das, was sie will, ob du's nun vorher getan hast oder nicht. Sie kam nur deshalb zum Baden, weil sie es wollte – und sie hat nur deshalb einen Rückwärtskopfsprung gemacht, weil sie eben Lust dazu hatte.« Ursula suchte in Amelias Gesicht nach einer Reaktion. »Mit dir hatte das nichts zu tun«, setzte sie sicherheitshalber noch hinzu.

Amelias Miene blieb unbewegt. Ursula suchte krampfhaft nach einem einleuchtenderen Argument.

»Ich meine«, sagte sie unvermittelt, »ihr habt doch bestimmt auch schon beide Profispringer im Fernsehen gesehen, die ausgezeichnete Rückwärtskopfsprünge gemacht haben, und trotzdem gebt ihr ihnen nicht die Schuld, oder?« Widerstrebend schüttelte Amelia den Kopf. »Na, also!« meinte Ursula mit aufgesetzter Zuversicht. »Damit wäre die Sache ja wohl geklärt!« Sie schenkte Amelia ein aufmunterndes Lächeln. »Und jetzt ist Schluß mit diesen dummen Gedanken.«

Sie blickte auf die Puppe, die Amelia noch immer in der Hand hielt.

»Wie wirst du sie nennen? Sie gehört jetzt wirklich ganz dir, weißt du.« Amelia sah auf die Barbiepuppe hinunter.

»Ich werde sie Katie nennen«, sagte sie leise. Sie rieb sich das Gesicht, holte Luft und begann, die Verpackung aufzureißen.

»Gut«, meinte Ursula. »Wie wär's, wenn du den Rest dieser Spielsachen jetzt mit reinnehmen und sie Mary zeigen würdest? Vielleicht erlaubt dir deine Mutter ja auch, sie mit ins Krankenhaus zu nehmen.«

Sie griff nach dem blaßblauen Umschlag, der zuoberst auf dem Korb lag.

»Und Amelia«, sagte sie. »Achte darauf, daß du Mary gleich diesen Umschlag gibst oder deiner Mutter. Laß ihn nicht fallen und vergiß ihn nicht.« Amelia nahm den Umschlag und beäugte ihn.

»Was ist denn da drin?« wollte sie wissen.

»Nun…«, meinte Ursula zögernd. »Etwas… etwas Geld. Für Katie. Für euch alle, genaugenommen. Bloß ein kleines Geschenk von mir und ein Brief an deine Mutter.« Sie stand auf. »Und jetzt rein mit dir!«

Sie sah zu, wie Amelia mit dem Korb im Haus verschwand. Dann machte sie sich eilig auf den Heimweg.

Am gleichen Tag saß Alexis zu späterer Stunde zusammen mit Hugh, Ursula und Meredith in der Küche.

»Bis wir tatsächlich eine Klageschrift vor uns haben und sehen, welche Ansprüche geltend gemacht werden«, erklärte er, »können wir auch keine Verteidigung vorbereiten.« Er sah Hugh an. »Aber je eher wir uns darüber Gedanken machen, um so besser. Ich habe mal zusammengestellt, wovon wir ausgehen können.«

Er blickte auf ein Blatt Papier hinunter. »Sie berufen sich auf die Haus- und Grundbesitzer-Haftpflicht, nach der ein Eigentümer gegenüber seinen Besuchern verpflichtet ist, dafür Sorge zu tragen, daß diesen auf seinem Grundstück keine Gefahr droht, insofern man sich nicht durch Übereinkunft – oder anderweitig – dieser Pflicht entbunden hat.«

Alexis blickte in die Runde. Hugh wirkte deprimiert, Ursula durcheinander. Nur Meredith erwiderte seinen Blick mit funkelnden Augen.

»Soll das heißen«, fuhr sie auf, »wir hätten eine Hinweistafel aufstellen sollen, mit der Aufschrift: ›Für die Sicherheit Ihrer Kinder wird keine Verantwortung übernommen‹?«

»Unter Umständen hätte das etwas genützt«, erwiderte Alexis langsam. »Wenngleich es bestimmte Pflichten gibt, von denen man nicht einfach durch ein Hinweisschild befreit wird, wenn man an der Tür Eintrittsgeld verlangt hat.« Er seufzte. »Diese Geschichte mit dem Eintrittsgeld für wohltätige Zwecke verkompliziert das Ganze.«

»Ansonsten hätten wir auch ein Schild anbringen können: ›Bitte den Swimmingpool nicht benutzen‹«, meinte Meredith sarkastisch. »Wir hätten ja auch einfach nur dafür Eintritt verlangen können, daß man hereinkommen und den Pool *ansehen* darf!«

»Meredith«, begann Alexis. Sie ignorierte ihn.

»Oder vielleicht ist sogar das noch zu gefährlich«, rief sie. »Natürlich! Wir hätten allen ein Polaroid vom Pool schicken und ihnen sagen können, sie sollen zu Hause bleiben. Das wäre hundertprozentig sicher gewesen, was?« Sie blickte Alexis höhnisch an. Er seufzte.

»Also weißt du, besonders hilfreich bist du ja nicht gerade...«

»Ja, mein Gott!« rief sie. »Es ist einfach so...«

Sie hielt inne, als der Kessel hinter ihr zu pfeifen begann.

»Okay, okay«, meinte sie und lächelte Alexis rasch an. »Ich reiß' mich zusammen. Wer möchte einen Kaffee?«

Während sie Kaffee in die Kaffeemaschine löffelte, wandte Alexis sich wieder seinen Aufzeichnungen zu.

»In dem Gesetz heißt es: Ein Besitzer muß sich darauf einstellen, daß Kinder unbesonnener sind als Erwachsene«, las er. Hugh sah auf.

»Was genau soll das heißen?« fragte er. Hugh seufzte.

»So genau wird das nicht gesagt«, meinte er. »Du sollst in Betracht ziehen, daß Kinder bestimmte Dinge verlockend finden und daß ihnen noch das Bewußtsein dafür fehlt, wie gefährlich diese sind.«

»Na, jetzt komm aber«, sagte Meredith ungehalten, während sie eine Tasse Kaffee herbrachte und vor Alexis stellte. »Ein Sprungbrett ist nicht *verlockend*. Das ist doch kein Lebkuchenhaus. Es ist ein Sprungbrett, basta. Jeder weiß, was ein Sprungbrett ist, Herrgott noch mal.« Alexis sah zu ihr auf.

»Ich gebe hier nicht meine eigene Meinung kund«, erklärte er geduldig. »Ich versuche lediglich, euch das Gesetz zu erläutern.« Meredith hielt inne und fuhr sich mit der Hand durchs Haar.

»Ich weiß schon«, sagte sie und atmete langsam aus. »Tut mir leid. Ich bin ja nicht sauer auf dich. Mir kommt das bloß alles so furchtbar unsinnig vor.«

»Ich weiß«, erwiderte Alexis. Er schenkte ihr ein überraschendes Lächeln. »Habe ich dir nicht immer gesagt, du sollst dich von Anwälten fernhalten?«

Zu seiner Verwunderung erwiderte Meredith sein Lächeln nicht. Sie errötete leicht und wandte sich ab. Aber bevor Alexis darauf reagieren konnte, wurde seine Aufmerksamkeit von Ursula abgelenkt.

»Dabei habe ich Louise doch gesagt, die Kinder sollten sich ein wenig beruhigen«, sagte sie nachdenklich. Sie verzog das

Gesicht. »Ich finde, das nächste Mal sollten wir den Kindern verbieten, das Sprungbrett zu benutzen.«

»Das nächste Mal?« fragte Meredith schroff. Ursula blickte sie freundlich an. »Ursula«, meinte Meredith in milderem Ton, »ehrlich gesagt, glaube ich nicht, daß es ein nächstes Mal geben wird. Badetage werden wohl keine mehr stattfinden. Eine ganze Weile nicht.«

»Oh!« Betrübt hob Ursula eine Hand an den Mund. »Ich hatte noch gar nicht daran gedacht...« Alexis fiel ihr ins Wort.

»Willst du damit sagen, daß du Louise tatsächlich gewarnt hast, Ursula?« Ursula blickte ihn überrascht an.

»Nun ja«, meinte sie unschlüssig. »Direkt als Warnung würde ich es nicht bezeichnen, aber ich habe etwas zu ihr gesagt. Wegen der Kinder, weißt du«, erklärte sie. »Sie waren allmählich etwas überdreht. Und ich sagte...« Sie hielt inne und sah Alexis an. Er hatte einen Stift ergriffen und blickte sie an, in der Erwartung, daß sie fortfuhr. »Ist das wichtig?« stammelte sie.

»Könnte sein«, sagte Alexis. »Es könnte sogar entscheidend sein. Falls du Louise tatsächlich *gewarnt* hast und sie deinen Worten keine Beachtung schenkte...« Er sah Ursula an. »Hör mal, Ursula. Ich möchte, daß du dich genau daran erinnerst, was du zu Louise gesagt hast. An den genauen Wortlaut.« Ursula blickte ihn unsicher an.

»Tja, also«, meinte sie schließlich mit leicht zittriger Stimme. »Ich ging zu Louise hin und...« Sie hielt inne. »Oder kam Louise zu mir?« Sie sah Alexis ängstlich an. Alexis legte seinen Stift weg.

»Paß mal auf«, meinte er freundlich, »du versuchst dich später daran zu erinnern, wenn es ein bißchen ruhiger ist, und schreibst alles auf. Könnte Louise zum Beispiel nicht vielleicht gedacht haben, du machst nur Spaß?«

»Nein«, sagte Ursula. »Das kann ich mir nicht vorstellen. Obwohl«, setzte sie zweifelnd hinzu, »wissen kann man's nie. Manchmal mache ich einen Witz, und keiner merkt es ... also könnte es andersherum genauso sein, nicht?«

Alexis sah sie verständnislos an.

»Ja«, meinte er schließlich. »Wahrscheinlich schon.«

Meredith sah ihn an. »Worauf willst du eigentlich hinaus?« fragte sie langsam. »Daß Louise eine verantwortungslose Mutter ist? Daß *sie* fahrlässig gehandelt hat? Sollen wir das im Ernst anführen?« Alexis verzog keine Miene.

»Ja, notfalls schon«, erwiderte er nüchtern. »Wir werden alle Munition brauchen, die wir kriegen können. Wenn wir irgendwie beweisen können, daß es Louise' Fehler war ...«

»Louise' Fehler?« Ursula blickte beunruhigt auf. »Es war doch bestimmt nicht Louise' Schuld?« Sie sah besorgt zu Hugh, der den Blick noch immer gesenkt hielt. »Hugh, hörst du eigentlich, was die da sagen? Daß die arme Louise schuld an Katies Unfall war?«

»Ursula, wir glauben doch nicht wirklich, daß sie schuld daran hatte«, meinte Meredith geduldig. »Aber Alexis hat recht. Wir müssen alles gegen sie ins Feld führen, was wir haben. Schau dir doch Louise an. Sie gibt *uns* die Schuld, oder? Das können wir uns doch nicht einfach so gefallen lassen.«

»Ja, nun ... weißt du, ich denke, die arme Louise ist im Augenblick etwas durcheinander«, entgegnete Ursula.

»Barnaby genauso. Vermutlich ist ihnen gar nicht ganz klar, was sie da sagen, aber das heißt nicht, daß wir auf dasselbe Niveau absinken müssen.«

Sie blickte Meredith mit plötzlich strengen Augen an.

»Liebes, ich hielte es für sehr unrecht, wenn wir jetzt behaupten würden, wir glaubten, *Louise* sei schuld, daß Katie verunglückte.« Sie machte eine Pause und fügte belehrend hinzu, als sei die Sache damit entschieden: »Es war bloß ein Unfall, weißt du.«

»Natürlich war es das!« schrie Meredith ungeduldig. »Und natürlich ist es falsch, Louise dafür die Schuld zu geben, aber was bleibt uns anderes übrig? Ursula, du scheinst nicht ganz zu kapieren. Diese Leute bringen uns vor Gericht. Vor Gericht! Sie werden sich erheben und behaupten, du wärst an dem Unglück schuld, und wenn du dann nichts zu deiner Verteidigung parat hast, dann quetschen sie dich aus wie eine Zitrone!«

Kurze Zeit herrschte Schweigen. Einen Augenblick schaute Ursula Meredith besorgt an. Dann glättete sich ihre Stirn, und ein zufriedener Ausdruck trat auf ihr Gesicht.

»Weißt du, Liebes«, sagte sie. »Ich glaube gar nicht, daß Louise und Barnaby vor Gericht gehen werden.«

»Was?« Rot vor Ärger über soviel Unverstand sah Meredith Ursula an. »Aber sie tun es doch eben! Wir konstruieren hier doch keinen hypothetischen Fall!« Sie hielt inne, holte Atem und fügte so einfach und klar, wie sie konnte, hinzu: »Die Kembers haben euch durch ihren Anwalt mitteilen lassen, daß sie euch verklagen!«

»Das weiß ich ja«, erwiderte Ursula nachsichtig, »aber ich bin mir sicher, daß sie sich anders besinnen werden, wenn sich die Wogen ein bißchen geglättet haben.« Sie nickte Meredith zu. »Wirst schon sehen, Liebes, das wird alles in Ordnung kommen. Ich habe das so im Gefühl.« Und sie schenkte Meredith ein tröstendes, fast geheimnisvolles Lächeln.

Meredith starrte Ursula an, als würde sie ihren Ohren nicht trauen. Alexis griff taktvoll ein.

»Hoffen wir, daß du recht hast, Ursula«, meinte er herzlich und lächelte sie an. »Und ich stimme dir zu, daß es betrüblich ist, Belastungsmaterial gegen Freunde zu sammeln. Aber ich fürchte, ihr könnt euch ziemlich sicher sein, daß Louise und

Barnaby und all ihre Anwaltsfreunde so viel Belastungsmaterial gegen euch zusammenstellen, wie sie nur können. Es ist also das vernünftigste, wenn wir anfangen, an eine Verteidigung zu denken.« Er sah, daß Ursula zu einer Erwiderung ansetzte, und fügte eilig hinzu: »Nur für alle Fälle.« Ursula zuckte die Achseln.

»Gut, mein lieber Alexis – du weißt es am besten«, meinte sie liebenswürdig, aber ohne Überzeugung.

»Das tut er«, ließ sich Hugh überraschend vernehmen.

Alle blickten zu ihm. Hugh hob den Kopf, und Meredith bemerkte bestürzt die tiefen Schatten unter seinen Augen. Dieser Prozeß wird ihn überfordern, dachte sie in plötzlicher Panik. Er wird ihn zugrunde richten. Simons Tod hatte ihn schwer getroffen; er begann sich gerade erst davon zu erholen. Diese Sache würde sich unter Umständen über Jahre hinziehen. Er war kein junger Mann mehr. Wie würde er das verkraften? Diese verdammten Kembers, dachte sie plötzlich, mit einer Bitterkeit, die sich in Tränen zu wandeln drohte. Wie konnten sie wagen, das Leben der anständigsten Menschen der Welt zu zerstören?

Fast unverzüglich wanderten ihre Gedanken zur kleinen Katie, die im Krankenhaus lag, und Schuldgefühle beschlichen sie. Doch zugleich erhob sich ihr Widerspruchsgeist. Na und? Wenn sie litten, na und? Opfer zu sein gab einem noch lange nicht das Recht, alle anderen niederzutrampeln. Wenn Katies Leben ruiniert war, warum sollte deshalb automatisch auch das von Hugh ruiniert sein? Warum nach Schuld suchen? Warum … Hugh riß sie aus ihren Gedanken.

»Am besten hören wir zu, was Alexis zu sagen hat, und helfen ihm, so gut wir können«, erklärte er. »Und Ursula, wenn das bedeutet, daß uns die Bemerkung, die du zu Louise gemacht hast, möglicherweise von Nutzen ist, dann schreib sie auf.«

Hugh warf Ursula einen strengen Blick zu, und sie nickte kleinlaut. Dann wandte er sich mit besorgtem Blick an Alexis. »Ich habe an dem Tag ja selbst mit Barnaby gesprochen«, sagte er niedergeschlagen. »Wir saßen zusammen. Aber ich kann mich offen gestanden nicht erinnern, daß er oder ich etwas gesagt haben, was für unsere Verteidigung von Belang sein könnte.« Er zuckte mutlos die Achseln. »Tut mir leid, daß ich keine größere Hilfe bin.«

Alexis lächelte ihn warm an.

»Keine Sorge, Hugh. Du kommst schon noch zum Zuge. Das Verfahren läuft ja gerade erst an. Wir haben noch einen weiten Weg vor uns. Du wirst schon sehen.«

Cassian starrte Louise mit großen Augen an. Er sah auf den blaßblauen Brief in seiner Hand und überflog erneut einige Sätze. Dann blickte er mit ungläubiger Miene auf den Korb mit Spielzeug, der auf dem Tisch stand.

»Wollen diese Leute unbedingt verlieren, oder was?«

Louise zuckte unbehaglich die Achseln.

»Erst kommt diese junge Frau und bedroht dich, und jetzt das hier!« Cassian nahm den blaßblauen Umschlag, zog das Bündel Geldscheine heraus und begann sie zu zählen. »Die Frau ist schwachsinnig«, sagte er fröhlich. »Total schwachsinnig!« Er sah zu Louise auf und grinste. »Also weißt du, wenn ich der Anwalt der Delaneys wäre und sähe, was in diesem Umschlag steckt, dann würde ich auf der Stelle das Handtuch werfen!«

12

Louise hatte Barnaby nichts von Meredith' Besuch erzählt. Rein gefühlsmäßig hätte sie ihn zwar auf der Stelle angerufen, aber Cassian hatte sie gedrängt, es für sich zu behalten.

»Es bringt wirklich nichts«, meinte er. »Du kennst Barnaby doch, er würde total überreagieren.«

Doch im Dorf hatte der Vorfall bereits die Runde gemacht, und als Barnaby am folgenden Abend ins Larch Tree Cottage kam, um die Klage zu besprechen, war er völlig außer sich. »Was hat sie zu dir gesagt?« fragte er, sobald Louise ihm die Tür geöffnet hatte. »Diese Meredith. Hat sie dir gedroht? Ich hab' gehört, sie hätte dich auf der Straße angegriffen!«

Louise sah in sein wütendes Gesicht, aufgebracht um ihretwillen, und war plötzlich unerklärlich gerührt.

»Ja, also, es war ziemlich beängstigend«, sagte sie in leicht neckendem Ton, den sie seit Monaten nicht mehr angeschlagen hatte. »Sie ging mit … mit fünf Handgranaten und einer Machete auf mich los!« Barnaby schrak erstaunt zusammen, dann wandelte sich sein Ausdruck in ein ungewolltes Grinsen. Louise kicherte.

»Ich habe mir Sorgen gemacht!« sagte er vorwurfsvoll.

»Natürlich haben Sie das«, ertönte Cassians glatte Stimme hinten aus der Diele. Barnaby sah auf, und sein Gesicht verfinsterte sich. »Aber es besteht kein Grund zur Beunruhigung«, fuhr Cassian fort, der rasch zur Haustür geeilt war und Louise' Hand genommen hatte. »Ich war bei dem Angriff dabei.« Er lächelte Barnaby selbstgefällig an. »Ich konnte uns Meredith vom Hals schaffen und einige ihrer Bemerkungen notieren. Wirklich«, fügte er hinzu, während sie in die Küche gingen, »diese Leute scheinen entschlossen zu sein, sich ihre Erfolgschancen zu verbauen.«

Barnaby blickte zu Louise.

»Was meint er damit?« erkundigte er sich.

Louise seufzte. »Ursula hat mir einen Brief geschrieben, den wir offenbar für die Klage verwenden können. Es war ein sehr netter Brief, in dem sie aber im Grunde die Verantwortung für alles übernahm. Und sie hat auch etwas Geld reingesteckt.«

»Geld? Wieviel?«

»Tausend Pfund. Für einen Urlaub, wie sie schrieb.« Louise wandte unbehaglich den Blick ab. »Ursula ist so dumm. Cassian meint, ihr Anwalt kann unmöglich davon gewußt haben.«

Inzwischen waren sie in der Küche, und Louise setzte sich. Wie ein Ausstellungsstück lag auf der Tischmitte der blaßblaue Brief. Louise warf einen Blick auf Ursulas sorgfältige Schnörkelschrift. Irgendwie rührte der Anblick sie und verursachte ihr gleichzeitig entsetzliche Schuldgefühle.

Sie rieb sich müde die Augen und spürte, wie ihr Gesicht vor Erschöpfung erschlaffte. Ihr schien, als hätten die letzten Wochen aus nichts anderem als dem Krankenhaus bestanden: zum Krankenhaus zu fahren und wieder zurück, die Gänge auf und ab zu gehen, in der Cafeteria Kaffee zu trinken und endlose Stunden an Katies Bett zu sitzen. Die Station kannte sie nun in- und auswendig; jedes Linoleumviereck, jeden Riß in der Wand. Sie hätte jedes der fröhlich kindlichen Gemälde, die die Gänge schmückten, aus dem Gedächtnis beschreiben können; hätte sogar die Namen ihrer Maler aufsagen können – Ben, Sam, Lucy M., Lucy B. –, die in einer abgerundeten Lehrerhandschrift auf die Bilder geschrieben waren. Wenn sie die Augen schloß, konnte sie im Geiste immer wieder das auffallende, perlende Lachen einer der Krankenschwestern und das Geräusch des quietschenden Servierwagens hören, der jeden Morgen vorbeikam. Und die ganze Zeit konnte sie den antiseptischen Krankenhausgeruch riechen, der noch an ihren Händen und in ihrer Kleidung hing.

Louise fühlte sich abgespannt; ihr Haar war ohne Glanz, ihr Gesicht ohne Elastizität. Sie schien vergessen zu haben, wie man lächelte, und doch gab es Dinge, über die man lächeln mußte. Katie war auf dem Wege der Besserung, alle sagten das, und natürlich sah Louise selbst, daß es so war. Inzwischen öffnete Katie schon für ziemlich lange Zeitspannen die Augen. Und jedesmal schien ihr so in etwa klar zu sein, wer sie war und wie sie hieß. Aber jedesmal, wenn sie erwachte, schien sie den Unfall und den Grund ihres Krankenhausaufenthaltes vergessen zu haben und mußte alles noch einmal erzählt bekommen. Louise konnte ihre Erklärungen allmählich nicht mehr hören; manchmal merkte sie, wie sich eine unverzeihliche Ungeduld in ihre Stimme schlich. Sie hielt dann abrupt inne, starrte in Katies verwirrtes Gesicht und versuchte, sie durch Willenskraft dazu zu zwingen, sich zu erinnern. Und wenn sich Katies Blick dann trübte und sie in ihren schweren, unnatürlichen Schlaf zurückfiel, haderte Louise stumm mit sich selbst. Sie lehnte sich in ihrem Stuhl zurück und begann von neuem zu warten. Darauf, daß Katie entweder wieder aufwachte oder es Zeit war, das Krankenhaus zu verlassen, nach Hause zu fahren, Amelia abzuholen, wo immer sie sie gerade untergebracht hatte, Amelia ins Bett zu bringen, in der Mikrowelle ein schnelles Abendessen zuzubereiten und erschöpft ins Bett zu sinken.

Vor einigen Wochen hatte Barnaby angeboten, er könne wieder bei ihnen einziehen und ihr unter die Arme greifen; seitdem er seine Meinung über die Klage geändert hatte, überschlug er sich förmlich vor Hilfsbereitschaft. Louise hatte sein Angebot abgelehnt, doch jetzt fühlte sie sich so erschöpft, daß es ihr egal gewesen wäre, wer ihr half. Aber andererseits, was tat sie eigentlich den ganzen Tag, das sie so müde machte? Still dazusitzen, auf und ab zu gehen, mit den Krankenschwestern zu reden, Zeitschriften zu lesen, das war doch alles nicht sonderlich anstrengend. Sie begriff es selbst nicht.

Barnaby beobachtete Louise verstohlen von der anderen Tischseite und bemerkte, wie blaß und angegriffen sie aussah. Sie braucht mich, dachte er grimmig. Sie behauptete zwar das Gegenteil, aber so war es. Und ein vertrauter Schmerz begann in seiner Brust zu nagen.

»Mach dir keine Sorgen«, sagte er unwillkürlich. Louise sah auf und schenkte ihm ein schwaches Lächeln. »Ich hab' eine Menge nachgedacht«, fuhr er ernst fort. »Ich bin mir sicher, wir machen das Richtige, und ich bin mir sicher, daß wir den Prozeß gewinnen. Und dann können wir Katie die beste Behandlung zukommen lassen, die es gibt.«

Louise begegnete Barnabys aufrichtigem Blick und wünschte, sie könnte sich da ebenso sicher sein. Meredith' zornige Tirade auf der Straße hatte ihr mehr zugesetzt als sie zugeben wollte, und Ursulas alberner Brief verursachte ihr nur noch mehr Gewissensbisse. Andauernd ertappte sie sich bei der Frage, wie die Delaneys denn eine halbe Million Pfund aufbringen sollten, wenn sie nicht versichert waren. Was würden sie tun? Wie würden sie es schaffen? Die anfängliche Faszination, vor Gericht zu gehen, hatte sich gelegt und einer latenten Resignation Platz gemacht. Je mehr sie von der Klage verstand, um so weniger gefiel sie ihr. Und irgendwie wirkte sie gegenüber den realen Konsequenzen des Unfalls nebensächlich. Zwischen den abstrakten Schmerzensgeldzahlungen von einer halben Million Pfund, die irgendwo ungewiß in der Zukunft schwebten, und Katie konnte sie keine Verbindung herstellen.

Cassian hatte eine Flasche Wein geöffnet und schenkte nun

drei Gläser ein. Bei dem beruhigenden Gluckern des Weins entspannte sich Louise ein wenig. Sie wußte, daß sie nun mehr als vor dem Unfall trank, aber nur in vernünftigen Maßen, wie sie sich sagte. Und wenn sie nach der Heimkehr vom Krankenhaus immer so dringend einen Drink brauchte, nun, dann ging das anderen Leuten in stressigen Situationen genauso. Kein Grund zur Sorge.

»Lu-Lu«, sagte Cassian zärtlich und stellte ein Glas vor sie hin. Er setzte sich, nahm dann ungezwungen ihre Hand und begann, mit ihren Fingern zu spielen.

Barnaby sah fort und ballte die Fäuste. Heißer Zorn erfüllte ihn. Dieses Schwein. Einen furchterregenden Moment glaubte er, er könne sich nicht mehr beherrschen. Verzweifelt beschwor er das Bild von Katie herauf; wie sie ihn an diesem Nachmittag vage angelächelt hatte; ihre Augen, vom Unfall getrübt, aber doch immer noch seine Katkin, hinter all der Verwirrung, dem Schmerz und den Tabletten. Ich mache das alles für Katkin, sagte er sich. Für Katie.

»Ich hab' mich ein bißchen kundig gemacht«, sagte er unvermittelt. »Aus den Zeitungen. Erst kürzlich gab's einen Prozeß über ein hirngeschädigtes Kind, dem sechshundertunddreißigtausend Pfund zugesprochen wurden. Haben Sie das gelesen?« Leicht überrascht sah Cassian Barnaby an.

»Ja«, sagte er, »ich glaube schon, aber der Fall unterschied sich doch sehr. Es handelte sich um einen Fall von ärztlicher Fahrlässigkeit, nicht um die eines Hauseigentümers.«

»Ach so«, meinte Barnaby mit ernüchterter Stimme.

»Doch bestanden da sicher ein paar wichtige Ähnlichkeiten«, setzte Cassian freundlich hinzu. »Und Barnaby, ich muß sagen, ich finde es gut, daß Sie sich hinsichtlich der jüngsten Entwicklungen auf dem laufenden halten.« Barnaby lief dunkelrot an.

»Ich möchte alles tun, was ich kann«, meinte er heiser.

»Natürlich wollen Sie das«, sagte Cassian glattzüngig. Er öffnete seine Aktentasche und zog einen Ordner hervor.

»So«, sagte er, »ich bin jetzt soweit, daß ich ausgewählte Zeugenaussagen zusammentrage. Wir brauchen so viele wie möglich, bevor die Leute vergessen, was geschehen ist.« Er reichte Louise eine Liste. »Das sind die Leute, mit denen meine Assistentin in Verbindung tritt. Fallen dir noch andere ein?«

Louise überflog die Liste. Plötzlich blieb ihr Blick hängen.

»Amelia?« rief sie. »Sie soll doch nicht etwa Zeugin sein?«

»Wie meinst du das?« fragte Cassian mit einem Stirnrunzeln. »Sie wird einer der wichtigsten Zeugen sein, die wir haben.« Er trank einen Schluck Wein. »Sei unbesorgt, das Gericht geht mit Kindern als Zeugen sehr verständnisvoll um, und viel wird sie ja nicht tun müssen.«

»Aber sie muß sich alles noch mal ins Gedächtnis rufen!« Louise' Stimme war laut und schrill. »Das ist schlimm genug! Sie muß alles noch mal durchmachen! Das wird schrecklich für sie.«

»Also wirklich, Louise!« tat Cassian ihren Einwand ab. »Das wird sie sicher gut überstehen.«

»Woher willst du das wissen?« versetzte Louise. »Barnaby, das können wir Amelia doch nicht zumuten, oder?«

Eine Stille entstand. Barnaby schwieg.

»Barnaby!« meinte Louise scharf. »Du gibst mir doch recht, oder?«

Barnaby hob langsam den Kopf.

»Na ja«, erwiderte er ernst. Er trank einen Schluck Wein. »Ehrlich gesagt, nein. Ich glaube, eigentlich nicht.«

»Was?« rief Louise aufgebracht.

»Ich finde, Cassian hat recht«, sagte Barnaby. »Amelia sollte aussagen. Ich meine, schließlich hat sie ja kurz davor noch mit Katie gespielt.«

»Aber denk doch mal dran, was das für sie bedeutet!«

»Ach, das schafft sie schon«, meinte Barnaby stur. »Sie ist ein vernünftiges Mädchen. Und wenn es Katie hilft...«

»Na, und wenn es das nicht tut?« kreischte Louise wütend, »was, wenn wir Amelia der ganzen Qual noch einmal aussetzen und dann den Prozeß verlieren? Oder was, wenn wir das Geld bekommen und es Katie trotzdem nicht bessergeht? Was dann?«

»Lu-Lu«, begann Cassian, aber Barnaby schnitt ihm das Wort ab.

»Was sagst du da, Lou?« fragte er laut. »Daß du doch gar nicht vor Gericht gehen willst?« Eine kurze, angespannte Stille entstand.

»Nein!« rief Louise. »Oh, ich weiß nicht! Es ist nur...« Unvermittelt traten ihr Tränen in die Augen, und sie schluchzte auf. »Ich bin bloß so müde«, weinte sie, und ihre Stimme wurde schrill vor Verzweiflung. »Und Katie geht's einfach nicht besser, und manchmal denke ich...«, sie schniefte und wischte sich die Nase am Handrücken ab, »...da denke ich, was würde uns all das Geld denn überhaupt nützen?«

Ihre Stimme hallte in der Küche wider. Cassian und Barnaby schwiegen.

»Und es wird ewig dauern«, fuhr Louise unter Tränen fort, »und vielleicht gewinnen wir gar nicht, und selbst dann sind die Delaneys ja nicht versichert, und deshalb müssen sie ihr Haus oder irgendwas verkaufen, und wir waren doch alle so gute F-freunde...« Sie schluchzte ein weiteres Mal auf und vergrub ihr Gesicht in den Händen.

Barnaby sah Cassian finster an.

»Das hab' ich nicht gewußt«, sagte er. »Das mit der Versicherung.«

Cassian trank einen Schluck Wein. Er wirkte unangenehm berührt.

»Euch sollte klar sein«, meinte er knapp, »daß die Versicherungsfrage und der Nutzen des Prozesses zwei Paar Stiefel sind. Wenn euch eine Entschädigung zusteht, dann steht sie euch zu. Wir sprechen hier über Gerechtigkeit. Gerechtigkeit! Die kann man nicht einfach außer acht lassen!«

»Selbst wenn man damit seine Freunde ruiniert?« schrie Louise.

»Ja!« schnauzte Cassian, der plötzlich die Geduld verlor. »Hör mal, Louise, diese Leute mögen eure Freunde sein, aber ihr schuldet eurer Tochter mehr als ihnen. Oder etwa nicht?«

Louise gab keine Antwort.

»Beides könnt ihr nicht haben!« fuhr Cassian fort. »Entweder ihr opfert eure Freundschaft – eine reichlich zweifelhafte Freundschaft, könnte man hinzufügen –, oder ihr opfert Katie. Was wählst du?« Er wandte sich zu Barnaby um. »Was wählen Sie, Barnaby? Was ist wichtiger?« Es entstand eine Pause, dann stieß Barnaby scharf die Luft aus.

»Katie«, sagte er. »Sie steht an erster Stelle.«

»Genau«, sagte Cassian und schloß seinen Ordner. »Und laßt mich euch eines sagen ...«

Er hielt inne, bis Louise widerstrebend zu ihm aufsah.

»Laßt mich euch eines sagen«, wiederholte Cassian. »Das Schlimmste, was ihr eurer Kleinen antun könnt, ist eine halbherzige Vorbereitung dieses Prozesses. Wenn wir etwas Geld für sie gewinnen wollen, dann müssen wir hundertprozentig dahinterstehen. Das heißt, wir müssen alles Beweismaterial und alle Zeugen einsetzen, die wir auftreiben können, ob uns das gefällt oder nicht. Und wenn wir dazu nicht bereit sind, Louise, dann können wir das Ganze genausogut vergessen, fürchte ich.«

»Er hat recht«, meinte Barnaby plötzlich und lief dunkelrot an, als die beiden sich zu ihm umwandten und ihn ansahen. »Er hat recht, Lou. Wenn wir das Ganze schon durchziehen und dann verlieren, bloß weil eine wichtige Aussage gefehlt hat...«

»Eben«, pflichtete Cassian ihm bei. »Barnaby hat den Nagel auf den Kopf getroffen.«

»Verstehst du denn nicht, was ich meine, Lou?« fragte Barnaby in flehendem Ton. Er versuchte, ihren Blick aufzufangen, aber sie sah fort. »Es ist nicht so, daß ich Hugh und Ursula nicht mag, vor allem Hugh, aber jetzt, wo wir uns zu der Klage entschlossen haben, muß alles anders sein. Das muß es einfach.«

»Aber was ist damit, daß sie nicht versichert sind?« fragte Louise verzweifelt. »Berührt dich das denn gar nicht? Ändert das deine Ansichten nicht?«

Barnaby sah sie unverwandt an, Schmerz in den Augen.

»Ich wollte nie klagen«, sagte er schließlich. »Du warst es, die klagen wollte. Ich hielt das für falsch.« Er hielt inne und nahm einen Schluck Wein. »Aber ich habe hin und her überlegt und bin schließlich zu dem Schluß gekommen, daß du recht hast, daß wir es Katie schuldig sind. Ich habe nun den Entschluß gefaßt, und dabei bleibt es.« Er blickte auf seine großen Hände vor sich auf dem Tisch. »Dabei bleibt es, egal, ob Hugh und Ursula versichert sind oder nicht. Wir sollten trotzdem klagen.«

Louise starrte ihn einen Augenblick mit großen Augen an. Sie ergriff ihr Glas und leerte es. Dann sah sie auf.

»Also wirklich«, sagte sie bitter. Ihre Wangen glühten, und ihre Augen flogen von Barnabys Gesicht zu Cassians und wieder zurück. »Nie hätte ich gedacht, daß ihr beide euch einmal gegen mich zusammentut. Männer wissen es eben am besten – die Tour?«

»Natürlich nicht«, meinte Barnaby unbehaglich. »Aber du mußt doch einsehen...«

»Ich sehe nichts ein. Überhaupt nichts!« Louise erhob sich,

und ihr Stuhl schrappte dabei laut über die Bodendielen. Sie fuhr sich mit zittrigen Fingern durchs Haar. »Warum gehst du nicht einfach, Barnaby!« Sie funkelte ihn an. »Wir besprechen das Ganze ein andermal. Oder vielleicht braucht ihr mich ja gar nicht dazu, wo ich doch so offensichtlich unrecht habe!«

»Louise«, flehte Barnaby. »Warum entspannst du dich nicht einfach ...«

»Entspannen!« Louise blitzte Barnaby zornig an. »Ich verbringe den ganzen Tag im Krankenhaus, komme nach Hause, du fängst an, mir Vorhaltungen zu machen, und dann sagst du, ich soll mich entspannen!«

»Ich wollte doch nicht ...«, begann Barnaby hilflos.

»Ich habe die Nase voll. Geh einfach, Barnaby! Los, geh!«

Cassian begegnete Barnabys Blick.

»Vielleicht wäre es besser«, meinte er leise, »wenn wir ein anderes Mal weiterreden würden.«

Barnaby nickte benommen.

»Hör mal, Lou, es tut mir leid«, sagte er heiser. »Mir war nicht klar ...«

»Geh einfach«, sagte Louise müde. Barnaby nickte betrübt. An der Tür sah er sich noch einmal um, doch Louise starrte ausdruckslos zu Boden.

»Bye«, flüsterte er traurig.

»Bye, Barnaby«, erwiderte Cassian. Louise schwieg.

»Bye«, flüsterte Barnaby noch einmal. Dann ging er schweren Herzens hinaus und machte sich auf den Weg zu seiner leeren Wohnung.

Geraume Zeit später kam Cassian und setzte sich neben Louise aufs Sofa, wo sie gleichgültig fernsah, mit leisem Ton, damit Amelia nicht davon aufwachte. Mit geschickten Händen begann er ihr die Schultern zu massieren.

»Ich weiß, es ist schwierig«, murmelte er ihr sanft ins Ohr, »aber am Ende wirst du sagen, es ist das Ganze wert gewesen.«

Louise rührte sich nicht.

»Wichtig ist, Katies Zukunft zu sichern«, fügte er hinzu. Er machte eine kleine Pause. »Und unsere Zukunft«, flüsterte er verführerisch. »Unsere gemeinsame.«

Langsam strich er ihr Haar zur Seite und küßte sie auf den Nacken.

Louises Schultern erstarrten in unsicherer Erwartung. Seit ihrer ersten Begegnung hatte es so viele Augenblicke wie diesen gegeben; so viele Male, wo sie geglaubt hatte, er würde weitergehen, einen kleinen Kuß in etwas Leidenschaftlicheres verwandeln, eine beiläufige Zärtlichkeit als Einleitung zum Liebesspiel benutzen. Bislang vergeblich. Zuerst war sie darüber ein bißchen erleichtert gewesen; doch nach einiger Zeit hatte sich die Erleichterung in frustrierte Enttäuschung verwandelt. Und dann, als sie von den Gerüchten über ihre hitzige Affäre mit ihm hörte, hatte sie spöttische Belustigung empfunden und sogar eine gewisse Befriedigung bei dem Wissen verspürt, daß sie, was immer die anderen dachten, Barnaby nicht untreu geworden war. Zumindest noch nicht.

Cassian schnupperte immer noch an ihrem Nacken herum.

Louise konnte kaum atmen. Wäre es endlich soweit? Jetzt? Wo sie sich so müde und groggy fühlte?

»Ich finde es wirklich furchtbar, dich so aufgeregt zu sehen«, hauchte Cassian heiser gegen ihre Haut. »Ich möchte bloß, daß du dich besser fühlst, Liebling.«

Er spürte, wie Louise sich ein wenig entkrampfte, ließ rasch eine Hand unter ihr T-Shirt gleiten und umfaßte eine Brust. Mit der anderen Hand öffnete er geschickt ihren BH. Als dieser sich lockerte, tasteten sich seine Finger darunter, und er begann ihr weiches Fleisch zu liebkosen.

»Cassian«, stieß Louise schwach hervor. Die Auseinandersetzung des Abends hatte sie mitgenommen, und sie war ihrer selbst nicht sicher; nicht einmal Cassian gegenüber sicher… Aber als sie ihm nun das Gesicht zuwandte, spürte sie, wie ihr das Herz aufging. Seine Augen strahlten; er schien von brennender Leidenschaft erfüllt zu sein.

»Liebling«, sagte Cassian. Er sah sie mit seinen dunkelbraunen Augen direkt an. »Weißt du, ich nehme diesen Fall so ernst«, meinte er mit rauher Stimme, »weil… ich dich liebe.«

Louise' angeschlagenes Herz machte einen Sprung.

»Du mußt doch gewußt haben, was ich für dich empfinde«, fuhr er fort. »All die Zeit.« Er lächelte bescheiden.

»Nun«, stammelte Louise.

»Ich habe auf den richtigen Augenblick gewartet, um es dir zu sagen«, sagte Cassian. Mit plötzlich ernster Miene sah er sie an. »Louise, ist jetzt der richtige Augenblick?«

Mit bebenden Lippen und blassem Gesicht schaute Louise ihn einige Sekunden wortlos an. Immer noch schweigend nickte sie dann.

Cassian fuhr mit dem Finger den Konturen ihres Gesichtes nach und zog sie dann sanft an sich. Als sich ihre Lippen trafen, sah Louise einen kurzen Moment Barnabys Gesicht vor sich, und sie spürte vage Gewissensbisse. Doch als Cassian begann, mit gekonnter Behutsamkeit ihren Körper zu streicheln, verblaßte Barnabys Bild immer mehr, und sie gab sich in erschöpfter Erleichterung ganz ihrer Lust hin.

13

Zehn Tage darauf schlug das Wetter um. Louise saß gerade im Kinderspielzimmer des Krankenhauses, als sie einen Donnerschlag hörte und die ersten riesigen Regentropfen gegen das Fenster platschten.

Trotz der Wärme und Helligkeit im Raum erschauerte sie und sah zu Katie, die auf einer Spielmatte saß und lustlos eine Schnur hielt, auf der bunte Holzperlen aufgefädelt waren. Die Kinderschwester hatte für Katie angefangen und selbst Perlen auf die Schnur gefädelt. Dann hatte sie Katie weitere Perlen hingelegt, damit sie fortfahren und eine Kette daraus machen konnte. Doch obgleich das nun zwanzig Minuten her war, hatte Katie es nicht geschafft, auch nur eine einzige Perle hinzuzufügen. Sie starrte teilnahmslos auf die Schnur und achtete gar nicht auf Louise' Ermutigungsversuche.

Louise seufzte und sah auf ihre Uhr. Erst zwanzig vor zwölf. Um zwölf wollte Barnaby ins Krankenhaus kommen und mit ihnen nach Forest Lodge fahren. Wie man ihnen erklärt hatte, befand Katie sich nun im Rehabilitationsstadium. Körperlich war sie nun einigermaßen wiederhergestellt, wenngleich sie noch immer langsam reagierte; sie war imstande zu sprechen, zu essen und sich selbst zu waschen, und ihr Erinnerungsvermögen war – zum Teil – zurückgekehrt.

Ein Geräusch ließ Louise aufsehen. Katie hatte die übrigen Perlen wütend über den Boden verstreut.

»Die mag ich nicht«, erklärte sie mit ihrer neuen schweren und undeutlichen Stimme. Louise lächelte sie aufmunternd an.

»Magst du die hübschen Perlen nicht?« fragte sie. Katie machte ein finsteres Gesicht und sah fort. Louise lächelte erneut. Bisweilen konnte sie sich nur durch Lächeln davon abhalten zu schreien.

Mrs. Innes von Forest Lodge hatte ihnen viel Mut gemacht, als sie Katie beurteilte. Sie hatte Louise das Rehabilitationszentrum erklärt, einen Überblick über die geplanten Intensivprogramme gegeben, von multidisziplinären Teams, Reintegration in das Bildungssystem und elterlicher Mithilfe gesprochen.

Zu Louise' Überraschung hatte sie dann geäußert, um von der Vierundzwanzigstundenpflege profitieren zu können, solle Katie ihrer Meinung nach auch in Forest Lodge wohnen.

Louise, die sich seit einiger Zeit darauf eingestellt hatte, Katie käme heim, und alles liefe wieder normal, hatte gespürt, wie ihr die Tränen in die Augen traten, und eine unerklärliche Wut war in ihr hochgestiegen, die sich in erster Linie gegen die unschuldige Mrs. Innes gerichtet hatte. Aber nun, als sie Katies unsicheren Gang zu einem Spielhäuschen beobachtete, begriff sie, daß noch nicht alles wieder wie früher war. Katie hatte sich verändert. Ihre Sprache war undeutlich; oft schien sie das richtige Wort nicht finden zu können. Sie wurde schnell wütend und noch schneller müde; und ihr Konzentrationsvermögen, das noch nie sonderlich ausgeprägt gewesen war, schien nicht mehr zu existieren.

Es fiel allen schwer, zu dieser neuen Katie eine Beziehung zu finden. Jeder reagierte anders darauf. Barnaby legte seit einiger Zeit einen forcierten Optimismus an den Tag. Bei seinen Besuchen wies er regelmäßig auf die Fortschritte in Katies Verhalten hin, bis Louise, die mehr Zeit mit Katie verbrachte als alle anderen, es nicht mehr aushielt und zurückschnauzte – und seinen optimistischen Beobachtungen ihre eigenen, pessimistischen entgegenhielt. Sie selbst fand es schwer, optimistisch zu bleiben. Für jeden Erfolg schien es einen Rückschlag zu geben. Katies Fortschritte gingen in ihren Augen unerträglich langsam vonstatten. Tief in ihr vergraben steckte der törichte Wunsch – Glaube fast –, daß sie eines Tages das Krankenhaus beträte und Katie ihr den Gang entgegengerannt käme, mit derselben Stimme spräche wie vor dem Unfall, wieder ganz die alte wäre. Die drückende Wahrheit – daß jeder Fortschritt, den Katie machte, bestenfalls stufenweise stattfand – schlug ihr jeden Tag wieder aufs Gemüt, wenn Katie im Vergleich zum Tag davor nur minimale Fortschritte oder gar keine gemacht hatte oder sogar etwas schlechter drauf war. Währenddessen blieb die arme Amelia, die ihr so oft in den Ohren gelegen hatte, sie wolle ins Krankenhaus und mit Katie spielen, nun oft zu Hause. Katie war keine sonderlich gute Spielkameradin mehr für Amelia, hatte Louise mit Ernüchterung erkennen müssen.

Rund eine Woche zuvor hatte Amelia darauf bestanden, ihre Arche-Noah-Spielfiguren mit ins Krankenhaus zu nehmen. Sie hatte die Tiere paarweise aufgestellt und dann in versöhnlichem Ton gemeint: »Weil du krank bist, kannst du diesmal die Elefanten haben, Katie.« Sie forschte in Katies Gesicht nach Anerkennung für diese großzügige Geste, aber Katie hatte sich die Elefanten einfach nur gegrapscht.

Amelia hatte unsicher zu Louise geschaut, sich dann wieder zu Katie umgewandt und in herausforderndem Ton, der gewöhnlich einem Streit vorausging, gesagt: »Dann nehm' ich aber die Affen!« Die Affen waren immer Katies Lieblingstiere gewesen, aber heute erfolgte kein Protest von Katie, kein Schrei à la »Am-ee-lia, das ist aber ungerecht!«. Die Affen schienen Katie gleichgültig zu sein. Ihr schien überhaupt alles gleichgültig zu sein.

Die Tür ging auf, und Barnaby erschien. Er bedachte Louise mit einem schnellen Lächeln und sah sich dann nach Katie um.

»Sie ist im Spielhäuschen«, sagte Louise.

»Kat-kin!« rief Barnaby. »Wo bist du denn?«

Er blickte zu Boden und entdeckte plötzlich die Holzperlenkette, die noch auf der Spielmatte lag. »Hat Katie die gemacht?« fragte er, die Stimme unvermittelt freudig. »Sieh dir das an!«

»Eigentlich«, meinte Louise sacht, »hat die die Kinderschwester gemacht. Katie sollte weitermachen, aber sie war nicht besonders wild darauf.«

Barnabys Gesicht wurde lang. Er wandte sich von Louise ab und ging auf das Spielhäuschen zu, das er mit seiner riesigen Statur überschattete. Plötzlich streckte Katie den Kopf zum Fenster hinaus. Sie grinste.

»Katie! Du schlauer Spaßvogel!« rief Barnaby freudig. Er blickte zu Louise hinüber, als wolle er sagen *Siehst du*... Louise zwang sich zu einem Lächeln.

Hatte sie sich durch Barnaby schon immer so genervt gefühlt wie jetzt? fragte sie sich. Oder kam das erst dadurch, daß Cassian neue Maßstäbe gesetzt hatte? Der scharfsinnige und nüchterne Cassian, der sie und die Kinder gern hatte. Cassian, der verstand, daß Katies Genesung Zeit brauchte, der sie nicht mit diesem dummen und sinnlosen Optimismus angrinste, sondern sachlich über Katie sprach und hilfreiche, ernsthafte Vorschläge machte. Cassian, der sie im Bett einfühlsam zu nehmen wußte, der sie genußvoll erschauern und erbeben ließ. Cassian, der ...

Katies neues heiseres Lachen riß Louise aus ihren Gedanken, und sie sah auf. Barnaby stand vor ihr, mit Katie auf dem Arm und einem erwartungsvollen Ausdruck im Gesicht. Louise seufzte.

»Also gut«, sagte sie. »Gehen wir.«

Es dauerte eine Weile, bis sie sich von allen Krankenschwestern und Personalmitgliedern auf der Station verabschiedet und alle Geschenke mit der Aufschrift »Vielen Dank und alles Liebe von Katie« verteilt hatten. Als sie mit Barnaby durch den Haupteingang nach draußen ging, dem Regen auswich und beobachtete, wie Katie wie jedes andere Kind ins Auto stieg, verspürte Louise plötzlich ein erhebendes Gefühl – eine Erleichterung. Vielleicht wurde doch alles wieder halbwegs normal.

Ihre Stimmung hob sich weiter, als sie durch die Einfahrtstore von Forest Lodge fuhren. Das Zentrum war in einem großen, wunderschönen Landhaus untergebracht, das von Gärten umgeben war. Louise drehte sich lächelnd zu Katie um.

»Schau, Katie«, sagte sie, »guck dir mal die Bäume an.« Sie versuchte, den aufs Autodach trommelnden Regen zu übertönen. »Und das schöne Haus dort. Da wirst du wohnen.« Während sie sprach, forschte sie in Katies Gesicht nach Zeichen von Kummer. Mrs. Innes hatte darauf hingewiesen, daß man die Sache nochmals überdenken würde, falls die Aussicht, ganz in Forest Lodge zu wohnen, Katie irgendwie verstören sollte. Louise war insgeheim schmerzlich überrascht, daß Katie die Nachricht so ruhig aufgenommen hatte. Aber vielleicht, dachte Louise, verstand sie ja gar nicht richtig, worum es ging.

Die Eingangshalle war groß und holzverkleidet. Als sie eintraten, wartete Mrs. Innes bereits auf sie.

»Schön, daß Sie da sind!« rief sie aus und strahlte, als würde sie sich wirklich freuen, sie zu sehen. »Na, Katie, du siehst ja schon viel besser aus. Ich bin mir sicher, du wirst hier fabelhafte Fortschritte machen.« Sie wandte sich an Louise und Barnaby. »Es geht aufs Mittagessen zu. Hätten Sie Lust, zu bleiben und mit einigen der anderen Bewohner hier Bekanntschaft zu schließen? Danach könnten Sie das Team kennenlernen, das Katie betreuen wird.«

»Ich muß leider wieder los«, meinte Barnaby bedauernd, »aber Louise, du bleibst doch, oder?«

»Natürlich bleibe ich. Komm Katie, laß uns deine neuen Freunde kennenlernen«, meinte sie fröhlich.

Die Neuigkeit, daß Katie Kember nun in Forest Lodge untergebracht war, verbreitete sich rasch im ganzen Dorf. Mrs. Potter, die den Dorfladen führte, hörte es von Mary Tracey, und die beiden sprachen eben darüber, als Sylvia Seddon-Wilson aus dem Regen in den Laden stürmte, um sich Zigaretten zu kaufen.

»Forest Lodge?« fragte sie mit hochgezogenen Augenbrauen. »Die Anstalt für behinderte Kinder? Ich wußte gar nicht, daß es so schlimm um sie steht.«

»Tut es auch nicht«, versetzte Mary fest. »Nicht wirklich. Ihr geht's schon viel besser. Sie redet, sie liest ein bißchen und...«

»Wie auch immer«, schnitt Sylvia ihr das Wort ab. »Ich habe Neuigkeiten! Ich bin gebeten worden, im Prozeß als Zeugin der Kembers aufzutreten!« Sie blickte sich triumphierend um. »Ich habe gestern einen Bief bekommen, in dem ich gebeten wurde auszusagen. Ist das nicht aufregend? Ich werde Zeugin sein! Ich brauche dringend was Neues zum Anziehen!«

»Nicht nur Sie«, meinte Mary, »viele Leute haben einen Brief bekommen. Mir haben sie auch geschrieben.«

»Oh«, meinte Sylvia enttäuscht.

»Sie haben eine lange Liste mit den Leuten erstellt, die da waren«, erklärte Mary und sah selbstherrlich in die Runde. Noch selten war sie in der Lage gewesen, Sylvia Seddon-Wilson etwas erklären zu können. »Cassian sagt...«

»Der tolle Cass!« unterbrach sie Sylvia. »Ist er nicht ein Goldschatz? Vielleicht könnte er irgendwann bei mir vorbeischauen und mir mit meiner Aussage helfen!« Sie grinste Mary lüstern an, die streng zurückschaute.

»Entschuldigen Sie, Mary, ich habe Sie unterbrochen. Was sagt Cassian?« Mary räusperte sich unbeholfen.

»Er sagt, bei einem Fall wie diesem braucht man soviel Zeugenaussagen wie möglich und so schnell wie möglich.« Unwillkürlich nahm sie Cassians glatten Tonfall an. »Er sagt, sie wollen alles wissen, bevor sie die Klageschrift zusammenstellen.« Sie zog Luke zu sich hoch. »Deshalb wird aber noch lange nicht jeder, der einen Brief bekommt, auch als Zeuge vorgeladen. Das ist nur dann der Fall, wenn man etwas von entscheidender Bedeutung zu sagen hat.«

»Etwas von entscheidender Bedeutung!« rief Sylvia aus.

»Mein Gott, ich glaube, ich habe mein Lebtag noch nichts von entscheidender Bedeutung von mir gegeben!« Sie brach in schallendes Gelächter aus und riß auf der Theke die Zigarettenpackung auf.

»Die haben Sie noch gar nicht bezahlt«, erinnerte sie Mrs. Potter.

»Weiß schon«, meinte Sylvia ungeduldig, »Sie können sie auf James' Rechnung schreiben, wenn Sie wollen. Werden Sie als Zeugin aussagen?« fragte sie unbekümmert, während Mrs. Potter unter der Ladentheke nach dem Rechnungsbuch griff.

»Nein, garantiert nicht.« Mrs. Potter tauchte mit rotem Gesicht wieder auf. »Und ich würd's auch nicht, selbst wenn ich drum gebeten würde.« Sie kritzelte etwas in ihr Buch und klappte es wieder zu. »Ich finde die ganze Sache schockierend«, sagte sie mit Nachdruck. »Diese armen Delaneys vor Gericht zu stellen! Was haben die denn je Unrechtes getan? Die wollten doch bloß wohltätig sein, und das haben sie nun davon.«

»Ja, aber überlegen Sie mal, was Katie nun davon hat«, versetzte Mary, die das Bedürfnis hatte, Louise zu verteidigen. »Sie liegt im Krankenhaus!«

»Das weiß ich selbst«, meinte Mrs. Potter, verschränkte ihre Arme und lehnte sich gegen den Ladentisch. »Und das tut mir sehr leid. Aber wenn Sie mich fragen, dann setzen diese Eltern die falschen Schwerpunkte. Das Kind war gerade mal zwei Minuten verunglückt, da wurde schon von den Eltern ausgerechnet, wieviel Geld sie dafür kriegen können! Und von Freunden obendrein!«

»Das ist nicht fair!« erregte sich Mary. »Sie mußten doch so schnell handeln, sonst hätten alle Zeugen vergessen, was geschehen war. Und Katie verdient das Geld! Sie braucht es! Wenn Sie sie sehen würden... Sie hätte bei dem Unfall ums Leben kommen können.«

»Hmm, ja«, meinte Sylvia nachdenklich und zog an ihrer Zigarette, »aber was Mrs. Potter sagt, hat schon was für sich. Wenn es wirklich bloß ein Unfall war, warum sollte dann irgend jemand Schmerzensgeld zahlen? Warum sollten Hugh und Ursula ruiniert werden?« Mary sah sie unbehaglich an.

»Eben«, sagte Mrs. Potter. »Das ist es ja. Wieso...«

»Andererseits«, unterbrach Sylvia sie achtlos, »warum sollten die Kembers nicht alles für ihre Tochter tun, was sie können?« Sie ergriff ein Hochglanzmagazin und begann darin zu blättern. »Ich meine, wenn das Sprungbrett wirklich gefährlich war – und das behaupten sie doch, oder? Und es kann gut sein, daß Hugh und Ursula genug Geld haben, um für die Kosten aufzukommen...« Mrs. Potter sah Sylvia verdattert an.

»Aber Sie haben doch gerade gesagt...«, begann sie.

»Ach, hören Sie nicht auf mich«, entgegnete Sylvia fröhlich. »Ich weiß nie, wovon ich spreche.« Sie schwang das Magazin vor Mrs. Potter hin und her. »Können Sie die auch auf die Rechnung setzen? Ich muß los. Tschau!«

Sie hielt sich die Zeitschrift über den Kopf und sprang in den Regen hinaus. Mary und Mrs. Potter sahen zu, wie sie in ihr Auto stieg, einen großen Jaguar, auf dessen Rückfenster ein Aufkleber mit dem Spruch angebracht war: »Go First Class – Your Heirs Will«.

»Ach, ich weiß nicht«, seufzte Mrs. Potter. »Ich find' das alles nicht richtig.«

»Also ich denke, die Kembers tun das Richtige, wenn sie klagen«, versetzte Mary heftig. »Wirklich. Ich meine«, sie suchte nach einer Vergleichsmöglichkeit, »wenn Sie eine Fischfrikadelle von mir essen und daraufhin krank würden, da würden Sie doch auch eine Entschädigung wollen, oder? Sie würden mich verklagen.« Mrs. Potter sah sie erstaunt an.

»Tja also«, überlegte sie. »Würde ich das? Da bin ich mir nicht sicher. Ich glaube, ich würde einfach sagen ›Oh, das war Pech‹ und es damit gut sein lassen. Oder nein, Sie haben recht, vielleicht würde ich eine Kleinigkeit dafür haben wollen.« Sie hielt inne und schien nachzudenken.

»Vielleicht einen Gutschein von Marks and Spencer«, schlug sie vor. »Das wäre eine nette Geste. Aber ich würde Sie nicht verklagen, nicht wegen einer Fischfrikadelle.«

»Ja, und was, wenn Sie daran sterben würden?« fragte Mary, nicht bereit klein beizugeben. »Dann würden Sie doch etwas wollen, oder?«

Mrs. Potter fing zu lachen an; ein heiseres, perlendes Glucksen.

»Meine liebe Mary, ich wär' doch tot«, sagte sie. »Wenn Ihre Fischfrikadelle mich umbringen würde, wär' ich tot! In meinem Sarg würde mir Geld nicht mehr viel nützen, oder? Ein Gutschein von Marks and Spencer übrigens auch nicht.« Ihr Gelächter nahm zu, und nach einer Weile mußte Mary unwillkürlich auch kichern.

»Oh, ich weiß nicht«, meinte Mrs. Potter schließlich und

wischte sich die Augen. »Mir kommt es unrecht vor zu lachen. Armes kleines Mädchen. Sie hat das nicht verdient. Und diese Delaneys tun mir auch leid. Ich finde, die haben in den letzten Jahren schon genug Sorgen gehabt, auch ohne dieses ganze Theater.« Mary wurde ernst.

»Ja, das hatten sie wohl«, sagte sie schließlich. Sie sah in den strömenden Regen hinaus. »Es ist ein Jammer. Ein Jammer für alle.«

Meredith war zeitig aufgestanden und hatte den Vormittag damit verbracht, sich Gesetzbücher vorzunehmen, manche neu erstanden, manche aus der Bibliothek von Linningford entliehen. Die Hälfte eines Blattes hatte sie dicht mit Notizen beschrieben, bevor sie einhielt, sich streckte und aus dem Fenster sah. Noch immer regnete es ohne Unterlaß, und ihr Wohnzimmer war in ein sanftes, graues Licht getaucht. Sie griff zur Lampe, schaltete sie an und zuckte zusammen, als ein hartes, gelbes Licht auf das Blatt vor ihr fiel. Lieber im Dunkeln sein. Sie knipste das Licht aus, lehnte sich zurück und versuchte sich auf die ganzen Fakten, die ihr im Kopf herumschwirrten, einen Reim zu machen.

Hatten Hugh und Ursula fahrlässig gehandelt, als sie ein Kind unbewacht von ihrem Sprungbrett hatten springen lassen? Oder trug das Kind selbst die Schuld? Oder niemand? Die Mutter? Könnten Hugh und Ursula gegen Louise mitwirkendes Verschulden geltend machen? Sollten sie mit einer Art Gegenprozeß auftrumpfen?

Meredith schloß die Augen und zog eine Grimasse. Dieser ganze Rechtsjargon bereitete ihr Kopfschmerzen. Es kam ihr so vor, als habe sie Hunderte von Berichten über Fahrlässigkeitsfälle in britischen Gerichtshöfen gelesen. Von Leuten, die Joghurt auf den Boden ihres Ladens verschüttet hatten, worauf jemand darauf ausrutschte. Von Leuten, die Kindern erlaubt hatten, mit gefährlichen Drahtstücken zu spielen. Von Leuten, die die Geländer ihrer Treppen nicht repariert hatten.

Keiner dieser Fälle schien so ganz auf ihre Situation zugeschnitten zu sein, und für Meredith war es jetzt nur noch offensichtlicher, daß Hugh und Ursula im Vergleich zu anderen eben *nicht* fahrlässig gehandelt hatten. Doch gleichzeitig begann sie tief in ihrem Innersten zu begreifen, daß Cassian Brown tatsächlich eine unrechtmäßige Klage gegen sie zusammenbastelte; es sogar schaffen könnte, sehr dumme Geschworene davon zu überzeugen, daß Katie ein Opfer der Fahrlässigkeit der Delaneys wäre und ihr Schadensersatz zustünde. Und wenn dem so war, wieviel müßten Hugh und Ursula dann wohl zahlen? Meredith blickte unwillkürlich auf die Liste von Beispielen, die sie zusammengestellt hatte. Riesige Summen starrten ihr entgegen, und sie erschauerte. Sie hatte das Gerücht von der halben Million Pfund gehört, das im Dorf kursierte, und es als unwahr abgetan. Nun wurde sie unsicher. Ein Fall, der unlängst überall in den Zeitungen gewesen war und bei dem ein Kind mit einer Schädelverletzung von einem fahrlässigen Gemeinderat fast siebenhunderttausend Pfund bekommen hatte, stand ihr besonders drastisch vor Augen.

Eine halbe Million Pfund? So flüssig war Hugh ganz einfach nicht. Er hatte kein Geld, das bloß auf einen Notfall wartete. Seit Simons Tod hatte er geschäftlich starke Einbußen hinnehmen müssen. Meredith wußte, daß er nur noch ein kleines Einkommen bezog. Natürlich konnten sie ihr Haus in Frankreich verkaufen – aber viel würde das nicht einbringen. Also… was dann? Würden sie Devenish House veräußern müssen? Das bißchen Geschäft verkaufen? Irgendein Darlehen aufnehmen? Konkurs anmelden? Wie in aller Welt würden sie damit fertig werden? Hatten sie nicht schon genug zu tragen?

Meredith starrte in den strömenden Regen und spürte, wie ein ohnmächtiger Zorn in ihr hochstieg. Abrupt erhob sie sich. Von Gesetzbüchern hatte sie genug.

Hugh blickte aus dem Fenster seines Arbeitszimmers und sah Meredith im Regen durch den Garten stapfen, angetan mit ihrem schwarzen Badeanzug. Sie steuerte auf den Pool zu. Er wartete eine Weile, legte dann seinen Stift beiseite und ging ihr nach.

Der Swimmingpool war auf seine Normaltemperatur aufgeheizt, und Dampfwolken stiegen von ihm in die feuchte Luft auf. Riesige Regentropfen platschten auf die Wasseroberfläche, die bei diesem Wetter grau und wenig einladend aussah. Aber durch die dunstigen Wolken konnte Hugh Meredith entschlossen ihre Bahnen schwimmen, mit ihren muskulösen Armen das Wasser teilen und an jedem Ende eine perfekte Wende machen sehen. Er stand einige Minuten am Beckenrand, einen grellgelben Schirm zum Schutz vor dem heftigen Regen in der Hand. Schließlich bemerkte Meredith ihn. Sie hörte auf zu schwimmen und begann Wasser zu treten, das Gesicht mit geschlossenen Augen dem Regen entgegengestreckt.

»Scheiße noch mal, ich hasse sie alle«, sagte sie über das Klatschen des Regens hinweg. Noch hielt sie die Augen geschlossen. Hugh schenkte ihr den Anflug eines Lächelns und hockte sich an die Beckenseite.

»Ich habe heute einen Brief vom Anwalt der Kembers bekommen«, sagte er. »Er bittet, daß irgend so ein Sicherheitsexperte hier das Sprungbrett untersuchen darf.«

Beide wandten sich um und starrten auf das naßglänzende Sprungbrett.

»Das Brett ist in Ordnung«, meinte Meredith mit angespannter Stimme. »Es ist ein ganz gewöhnliches Sprungbrett.

Was meint er denn zu finden? Daß überall Öl drübergeschmiert ist?«

»Ich habe wirklich keine Ahnung«, meinte Hugh matt. »Ich für meinen Teil halte es für vollkommen sicher, aber…« Er verstummte.

»Vielleicht sollten wir es abmontieren«, meinte Meredith, »und wenn dieser Sicherheitsexperte dann daherkommt, sagen wir: ›Sprungbrett? Welches Sprungbrett?‹.«

Sie schenkte Hugh ein Lächeln, und er erwiderte es zögernd. Er sah alt und gedrückt aus. Meredith konnte seinen Anblick kaum ertragen. Sie holte tief Luft und tauchte unter die Oberfläche. Sie spürte, wie kaltes Wasser in ihre Ohren lief und das Geräusch des Regens auf dem Wasser gedämpft klang. Bei ihrem Auftauchen war Hugh noch immer da und starrte das Sprungbrett an.

»Die werden nichts beweisen können.« Sie bemühte sich, zuversichtlich zu klingen.

»Und was, wenn doch?« fragte Hugh. Sorgenvoll blickte er Meredith an. »Was, wenn vor Gericht bewiesen wird, daß wir aufgrund unserer Fahrlässigkeit ein unschuldiges Kind ins Krankenhaus gebracht haben? Daß das Sprungbrett nicht sicher war? Wie sollen wir damit leben?«

»So weit kommt's nicht«, entgegnete Meredith. »Auf gar keinen Fall.« Sie schwiegen befangen.

»Mir geht's ja nicht um das Geld«, sagte Hugh plötzlich. »Ich meine, natürlich ist die Geldfrage beunruhigend, das schon.« Er blickte Meredith an. »Du weißt ja, um welche Summe es unter Umständen geht, oder?« Sie nickte. »Aber selbst, wenn wir alles verkaufen müßten…«, Hugh fuhr mit einer Hand durch die Regenluft, »wäre das nicht das Ende der Welt. Damit könnte man leben. Womit ich nicht leben könnte, wäre der Gedanke, daß der Unfall unsere Schuld war.« Er sah Meredith düster an.

»Kein Mensch sagt, daß es deine *Schuld* war«, erwiderte Meredith hitzig. »Herrgott, was hättest du denn tun sollen? Das Sprungbrett vor dummen Kindern bewachen? Wo doch sonnenklar ist, daß Springen gefährlich sein kann und wo die Mutter des Kindes sogar dabei war?«

»Vielleicht«, meinte Hugh müde, »hätten wir genau das tun sollen.«

»Was? Müssen wir alle gegen alles schützen?« rief Meredith und schlug zornig mit der Hand aufs Wasser. »Wo bleibt denn da der gesunde Menschenverstand? Jemand hätte dem Kind sagen müssen, wenn du hoch in die Luft springst, könntest du dich verletzen. So ist das eben. *Schuld* hat da keiner.« Hugh zuckte mit den Achseln.

»Aber was, wenn das Brett gefährlich war?« fragte er leise.

»Es war nicht gefährlich«, versetzte Meredith wütend. »Nicht gefährlicher als jedes andere Sprungbrett auch.«

»Vielleicht reicht das schon«, sagte Hugh. »Vielleicht reicht allein schon die Tatsache, daß ein Sprungbrett gefährlich ist, daß sie den Prozeß gewinnen.«

Ganz gegen ihre Art spürte Meredith Panik in sich aufsteigen. Sie und Hugh sahen einander einen Augenblick wortlos an.

»Nun, dann helfe Gott der Welt«, sagte Meredith schließlich und wandte den Blick von Hughs erschöpftem Gesicht ab. »Und Gott schütze uns vor diesen Scheißanwälten.«

Heiße Tränen traten ihr in die Augen und vermischten sich mit den Wassertropfen auf ihrem Gesicht. Schnell, bevor Hugh es merkte, tauchte sie wieder in die blaugrauen Tiefen des Pools, stieß mit den Beinen kräftig das Wasser auseinander. Sie schwamm stumm und verzweifelt, mit angehaltenem Atem, bis sie sich imstande fühlte, aufzutauchen und wieder mit Hugh zu sprechen. Doch als sie schließlich wieder hochkam, war er fort.

14

Als das Schuljahr zu Ende ging, herrschte erneut eine Gluthitze, und Amelia fragte jeden Tag, ob sie nicht bitte, *bitte* schwimmen gehen könnten.

Seit dem Unfall waren sie kein einziges Mal mehr baden gegangen; bei der Vorstellung, wie Amelia in das bedrohliche blaue Wasser eines Schwimmbeckens sprang, lief es Louise eiskalt über den Rücken, und ihr wurde übel. Aber da sie Amelia nicht für den Rest ihres Lebens mit einem Komplex belasten wollte, erwiderte sie nur scharf, sie hätten dazu keine Zeit. Jedenfalls nicht im Augenblick.

Amelia schaute ihre Mutter böse an und stapfte dann wieder nach oben, um ihren Schulhut zu holen. Sie haßte ihre Mutter, und sie haßte Katie, und sie haßte alle. Heute war der letzte Schultag vor den Ferien, und alle brachten ihrer Klassenlehrerin ein Geschenk mit. Doch obwohl sie immer wieder versprochen hatte, etwas Nettes für sie zu besorgen, hatte Louise es vergessen, bis Amelia sie am Abend zuvor erinnert hatte, als es zu spät war.

»Wir kaufen auf dem Weg zur Schule noch was«, hatte Louise hastig vorgeschlagen. »Etwas Nettes.« Doch auf dem Schulweg bot sich als einzige Einkaufsmöglichkeit die Tankstelle an, und Amelia wußte, daß sie da nichts Passendes finden würden, bloß Kaffeebecher, Milch und Marsriegel.

Und das alles, weil ihre Mutter die ganze Zeit in Forest Lodge verbrachte. Amelia *haßte* Forest Lodge. Dort war es wirklich unheimlich, und es roch entsetzlich, und die Leute da waren alle sonderbar. Manche von ihnen konnten nicht mal richtig sprechen, und manche zuckten so komisch mit den Armen, und das letzte Mal, als sie dort zum Mittagessen hingegangen war, saß sie einem Jungen gegenüber, der viel älter war als sie und trotzdem beim Essen sabberte. *Ekelhaft* war das. Und dann hatte er sie angelächelt und versucht, ihre Hand zu nehmen. Sie hatte ihn panisch angestarrt und gespürt, wie sie rot wurde und ihr Herz schneller schlug, bis eine Krankenschwester, die bemerkt hatte, was los war, hergeeilt kam und sagte: »Martin, laß Amelia in Ruhe.« Dann hatte sie sich lächelnd an Amelia gewandt und gesagt: »Nur keine Bange! Er beißt nicht!« Und Amelia hatte zurückgelächelt, aber innerlich war sie ganz durcheinander.

Ihr leuchtete nicht ein, wieso Katie dort bleiben mußte. Sie war kein bißchen wie die Leute da. Inzwischen konnte sie gehen und anständig reden und auch schon halbwegs lesen, und bei Amelias letztem Besuch hatten sie sogar Gummitwist gespielt. Nach dem Unfall hatte Katie von Gummitwist keine Ahnung mehr gehabt, aber Amelia hatte ihr alles wieder beigebracht, und Katie hatte es ganz gut hingekriegt, zumindest die ganz leichten Sprünge.

Alle sagten in einem fort, wie gut es Katie gehe, viel besser, als man erwartet habe, und Amelia fragte dann immer: »Und warum kommt sie dann nicht nach Hause?« Und die Antwort der Mutter lautete jedesmal: »Das tut sie, Schatz, ganz bald.« Aber dazu kam es nie, und deshalb mußten sie weiterhin zu diesem scheußlichen Forest Lodge fahren. Amelia nahm ihren Ranzen, setzte den Hut auf und blickte sich mit finsterer Miene im Spiegel an. Nichts machte mehr Spaß. Sie hatte keinen mehr zum Spielen, sie fuhren nicht in den Urlaub, und alle schienen andauernd schlechte Laune zu haben.

Am späten Vormittag jedoch hatte sich Amelias Laune gebessert. Nachdem die Lehrerin ihnen eine Geschichte vorgelesen hatte und bevor sie zum Abschlußgebet gehen sollten, hatte Mrs. Jacob die Sternchentabelle von der Wand genommen und den Gewinner verkündet. Und das war Amelia! Sie war so überrascht, daß sie ganz still dasaß, während Clara, ihre Banknachbarin, sie am Kleid zog und zischte: »Na komm schon! Hol dir deinen Preis ab!«

Mrs. Jacob lächelte Amelia an und sagte: »Neben den Sternchen in euren Heften habe ich auch welche für gutes Benehmen ausgegeben, und Amelia hat sich dieses Schuljahr sehr hervorgetan! Gut gemacht!« Amelia rappelte sich hoch, und Mrs. Jacob gab ihr eine riesige Packung Smarties, und alle klatschten.

Dann umringten alle Amelias Bank, um ein Smartie zu bekommen, und Amelia verteilte sie, bloß die orangefarbenen hob sie für sich auf. Und Anna Russet, die sie nicht sonderlich gut kannte, sagte schüchtern: »Ich finde, du hast den Sieg verdient, Amelia.« Und Clara, ihre Banknachbarin, sagte sofort: »Genau. Ich finde auch, du hast es *verdient* zu gewinnen.«

Amelia strahlte vor Freude, während sie die Smarties in die ausgestreckten Hände verteilte, und dachte im stillen, wie beeindruckt Katie und Mummy sein würden, wenn sie es ihnen erzählte. Dann gingen sie zum Abschlußgottesdienst in die Aula, und Amelias Name wurde zusammen mit denen der anderen Gewinner verlesen, und alle Lehrer lächelten sie an. Dann sangen sie Amelias Lieblingskirchenlied und ließen die Lehrer dreimal hochleben, und dann war das Schuljahr wirklich zu Ende.

Draußen warteten schon die Eltern, vor allem Mütter, aber auch einige Väter, und der Schulhof war voller Kinder, die Ranzen, Federmappen, zusammengerollte Gemälde, Blockflöten und Schuhtaschen bei sich trugen. Amelia hielt in der Menge nach Louise Ausschau, konnte sie aber nirgends entdecken, also setzte sie sich gemütlich auf die niedrige Mauer vor dem Schulhof und wartete auf sie.

Eine halbe Stunde später war sie immer noch nicht da. Bis auf ein paar Eltern und Kinder, einige Lehrer und ein Buch, das, mit den Seiten nach unten aufgeschlagen, fallen gelassen worden war, befand sich fast niemand mehr auf dem Schulhof. Amelia schlich zu dem Buch und hob es auf. Es war ein Lesebuch für ganz Kleine, an das sie sich aus der zweiten Klasse erinnerte. Sie begann es durchzublättern, rief sich die bunten Bilder und die Geschichte in Erinnerung und alle die Wörter, die ihr damals so schwierig vorgekommen waren, ihr nun aber wirklich babyleicht erschienen.

»Amelia!« Amelia sah erschrocken auf. Mrs. Jacob stand vor ihr.

»Ist deine Mutter denn noch nicht da?«

»Nein«, gestand Amelia. »Sie kommt oft zu spät«, fügte sie rasch hinzu.

»Ich weiß«, meinte Mrs. Jacob, »aber so spät normalerweise eigentlich nicht.« Sie blickte Amelia forschend an. »Weiß sie, daß die Schule heute früher aus ist?« Amelia dachte nach.

»Na ja, sie weiß, daß heute letzter Schultag ist«, meinte sie schließlich. »Da muß sie doch wissen, daß wir früher aus haben.«

»Hast du's ihr gesagt?« hakte Mrs. Jacob nach.

»Nein«, erwiderte Amelia überrascht. »Aber das muß sie doch wissen. Am letzten Schultag ist die Schule immer früher aus.«

Mrs. Jacob seufzte.

»Vielleicht hat sie es vergessen. Nur dieses eine Mal.«

Amelia starrte Mrs. Jacob mit großen Augen an und spürte plötzlich einen wütenden Schmerz. Mrs. Jacob hatte wohl recht, ihre Mutter hatte vergessen, zu kommen und sie abzuholen. Sie hatte sie *vergessen.*

Eine Stimme unterbrach sie beide. Es war Mrs. Russet, Annas Mutter, die von der anderen Seite des Schulhofes herüberkam.

»Gibt's ein Problem?« erkundigte sie sich. Sie wandte sich in zuckersüßem Ton an Amelia. »Hat Mummy ganz vergessen, dich abzuholen?« Amelia zuckte die Achseln und lief rot an. Mrs. Russet kam näher. Sie war eine korpulente Dame mit lockigem Haar; Amelia hatte sie schon manchmal in der Kirche gesehen, wie sie mit lauter Stimme Lesungen gehalten hatte.

»Ich gehe und rufe sie an«, sagte Mrs. Jacob. Sie lächelte Amelia beruhigend an. »Was meinst du, wird sie zu Hause sein?«

»Wahrscheinlich ist sie in Forest Lodge«, entgegnete Amelia. »Sie ist immer in Forest Lodge«, fügte sie düster hinzu, als Mrs. Jacob forteilte.

»So?« Mrs. Russets Augen bohrten sich in Amelias Gesicht. »Läßt sie dich ganz allein zu Haus?«

»Na ja«, begann Amelia, die vorhatte zu erklären, daß Mary immer kam und nach ihr sah. Aber plötzlich gewann der Groll auf ihre Mutter die Oberhand.

»Ja, das tut sie«, klagte sie. »Sie läßt mich ganz allein. Ständig ist sie bei Katie.«

Mrs. Russet preßte die Lippen zusammen und verschränkte die Arme.

»Nun, Amelia«, sagte sie.»Hättest du Lust, mit zu uns zu kommen? Wenn deine Mutter zu beschäftigt ist, an dich zu denken?«

»Ja, komm doch mit«, sagte Anna. »Dann kannst du dir mein Meerschweinchen ansehen!«

»Und ich mach' uns ein feines Mittagessen«, sagte Mrs. Russet betulich, »und dann kannst du dir mal alles von der Seele reden.«

In dem Versuch, ihren Haushalt wieder einigermaßen auf Vordermann zu bringen, hatte Louise den Großteil des Tages in Linningford verbracht. Seit dem Unfall hatte sie keine einzige Haushaltsrechnung mehr bezahlt. Lebensmitteleinkäufe beschränkten sich inzwischen auf ein paar in aller Eile erstandene Konservendosen; grundlegendste Küchenutensilien waren aufgebraucht, kaputt und nicht ersetzt worden. Und morgen fingen Amelias Schulferien an. Davor wollte sie das Haus noch halbwegs in Ordnung bringen. Also hatte sie sich am Abend zuvor mit einem Stift hingesetzt und eine Liste aufgestellt, die bescheiden mit Glühbirnen begann, der Begleichung der Gasrechnung und Briefmarken. Als sie fertig war, hatte sie bereits das vierte Blatt beschrieben und starrte es in erstaunter Verzweiflung an. Aber sie hatte beschlossen, wenn irgend möglich alles zu erledigen, ehe sie Amelia von der Schule abholte.

Irgendwo hatte sie noch im Hinterkopf, daß die Schule am letzten Tag vor den Ferien bereits mittags endete. Aber diese Tatsache ging unter, als sie sich mit zwei schweren Einkaufstüten durch das vormittägliche Gedränge kämpfte und sich bei dem Gedanken ertappte, daß sie wohl nie alles bis halb vier schaffen würde. Im Laufe des Tages bewegte sie sich immer schneller; versah jede Handlung mit einem dringlichen Anstrich; maß ihre Kräfte mit Menschenmengen, überhitzten Aufzügen und griesgrämigen Verkäuferinnen. Sie ließ den Gedanken fahren, den Toaster zur Reparatur zu bringen, damit sie für Amelia noch ein besonderes Geschenk finden konnte.

Mit rotem Gesicht, einem vollbeladenen Auto und einem Malbuch, das auf dem Vordersitz auf Amelia wartete, kam sie Punkt Viertel vor vier bei der Schule an. Und dann, als sie die Tür öffnete und es beim Aussteigen unnatürlich still war, fiel es ihr wie Schuppen von den Augen, und sie lehnte sich schwach und mit hämmernden Herzen gegen das Auto. Wie hatte sie nur so dumm sein können? Wie konnte sie vergessen, daß die Schule heute schon mittags aus war?

Ein paar Sekunden konnte sie sich nicht rühren, so fassungslos war sie über ihren Irrtum. War es nicht fast schon eine Meisterleistung, etwas so Wichtiges vergessen zu haben? Dann, als ihr Erstaunen nachzulassen begann, überkamen sie plötzlich Angst und Schuldgefühle. Wo war Amelia? Und was war mit ihr geschehen, falls niemand sie mitgenommen hatte? Törichterweise lief Louise zum Schulhof. Natürlich würde Amelia dort nicht sein. Die Lehrer hätten sie dort niemals zurückgelassen. Louise sah die freundliche, zuverlässige Mrs. Jacob vor sich, und ihr rutschte das Herz in die Hose. Was in aller Welt würde Mrs. Jacob von ihr denken? Und die ganzen anderen Lehrer?

Und wo, dachte Louise wieder, als sie den verlassenen Schulhof erreichte und sich vergebens umsah, wo zum Teufel steckte Amelia?

»Wenn wir vor Gericht gewinnen«, erzählte Amelia, während sie sich bequem auf Mrs. Russets gepolsterter Hollywoodschaukel zurücklehnte und einen weiteren Schokoladenkeks annahm, »kriegen wir eine halbe Million Pfund.« Sie wartete auf die Reaktion Mrs. Russets und biß in den Keks. Zu ihrer großen Befriedigung schnappte Mrs. Russet nach Luft.

»Eine halbe Million Pfund«, wiederholte sie. »Dann sind wir Halbmillionäre!«

Anna, die auf der anderen Gartenseite vor dem Meerschweinchengehege hockte, rief: »Komm schon, Amelia. Komm und schau dir Nutmeg an!«

Doch Amelia kümmerte sich nicht um sie und blickte zu Mrs. Russet. Mrs. Russet war sehr nett zu ihr, fand Amelia. Es hatte ein köstliches Mittagessen gegeben, mit lauter Leckereien, und nun war es fast Zeit für den Tee und neue Leckereien. Und Amelia mußte bloß über den Unfall sprechen, sonst nichts. Daran schien Mrs. Russet sehr interessiert zu sein.

Nun blickte sie Amelia mit riesigen braunen Augen an und sagte: »Daß ein kleines Mädchen wie du über so eine Unmenge Geld redet!«

Amelia zuckte die Achseln.

»Hat deine Mummy dir davon erzählt?« Amelia errötete leicht.

»Nein. Ich hab' bloß davon gehört. Mummy und Cassian haben sich darüber unterhalten.« Sie biß wieder in ihren Keks. Er war köstlich, ganz aus Schokoladenteig und mit einer süßen Cremefüllung. Zu Hause gab es solche Kekse nie. »Der Unfall war allein Mr. und Mrs. Delaneys Schuld«, fügte Amelia mit vollem Munde hinzu. »Das hat Cassian mir gesagt.« Sie leckte sich die Schokoladenfinger ab und sah Mrs. Russet an. »Ich darf nicht mehr mit Mrs. Delaney reden«, fuhr sie undeutlich fort, »obwohl sie mir eine Barbiepuppe geschenkt hat. Ich mag Mrs. Delaney«, setzte sie hinzu, »aber Cassian sagte, sie ist *fahrlässig*.« Sie sprach das Wort vorsichtig aus und blickte Mrs. Russet beifallheischend an, aber die starrte sie nur stumm an und wartete, daß sie fortfuhr. Amelia seufzte innerlich. So allmählich ging ihr der Stoff aus.

»Ich hasse diesen langweiligen Prozeß«, meinte sie schließlich. »Andauernd reden sie nur darüber: über Katie und den Prozeß.« Sie musterte Mrs. Russet verstohlen und fügte jämmerlich hinzu: »Keiner kümmert sich mehr um mich.« Sie hoffte, Mrs. Russet würde ihr noch einen Keks anbieten, doch statt dessen ergriff Mrs. Russet ihre Hand.

»Noch nie habe ich etwas so Schreckliches gehört«, sagte sie. »Du mußt dich ja sehr einsam fühlen!« Sie blickte Amelia an und blinzelte ein paarmal. »Weiß deine Mummy davon?«

»Na ja«, begann Amelia, »nicht...«

»Hat wohl keine Zeit zuzuhören, nehme ich an«, vermutete Mrs. Russet und nickte heftig. »Oder möchte nicht zuhören. Zu beschäftigt mit ihrem Millionenprozeß, um sich mit ihren Kindern zu befassen. Unmoralisch ist das, jawohl. In Forest Lodge war sie heute auch nicht. Wer *weiß*, was sie derweil getan hat ...« Sie verstummte und beugte sich näher zu Amelia.

»Dieser Cassian«, meinte sie, »ist der oft bei euch zu Hause?« Ohne zu fragen, nahm Amelia sich noch einen Keks und überlegte. Was hieß oft?

»Na ja ... ziemlich oft«, erwiderte sie schließlich. Wieder nickte Mrs. Russet heftig. Die Perlenketten um ihren Hals klirrten, und ihr Gesicht lief rosa an.

»Und was ist mit deinem armen Daddy?« erkundigte sie sich.

Amelia starrte Mrs. Russet an. Woher wußte Mrs. Russet soviel über sie?

»Wir sehen ihn jedes Wochenende«, sagte sie, und ihre Stimme begann zu zittern.

»Und ist er für den Prozeß?« wollte Mrs. Russet mit plötzlich grimmiger Stimme wissen. »Oder findet er, wie ich auch, daß Gottes Wege unerforschlich sind?« Sie sah Amelia streng an. »Nichts geschieht ohne Grund«, sagte sie, »und jeder Sünder erhält seine Strafe.« Plötzlich war ihr Gesicht ganz nahe bei Amelias. »Hätte deine Schwester den Unfall gehabt, wenn deine Mutter durch die Gedanken an ihren Liebhaber nicht so abgelenkt gewesen wäre? Wäre er geschehen, wenn sie sich wie eine anständige, verantwortungsbewußte Mutter verhalten hätte?« Sie spuckte die Worte förmlich aus, und Amelia wich zurück. Sie wußte nicht, was sie sagen sollte.

»Schaut mal!« rief Anna von der anderen Seite des Gartens. »Da ist das Auto von Amelias Mummy!«

So wütend hatte Amelia ihre Mutter noch nie erlebt. Kaum im Auto, schrie sie in einem Ton, der Amelia erschrocken zusammenfahren ließ: »Was hast du dieser Frau erzählt?«

Kreidebleich blickte Amelia ihre Mutter an.

»Nichts«, erwiderte sie mit zittriger Stimme. »Nichts Besonderes. Ich habe bloß ihre Fragen beantwortet.«

»Und was hat sie dich gefragt?« erkundigte sich Louise bitter. »Ach, ich weiß schon«, setzte sie hinzu, bevor Amelia antworten konnte. »Ist deine Mutter eine gute Christin oder eine verantwortungslose Hure, die sich diesen Unfall selbst zuzuschreiben hat?«

»Ich weiß nicht«, murmelte sie.

»Sie hat gesagt, sie wird gegen uns aussagen!« schrie Louise. »Sie wird sich als Leumundszeuge anbieten und vor Gericht aussagen, daß ich mich nicht ordentlich um meine Kinder kümmere!« Louise wandte sich kurz zu Amelia um. »Was glaubst du, wie ich mir da vorkomme?«

Amelia starrte stumm zurück. Sie verstand nicht recht, was eigentlich geschehen war. Gerade war Mrs. Russet noch so freundlich gewesen, und im nächsten Augenblick hatte sie plötzlich entsetzliche Sachen gesagt. Und sie hatte einen Riesenstreit mit Mummy gehabt, und nun war Mummy wütend, und alles schien Amelias Schuld zu sein. Unvermittelt schluchzte Amelia auf. Louise drehte sich zu ihr um, und die Zornesfalten auf ihrer Stirn glätteten sich.

»Oh, Amelia, Schatz«, sagte sie. »Es tut mir leid. Du kannst ja nichts dafür.« Sie stieß ein seltsames Lachen aus und wechselte ruckartig den Gang. »Es ist meine Schuld, genau wie sie gesagt hat. Wenn ich nicht vergessen hätte, dich rechtzeitig abzuholen, wäre das nicht passiert.«

»Es ist nicht deine Schuld«, versetzte Amelia heftig. »Ich hasse Mrs. Russet. Die soll doch hingehen, wo der Pfeffer wächst!«

»Tja«, erwiderte Louise. »Ich fürchte, diesen Gefallen wird sie uns nicht tun.«

Als sie zu Hause ankamen, wartete Frances Mold vor ihrer Tür. Sie sah besorgt aus und kam auf sie zu, sobald das Auto stand. Louise blickte ihr mit neugieriger, nicht unbedingt freundlicher Miene entgegen. Ihr war bekannt, daß Frances eine enge Freundin von Meredith Delaney war. Zweifelsohne war sie eine feste Verbündete der Delaneys.

»Mich hat gerade Gillian Russet angerufen«, sagte Frances, sobald Louise aus dem Auto gestiegen war. »Ich fürchte, sie war... ein bißchen aus dem Häuschen.« Ihr Blick huschte kurz zu Amelia und dann wieder zu Louise.

»Amelia«, Louise reichte ihr den Hausschlüssel, »geh doch schon mal zum Spielen in den Garten, ja?« Als Amelia davonsauste, wandte sich Louise mit offener Bitterkeit wieder Frances zu.

»Erzählen Sie mir bloß nicht«, sagte sie, »Sie denken, Mrs. Russet hätte recht, und glauben auch, ich hätte Katies Unfall selbst herbeigeführt – als meine Strafe sozusagen.« Frances verzog keine Miene.

»Natürlich nicht«, erwiderte sie ruhig. »Ich fürchte, Gillian neigt zur Übertreibung. Alan hat schon mal wegen einer ähnlichen Sache mit ihr reden müssen.«

»Ach, wirklich?« meinte Louise scharf. »Und tut er das diesmal auch?«

»Natürlich«, meinte Frances schlicht. Sie seufzte. »Ich glaube sogar, er wird ziemlich wütend auf sie werden.« Sie fuhr sich müde über das Gesicht. »In puncto Mitgefühl hat Gillian eine Menge zu lernen, aber im Prinzip meint sie es in vieler Hinsicht gut.« Frances blickte Louise ernst an. »Hoffentlich sind Sie imstande, ihr zu vergeben.« Louise lehnte sich gegen das Auto. Plötzlich fühlte sie sich sehr schwach.

»Diese Frau hat doch keine Ahnung«, sagte sie leise, »keine Ahnung, was wir durchgemacht haben.«

»Sie haben recht«, stimmte ihr Frances zu. »Keiner von uns weiß das.«

Sie lehnte sich ebenfalls ans Auto.

»Ich habe das Gefühl, ich habe Ihnen nicht so geholfen, wie ich es hätte sollen.« Sie blickte Louise an. »Ich habe überlegt, ob ich Ihnen mit Katie helfen könnte, wenn sie heimkommt. Vielleicht könnte ich ja mal vorbeischauen und etwas mit ihr lesen. Würde das etwas nützen?«

Louise blickte in Frances' ernstes, häßliches Gesicht und war den Tränen nahe.

»Natürlich wäre das eine große Hilfe«, sagte sie. »Vielen Dank.« Doch dann kam unwillkürlich ihre alte ablehnende Wut wieder in ihr hoch, und sie fügte in scharfem Ton hinzu: »Aber was wird Meredith dazu sagen? Ich dachte, Sie seien eine gute Freundin von ihr?«

»Das bin ich auch«, räumte Frances ein, »aber ich bin mir sicher, Meredith wird sich freuen, daß ich helfen kann.« Sie blickte Louise fest an. »Wir alle wollen helfen, wirklich. Leider wurde den Delaneys von seiten des Anwalts geraten …«

»Sich von uns fernzuhalten?«

Frances nickte.

»Ich vermute«, Louise' Stimme klang schroff und abweisend, »Sie denken schlecht von uns, weil wir Hugh und Ursula verklagen.«

»Durchaus nicht«, meinte Frances milde. »Ich habe absolutes Vertrauen in die englische Justiz. Wenn Sie tatsächlich Beweise haben, wird dementsprechend entschieden werden.«

Louise, die die Antwort unerklärlicherweise nicht zufriedenstellte, starrte Frances an. Dann zuckte sie mit den Achseln. »Nun, in ungefähr einer Woche kommt Katie heim.«

»Das ist ja großartig!« rief Frances. »Ich suche ein paar einfache Bücher heraus.« Sie sah Louise besorgt an. »Sie ist doch imstande zu lesen, oder?«

»O ja!« Über Louise' Gesicht breitete sich plötzlich ein Lächeln aus. »Sie hat sich so gut gemacht. Die Behandlung in Forest Lodge ist einfach hervorragend. Man merkt fast nicht mehr...« Sie brach unvermittelt ab, als wäre ihr etwas eingefallen, und runzelte die Stirn.

»Nun, wir hören voneinander«, sagte Frances. Sie blickte Louise ernst an. »Und das mit Gillian Russet tut mir leid. Ich hoffe sehr, Alan kann sie davon überzeugen, daß eine Anzeige gegen Sie nicht ihre Pflicht ist, wie sie zu denken scheint. Allerdings kann man sie natürlich nicht dazu zwingen, seinen Rat zu befolgen; das muß sie selbst entscheiden.« Sie breitete hilflos die Arme aus.

»Na, auf jeden Fall danke für den Versuch«, erwiderte Louise. »Danke...« Sie schluckte. »Danke für alles.«

Entgegen Frances' Vorhersage war Meredith wenig erfreut. Während sie ihr ein Glas reichte, funkelte sie Frances an und sagte vorwurfsvoll: »Eigentlich solltest du auf unserer Seite sein.«

»Meredith«, protestierte Frances. »Ich tue so, als hätte ich das nicht gehört.«

»Du meine Güte!« sagte Meredith. »Übertreibst du mit deinem guten Benehmen nicht ein bißchen? Als nächstes sagst du vor Gericht noch gegen uns aus!«

»Meredith!« Frances war wütend. »Ich kann nicht fassen, daß du so von diesem Prozeß besessen bist, daß du einem kranken Kind gegenüber kein Mitleid mehr empfindest!«

Meredith starrte Frances ernüchtert an.

»Ich weiß«, murmelte sie schließlich. »Tut mir leid. Ich finde es wirklich gut von dir, daß du ihnen helfen willst.« Sie trank einen Schluck Wodka. »Und ich glaube, du hast sogar recht, was diese übergeschnappte Frau anbelangt«, fügte sie hinzu. »Wenn die anbietet, Louise' Charakter vor Gericht für uns anzuprangern, dann lehnen wir dankend ab.«

»Das wäre wohl das gescheiteste.«

»Aber trotzdem«, Meredith' Augen begannen zu leuchten, »es wäre doch toll, sie da oben im Zeugenstand zu haben. Oder etwa nicht? Ich meine, praktisch sagt sie ja, Louise hätte Katie selbst vom Sprungbrett gestoßen!«

»Sie hat total überreagiert«, sagte Frances. »Bestimmt beruhigt sie sich bald wieder.«

»Genau das sage ich ja immer«, ließ sich Ursula überraschend aus ihrem Stuhl in der Ecke vernehmen. »Ich bin mir sicher, alle werden sich letzten Endes beruhigen, und dann wird dieser dumme Prozeß eingestellt!«

Frances warf Meredith einen vielsagenden Blick zu, die die Augenbrauen hochzog und die Achseln zuckte.

»Hoffentlich hast du recht, Ursula«, sagte Frances freundlich, »aber weißt du, es kann durchaus sein, daß er nicht eingestellt wird. An diesen Gedanken solltet ihr euch gewöhnen.«

Ursula, die sich wieder über ihre Stickerei gebeugt hatte, sah auf. Sie setzte zum Sprechen an, unterließ es dann aber. Sie mußte zugeben, daß ihr Versöhnungsbrief nicht die erhoffte Wirkung erzielt hatte. Louise hatte das Bündel Banknoten fast unverzüglich mit einem kurzen Schreiben zurückgeschickt, in dem sie sich bei Ursula höflich für die lieben Wünsche bedankte und hinzufügte, soviel Geld könne sie auf keinen Fall annehmen.

Aber so schnell gab Ursula nicht auf. Gemeinsam mit einem weiteren, noch nicht beendeten Brief lag das Banknotenbündel noch immer unberührt in der Schublade ihres Toilettentisches. Wenn sie nur den richtigen Ton treffen würde; wenn sie nur imstande wäre, genau die passenden Worte zu finden, dann könnten all diese Mißhelligkeiten überwunden werden, davon war sie überzeugt…

Ursula wurde in ihren Gedanken von Meredith unterbrochen.

»Weißt du«, sagte sie eben zu Frances, »was mich so fertigmacht, ist, durchs Dorf zu gehen und all ihre Gesichter zu sehen und dabei zu wissen, daß sie gerade darüber gesprochen haben.« Sie gestikulierte theatralisch mit den Armen. »Und sich auf unseren Sturz freuen. Sie können's gar nicht erwarten.«

»Quatsch!« Frances grinste Meredith an. »Du wirst bloß allmählich paranoid.«

»Doch, es stimmt«, beharrte Meredith. »Ihre ganze Sympathie gilt Katie. Die halten uns doch für eine Art Kindermörder. Und was sie wirklich wollen, ist, daß das Gericht den Kembers eine riesige Schadensersatzsumme zuspricht. Eine Art Lotteriegewinn. Ein paar Millionen würden den Zweck erfüllen. Auf diese Weise könnten sie sich alle mit glänzenden Augen überlegen, was sie wohl täten, wenn sie zwei Millionen Pfund gewinnen würden. Wenn ihnen dann bewußt wird, daß wir's sind, die sie bezahlen müssen, bekommen manche von ihnen natürlich Mitleid mit uns, aber dann ist es zu spät.« Sie warf ihr Haar nach hinten.

»Meredith!« Frances lachte. »So denkt bestimmt keiner.«

»Sei dir da nicht so sicher«, entgegnete Meredith finster. »Du hast ja keine Ahnung, wie tief Leute sinken, wenn die Pfarrersfrau nicht in der Nähe ist und sie an die Kandare nimmt.«

Sie grinste Frances grimmig an, die zart errötete und sagte: »Unsinn!«

Ursula, deren Gedanken während Meredith' kleiner Rede fortgewandert waren, legte ihre Stickerei beiseite und erhob sich.

»Ich gehe ein paar Himbeeren fürs Abendessen pflücken«, verkündete sie.

»Ich komme gleich nach«, sagte Meredith. »Kann ich dir noch was nachschenken, Frances?«

Frances zögerte, hielt ihr dann aber doch ihr Glas hin.

»Ich denke, ich brauche es«, meinte sie fröhlich. »Wenn man sich an einem einzigen Abend von dir *und* Gillian Russet unsinnige Tiraden anhören muß...« Sie sah Meredith an und kicherte.

»Als ich mir am Telefon so Gillians Gekeife anhörte«, meinte Frances, als Ursula verschwunden war, »da dachte ich mir, ehrlich gesagt, daß jedes Gericht angesichts einer solch grauenhaften Hetzrede gegen Louise sofort zu ihren Gunsten entscheiden würde. Aus purem Mitleid.«

Meredith grinste.

»Ich schätze, besser kein Zeuge als ein lausiger Zeuge.« Sie senkte die Stimme. »Hör mal, was ist mit der armen Ursula? Wenn die als Zeugin aussagen muß, sind wir erledigt.« Sie begann zu kichern. »Sie wird so was sagen wie... sie hätte sich schon immer gedacht, daß der Pool für Kinder gefährlich sei.«

»Hör auf!« sagte Frances, die ein Lachen unterdrückte.

Plötzlich hörte Meredith zu kichern auf.

»Oh, Himmel! Warum lache ich darüber?« Sie lehnte sich zurück und schloß die Augen. »Das schlimmste ist, daß alles so lange dauert. Ich meine, die haben ja noch nicht mal Klage gegen uns eingereicht. Möglicherweise zieht sich dieser Prozeß über Jahre hin, und wir können unterdessen keinerlei Pläne machen, denn vielleicht sind wir ja nächstes Jahr bankrott. Was für ein Leben!« Sie leerte ihr Wodkaglas und stellte es klirrend auf einen Beistelltisch.

Frances trank einen Schluck Sherry und sah Meredith ernst an.

»Warum dauert es denn so lang?«

Meredith zuckte die Achseln. »Alexis meint, auf der Gegenseite hätte es eine Verzögerung gegeben. Offenbar ziehen sich solche Sachen immer Ewigkeiten hin. Anwälte haben es grundsätzlich nicht eilig.« Sie fuhr sich durchs Haar und zuckte zusammen, als die Hand sich in einem Haarfitz verfing. »Für sie ist das auch unerheblich«, sagte sie bitter. »Die zahlen ja nicht mal ihre Anwaltskosten. Sie haben nichts zu verlieren.«

»Und ihr…«

»Alexis ist sehr großzügig«, sagte Meredith mit betont ausdrucksloser Stimme, »aber essen muß er auch. Umsonst kann er das nicht alles machen.« Sie nahm ihr Glas und stand auf, um sich nachzuschenken, ohne auf Frances' fragenden Blick einzugehen.

Als sie sich wieder setzte, schien sie zu überlegen, ob sie ewas sagen sollte. Frances wartete. Schließlich sagte Meredith mit leiser Stimme: »Was ist das bloß mit Alexis, Frances? Weißt du, ich habe ihn wirklich gern.« Sie schluckte. »Ich dachte immer, er und ich, wir könnten… na, du weißt schon, zusammenkommen.« Sie fuhr mit der Hand über den weichen Sofabezug. »Und er kreuzt hier oft genug auf; ich bin mir sicher, er ist an mir interessiert, aber es geschieht einfach nie etwas.«

Meredith hielt inne. Sie merkte, wie Frances Atem holte, und fuhr eilig fort: »Deshalb wollte ich dich fragen, ob du es für eine gute Idee halten würdest, wenn ich den ersten Schritt mache. Oder meinst du, das könnte ihn verschrecken?«

Meredith sah auf. Frances' Gesichtsausdruck machte ihr angst.

»Was hast du?« fragte sie. »Was ist denn?«

»Ja weißt du's denn nicht?« Frances stieß scharf die Luft aus. »Ich kann gar nicht glauben, daß du's nicht weißt.«

»Weißt? Was weißt?« Meredith' Herz klopfte. »Was sollte ich wissen?«

»Oh, Meredith«, meinte Frances und ergriff ihre Hand. »Alexis hat eine Affäre.« Sie hielt inne und drückte Meredith' kalte Hand noch fester. »Er hat was mit der kleinen Daisy Phillips.«

15

Alexis lag eng umschlungen mit Daisy auf dem Boden ihres Wohnzimmers, während um sie herum eine Sibelius-Symphonie hämmerte und wirbelte. Er hatte Daisy soeben zu einem erbebenden Orgasmus gebracht und beobachtete nun mit unsäglicher Zärtlichkeit, wie sich ihre Züge glätteten, ihre Augen sich langsam öffneten und sie ihm ein schüchternes Lächeln schenkte.

Er schaute sie wortlos an, ließ den Blick über ihr gerötetes Gesicht gleiten; atmete ihren Duft ein; spürte, wie die pulsierende, machtvolle Musik in seinen Körper flutete. Daisy stieß einen wohligen Seufzer aus und kuschelte sich enger an ihn. Sie lächelte zu Alexis auf, und er erwiderte ihren Blick, unfähig, sich auszudrücken, unfähig, irgend etwas zu tun, außer ihr mit einem Finger zart eine Haarsträhne aus dem Gesicht zu streichen.

»Ich überleg' immer...«, sagte Daisy leise. Sie hielt inne. Alexis fuhr mit der Hand über ihren Rücken, um ihre Hüfte herum und begann ihren Bauch zu kitzeln. Sie kicherte.

»Was überlegst du immer?«

»Ich überleg' immer...« Daisy errötete. »... wird es wirklich noch mal passieren? Du weißt schon... werde ich...« Sie verstummte und wurde noch röter.

»Jedesmal ist es so schön, daß ich nicht glauben kann, daß es je noch mal geschieht.«

Alexis hörte auf, Daisy zu kitzeln, und küßte sie auf den Hals. Daisy japste auf.

»Damit meine ich nicht«, fügte Daisy hastig hinzu, »daß ich nicht glaube, daß du … ich meine, ich weiß, daß du wirklich …« Sie verstummte und sah ihn besorgt an, als befürchtete sie, ihn womöglich gekränkt zu haben. Alexis warf den Kopf zurück und lachte.

»Daisy, mein Schatz, das ist schon in Ordnung. Du darfst meine Fertigkeiten ruhig anzweifeln, wenn du magst.« Daisy zuckte ein bißchen zusammen.

»Aber das tue ich doch gar nicht«, versetzte sie ängstlich. »Ich wollte nicht …«

»Schon gut. Ich weiß schon, was du meinst.« Daisy sah ihn einen Augenblick zweifelnd an, bevor sie lächelnd die Augen schloß.

Alexis starrte zur Eichenbalkendecke empor. Die Symphonie hatte ihren Höhepunkt erreicht; Blas- und Streichinstrumente donnerten triumphierend um ihn herum. Und passend dazu fühlte Alexis einen erhabenen Triumph in sich, der jedoch durch eine seltsame Demut gedämpft wurde. Dieses Gefühl der Demut hatte ihn nicht mehr verlassen, seitdem sie sich vor wenigen Wochen zum erstenmal geliebt hatten, was für Daisy, wie sich herausgestellt hatte, das erste Mal überhaupt gewesen war. Noch immer erinnerte er sich an den Schock – die Panik, die Gewissensbisse und eine heimliche Erleichterung –, als er entdeckte, daß er der erste war. Er hatte vorsichtig seine Hand zwischen ihren Beinen hochgleiten lassen, gleichzeitig hastig seine Hose abgestreift und verzweifelt versucht, ihre Miene zu ergründen, jederzeit bereit, notfalls den Rückzug anzutreten. Und um den Weg ein wenig zu ebnen, hatte er gegen ihren Nacken gemurmelt: »Es muß dir merkwürdig vorkommen, es mit einem viel älteren Mann zu tun.«

Und sie hatte ihn mit ihren dunklen, erregten Augen angeschaut und mit leiser Stimme geantwortet: »Merkwürdig ist es sowieso … das erste Mal. Mit wem, ist da nicht so wichtig.«

Der Gedanke, Daisy könnte noch unberührt sein, war Alexis nie gekommen. In seinen Augen war sie einfach immer nur … sehr jung gewesen, unvorstellbar jung. Aber eine Jungfrau noch dazu? Ging er da nicht ein bißchen zu weit? Einige Augenblicke erstarrte er, und er begriff, daß er der ganzen Affäre auf der Stelle Einhalt gebieten mußte. Daß der Gedanke, einen verletzlichen, unerfahrenen Teenager zu verführen, abstoßend und, aus moralischer Sicht, unverzeihlich war.

Aber ein flüchtiger Blick auf Daisys entblößte Brüste, auf ihre bebenden Lippen und warmen, rosigen Wangen lenkte ihn von seinen Prinzipien ab. Er brachte sich in Erinnerung, daß sie immerhin achtzehn war; daß sie ihre eigenen Entscheidungen treffen konnte; daß er sich ihr in keinster Weise aufgedrängt hatte. Und als sie mit einer Hand sanft seine Brust zu liebkosen begann, geriet sein Entschluß ins Wanken, sein Verlangen gewann die Oberhand, und es gab kein Zurück mehr.

Das erste Mal war schmerzhaft, lustig und unbeschreiblich ergreifend. Schmerzhaft für Daisy, lustig für beide, unbeschreiblich ergreifend für Alexis. In den frühen Morgenstunden hatte er sie verlassen, war heimgefahren und ins Bad geschwankt. In einer Art stummer, begeisterter, entsetzter Verwunderung hatte er sich im Spiegel angestarrt.

Seitdem war diese Verwunderung nie ganz gewichen. Manchmal ertappte Alexis sich dabei, wie er Daisy anstarrte, als wäre sie eine Fremde – und wieder wie an jenem Tag am Swimmingpool ihr blasses, schönes Gesicht aufnahm, ihre zögernde Art und ihr unsicheres Lächeln – und das Gefühl hatte, er habe kein Recht, ihr so nahezustehen; als habe er sich diese intime Beziehung zu Daisy erschlichen und würde eines Tages entdeckt, bloßgestellt, zurückgewiesen werden.

Und reichlich schwermütig begann er dann wieder an den riesigen Altersunterschied zwischen ihnen zu denken. Er sah zuerst ihr glattes Gesicht und dann seine eigene zerfurchte Stirn an; ihre üppigen Locken und dann sein spärliches, ergrauendes Haar. Ihre Augen waren groß und strahlend; seine waren klein, hatten Hängelider und wirkten müde. Er war alt und erschöpft – sie frisch und neu. Eine Walnuß und ein Pfirsich.

Daisy bewegte sich etwas, und automatisch legte Alexis beschützend den Arm um sie.

»Was«, begann sie leise, die Augen noch immer geschlossen. »Was gibt's bei uns heute zum Abendessen?«

Als Alexis herausgefunden hatte, wie kümmerlich Daisys Kochkenntnisse waren, hatte es ihn umgeworfen. Er war an Frauen seines Alters gewöhnt, erfahrene Köchinnen, die ihn mit seiner beschränkten Junggesellenküche aufgezogen hatten, ihm erlaubten, die ein oder andere Zwiebel zu hacken, doch ansonsten für die Dauer ihrer Beziehung die Zubereitung des Essens übernahmen. Und das, obwohl er eigentlich ganz passabel kochte. Im allgemeinen bevorzugte er unkomplizierte Gerichte, die nicht zu lange brauchten: Filetsteaks – außen eine braune Kruste, innen rosa; Grillfisch, mit Olivenöl und Limonensaft beträufelt; Lammkoteletts, bestreut mit Knoblauch und Rosmarin; gebratenes Gemüse; abwechslungsreiche Salate.

Daisys Repertoire umfaßte gerade mal Nudeln mit Fertigsauce – und vielleicht noch eine Dose Thunfisch darüber. Zusammen mit Schüsseln von Shreddies und der gelegentlichen rosa Grapefruit schien sie sich ausschließlich davon zu ernähren. Als er das erste Mal für sie gekocht hatte, hatte sie ihn mit den beiläufig dahingeworfenen Worten verblüfft: »Ach, *so* sieht Knoblauch also aus!« Alexis starrte sie sprachlos an.

»Das meinst du doch nicht im Ernst? Du hast noch nie Knoblauch gesehen?«

»O doch, natürlich«, sagte Daisy schnell. »Knoblauchstränge. Aber ich hab' noch nie gesehen, wie sie innen aussehen.« Sie sah seine Miene und fügte ernst hinzu: »Aber ich mag ihn. Ich mag Knoblauchbrot sehr.« Sie dachte nach. »Vielleicht könnte im Kühlfach sogar noch eins sein.«

»Daisy«, hatte Alexis gesagt und angefangen zu lachen. »Das ist doch nicht nur vorgepacktes Knoblauchbrot!«

Nun, als er bemerkte, wie ungeschickt Daisy eine rote Paprika schnitt, sagte Alexis: »Hast du denn noch nie gekocht?« Daisy sah auf und schob die Ärmel ihres Baumwollkimonos hoch.

»Na ja, nicht so richtig«, sagte sie. »In der Schule... na, da kocht man eh nicht. Und zu Hause...« Sie zog eine Grimasse. »Ich schätze, da kochen wir wohl schon mal«, sagte sie schließlich. »Aber nicht sehr viel. Meine Eltern gehen oft essen, und als meine Brüder noch zu Hause waren, haben sie sich immer Pizza und so was bestellt. Und wenn Mummy eine Dinnerparty gibt, läßt sie was liefern...« Sie verstummte und sah auf das Hackbrett. »So, mit der Paprika bin ich fertig. Was soll ich jetzt machen?«

Während Alexis sie anblickte, stieg eine jähe Wut über Daisys Eltern in ihm hoch, die sie so unbekümmert der zweifelhaften Obhut ihrer beiden Brüder und eines Pizzazustelldienstes anvertraut hatten. Ihm kam ein Gedanke.

»Hattest du denn in der Schule keinen Kochunterricht?«

»O doch«, erwiderte Daisy. »Einmal hab' ich eine Biskuitrolle gemacht, aber die ist mir beim Zusammenrollen kaputtgegangen. Aber bald bekam ich statt dessen zusätzlichen Klavierunterricht und hatte keinen Kochunterricht mehr.« Sie sah Alexis besorgt an. »Und ich kann mich nicht mehr erinnern, wie man eine Biskuitrolle macht.«

Alexis lachte.

»Na, Gott sei Dank«, sagte er. »Wenn ich was nicht mag, dann sind es Biskuitrollen.« Er öffnete den Kühlschrank, nahm eine Flasche Chardonnay heraus und entkorkte sie energisch. »Außerdem ist die Schule ohnehin nicht der richtige Ort, um kochen zu lernen.«

»Wo dann?«

»In der eigenen Küche natürlich. Kochen solltest du lernen, indem du Leute bekochst, die du wirklich magst«, erklärte Alexis. »Familie, Freunde, Liebhaber und Geliebte. So habe ich es gelernt. Nicht dadurch, daß ich im Klassenzimmer eine Biskuitrolle gebacken habe.«

Er reichte Daisy ein Glas Wein, die ein oder zwei Minuten auf den Glasgrund starrte. Als sie aufsah, waren ihre Wangen feuerrot.

»Wem hast du…«, begann sie zögernd. »Hast du je… warst du schon mal…« Ihre Stimme erstarb, und sie wandte den Blick ab. Einige Augenblicke sah Alexis sie verdutzt an. Dann änderte sich seine Miene.

»Versuchst du, mich zu fragen, ob ich schon mal verheiratet war?« erkundigte er sich sanft. Daisys Kopf rührte sich nicht.

»Die Antwort lautet nein, ich war noch nie verheiratet.« Alexis setzte sich auf einen Küchenstuhl. »Ich hatte eine lange Beziehung mit einer Frau, die ich über meinen Beruf kennengelernt hatte«, sagte er langsam. »Sie war genauso alt wie ich und sehr ehrgeizig. Ich bat sie, mich zu heiraten, aber sie wollte nicht; sie wollte sich auf ihre Karriere konzentrieren.«

Er hielt inne und trank einen Schluck Wein.

»W-was geschah?« wollte Daisy schüchtern wissen.

»Nach zwölf Jahren verließ sie mich und heiratete einen anderen«, sagte Alexis. Unversehens verfinsterte sich sein Gesicht. »Gerade haben sie ihr zweites Kind bekommen«, sagte er leise.

Daisy starrte ihn entsetzt an. Sie wußte nicht, was sie sagen sollte.

»Wie schrecklich«, flüsterte sie.

»Damals hat es mich ganz schön mitgenommen«, sagte Alexis. »Aber das ist jetzt schon eine Weile her, schon Jahre eigentlich. Ich bin vollständig genesen.« Er grinste Daisy an und nahm noch einmal einen tiefen Schluck.

Daisy schaute ihn wortlos an, nicht ganz überzeugt.

»Oh, Daisy«, sagte Alexis. »Schau doch nicht so bestürzt drein!«

»Tue ich doch gar nicht. Ich bin bloß ...« Sie brach ab und senkte den Blick.

»Es ist nie eine gute Idee, über die Vergangenheit zu sprechen«, meinte Alexis leichthin. »Warum gehst du jetzt nicht Klavier spielen? Du sagtest doch, du müßtest üben.«

»Oh, ja«, sagte Daisy. »Das mach' ich.« Sie sah Alexis an. »Aber was ist mit dem Abendessen?«

»Das kriege ich schon hin«, erklärte Alexis mit einem Blick auf die krummgeschnittenen Paprikastücke auf Daisys Schneidebrett und unterdrückte ein Grinsen. »Ich mache hier alles fertig und komme dann zuhören.«

Als sie fort war, bereitete er rasch eine wohlriechende Hühnchenkasserolle zu, schob sie in den Herd und stellte einen Topf Reis auf. Dann ging er mit einem frisch eingeschenkten Glas ins Wohnzimmer.

Daisy übte das Brahmskonzert, das sie demnächst mit dem

Linningforder Symphonieorchester geben würde. Sie spielte gerade den zweiten Satz und hatte eine Passage gewaltiger Akkorde erreicht, die Alexis erkannte. In den Wochen, in denen er sie hatte üben hören, waren sie schneller und sicherer geworden. Nun schlug sie mit einer Präzision auf die Tasten, die ihn überwältigte.

Während er sie beobachtete, fuhren ihre Hände wild über die Tasten, füllten den Raum mit einem fulminanten Klang, bis sich ihre Finger im Ärmel ihres Kimonos verfingen.

Ungeduldig schob sie die Ärmel hoch und begann von neuem. Die Musik wurde lauter und leidenschaftlicher. Unversehens verfingen sich ihre Finger wieder im Ärmel; diesmal schüttelte sie den Kimono, ohne innezuhalten, gleich ganz ab. Die zwei leeren Kimonoärmel fielen hinter ihr zu Boden, und Daisy spielte weiter, ohne einen Ton verpaßt zu haben. Ihre bloßen Arme bewegten sich sogar noch ungestümer, und ihre dunklen Haarwolken hoben und senkten sich um ihre nackten Schultern. Und Alexis schaute ihr zu, wie sie spielte, und spürte, daß sie ihn ganz vergessen hatte – alles andere vergessen hatte. Und er dachte, daß er in seinem ganzen Leben noch nie so glücklich gewesen war.

16

Cassian fand es ausgesprochen erfreulich, wie sich die Dinge entwickelten. Louise' Rechtsstreit wirkte von Tag zu Tag vielversprechender. Mehr und mehr Beweismaterial kam zusammen, und sein Vorgesetzter in der Kanzlei in Linningford hatte ihn bei einer großen Besprechung persönlich dafür gelobt, daß er das Prozeßpotential der Situation so rasch erfaßt hatte. Ein paar lockere Frotzeleien über Louise und ihren

Vater, Lord Page, waren gefolgt, die Cassian gutgelaunt aufgenommen hatte. Die Kollegen waren offensichtlich beeindruckt, sowohl von seiner Arbeit als auch von seinen Beziehungen.

Und so hatte er einige der Jungs in London dazu überredet, herzukommen und sich ebenfalls der Sache anzunehmen. Bloß um sicherzustellen, daß er in der Londoner Kanzlei nicht in Vergessenheit geriet. Und genau an diesem Tag waren Desmond Pickering und Karl Foster, beide Experten für Körperverletzung, zu einer Unterredung in Linningford, und Cassian hatte sie erweichen können, danach noch zu einem Treffen mit ihm, Louise und – was leider nicht zu vermeiden war – Barnaby zu kommen. Sie würden die Klage ein oder zwei Stunden besprechen, dann würde Barnaby gehen, und Louise würde ihnen allen ein Dinner zubereiten. Man würde auf die Politik zu sprechen kommen. Louise würde Desmond und Karl mit Insiderstories aus dem ehemaligen Kabinett imponieren. Etwas von ihrem Glanz würde auch auf Cassian abfallen. Und das Ergebnis wäre sicherlich, daß man sich an seinen Namen erinnern würde, wenn das nächste Mal eine Partnerschaft angeboten würde.

So weit, so gut. Der einzige kleine Wermutstropfen bestand darin, daß er es immer noch nicht geschafft hatte, Lord Page zu treffen. Dabei war es ein ganz entscheidender Punkt in Cassians persönlichem Spielplan, ihn kennenzulernen und ihm näherzukommen. Sich über eine Reihe von lokalen Regierungsposten zum Parlament hochzuschuften war eine Möglichkeit, aber mit einem hohen Staatsmann als Gönner, schloß Cassian, müßte es einen schnelleren und erfolgreicheren Weg in die Politik geben. Wie könnte man ein Auswahlkomitee einfacher beeindrucken und selbst die richtigen Beziehungen knüpfen als dadurch, daß man als Lord Pages rechtlicher Erbe auftrat?

Mittlerweile war er auch wirklich Louise' Liebhaber. Nun, da er ganze Nächte in ihrem Bett verbrachte und sich tatsächlich mit einem Fall befaßte, den Lord Page finanzierte, hatte er in seinen Augen auch das Anrecht, ihn kennenzulernen. Aber Louise hatte das bislang nicht vorgeschlagen, und er hatte noch davor zurückgeschreckt, selbst darauf zu sprechen zu kommen. Doch jetzt sah die Sache schon anders aus.

Bei dem Gedanken, daß er sich bald mit Lord Page anfreunden würde, erfüllte ihn freudige Erregung. Unwillkürlich stieg eine kurze Erinnerung an seine Großmutter in ihm hoch, wie sie, in grelles Pink gekleidet, aus einem Becher süßen Tee trank, den sie zum fünfundzwanzigsten Jubiläum der Königsfamilie erhalten hatte. Trotz des italienischen Akzents, der noch immer aus jaulenden Macclesfieldvokalen herauszuhören war, war sie der britischen Königsfamilie treu ergeben, eine Ergebenheit, die sie auf die ganze Adelsklasse ausdehnte. Sie wäre überwältigt gewesen, hätte er ihr von Lord Page erzählt.

Aber Cassian hatte keinen Kontakt mehr zu seiner Großmutter, genausowenig wie zu seinen Eltern oder seinen einfältigen Schwestern. Kein einziges Mal mehr war er nach Macclesfield zurückgekehrt, nachdem er es für sein Studium in Oxford verlassen hatte; und in den darauffolgenden Jahren hatte er seinen Hintergrund so weit zurechtgebogen, daß er nun fast selbst davon überzeugt war, er entstamme der italienischen Aristokratie.

Er blickte Louise an.

»Liebling«, begann er freundlich. Louise sah von dem Transparent auf, an dem sie gerade malte, und errötete. Sie hatte sich noch immer nicht daran gewöhnt, mit Cassian den Frühstückstisch zu teilen, ganz zu schweigen davon, über dem Toast Kosenamen zu hören.

»Ja?«

»Ich habe mich gerade gefragt, wie es wohl deinem Vater geht.« Cassian blickte Louise ernst an. »Du hast neulich erwähnt, es ginge ihm nicht gut.«

»Oh«, meinte Louise vage. »Jetzt geht's ihm schon wieder viel besser. Er hat eine private Krankenschwester, die nach ihm schaut, es gibt also keinen Grund zur Sorge.«

»Du dürftest ihn schon länger nicht mehr gesehen haben«, meinte Cassian beiläufig.

»Stimmt.« Louise legte den Markerstift aus der Hand und seufzte. »Ich hatte wirklich vor, ihn zu besuchen, aber andererseits wollte ich den Besuch auch nicht von Katies Zeit abzwacken. Aber vielleicht könnten wir ihn ja mal alle gemeinsam besuchen.« Sie lächelte Cassian an. »Ist es nicht wundervoll?«

»Was?« Den Bruchteil einer Sekunde blickte Cassian verdutzt drein. »O ja«, fügte er dann hastig hinzu. »Wirklich wundervoll!« Er warf einen Blick auf das Transparent, das Louise nun gerade mit Blumen bemalte. »Willkommen daheim, Katie!« stand in großen, bunten Buchstaben darauf.

»Und, hältst du deinen Vater über den Fall auf dem laufenden?« hakte Cassian nach. »Weiß er, wie hart wir kämpfen?« Das sollte ihm ein paar Sternchen im Buch des alten Mannes einbringen, dachte er selbstgefällig.

»Äh, ja. Ich habe ihm alles darüber erzählt.« Louise errötete leicht und senkte den Blick. Sie konnte Cassian schlecht sagen, daß ihr Vater partout keine Einzelheiten über den Rechtsstreit hören wollte, obwohl er dafür aufkam.

»Verdammte Anwälte!« hatte er gebrüllt, sobald sie mit ihren Ausführungen begonnen hatte. »Kann die Kerle nicht ausstehen. Schick mir einfach bloß die Rechnungen, aber erwarte nicht, daß ich mir ihr verdammtes Geschwafel anhöre! Und traue bloß keinem dieser Kerle über den Weg!«

Bevor sie sich noch eine Entgegnung zurechtlegen konnte,

hatte er ihr darauf von seinem alten Kumpel Dick Foxton erzählt, einem ausgezeichneten Juristen, vernünftig und gescheit, und sie gefragt, warum in aller Welt sie nicht zum guten Dickie gegangen sei, anstatt zu einem dieser furchtbaren Kerle aus der Stadt?

»Die Sache ist die«, sagte Cassian eben, »daß es sehr schön wäre, ihn kennenzulernen.«

»Ja, das wäre es wohl«, sagte Louise. Sie lächelte. »Nun, vielleicht in ein paar Wochen. Wenn Katie sich daran gewöhnt hat, wieder daheim zu sein.« Während sie das sagte, breitete sich unwillkürlich ein Lächeln auf ihrem Gesicht aus. Cassian betrachtete ihre strahlende Miene und begriff, daß jetzt nicht die rechte Zeit war, um auf ein Treffen mit Lord Page zu drängen. Katies Zustand hatte in den letzten Wochen derartige Fortschritte gemacht, daß die Möglichkeit einer Heimkehr in nächste Nähe gerückt war. Heute verließ sie Forest Lodge für immer. Um die Mittagszeit sollte sie eintreffen, und Louise hatte einige Zeit damit verbracht, ein Festmenü zuzubereiten. Trauben von aufgeblasenen Luftballons hüpften in der Küche herum und warteten darauf, aufgehängt zu werden. Amelia war in ihrem Zimmer und schrieb eine Willkommenskarte. Das Haus war erfüllt von festlicher Vorfreude.

Cassian fand das alles reichlich lästig. Schon vor langer Zeit hatte er diesen Tag für ein Treffen mit Desmond und Karl ausersehen. Beide waren bedeutende, beschäftigte Männer; ihr Kommen war eine enorme Ehre, eine Angelegenheit von großer Tragweite. Eigentlich hätte Louise den Tag damit verbringen sollen, ein raffiniertes Dinner und witzige Anekdoten vorzubereiten, anstatt Ballons aufzublasen und Transparente zu malen.

Doch als er sie sanft an das Treffen erinnert hatte, hatte sie es zu seiner Empörung auf die leichte Schulter genommen.

Zuerst hatte sie beiläufig vorgeschlagen, die Sache doch zu verschieben. Zu verschieben! Als ob Desmonds und Karls Terminkalender nicht randvoll wären! Als ob es nicht fast unmöglich gewesen wäre, dieses Treffen überhaupt zu arrangieren! Mit frustrierter Ungeduld hatte Cassian ihr freundlich aber bestimmt die Bedeutsamkeit dieses Ereignisses klargemacht; die absolute Notwendigkeit, die beiden an diesem Abend zu treffen. Woraufhin Louise mit einem Achselzucken gesagt hatte: »Na schön.« Kein Danke für Cassians Bemühungen, keine Anerkennung der Ehre, die ihr zuteil wurde. Es war schon fast erniedrigend.

Nun sah er Louise fest an und trank einen Schluck Kaffee. »Wir müssen zusehen, daß Amelia und Katie vor der Unterredung auch bestimmt schon im Bett sind«, sagte er. »Da wollen wir sie aus dem Weg haben.«

»Amelia geht doch um sechs Uhr noch nicht ins Bett!« wandte Louise ein und lachte. »Ich sehe zu, daß sie ruhig in ihrem Zimmer spielt, und dann kann sie wie gewöhnlich um acht ins Bett gehen. Aber Katie muß sicher früh ins Bett, nehme ich an.«

»Also, zu irgendwelchen Störungen sollte es nicht kommen«, sagte Cassian. »Vielleicht könnte Barnaby sich ja während des Gesprächs um Amelia kümmern.«

»Aber er muß doch dabeisein!«

»Könntest du dann nicht vielleicht Mary Tracey bitten, auf Amelia aufzupassen?«

»Und die bringt dann den kleinen Luke mit! Der ist ja lauter als meine Töchter zusammen.« Louise legte den rosa Stift weg, den sie für die Blumen benutzt hatte, und lächelte Cassian an. »Mach dir keine Sorgen«, sagte sie. »Ich bin mir sicher, für die Kinder wird der Tag so aufregend gewesen sein, daß sie auf der Stelle einschlafen.«

Cassian blickte Louise an und überlegte, ob es den Versuch

wert war, ihr noch mal die Wichtigkeit dieses Treffens vor Augen zu halten. Aber als er sich im stillen die richtigen Sätze zurechtlegte, als er versuchte, eine strenge, bedeutsame Miene zu machen, klingelte es. Louise legte das Transparent beiseite und eilte zur Tür; einen Augenblick später war der unverkennbare, schwere Tritt Barnabys in der Diele zu hören.

Beim Betreten der Küche sagte Barnaby eben mit rauher Stimme zu Louise: »Mich hat das ein bißchen aus der Fassung gebracht. Hi Cassian«, setzte er hinzu.

»Hallo Barnaby«, grüßte Cassian höflich. »Was hat Sie denn so aus der Fassung gebracht?« Zweifelsohne irgendeine landwirtschaftliche Katastrophe.

»Ich bin auf der Straße gerade Hugh begegnet«, meinte Barnaby unbehaglich. »Er sah absolut schrecklich aus. So richtig abgehärmt und sorgenvoll.«

»Haben Sie mit ihm gesprochen?« erkundigte sich Cassian scharf.

»Nein.« Barnaby sah unglücklich zu Boden. »Als er mich kommen sah, da... ging er auf die andere Straßenseite.«

»Oh, na dann«, sagte Cassian. »Dann ist es ja egal.«

»Es ist nicht egal!« rief Barnaby. »Er sah entsetzlich aus! Ich hatte ja keine Ahnung...«

»Barnaby, also wirklich«, sagte Louise. »Wahrscheinlich hatte er einfach bloß einen schlechten Tag. Jetzt komm.« Ihre Stimme wurde etwas weicher. »Du bist es doch, der immer sagt, Katie sollte bei uns absoluten Vorrang haben, keiner sonst zählt. Jetzt nimm dir das mit Hugh doch nicht so zu Herzen! Denk an Katie!«

»Ich weiß schon«, sagte Barnaby langsam. »Du hast recht.« Er blickte in Louises fröhliches Gesicht und lächelte vorsichtig. »Und jetzt«, sagte er und schaute um sich, »jetzt mach' ich mich mal an die Ballons.«

Kurz nach eins kehrten sie von Forest Lodge zurück. Das erste, was Katie sah, als der Wagen zum Stehen kam, war das alte braune Holztor. Sie guckte es sich durch das Autofenster an und hatte das unbestimmte Gefühl, es schon einmal gesehen zu haben.

»Willkommen daheim!« sagte ihre Mutter und drehte sich mit einem breiten Lächeln zu ihr um. »Du bist wieder zu Hause!«

Katie lächelte, weil ihre Mutter lächelte, aber innerlich fühlte sie sich verwirrt. In den letzten Tagen hatte sie soviel von daheim gehört, doch sie war sich gar nicht sicher, ob sie sich auch richtig daran erinnerte.

Seit dem Unfall gab es vieles, an das sie sich nicht mehr richtig erinnerte, und dann gab es da Dinge, an die sie sich erinnerte, die aber gar nicht stimmten. Vor ein paar Wochen war sie davon überzeugt gewesen, daß sie als kleines Baby in Forest Lodge gelebt hatte. Sie konnte sich erinnern, daß ihr Vater dort lebte, ihre Mutter und auch Amelia. Aber Mummy hatte gesagt, daß das nicht stimmte und sie es geträumt haben mußte.

»Na, dann komm«, sagte ihr Vater. »Jetzt mal raus mit dir!« Er beugte sich nach hinten, löste Katies Gurt, stieg dann aus und öffnete ihre Tür. Langsam und vorsichtig stieg Katie aus.

Vor ihr befand sich ein Haus, das ihr bekannt vorkam. Katie starrte es an und schaute dann unsicher zu ihrem Vater.

»Erinnerst du dich?« fragte er. Er lächelte sie mit seinem großen, breiten Lächeln an. Alle lächelten. Wieder betrachtete Katie das Haus, und während sie es so ansah, stieg eine flüchtige, traumhafte Erinnerung in ihr hoch, wie sie einmal vor langer Zeit in dem Haus gewesen war. Aber das Bild verflüchtigte sich fast sofort wieder, und auf einmal war sie sich nicht sicher, ob sie das Haus schon je in ihrem Leben gesehen hatte. Ihr war kalt, und sie sah ängstlich zu ihrem Vater auf.

»Wann fahren wir zurück nach Forest Lodge?« erkundigte sie sich vorsichtig. Manchmal, wenn sie zu schnell sprach, verstand sie keiner. Aber Debbie, die sie jeden Morgen besuchen kam, hatte mit ihr geübt, langsam und ruhig zu sprechen, und nun sprach sie fast nie mehr zu hastig.

»Wir fahren nicht zurück nach Forest Lodge, Katkin«, sagte ihr Vater glücklich. »Du bist jetzt wieder für immer hier!«

Katie überlief es kalt. Sie wollte nicht in diesem fremdvertrauten Haus bleiben. Sie wollte ihr eigenes Bett und all ihre Freundinnen und daß Mummy und Daddy sie jeden Tag besuchen kamen. Sie sah auf ihre Schuhe, hübsche, neue Schuhe, die extra für den heutigen Tag gekauft worden waren. Ihr Gesicht wurde heiß, und einen Augenblick glaubte sie, weinen zu müssen.

Dann öffnete sich plötzlich die Haustür. Amelia kam herausgerannt und rief: »Willkommen daheim!« Katie blickte an ihr vorbei und sah den Holzboden und die blaßblauen Wände der Diele. Allmählich breitete sich ein wohliges Gefühl in ihr aus; Erinnerungen und Bilder begannen ihren Kopf zu füllen und vor allen Dingen eine ermutigende Gewißheit: Sie kannte dieses Haus. Es war ihr Heim.

»Laß uns Gummitwist spielen!« rief Amelia, rannte auf sie zu und umarmte sie. »Ich hab' dich ja so vermißt!«

Eine Minute stand Katie schweigend da, mit ausdrucksloser Miene. In ihrem Kopf arbeitete es angestrengt. Dann leuchtete ihr Gesicht plötzlich auf, und sie stieß einen Freudenschrei aus. Sie rannte den Weg hinauf zum Haus. Amelia folgte ihr dicht, und Louise und Barnaby eilten hinter ihnen her. Sie sahen, wie Katie freudig von einem Zimmer ins nächste rannte, über das Sofa strich, die Vorhänge und die Küchenstühle. Amelia versuchte, sie zum Stehen zu bringen. Aber Katie schüttelte sie mit einem weiteren Freudengebrüll ab.

»Laß sie«, sagte Louise leise. »Sie freut sich einfach so, wieder zu Hause zu sein.«

Um zwanzig vor sechs war im Haus wieder etwas Ruhe eingekehrt; Barnaby war zum Umziehen heimgegangen, und Katie hatte man überreden können, ins Bett zu gehen.

»Gelobt sei die Routine«, sagte Louise, als sie die Treppe herunterkam, und lächelte Cassian an. »Das war das Tolle an Forest Lodge. Jeden Tag war exakt zur gleichen Zeit Schlafenszeit.«

»Ja, da bin ich mir sicher«, erwiderte Cassian, der nicht zuhörte. Er hielt durch das Fenster in der Diele Ausschau nach Desmond und Karl.

»Hoffentlich haben sie sich nicht verfahren«, murmelte er.

»Ach, bestimmt nicht«, meinte Louise fröhlich. »Laß uns was trinken.«

Als sie in die Küche gingen, spürte Louise, wie sich ihre Stimmung hob und sie von einer merkwürdigen Leichtigkeit erfaßt wurde. Es kam ihr vor, als könne sie vor Glück davonschweben. Katie war zu Hause, zurück in ihrem alten Bett. Das Leben ging wieder seinen gewohnten Gang, und der gewohnte Gang war ihr noch nie so attraktiv vorgekommen.

»Das Wunderbare ist die Erleichterung«, sagte sie bedächtig, als sie den Kühlschrank öffnete und eine Flasche Wein herausholte. »Diese unfaßliche Erleichterung. Mir ist, als hätte ich in den letzten Monaten furchtbare Kopfschmerzen gehabt, die nun endlich verschwinden. Ich bin rundum glücklich.«

Sie schenkte zwei Gläser Wein ein, beobachtete, wie sich das Licht in der hellgelben Flüssigkeit widerspiegelte, ahnte den Geschmack voraus, verspürte die grenzenlose Freude, eine unbesorgte Mutter zu sein, die imstande war, ein Glas Wein zu trinken, während ihre Kinder friedlich schliefen.

Dann klingelte es an der Tür, und Louise geriet in Panik. Seitdem Katie Fortschritte gemacht hatte, seitdem alles bergauf gegangen war, war Louise mehrmals am Tag von einer nervösen Panik ergriffen worden; fast so, als würde ihr Kopf sie nicht so leicht davonkommen lassen. Jede Panikwelle wurde von einem Gefühl der Schuld begleitet, und ihr folgte, wie eine strenge Mahnung, eine schmerzliche Erinnerung an die tiefe Verzweiflung jener ersten Wochen.

»Wer das wohl ist?« meinte sie mit fast bebender Stimme, aber Cassian war bereits aufgesprungen, um die Tür zu öffnen.

»Hallo, Barnaby«, hörte Louise ihn mit unverhohlener Enttäuschung sagen. »Oh!« Seine Stimme klang plötzlich munter. »Parken da drüben nicht Karl und Desmond? Ausgezeichnet. Gehen Sie doch schon mal rein, Barnaby, ich warte auf die beiden.«

Als Barnaby in die Küche trat, hatte Louise für ihn bereits ein Bier geöffnet. Er lächelte sie schüchtern an.

»Liegt Katie im Bett?«

»Ja.« Louise erwiderte sein Lächeln. »Das war eine wundervolle Heimkehr. Ich freue mich so, daß du dir den Nachmittag frei genommen hast.« Barnabys Wangen färbten sich.

»Es hat Spaß gemacht«, erwiderte er rauh.

»Da wären wir!« Als sie Cassians Stimme hörten, blickten beide auf. »Louise, das sind Desmond Pickering und Karl Foster aus unserer Londoner Kanzlei. Desmond, Karl, Sie gestatten, daß ich Ihnen Louise Kember vorstelle.«

Louise erhob sich. Zwei äußerst elegante Männer standen in der Diele hinter Cassian. Beide trugen teuer wirkende Anzüge und Seidenkrawatten. Desmonds Krawatte hatte ein Hufeisenmuster, während Karl sich für die witzige Variante mit geflügelten Schweinchen entschieden hatte. Die beiden Männer lächelten Louise auf völlig gleiche Weise an, und sie verspürte plötzlich das unbändige Verlangen loszukichern.

»Und das ist Barnaby«, setzte Cassian in freundlichem, aber gönnerhaftem Ton hinzu, als sei Barnaby der Hund oder der Wellensittich.

»Hallo!« sagte Barnaby und schenkte den beiden Männern ein breites Lächeln. Louise bemerkte, wie der Jüngere, Karl, den Blick mit erheiterter Verblüffung über Barnabys Anzug gleiten ließ, und ein kurzes Gefühl der Empörung stieg in ihr auf. Aber es blieb keine Zeit, etwas zu sagen, da Cassian sie alle ins Wohnzimmer führte, wo er Stifte und Papiere zurechtgelegt und Weingläser hingestellt hatte.

»Also«, sagte der ältere Mann, Desmond, als sie alle Platz genommen hatten. Er wandte sich an Louise. »Wenn ich recht verstehe, sind die Umstände dieses Falles dergestalt, daß Ihre Tochter bei einem Swimmingpoolunfall verletzt wurde und Sie gern die Besitzer des Swimmingpools verklagen würden. Richtig?«

Louise warf Barnaby einen Blick zu und nickte dann zögernd. Desmond lächelte sie freundlich an. Nun, da sie die beiden Londoner Anwälte von nahem sah, merkte Louise, daß sie doch nicht ganz die eineiigen Zwillinge waren, für die sie sie zuerst gehalten hatte. Karl hatte ein frisches, jungenhaftes Aussehen, das durch seine zur Schau getragene Selbstsicherheit noch gewann. Desmond dagegen hatte ein langes, intelligentes, seltsam häßliches Gesicht. Er wirkte älter und erschöpfter als Karl, und sein Selbstbewußtsein schien weniger aufgesetzt zu sein.

»Was ich möglichen Klägern immer als allererstes sage«, erklärte er gerade, »ist, daß das Recht ein seltsames, ziemlich unberechenbares Biest ist. Wie überzeugend Ihr Fall auch sein mag, ein Mißerfolg ist nie auszuschließen. Sie müssen sich immer auf einen langen, harten Kampf gefaßt machen.«

Er trank einen Schluck Wein. »Aber bestimmt hat Ihnen Cassian das alles bereits gesagt«, fügte er mit einem Lächeln zu Cassian hinzu.

»O ja«, begann Louise. Aber Barnabys Stimme übertönte ihre.

»Mir nicht.« Er starrte Desmond mit großen Augen an.

»Wollen Sie damit sagen, wir könnten verlieren?« Desmond wechselte einen kurzen Blick mit Karl.

»Natürlich nicht«, erklärte er Barnaby herzlich. »Diese Dinge sage ich jedem. Es ist bloß eine allgemeine Warnung.« Er schenkte Barnaby ein freundliches Lächeln. »Aber Ihnen muß klar sein, daß in einem Fall wie diesem nichts sicher sein kann.«

»Ich dachte, Sie sagten...«, begann Barnaby in einem Ton, der für das kleine Wohnzimmer zu laut war. Er hustete und begann von neuem in leiserem Ton. »Ich dachte, Sie sagten, das Ganze sei eindeutig.« Er blickte Cassian an. »Ich dachte, der Brief von Ursula hätte die Sache vollends entschieden.«

Cassian sah Barnaby verärgert an.

»Nun, natürlich ist es nicht eindeutig!« schnauzte er. »Sonst müßten wir uns ja nicht die Mühe machen, vor Gericht zu gehen, oder? Es hieße einfach: ›Los. Holen Sie sich Ihre zweihundert Pfund.‹ Oder, in unserem Fall, eine halbe Million.«

Karl feixte, aber Desmond sah Barnaby besorgt an.

»Es scheint, als hätte man Ihnen einen falschen Eindruck vermittelt«, sagte er. »Bis das Urteil verkündet wird, ist gar nichts sicher. Das gilt für alle Prozesse.«

»Oder bis man den Streit beilegt«, warf Karl ein, der einen winzigen Taschenrechner hervorgeholt hatte und darauf schielte.

»Genau«, sagte Desmond gereizt. »Aber so weit sind wir noch nicht. Verstehen Sie...« Er runzelte die Stirn.

»Verzeihung, wie ...«

»Barnaby«, sagte Barnaby. Er nahm einen Schluck Bier und blickte finster drein. »Ich verstehe. Tut mir leid, ich habe nur gerade einen Schreck gekriegt.« Er zuckte die Achseln. »Das Gerede, daß wir scheitern könnten. Es hat mich bloß ... ich weiß nicht. Es hat mich beunruhigt.«

»Natürlich«, sagte Desmond freundlich.

»Natürlich«, echote Karl und sah von seinem Taschenrechner auf. Sie lächelten Barnaby einträchtig an.

»Sollen wir weitermachen?« erkundigte sich Cassian mit unverhohlener Ungeduld. Er reichte Karl und Desmond je einen Stapel Fotokopien. »Das ist der momentane Stand. Schauen Sie es sich einmal durch.«

Während die beiden Männer die Unterlagen durchgingen, versuchte Cassian, Louise seine Ungeduld zu vermitteln, aber diese schenkte Barnaby eben ein mitfühlendes Lächeln. Abgesehen von dem Papiergeraschel herrschte Stille im Raum.

»Wo ist die Aussage von dem Sprungbrettexperten?« fragte Desmond unvermittelt.

»Darauf warte ich noch«, erwiderte Cassian. Desmond gab ein Grunzen von sich und drehte das Blatt um.

Louise beschlich eine unerklärliche Nervosität, als würde ihr selbst der Prozeß gemacht.

»Hmm«, meinte Desmond, als er sich ganz durchgearbeitet hatte. »Das ist ja jede Menge Stoff, mit dem wir arbeiten können. Gut gemacht, Cassian.« Louise wandte sich strahlend zu Cassian, der seine Genugtuung zu verbergen suchte. »Sie haben da schöne Augenzeugenaussagen. Ich nehme an, der Experte für Sprungbretter läßt mit seinem Gutachten auch nicht mehr lang auf sich warten?« Cassians Gesicht verdüsterte sich.

»Ich weiß nicht«, gab er zu. »Er wollte nicht sofort Stellung nehmen.«

»Na, es gibt ja sicher noch mehr solcher Experten«, sagte Desmond. »Falls wir sie brauchen.« Er legte die Unterlagen beiseite und lehnte sich behaglich in seinem Sessel zurück.

»Einige Punkte beunruhigen mich allerdings«, sagte er. »Mit dem ersten kommen wir aber wohl leicht zurecht.«

»Und der wäre?« fragte Cassian schnell.

»Die Aussage der Frau, die sagte, die Kinder seien vor dem Unfall schreiend herumgerannt. Deutet auf Sorglosigkeit auf seiten des Kindes hin.«

»Aber das ist doch die gleiche Frau, die die Tatsache betonte, daß kein Aufseher da war«, sagte Cassian rasch. »Es ist eine nützliche Aussage, und die Frau macht sich vor Gericht sicher gut.«

Desmond runzelte die Stirn.

»Nicht gut genug, Cassian«, sagte er. Cassian wurde rot.

»Wir müssen einkalkulieren, daß die Gegenseite mitwirkendes Verschulden geltend macht.«

»Mitwirkendes Verschulden?« sagte Barnaby. »Was zum Teufel ist das?«

»So nennt man es, wenn herauskommt, daß der Kläger durch seine eigene Sorglosigkeit oder Nachlässigkeit mit zum Unfall beigetragen hat«, rasselte Karl herunter, während er gleichzeitig wieder auf seinem Taschenrechner herumtippte.

»Aber bestimmt kann ein Kind ...«, begann Louise.

»Das ist einerlei«, sagte Karl ohne aufzusehen. »Ich denke da an Fälle wie Davis gegen Leemings. Und Brakespear gegen Smith.«

Louise und Barnaby wechselten Blicke.

»Was geschah in dem Fall Brakespear gegen Smith?« erkundigte sich Louise kleinlaut.

»Man kam zu dem Schluß, daß ein zehnjähriges Mädchen zu fünfundsiebzig Prozent selbst daran schuld war, überfahren worden zu sein«, meinte Karl liebenswürdig. »Rannte ohne zu schauen auf die Straße.«

»Oh, mein Gott!« rief Louise. »Das ist ja schrecklich! Aber Katie hätte nie ...«

»Im Fall Davis gegen Leemings«, fuhr Karl unerbittlich fort, »wurden die Schadensersatzforderungen um zwei Drittel gekürzt, weil ein Warnschild ignoriert worden war. Im Fall Phillips gegen Fanshawe ...«

»Danke, Karl«, unterbrach ihn Desmond gereizt. »Ich denke, wir sind jetzt im Bilde.«

Louise machte ein entsetztes Gesicht.

»Es würde doch bestimmt niemand versuchen zu behaupten, Katie wäre selbst an ihrem Unfall schuld?« fragte sie mit reichlich zittriger Stimme.

»Ich fürchte, schon«, versetzte Desmond. »Wenn die Gegenseite in der Richtung auch nur die kleinste Möglichkeit wittert, dann wird sie es sicher versuchen. Deshalb müssen wir ihren Angriff entschärfen.« Er sah zu Louise. »Hat Ihre Tochter einen Schwimmlehrer?«

»Ja, eine Schwimmlehrerin«, stammelte Louise. »Aber ich kann einfach nicht glauben ...« Desmond ließ sie nicht ausreden.

»Gut. Dann kann die Schwimmlehrerin bezeugen, daß Katie eine umsichtige, verantwortungsbewußte Schülerin war.«

»Und was, wenn sie das nicht war?« sagte Karl gleichmütig.

Louise schnappte empört nach Luft.

»Wie meinen Sie das?« rief Barnaby. »Wollen Sie damit sagen ...« Desmond ignorierte sie beide.

»Egal. Die Lehrerin wird bezeugen, daß sie es war.« Er hielt inne. »Überlegen Sie doch mal. Würden Sie als Lehrerin zugeben, daß eine Ihrer Schülerinnen nicht gelernt hat, wie man sich an einem Schwimmbecken verhält? Wohl kaum.«

Karl lächelte bewundernd auf seinen Taschenrechner hinab.

»Nicht schlecht!« sagte er und nahm seine Rechnerei wieder auf.

»Aber Katie war immer achtsam!« rief Louise. »Ich meine, lebhaft, das schon, aber …«

»Ja, bestimmt war sie das«, sagte Desmond verbindlich. »Absolut.« Er lächelte Louise kurz an, dann sah er wieder auf seine Unterlagen. »Auf jeden Fall hätten wir den ersten Punkt erledigt, der zweite ist schon problematischer.« Er wandte sich an Cassian. »Diese Krankenberichte scheinen auf eine bemerkenswert gute Genesung hinzudeuten.«

»Ich weiß«, meinte Barnaby freudig. »Ist das nicht wunderbar? Plötzlich machte sie große Fortschritte. Sie ist sogar früher heimgekommen als vorgesehen!« Er hielt inne und sah Louise hilflos an. Keiner hörte ihm zu; Desmonds Aufmerksamkeit galt noch immer Cassian.

»Ich dachte, dies sei ein Fall einer schweren Hirnschädigung«, sagte er.

»Ist es!« verteidigte sich Cassian. »War es!« Er sah auf seine Unterlagen. »Koma, Blutgerinnsel im Hirn, alles hat ausgesetzt.«

»Ja, und dann?« Cassian zuckte leicht die Achseln.

»Keine Ahnung«, erwiderte er ausdruckslos. »Ihr ging's einfach immer besser.« Plötzlich spürte er Louise' wütenden Blick auf sich. »Was natürlich ganz wunderbar ist«, setzte er rasch hinzu.

»Wunderbar für das Kind«, sagte Desmond. »Weniger wunderbar für den Fall. Mit diesen fünfhunderttausend Pfund bin ich mir nicht so sicher.« Er warf Karl einen Blick zu. »Karl, du bist der Experte. Was hältst du davon?«

»Ich stimme dir zu«, sagte Karl, als er endlich aufblickte. »Um an fünfhundert Riesen zu gelangen, reicht uns das hier auf keinen Fall aus. Wir brauchen – ich weiß nicht – psychische Probleme, vielleicht mögliche zukünftige Verdienstausfälle …« Er verstummte und sah Louise an. »War sie in irgendeiner Hinsicht besonders talentiert?« Louise blickte hilflos zu Barnaby.

»Sie war in allem talentiert«, versetzte er heftig.

»In irgend etwas speziell?« hakte Karl nach. Er sah zu den anderen. »Kennt ihr Norrie Forbes? Also der hatte letztens einen großartigen Fall. Die Hände eines jungen Burschen wurden von einer Zugtür zerquetscht. Es stellte sich raus, daß er ein angehender Speerwerfer war. Norrie holte jemanden her, der die Mannschaftsaufstellung für die Olympiade vornimmt, um über seine Chancen zu schwärmen. Gewann den Prozeß natürlich. Holte eine riesige Schadensersatzsumme dabei raus.« Er grinste. »Der Witz daran ist, daß sich danach herausstellte, daß der Bursche vom Speerwerfen die Nase voll hatte. Anscheinend wollte er ins Computergeschäft einsteigen, was er so oder so gekonnt hätte.«

Cassian lachte, und Desmond grinste gequält. Louise fing Barnabys Blick auf. Er hatte den gleichen verblüfften Ausdruck im Gesicht, den sie sicherlich selbst zur Schau trug.

»Finden Sie nicht …«, begann sie, aber da ging die Tür auf. Katie kam im Schlafanzug herein und schaute verschlafen drein.

»Hallo, Katie!« sagte Louise fröhlich. »Wir haben gerade über dich gesprochen. Jetzt aber schnell zurück ins Bett!«

Katie blickte sich stumm im Raum um, betrachtete die Männer in Anzügen, die Unterlagen und die Weingläser. Plötzlich grinste sie über beide Backen.

»Ich spiele mit!« sagte sie mit lauter, schwerfälliger Stimme.

»Jetzt nicht«, sagte Louise und erhob sich. Katie schoß an ihr vorbei in die Wohnzimmermitte.

»Komm, Katkin«, sagte Barnaby. »Ich lese dir eine Geschichte vor.«

»Nein!« schrie Katie. Unvermittelt lächelte sie wieder und begann, ihr Schlafanzugoberteil auszuziehen.

»Katie!« rief Louise. Sie blickte entschuldigend in die Runde. »Verzeihen Sie bitte«, sagte sie. »Das ist einer der Nebeneffekte der Kopfverletzung. Die Ärzte nennen es Verlust der Hemmung. Wir nennen es Aufspielerei.« Katie warf das Oberteil auf den Boden, aber ehe sie sich daranmachen konnte, die Hose auszuziehen, eilten Louise und Barnaby zu ihr. Barnaby war zuerst da.

»Weißt du was?« sagte er und nahm Katie auf den Arm. »Jetzt zählen wir die Schritte bis zur Tür!« Er machte einen Schritt. »Eins!«

»Eins!« wiederholte Katie gehorsam. Das war offenbar ein altes Spiel. Louise hob das Schlafanzugoberteil auf und reichte es Barnaby.

»Ich denke, das könnt ihr brauchen«, sagte sie und lächelte ihn kläglich an.

»Danke!« Barnaby erwiderte ihr Lächeln. »Zwei!« sagte er und machte einen weiteren Schritt.

»Zwei!« echote Katie.

»Braves Mädchen!« sagte Louise. Sie blickte zu Barnaby. »Soll ich dich ablösen?«

»Nein, schon okay«, sagte Barnaby. »Bin gleich zurück. Drei!«

»Drei!«

»Gut gemacht!« Als Barnaby die Wohnzimmertür hinter sich geschlossen hatte, war aus der Diele Katies schallendes Gelächter zu hören. Cassian atmete auf und lehnte sich in seinem Sessel zurück.

»Nun, sie scheint ein entzückendes Kind zu sein«, meinte Desmond höflich.

»Sie ist wunderbar«, sagte Louise mit glänzenden Augen. »Noch immer hat sie einen so ausgeprägten Sinn für Humor, und sie gibt nie auf, wie schwierig ihr auch alles erscheinen mag.«

»Mir kam sie völlig normal vor«, sagte Karl trocken. »Ist sie wirklich hirngeschädigt?«

»Nun ja«, erwiderte Louise ruhig, »ein Teil ihres Gehirns wurde durch den Unfall geschädigt, das stimmt; infolgedessen waren einige ihrer Hirnfunktionen beeinträchtigt. Aber der Sinn der Rehabilitation ist ja, anderen Teilen des Hirns zu helfen, diese Funktionen mit zu übernehmen. Es ist wirklich erstaunlich, wie anpassungsfähig das Gehirn sein kann.« Sie errötete vor Freude. »Und bei Katie hat die Behandlung bisher sehr gut angeschlagen. Ich meine, es ist immer noch ein weiter Weg, aber es ist ein absolutes Wunder...«

»Trotzdem ist sie noch sehr verwirrt«, versetzte Cassian hastig. »Ich meine, Sie haben sie ja gesehen. Sie weiß überhaupt nicht mehr, wie man sich zu benehmen hat; sie lacht über Dinge, die nicht lustig sind, und zieht zur falschen Zeit die Kleider aus... Also, im Hinblick auf ihre Persönlichkeit war der Unfall eine Katastrophe.«

»Persönlichkeitsstörungen«, sagte Karl interessiert. »Vor ein paar Jahren hatten wir einen großartigen Fall, bei dem eine Frau nach einem Schlag auf den Kopf zur totalen Nymphomanin wurde. Aber ihr Mann wollte keine Nymphomanin, er wollte seine alte frigide Frau wiederhaben. Es war einfach klassisch!« Er blickte zu Desmond. »Du mußt dich daran erinnern. Der Fall Brooks gegen Murkoff.« Wieder begann er, Zahlen einzugeben.

»Nun, also ich denke, die Persönlichkeitsstörungen bringen uns ein gutes Stück voran«, meinte Cassian zuversichtlich. »Seit dem Unfall ist Katie laut, unbeherrscht und nicht auszuhalten ... im Grunde ist sie eine einzige wandelnde Katastrophe.«

»Nein, das ist sie nicht!« Louise' Stimme hob sich empört. »Sie ist großartig! Sie ist herzig!« Cassian seufzte ungeduldig.

»Louise, sie ist nicht großartig, und sie ist nicht herzig«, schnauzte er. »Sie ist hirngeschädigt! Ich meine, warum zum Teufel glaubst du, prozessieren wir?« Louise sah von einem Anwalt zum anderen.

»Wegen Katies Unfall«, sagte sie mit zittriger Stimme. »Wegen all dem Schmerz und Leid, das sie durchgemacht hat. Wegen ...«

»Schmerz und Leid!« meinte Cassian wegwerfend. »Das ist doch lächerlich! Wir brauchen langfristige Auswirkungen, wir brauchen psychische Probleme, wir brauchen entgangene Lebensfreude, und wir brauchen deine Aussage.«

»Was, und ich soll sagen, meine Tochter sei eine einzige wandelnde Katastrophe?«

»Ja!«

»Nein, ich denke gar nicht dran! Weil sie's nicht ist!« Louises verzweifelte Stimme schallte durchs ganze Haus. Stille trat ein, dann hörte man, wie Barnaby die Treppe herunterpolterte. Desmond und Karl tauschten Blicke aus. Die Wohnzimmertür wurde aufgerissen, und Barnaby stürmte herein.

»Was ist los?« wollte er wissen. Louise holte empört Luft, aber ehe sie antworten konnte, hörte man draußen das Sirenengeheul eines Notarztwagens. Louise zuckte sichtlich zusammen und erblaßte. Sie umklammerte die Lehne ihres Sessels und schloß die Augen.

»Louise!« rief Cassian theatralisch. »Alles in Ordnung mit dir?« Er sprang auf und eilte zu Louise, die eine Hand an den Kopf hob.

»Mir geht's gut«, stammelte sie. »Sirenen machen mich immer noch nervös. Es ist dumm, wirklich.« Sie zog eine Grimasse. »Ich frage mich, für welchen armen Menschen sie heulte.«

»Darüber mach dir mal jetzt keine Sorgen«, beruhigte sie Cassian. »Lehne dich einfach nur zurück und nimm's leicht.«

»Versuchen Sie sich zu entspannen«, schlug Desmond vor.

»Genau«, meinte Karl fröhlich. »Wie wäre es mit einem heißen Tee? Oder einem Brandy? Oder ...«

Barnabys heisere Stimme unterbrach ihn.

»Was soll das ganze Theater?« fragte er barsch. »Ich bin runtergekommen, weil ich jemanden schreien hörte.«

»Kein Grund zur Beunruhigung«, sagte Cassian sofort. »Bloß ein kleines Mißverständnis. Ich schlage vor, wir reden später darüber, Barnaby. Nun hole ich Louise erst mal ein Glas Wasser.«

Er erhob sich und schob sich an Barnaby vorbei, der erst seinen Mund öffnete und ihn dann wieder schloß. Es hatte keinen Zweck, mit diesem Burschen zu streiten, dachte er finster.

»Unter diesen Umständen«, sagte Desmond, »sollten wir es damit für den Augenblick vielleicht bewenden lassen.« Er ordnete seine Unterlagen und ließ seine Aktentasche zuschnappen.

»Gut«, meinte Barnaby widerstrebend. »Dann mache ich mich wohl mal auf den Heimweg.«

»Gute Idee«, sagte Cassian, der mit einem Glas Wasser zurückkehrte.

»Bye, Barnaby«, sagte Louise. Sie lächelte ihn befangen an. »Danke fürs Kommen.«

Barnaby schwieg. Er hatte eine unerklärliche Wut, auf Cassian, auf sich, auf Louise, auf alle. Als er die Haustür öffnete, hörte er noch, wie dieser schleimige Kerl Desmond mit leiser, gewinnender Stimme sagte: »Wissen Sie, Louise, ich bin schon immer ein großer Fan Ihres Vaters gewesen.«

Mit dem Gefühl, der Abend habe ihn aus dem seelischen Gleichgewicht gebracht, ließ Barnaby die Tür laut zukrachen. Als er in die laue Abendluft hinaustrat, sagte er sich, wie immer: »Ich tue das für Katie. Für Katie lohnt es sich.« Aber plötzlich war er da nicht mehr so sicher. Voller Zweifel, Ängste und Vorahnungen machte Barnaby sich auf seinen einsamen Heimweg.

Alexis und Daisy lagen eng umschlungen in Alexis' großzügigem Doppelbett, als das Telefon klingelte.

»Verdammt«, sagte Alexis. »Wer zum Teufel kann das sein?«

»Geh schon ran«, sagte Daisy und stupste ihn mit den Zehen. »Es könnte was Wichtiges sein.«

»Eher wird sich wohl jemand verwählt haben«, sagte Alexis und schmiegte sich wieder an sie.

»Jetzt geh schon«, beharrte Daisy, »oder ich bringe dich in Verlegenheit, indem ich selber drangehe.«

Alexis sah sie seltsam ernst an.

»Das würde mich überhaupt nicht in Verlegenheit bringen«, sagte er. »Wenn du wüßtest ...«

»Jetzt geh!« Daisy stieß ihn fest mit ihren Zehen und kicherte. »Geschieht dir ganz recht, wenn du im Schlafzimmer schon kein Telefon hast.«

»Na gut.« Alexis warf sich hastig den Bademantel über und stapfte barfuß die Treppe hinunter. Daisy hörte ihn fluchen, als er sich den Zeh anstieß, und kicherte. Sie konnte ihn nicht reden hören, weil er zu weit fort war, also lehnte sie sich zurück, sah zur Decke und dachte über die Fingertechnik beim dritten Satz von Brahms nach.

Als Alexis wieder in der Schlafzimmertür erschien, wandte

sie sich mit einem breiten Lächeln zu ihm und sagte: »Ich glaube, ich hab's jetzt…« Aber als sie seinen Gesichtsausdruck sah, erstarb ihre Stimme. Noch nie hatte sie Alexis so erschüttert gesehen.

»W-was ist passiert?« stammelte sie. Sie merkte, wie eine altvertraute Nervosität über sie kam. War sie womöglich daran schuld? Hatte sie ihn irgendwie aus der Fassung gebracht?

»Was ist los?« versuchte sie es noch einmal. Alexis blinzelte sie an und versuchte zu lächeln.

»Meredith war dran.«

»Meredith Delaney? Ist alles okay mit ihr?« Daisy guckte Alexis besorgt an.

»Ihr geht's gut«, erwiderte Alexis mit bebender Stimme.

»Und was ist dann…«

»Es geht um Hugh. Er hatte einen Herzinfarkt.«

17

Man hatte Hugh in ein Privatzimmer auf der Kardiologiestation gebracht. Als Alexis eintraf, lag er still in seinem Bett, den Kopf auf drei dicke Kissen gebettet und einen Arm an irgendeinen Tropf angeschlossen. Seine Augen waren geschlossen, das Gesicht war blaß, und er trug ein weißes Krankenhaushemd, wodurch er wehrlos und verletzlich wirkte. Am Fenster stand Meredith mit hochgezogenen Schultern und gesenktem Blick, und an Hughs Bett saß Ursula und sah schmal, zerbrechlich und verwirrt aus, wie ein kleines graues Kind.

Meredith sah zuerst auf.

»Hallo.« Ihre Stimme klang ausgedörrt und heiser.

»Danke, daß du gekommen bist.« Alexis begegnete ihrem Blick und sah dann zu Hugh.

»Schläft er?« fragte er leise. Meredith nickte.

»Ich denke schon.« Sie wandte sich an Ursula.

»Ich gehe mit Alexis Kaffee holen«, sagte sie. »Möchtest du auch einen?« Ursula sah sie mit verständnislosen, verängstigten Augen an.

»Nein danke, Liebes«, flüsterte sie schließlich. »Im Augenblick nicht.«

Während Meredith nach ihrer Tasche griff und sich eine Jacke überwarf, blickte Alexis sich in dem stillen, abgeschirmten Raum um. Er betrachtete die niedrige Decke und die glatten, hellen Wände, den Wasserkrug aus Plastik und den leeren Monitor. Die Luft war stickig, die ganze Atmosphäre bedrückend. Und mittendrin lag Hugh, reglos und blaß. Sein Anblick war für Alexis kaum zu ertragen. Als sie draußen waren, schnappte Meredith nach Luft und sank auf eine Bank.

»Du möchtest doch nicht wirklich einen Kaffee, oder?« erkundigte sie sich stirnrunzelnd. Alexis schüttelte den Kopf. »Es ist bloß so schwierig, in Ursulas Gegenwart darüber zu sprechen«, fuhr sie fort und rieb sich das Gesicht. »Ich möchte ihr keine Angst machen.« Sie hielt inne und setzte leise hinzu: »Ich bin dir wirklich dankbar, daß du gekommen bist. Das war ... das war sehr lieb von dir.« Alexis sah sie prüfend an.

»Wie sieht es aus? Haben die Ärzte dir etwas gesagt?«

Meredith blickte zu Boden. Einige Augenblicke schwieg sie, dann sah sie ihn mit brennenden Augen an.

»Im Grunde hatte Hugh den Herzinfarkt«, sagte sie langsam mit angespannter Stimme, »weil er zuviel Streß hatte. Weil er den ganzen Tag und die ganze Nacht nichts anderes tat, als sich Sorgen zu machen.« Sie fuhr sich durchs Haar.

»Weil er an nichts anderes mehr denken konnte als an diesen verdammten Prozeß.«

Sie griff in ihrer Tasche nach einer Zigarette. Alexis starrte sie einen Augenblick an, dann wurde ihm bewußt, daß er den Atem anhielt. Mit einem stürmischen Seufzer leerte er seine Lungen und beobachtete, fast hypnotisiert, wie Meredith ihr Feuerzeug anschnipste.

»Die bringen ihn um«, sagte sie plötzlich und machte einen tiefen Zug an ihrer Zigarette. »Verdammt, die bringen ihn um!«

Alexis riß sich von seinen Gedanken los.

»Bist du sicher...«, begann er behutsam, hielt dann aber inne, als Meredith ihn argwöhnisch anfunkelte. Er holte Luft und versuchte es noch einmal. »Haben die Ärzte tatsächlich *gesagt*, daß es am Streß lag?«

»Mehr oder weniger.« Meredith machte einen weiteren Zug an ihrer Zigarette und zog die Schultern kläglich hoch.

»Haben sie noch irgendwelche anderen Faktoren erwähnt?« erkundigte sich Alexis vorsichtig. Meredith sah ihn finster an.

»Natürlich.«

»Was genau? Zuviel Alkohol?«

»Herrgott noch mal! Versuchst du etwa, die Schuld woanders zu suchen?« Meredith stand wütend auf und blitzte Alexis an. »Du weißt, warum Hugh den Herzinfarkt hatte. Am Alkohol lag's nicht. Auch nicht an zu vielen blutigen Steaks. Es waren diese Kembers und ihr blöder Prozeß!«

»Meredith, das weißt du nicht...«

»Willst du sagen, der Prozeß hat nichts damit zu tun?« Einen Augenblick sah Alexis sie wortlos an, dann seufzte er.

»Na ja... nein«, sagte er langsam. »Eigentlich wohl nicht.«

Es gab eine kurze Pause. Meredith drückte ihre Zigarette

aus, nahm ihre Zigarettenschachtel in die Hand, besann sich dann aber anders und steckte sie wieder weg.

»Aber ich glaube nicht«, sagte Alexis unvermittelt, »daß es ausschließlich daran lag.« Meredith setzte zum Protest an, und Alexis hob eine Hand. »Denk drüber nach, Meredith«, sagte er fest. »Denk an Hughs Lebensstil. Er führt sein eigenes Geschäft. Er trinkt eine Menge – ich meine, schließlich ist er Weinimporteur, Herrgott noch mal. Und dann ... in den letzten Jahren stand er unter großer Anspannung. Wie ihr alle.« Alexis hielt inne und sah Meredith forschend an. Ihr Gesicht war ausdruckslos. »Ich glaube nicht«, fuhr er fort, »daß es Hugh wirklich hilft, wenn man Louise und Barnaby dafür die Schuld gibt – und ich halte es auch nicht für ganz fair.«

»Verdammt noch mal!« schrie Meredith plötzlich. »Hör auf, so gräßlich britisch zu sein!« Ihre Stimme hallte von den Wänden des kleinen Korridors wider, und Alexis riß überrascht den Kopf hoch. »Ich verstehe dich ja«, fuhr Meredith mit bebender Stimme fort, angelte eine weitere Zigarette aus der Schachtel und zündete sie sich mit zitternden Fingern an. »Ich weiß, es ist unsinnig, den Kembers dafür die Schuld zu geben. Ich weiß, daß andere Faktoren mit im Spiel sind. Ich weiß, daß Hugh nicht davon gesund wird, daß ich sie dafür verantwortlich mache.« Sie zog tief an ihrer Zigarette. »Aber das ist mir schnuppe, verstehst du?« Ihre Stimme wurde lauter, und Alexis starrte sie wie versteinert an. »Ich *möchte* ihnen die Schuld geben«, rief sie, »und das tue ich auch. Ob man beide Seiten der Geschichte betrachten sollte, ist mir scheißegal. Ich liebe Hugh, und er hatte einen Herzinfarkt, und es ist alles ihre Schuld! Das verzeihe ich ihnen nie. Und wenn du nicht so verdammt verklemmt und vernünftig wärst, dann tätest du das auch nicht!«

Alexis starrte Meredith an. Sein Herz pochte vor Erstaunen und unwillkürlich auch vor einer Art ehrfürchtiger Bewunderung. Seine Gedanken flogen zwischen Hugh – dem untadeligen, ehrlichen Hugh, der in seinem stillen Krankenzimmer lag – und Meredith hin und her. Der leidenschaftlichen, unvernünftigen, heißblütigen Meredith, die für Hugh kämpfte. Neben ihr fühlte sich Alexis plötzlich alt und ziemlich farblos.

»Du hast recht«, sagte er abrupt.

»Was?« Meredith tat so, als verstünde sie nicht, und der Anflug eines Lächelns erschien auf ihrem Gesicht. »Hör' ich recht? Krieg' ich keinen Rüffel? Und keinen Vortrag über ›Vergeben und Vergessen‹?«

Alexis zuckte die Achseln.

»Ich weiß nicht«, sagte er. »Mag sein, daß ich zu vernünftig und zu verklemmt bin. Vielleicht brauchen wir mehr … mehr Krieger wie dich.« Meredith lachte.

»Ein Krieger bin ich wohl kaum. Ich hab' gegen den Golfkrieg demonstriert.«

»Na eben.« Alexis sah sie ernst an. »Ich habe nie gegen etwas demonstriert. Du gibst mir das Gefühl, als hätte ich das ganze Leben nur gezaudert. Ich wünschte …« Er breitete hilflos die Arme aus. »Ich wünschte, ich hätte ein bißchen mehr Feuer.«

»Aber ich bin mir sicher, das hast du«, sagte Meredith leise. »Unter der Schale …« Sie hielt inne, und einen Augenblick starrte Alexis sie einfach nur an. Seine Augen glitten über ihr starkes, intelligentes Gesicht; über ihre grünen Augen, immer noch glänzend vor Erregung; ihre hohe Stirn, gebräunt und leicht gefurcht; ihren empfindsamen Mund. Ihr Blick begegnete seinem, und Alexis fühlte sich hypnotisiert. Plötzlich merkte er, daß er den Atem anhielt.

Aber dann löste Meredith den Zauber und stand auf.

Überraschenderweise verspürte Alexis eine leichte Enttäuschung.

»Ich sollte zurückgehen«, sagte sie nüchtern. »Hugh könnte jeden Moment aufwachen.«

»Natürlich. Ich komme mit.« Alexis seufzte auf und erhob sich. »Herrgott, was für eine verdammt schreckliche Sache das doch ist!« Meredith warf ihm einen Blick zu.

»Das weiß ich«, sagte sie. »Das sage ich doch schon die ganze Zeit.«

Am Morgen darauf schien keine Sonne; es war trüb, und der Herbst lag in der Luft. Barnaby ging gerade gemächlich zum Dorfladen, als Sylvia Seddon-Wilson ihren Wagen anhielt und ihn zu sich rief.

»Barnaby!« rief sie aus. »Schlimme Neuigkeiten, nicht wahr?« Sie forschte in seinem Gesicht gierig nach einer Reaktion, und als sie darin nur Verwirrung fand, glitt ein Anflug von Schadenfreude über ihr Gesicht. »Oje«, sagte sie und konnte dabei nicht ganz das Triumphgefühl darüber verhehlen, daß sie ihm als erste die Hiobsbotschaft mitteilen konnte. »Ich nehme mal an, du hast es noch nicht gehört?«

»Gehört? Was denn?«

»Daß Hugh Delaney einen Herzinfarkt hatte!« Sie legte eine Kunstpause ein, aber ihre Aufmerksamkeit wurde sofort abgelenkt, als ein Auto sie geräuschvoll überholte und dabei hupte. »Esel!« brüllte sie dem Auto nach. »Der hat vielleicht Nerven! Na, egal«, nahm sie den Faden wieder auf. »Ist das nicht fürchterlich?«

Sie sah Barnaby durch das Autofenster seitwärts an.

»Barnaby!« rief sie. »Barnaby, stimmt etwas nicht?«

Cassian verabschiedete sich auf den Stufen der Linningforder Kanzlei von Desmond. Während Karl den ersten Zug zurück nach London genommen hatte, hatte Desmond den Vormittag mit weiteren Meetings und Besprechungen mit Partnern aus Linningford verbracht. Die ganze Kanzlei war sich bewußt gewesen, daß ein hohes Tier aus London zu Besuch war, und den ganzen Vormittag hatte eine leichte Anspannung in der Luft gelegen. Währenddessen hatte Cassian selbstgefällig an seinem Schreibtisch gesessen und es genossen, daß allen wohlbekannt war, daß Desmond den vorangegangenen Abend mit ihm verbracht hatte und sie beide gemeinsam einen Fall bearbeiteten, der nun allgemein der Lord-Page-Fall genannt wurde.

Nun schüttelte er Desmond herzlich die Hand und überlegte dabei, wie viele Leute ihnen von ihren Fenstern aus wohl zusehen mochten.

»Es war sehr nett von Ihnen und Karl, die Kembers zu treffen«, sagte er ölig. »Und ich denke, mit der Klage kommen wir nun zügig voran.«

»Das hoffe ich, Cassian«, sagte Desmond. Er sah ihn eigenartig an. »Ich habe mit Karl heute morgen noch mal darüber gesprochen, und wir waren uns beide einig, daß es nicht gerade der stichfesteste Fall ist. Wenn Sie eine halbe Million Schadensersatz dabei herausschlagen, können Sie von Glück reden. Von großem Glück.« Er lächelte Cassian freundlich an, den leise Besorgnis beschlich.

»Ich bin ganz zuversichtlich«, sagte er fest. »Und Ihre Punkte habe ich mir zu Herzen genommen.«

»Und Sie sind sich ganz sicher, daß die Eltern es durchziehen?« Desmond stellte seine Aktentasche ab und suchte in der Hosentasche nach seinem Autoschlüssel.

»Sowohl Karl als auch ich hatten den Eindruck, daß sie ... ein wenig unvorbereitet waren; daß es ihnen vielleicht widerstreben könnte, eine vollständige und überzeugende Aussage über den Schaden zu machen, den ihre Tochter davongetragen hat ...« Er zog die Augenbrauen hoch.

»Ach, das geht schon klar«, antwortete Cassian rasch. »Die

brauchen bloß ein bißchen Zeit, um sich mit der Sache anzufreunden.«

»Ja«, sagte Desmond. »Zeit.« Seine Augen verengten sich leicht. »Bei diesem Fall scheint alles sehr schnell zu gehen. Cassian, Sie haben die Kembers doch nicht etwa unter Druck gesetzt, oder? Sie haben sie doch nicht gedrängt?«

»Nein«, rief Cassian sofort. »Natürlich nicht. *Sie* waren darauf bedacht, die Dinge ins Rollen zu bringen. Um ihrer Tochter willen«, fügte er hinzu.

»Hmm«, sagte Desmond. »Freut mich, das zu hören. Nun, ich werde die Ereignisse mit Interesse verfolgen, und ich werde sehr beeindruckt sein, wenn wir Erfolg haben.« Er ging zu seinem Auto, drehte sich aber noch einmal um. »Sicher sind Sie sich darüber im klaren«, sagte er, »daß dieser Fall eine gute Publicity für uns wäre. Ein erfolgreicher Einsatz für die Enkelin von Lord Page kann uns nicht schaden.« Er öffnete die Wagentür. »Wenn Sie mal in London sind«, setzte er hinzu, »könnten wir ja vielleicht ein gemeinsames Dinner in meinem Club einnehmen. Unter Umständen könnten wir Lord Page fragen, ob er nicht mitkommen möchte.« Er lächelte Cassian an. »Bis bald, Cassian.«

Während Cassian beobachtete, wie Desmond davonfuhr, beschlichen ihn die zwiespältigsten Gefühle. Sein anfängliches Triumphgefühl wich langsam einer eigenartigen Niedergeschlagenheit. Hatten Desmond und Karl wirklich gedacht, seine Klage stünde auf schwachen Beinen? Plötzlich stieg die unangenehme Vorstellung von Desmond und Karl vor ihm auf, die sich verhalten über ihn lustig machten. Seine Miene verfinsterte sich. Den beiden würde er es schon zeigen. Er würde diesen Fall gewinnen, verdammt noch mal. Dann würde Desmond sein gönnerhaftes Lächeln schon vergehen.

Plötzlich hörte er ein Geräusch hinter sich, und Elaine,

Cassians Sekretärin, erschien oben auf der Treppe, ihre Handtasche in der Hand.

»Ich dachte, ich mache jetzt Mittagspause«, sagte sie. »Wenn's Ihnen recht ist.«

»Schön«, meinte Cassian abwesend.

»Also ist er wieder weg?« fragte Elaine. »Dieser Typ aus London?«

Cassian bejahte es. Elaine blickte sich um und senkte die Stimme.

»Hat er Ihnen einen tollen Job in London angeboten?« wollte sie wissen. »Das behaupten hier nämlich alle.« Sie wurde noch leiser. »Die sind alle total beeindruckt.«

Bei ihren Worten wurde Cassian von Stolz erfüllt. Das schwere Gefühl um sein Herz ließ nach und verschwand ganz. Es war doch paranoid, sagte er sich, sich einzubilden, daß Desmonds letztes Lächeln irgend etwas anderes als ermutigend gewesen war.

»Nun ja... man weiß nie«, meinte er vielsagend. »Ich fürchte, ich kann darüber nicht sprechen.«

»Wow!« machte Elaine. Sie verschob den Handtaschenriemen auf ihrer Schulter und blickte Cassian in der Hoffnung auf weitere Informationen an. Als klar war, daß er mit nichts Weiterem mehr herausrücken würde, seufzte sie. »Na denn«, sagte sie. »Soll ich Ihnen ein Sandwich mitbringen?«

»Nein, danke.« Er überlegte kurz, ob er sagen sollte, nur Schlappschwänze bräuchten einen Lunch, entschied sich aber dagegen. »Ich denke, ich werde heute mit Louise zu Mittag essen.«

Barnaby wußte nicht, was er tun sollte. Als Sylvia Seddon-Wilson davongefahren war, verharrte er regungslos mitten auf der Straße, ohne die vorbeifahrenden Autos zu bemerken. Sein Gesicht war ausdruckslos, sein Mund trocken, und ein dumpfer Schmerz hatte sich in seinem Magen breitgemacht. Eine alte Frau kam mit ihrem kleinen Hund vorbei, und Barnaby fuhr zusammen, unfähig, ihrem Blick zu begegnen oder ihr aus dem Weg zu gehen. Er fühlte sich starr vor Schreck; spürte kaum, wie Panik in ihm aufkeimte, wie sich die ersten schweren Schuldgefühle einstellten.

Er mußte mehr herausbekommen, sagte er sich unvermittelt. Er mußte in Erfahrung bringen, was geschehen war. Er mußte herausfinden, wie es Hugh ging. Seinem Freund, Hugh, seinem alten Freund. Der Gedanke erweckte in ihm den Wunsch, sich auf den Bürgersteig zu setzen und das Gesicht in den Händen zu vergraben, doch statt dessen holte Barnaby tief Luft und lief los. Instinktiv führten ihn seine Schritte in Richtung des Hauses der Delaneys. Er mußte herausfinden, wie es Hugh ging, dachte er verzweifelt. Er mußte es herausbekommen…

Und dann, wie eine Ohrfeige, erinnerte er sich. Wieder blieb er stehen. Was dachte er sich eigentlich dabei, zu den Delaneys zu gehen? Mit einem Schauder stellte er sich vor, wie Meredith ihn ebenso ankreischte, wie sie es bei Louise getan hatte. Er stellte sich Ursulas beunruhigtes Gesicht vor. Vielleicht sogar Hugh selbst, aus dem Krankenhaus entlassen. Er würde aufschauen, mit einem kranken, grauen Gesicht… Vielleicht würde der Anblick Barnabys einen weiteren Infarkt hervorrufen…

»O Gott«, sagte Barnaby mit heiserer, verzweifelter Stimme. Er sah sich auf der leeren Straße um und machte dann ein paar unsichere Schritte zurück in Richtung Laden. Aber als er an das neugierige Gesicht von Mrs. Potter dachte, den Tratsch, die Stimmen, die bei seinem Eintreten verstummen würden, da verlangsamte er den Schritt, und er hielt wieder an. Er kam sich allein gelassen vor und sehnte sich plötzlich verzweifelt nach einem freundlichen Gesicht.

Und dann kam es ihm mit einemmal. Er machte auf dem Absatz kehrt, ließ den Dorfladen links liegen, nahm die nächste Abzweigung nach rechts und marschierte hügelabwärts zur Kirche.

Frances Mold und Daisy hatten gerade ihre übliche morgendliche Tasse Tee getrunken, als Barnabys Gestalt auf dem Weg zum Pfarrhaus erschien. Frances winkte ihm fröhlich durch das Wohnzimmerfenster zu und gab ihm zu verstehen, daß die Tür offen war. Dann wandte sie sich wieder Daisy zu.

»Barnaby kennen Sie doch, oder, Daisy?«

»Ja, schon«, sagte Daisy schüchtern. »Ich mein', ich weiß, wer er ist, aber ich hab' noch nie mit ihm gesprochen. Und ich bin ihm auch noch nie zufällig begegnet.«

»Nein«, sagte Frances gedankenvoll, »das denke ich mir. Keiner von uns hat die Kembers diesen Sommer viel zu Gesicht bekommen. Verständlicherweise.«

Man hörte ein Geräusch an der Tür, und Barnaby erschien, blaß und schwer atmend. Als er Daisy sah, fuhr er sichtlich zusammen.

»Oh«, sagte er in schroffem Ton. »Hallo.« Daisys Blick glitt ängstlich zu Frances, und sie stellte ihre Tasse mit leichtem Zittern ab.

»Hallo«, grüßte sie ihn atemlos. »Ich bin Daisy.« Sie lächelte Barnaby nervös an, dessen Versuch, ihr Lächeln zu erwidern, eindeutig scheiterte.

»Nun«, sagte Daisy rasch. »Ich denke, ich gehe jetzt, oder?« Sie suchte unter dem Sessel nach ihrer Tasche und stieß dabei mit ihrem Fuß an einen kleinen Beistelltisch.

»Daisy«, sagte Frances. »Es eilt nicht. Warum trinken Sie nicht noch eine Tasse Tee?«

Mit vor Anstrengung gerötetem Gesicht sah Daisy auf. Sie starrte Barnaby beunruhigt an und schluckte.

»Ach nein, ich muß jetzt wirklich los. Vielen Dank für den ausgezeichneten Tee und alles.« An der Tür blieb sie stehen. »Und Sie kommen mal vorbei und hören mir beim Brahmsüben zu, bevor ich vorspiele?«

»Aber natürlich«, erwiderte Frances herzlich. »Bye, Daisy. Es war schön, Sie zu sehen.«

Als Daisy verschwunden war, wandte Frances sich zu Barnaby.

»Du hast sie verscheucht«, sagte sie in leicht vorwurfsvollem Ton. Barnabys Blick blieb starr.

»Ich habe gerade von Hugh erfahren«, sagte er. Frances' Ausdruck veränderte sich.

»Oh, ja«, sagte sie nüchtern. »Meredith hat mich heute morgen angerufen.« Sie sah in plötzlicher Panik auf. »Es ist seitdem doch nichts passiert, oder?«

»Er hatte einen Herzinfarkt«, sagte Barnaby. »Er hätte sterben können.« Frances seufzte.

»Setz dich, Barnaby. Laß mich dir eine Tasse Tee einschenken.« Sie wirbelte die Kanne herum und zuckte zusammen, als sie eine dunkelbraune Flüssigkeit einschenkte. »Er ist sehr stark. Aber er ist genau das, was du jetzt brauchst.« Sie wartete, bis er zu trinken begonnen hatte, bevor sie weitersprach.

»Wenn ich es recht verstanden habe, hatte Hugh nur einen sehr leichten Infarkt. Natürlich haben alle einen Heidenschreck bekommen, aber ich denke, er befindet sich schon auf dem Wege der Besserung. Meredith hat heute morgen eigentlich ganz fröhlich geklungen.« Sie sah Barnaby an.

»Ich denke, er hat großes Glück gehabt«, sagte sie freundlich.

»Ich bin ihm vor ein paar Tagen begegnet«, sagte Barnaby abrupt. »Auf der Straße. Er sah schrecklich aus, aber ich hatte ja keine Ahnung.«

»Das ging wohl allen so.«

»Er sah grau aus und alt und irgendwie angegriffen«, sagte Barnaby. »Und… und er wollte mir nicht in die Augen schauen. Er wechselte die Straßenseite…« Er brach ab.

»Also«, meinte Frances in tröstendem Ton, »ich würde nicht…«

»Wir waren mal Freunde«, unterbrach sie Barnaby düster. »Früher sind wir zusammen einen trinken gegangen und haben uns gegenseitig Gefallen getan.« Er trank einen Schluck Tee. »Was für einen Gefallen habe ich ihm jetzt getan?« Barnabys große, dunkle Augen sahen zu Frances auf. »Was habe ich ihm angetan?« flüsterte er. Stille trat ein.

Frances blickte Barnaby mitleidig an.

»Quäl dich nicht, Barnaby«, sagte sie. »Denk dran, du hast nur das getan, was du für richtig hieltest.«

»Richtig?« sagte er heftig. »Ist es richtig, seinen Freund ins Krankenhaus zu bringen? Ihn fast umzubringen?« Frances sah Barnaby prüfend an.

»Glaubst du denn, daß du das getan hast?«

»Ja! Oder – ich weiß nicht.« Barnaby fuhr sich durch das zerwühlte Haar. »Ich meine, Leute in Hughs Alter haben häufig Herzinfarkte.«

»Sicher«, stimmte Frances ihm zu. Barnaby starrte sie an, nicht überzeugt.

»Wir waren so gute Freunde.«

»Ich weiß. Vielleicht werdet ihr es ja wieder.«

»Dafür ist es zu spät.«

»Vielleicht, vielleicht auch nicht.«

Wieder entstand eine Pause. Frances trank einen Schluck Tee und wartete.

»Den ganzen Sommer über«, meinte Barnaby unvermittelt, »bestand mein ganzes Leben nur aus Katie, ihrer Behandlung und dem Prozeß. Nur daran habe ich gedacht. Als ob nichts anderes zählen würde.«

»Und nun?«

»Nun«, erwiderte Barnaby bedächtig, »erinnere ich mich allmählich wieder, daß es auch noch andere Menschen gibt.«

Zusammen mit Katies alter Lehrerin, Mrs. Tully, und einer Frau namens Jennifer Douglas, die die Aufgabe hatte, Kinder aus Forest Lodge wieder in das normale Schulleben einzugliedern, hatten Louise und Katie einen angenehmen Vormittag in Katies altem Klassenzimmer verbracht.

»Ich denke«, hatte Mrs. Douglas am Ende der Sitzung gesagt, »daß Katie hier wieder anfangen kann, wenn sie will. Anfangs erst mal nur vormittags, mit vielen Ruhepausen, falls nötig; aber wir möchten, daß sie sich gleich wieder dem normalen Schulleben zugehörig fühlt.« Sie sah zu Mrs. Tully. »Eine Klasse tiefer und mit jüngeren Kindern zusammenzusein – wird sie sich dadurch nicht gebrandmarkt fühlen?« Mrs. Tully runzelte die Stirn.

»Ich halte das für unwahrscheinlich«, sagte sie. »Ich werde natürlich nach jeglicher Art von Hänselei Ausschau halten, aber wissen Sie, sie ist nicht das erste Kind, das ein Jahr wiederholt, und im großen und ganzen sind die Kinder hier sehr freundlich und entgegenkommend. Sie wissen, daß Katie etwas zusätzliche Hilfe braucht.« Sie lächelte Louise an. »Sie mögen Katie sehr gern. Das tun wir alle.«

Ein Geräusch von draußen ließ sie aufhorchen. Katie, die zum Spielen hinausgeschickt worden war, schrie vergnügt herum, während sie mit einem Dreirad vom Kindergarten auf dem Schulhof ihre Runden drehte. Louise zog eine kleine Grimasse und sah zu Mrs. Tully.

»Sie ist nicht mehr dieselbe Katie«, sagte sie offen. »Ihnen ist noch nicht ganz klar… allein das Chaos, das sie verursachen könnte!«

»Also, an Chaos sind wir gewöhnt«, erwiderte Mrs. Tully

vergnügt. Sie sah zu Jennifer Douglas. »Solange sie viel Ruhe bekommt …«

»Ja«, sagte Jennifer Douglas. »Je müder sie wird, desto mehr Aufmerksamkeit wird sie erregen wollen. Mir gefällt Ihre Idee, für Katie hier auf Dauer eine Liege aufzustellen.«

Sie seufzte. »Nicht alle Schulen sind derart entgegenkommend.« Sie hatte zu Louise geblickt. »Wissen Sie, Sie haben da großes Glück.«

Nun, als sie mit Cassian und den Mädchen beim Mittagessen saß und zusah, wie Katie ihren halben Apfel sorgfältig in kleinere Stücke schnitt, wie Cassian mit Amelia herumalberte und sie zum Kichern brachte, fielen Louise diese Worte wieder ein. Sie lehnte sich in ihrem Stuhl zurück und spürte, wie sich grenzenlose Erleichterung in ihr breitmachte, bis sie vor Freude am liebsten an die Decke gesprungen wäre. Glück, das mußte es wohl sein. Cassian sah zu ihr auf und lächelte.

»Desmond war sehr zufrieden mit dem Prozeß.«

»Oh, gut.«

Sie strahlte Cassian an, aber insgeheim konnte sie spüren, daß sich ein Schatten über ihre Freude legte. Irgendwie war ihr die Begeisterung für die Klage abhanden gekommen; die Begeisterung, darüber zu sprechen oder nachzudenken oder sich auch nur an ihre Existenz zu erinnern. Nachdem Barnaby am Abend zuvor gegangen war, hatte sie eine Weile dagesessen und der Unterhaltung der drei Anwälte über ihren Kopf hinweg gelauscht, hatte sich fest eingeredet, daß sie überreagiert hätte, daß sie irrational wäre, daß alles es am Ende wert wäre. Aber ihr ging einfach eine bestürzende Vorstellung nicht aus dem Kopf – eine Vorstellung von sich, wie sie vor Gericht, in der Öffentlichkeit erklären müßte, daß Katie … wie lauteten die Worte doch gleich? … eine wandelnde Katastrophe wäre. Ihre süße kleine Tochter eine

Katastrophe. Ein Alptraum. Nicht auszuhalten. Wie konnte sie das tun? Wie konnte sie das vor sich selbst rechtfertigen? Oder vor Katie, Amelia, all ihren Freunden, Mrs. Tully? Zwecklos zu glauben, Katie würde nicht mitbekommen, was vor sich ging. Zwecklos zu glauben, es würde ihre Stimmung nicht beeinflussen, vielleicht sogar ihre Genesung. Aber es gab nichts, was sie jetzt noch dagegen tun konnte. Für einen Rückzieher war es zu spät; sie war machtlos. Ganze Teams bedeutender Leute arbeiteten an dem Fall; alle bis auf sie hatten sich ihm verschrieben. Alle bis auf sie schienen es für das Natürlichste von der Welt zu halten, vor Gericht zu gehen. Und unleugbar war da am Ende immer das Geld …

»Ich glaube, wir sind jetzt wirklich auf Siegeskurs«, fuhr Cassian fort. »Und ich muß dir sagen, die Kollegen in der Kanzlei waren schwer beeindruckt. Wenn wir erfolgreich sind, könnte das meine Karriere vorantreiben.«

»Oh, gut«, sagte Louise wieder. Im Geiste stellte sie sich Cassians Karriere vor: ein langes, abstraktes, glitzerndes Ding, das in der Ferne verschwand – und scheinbar vom erfolgreichen Verlauf des Prozesses abhing. Der Fall war nicht länger, wie sie nun erschöpft begriff, einfach nur eine Klage; irgendwie war er zur Grundlage von Cassians Karriere geworden, von ihrer eigenen Beziehung, von ihrer gemeinsamen Zukunft. Ihr ganzes Leben schien damit verknüpft zu sein; es gab kein Entrinnen.

»Wenn alles gut läuft, könnte das den Umzug nach London bedeuten«, sagte Cassian. Er strahlte Katie an. »Na, würde es dir gefallen, in London zu wohnen?«

»Ich war schon mal in London«, meinte Amelia wichtigtuerisch. »Ich hab' den Big Ben gesehen.«

»London?« fragte Louise und lachte kurz auf. »Wieso London? Ich dachte, du wärst fest in Linningford angestellt.«

Cassian grinste.

»Jeder muß mindestens eine Schicht in der Provinz machen, um seine Loyalität unter Beweis zu stellen. Aber ich meine, ich werde hier ja wohl kaum für immer bleiben, oder?«

»Oh«, sagte Louise. »Nein, wohl nicht.« Cassian erwiderte ihren Blick.

»London«, sagte er verführerisch. »Läden und Galerien und Theater und interessante Leute überall...«

»Vielleicht«, sagte Louise. Sie begann energisch die Teller zusammenzuräumen, als wolle sie das Thema wechseln. Cassian beobachtete sie ein paar Sekunden und blickte dann auf seine Uhr.

»Ich muß gehen«, sagte er bedauernd. Er sah zu Katie. »Obwohl ich meine Lieblingsmandantin nur ungern verlasse.«

»Sehen wir uns heute abend?« erkundigte sich Louise.

»Natürlich. Dann können wir uns ja weiter darüber unterhalten.« Er gab ihr einen Kuß und warf jedem der Mädchen Kußhände zu. Die kicherten und warfen ihm ihrerseits welche zu, immer mehr, bis Katie dabei ihr Wasserglas umkippte und Cassian komisch die Augenbrauen hochzog und ging.

Als er fort war, schickte Louise die Kinder in den Garten und fing an aufzuräumen. Aber nachdem sie bedrückt das Wasser vom Boden aufgewischt hatte, schien von ihrer Kraft wenig übrig zu sein, und eine Weile stand sie einfach nur still da, starrte aus dem Fenster und ließ ihren Gedanken freien Lauf.

Was sie wirklich brauchte, dachte sie unvermittelt, war Urlaub. Sie wollte sich an einen heißen Sandstrand legen, die Augen schließen und zuhören, wie um sie herum gelacht, geredet und... sogar gebadet wurde.

Sie hielt in ihren Gedanken inne. Baden. Konnte sie wirklich erwägen, baden zu gehen? Probeweise stellte sie sich vor, wie Katie und Amelia im flachen Wasser herumpaddelten, sich gegenseitig naß spritzten, sogar weiter hinausschwammen. Sie beschwor ein Bild nach dem anderen herauf und wartete darauf, daß sie von entsetzlicher Panik ergriffen wurde, aber keine kam; sie war in Sicherheit.

»Baden«, sagte sie laut. »Wir könnten baden gehen. Wir könnten alle baden gehen.«

»Mummy!« Eine schrille Stimme von draußen riß sie aus ihren Gedanken. Es war Amelia. »Dürfen wir fürs Gummitwist einen Stuhl haben?«

»Nein!« rief Louise fröhlich zurück. Sie legte den Wischlappen weg und ging schnurstracks an dem Geschirr vorbei, das abgespült werden mußte. »Den Stuhl könnt ihr nicht haben, aber mich.«

Als Barnaby aus dem Pfarrhaus trat, begegnete ihm Sylvia Seddon-Wilson.

»Barnaby!« rief sie aus. »Ich wußte doch, daß ich dich etwas hatte fragen wollen. Es geht um mein Wohltätigkeitsgrillfest nächste Woche. Zur Unterstützung von *Save the Children*. Du kommst doch?«

»Oh«, meinte Barnaby reserviert. »Ich weiß nicht recht.«

»Ach, komm schon«, beschwatzte ihn Sylvia. »Ein geselliger Abend könnte dir nicht schaden. Pro Person kostet es gerade mal fünf Pfund, Essen und Unterhaltung inbegriffen.«

»Was wird denn geboten?« erkundigte sich Barnaby gegen seinen Willen. Sylvia runzelte die Stirn.

»Das weiß ich noch nicht genau«, gab sie zu, »aber es wird unheimlich gut, das auf jeden Fall.« Sie machte eine Pause. »Ich rechne nicht damit, daß jemand von den Delaneys kommt«, setzte sie munter hinzu. »Jetzt, wo Hugh im Krankenhaus ist, braucht man sich darüber keine Sorgen zu machen.«

»Mach' ich mir auch gar nicht«, erwiderte Barnaby schroff. Er sah zu Boden, um Sylvias durchdringendem Blick auszuweichen.

»Nein?« fragte sie ungläubig. »Na, gut.« Eine kleine Pause entstand. »Dann kommst du also? Das Fest ist nächsten Freitag.«

»Okay. Ich komme.«

»Na, wunderbar.« Sylvia setzte sich Richtung Pfarrhaus in Marsch. »Da kannst du dich amüsieren und diesen schauerlichen Prozeß mal vergessen.«

Als Barnaby beim Larch Tree Cottage ankam, hatte er immer noch Sylvias Worte im Ohr. Er klopfte an die Tür, und als ihm niemand öffnete, ging er ums Haus herum in den Garten. Katie und Amelia saßen im Gras und hörten zu, wie Louise ihnen eine Geschichte erzählte. Bei seinem Kommen sahen alle auf.

»Daddy!« kreischte Katie und sprang auf, um ihn zu begrüßen.

»Ich muß dir etwas sagen.« Barnaby wandte sich an Louise. »Ich weiß nicht, ob du schon davon gehört hast. Es geht um Hugh. Vielleicht«, er warf einen Blick auf die Mädchen, »sollten wir reingehen.«

Nachdem er ihr alles erzählt hatte, saß Louise eine Weile völlig reglos da, starrte ausdruckslos aus dem Fenster und versuchte, ihre Gedanken zu ordnen.

»Die Ursache könnte doch alles mögliche sein«, sagte sie. »Oder nicht?« Sie drängte ihn mit ihrem Blick, ihr recht zu geben.

»Ja, sicher«, sagte er ein wenig zögernd. »Es könnte alles mögliche sein.«

»Ich meine«, sagte Louise energisch, »eine Menge Leute bekommen Herzinfarkte, stimmt's? Ich meine...« Sie unterbrach sich und sah Barnaby an. »Ich fühle mich fürchterlich«, sagte sie in nüchternerem Ton. »Ich hatte keine Ahnung ...«

»Ich glaube, das hatte keiner.«

»Dieser verdammte Prozeß ...«, sagte Louise, hielt dann aber inne. Es war zwecklos, sich mit Barnaby darüber auf einen weiteren Streit einzulassen. Er würde ihre Befürchtungen nie verstehen. Er würde wieder damit anfangen, wie wichtig es sei, Katie an die erste Stelle zu setzen, daß sie aufhören müsse, so unvernünftig zu sein ... »Ich meine«, fuhr sie schwach fort, »er hat von unserem ganzen Leben Besitz ergriffen.«

Barnaby sah Louise an. Er nahm an, sie sprach über ihr und Cassians Leben, nicht über seines. Er zählte ja nicht mehr. Ein dumpfer, vertrauter Schmerz begann in ihm zu nagen. Während Katie im Krankenhaus und dann in Forest Lodge gewesen war, war es ihm fast so vorgekommen, als seien Louise und er in gewissem Sinne wieder zusammen. Als Katies Eltern waren sie verbunden gewesen, wie eine richtige Familie. Doch nun, wo es Katie immer besserging und Louise und Cassian sich zusammen ein Leben aufbauten, wurde er plötzlich wieder an den Rand gedrängt.

Er schaute zu Louise; sie wartete auf seine Antwort. Worüber sprachen sie gerade? Ach ja, über den vermaledeiten Prozeß. Plötzlich hatte Barnaby ihn satt, das Ganze satt. Der Prozeß war es, der Louise und Cassian zu einem Paar gemacht hatte. Es war der Prozeß, der zu Hughs Herzinfarkt geführt hatte. Was würde noch alles geschehen, ehe er vorbei war? War es das wirklich wert? Lohnte es sich ...

»Barnaby?«

Barnaby starrte Louise trübselig an und dachte, wie aufgebracht sie sein würde, wenn sie seine Gedanken lesen könnte.

»Nun«, sagte er automatisch, »wenn die Klageschrift erst mal steht, sollten die Dinge ins Rollen kommen. Und ... am

Ende ist es das wert. Für Katie.« Louise sah ihn eine Minute lang wortlos an.

»Ja«, wiederholte sie mechanisch. »Für Katie ist es das wert.«

Und in dumpfer, unbefriedigender Stille sahen sie einander ausdruckslos an.

18

Alexis stand in Daisys Wohnzimmer und wartete, daß sie herunterkam. Keine zwei Stunden mehr, und sie würde in der Abbey von Linningford Brahms zweites Klavierkonzert spielen. Alexis war noch nie in seinem Leben so nervös gewesen.

Er starrte aus dem Fenster, ballte die Hände in den Taschen zu Fäusten und stellte sich vor, wie sich, vielleicht schon jetzt, allmählich die Kirche füllte. Wie sich das Orchester versammelte; die Zuhörer nach und nach eintrafen; die erwartungsvollen Gesichter; die Vorfreude; die Spannung. Und dann malte er sich aus, wie Daisy hinaustrat, allein, mitten in die strahlenden Lichter und die Aufmerksamkeit. Daisy, die rot wurde, wenn sie auf der Straße zufällig einen Fremden ansah, die sich entschuldigte, obgleich sie andere zuerst durch Türen gehen ließ, die vor musternden Blicken zurückschreckte wie ein scheues Reh. Seine stille, schüchterne Daisy. Er konnte sich nicht vorstellen, daß sie einer solchen Zerreißprobe standhalten würde, und doch müßte sie genau das bald, und deshalb ballte er die Hände und versteckte seine Nervosität unter einem Stirnrunzeln. Er hörte ein Rascheln an der Treppe und wandte sich um. Daisy kam herein. Sie trug ein langes, marineblaues Taftkleid mit einer schmalen Taille und einem ausgestellten Rock. Gegen das dunkle Blau wirkte ihre Haut blaß und milchig, und ihr dunkles Haar fiel ihr wie eine pechschwarze Wolke den Rücken hinab.

»Hi«, sagte sie schüchtern. »Sehe ich … sehe ich gut aus?«

Alexis starrte sie in stummer Bewunderung an. Noch nie hatte Daisy so schön ausgesehen und so kultiviert.

»Du siehst …«, begann er. Er hielt inne. Sein Blick war auf ihre Hände gefallen, die in roten fingerlosen Wollhandschuhen steckten. Daisy folgte seinem Blick.

»O ja«, kicherte sie. »Ich darf nicht vergessen, sie auszuziehen.« Sie runzelte die Stirn und bewegte die Finger.

»Ich wärme mich bloß noch ein bißchen auf«, sagte sie und setzte sich an den Flügel. Eine Reihe von Übungen, die Alexis inzwischen vertraut waren, erfüllten sofort den kleinen Raum. Alexis setzte sich und wartete. Er hatte etwas für sie, etwas, das er sofort aus der Tasche hätte ziehen sollen, sobald sie den Raum betreten hatte, aber ihre Erscheinung hatte ihn überwältigt. Plötzlich sah sie sowohl selbstsicher als auch anmutig aus, elegant wie schön – erwachsen eben.

Schließlich hörte Daisy auf. Sie hielt inne, spielte aufs Geratewohl noch ein paar Passagen aus dem Konzert, erhob sich dann und schloß energisch den Klavierdeckel.

»Das reicht.« Sie rieb sich fest die Hände und sah zu Alexis: »Sollen wir gehen?«

»Gleich.« Alexis griff in seine Tasche. »Ich habe etwas für dich.« Daisy beobachtete mit großen Augen, wie er eine Lederschachtel hervorholte und sie ihr reichte.

Sie öffnete sie ungeschickt und zog eine goldene Halskette heraus; eine dünne, geschmeidige Kette, die im frühen Abendlicht schimmerte.

»Ist die schön!« sagte Daisy leise. »Die darf ich doch heute tragen, oder?« Ein kindliches Lächeln der Freude huschte über ihr Gesicht. »Ich kann sie heute abend tragen, und sie wird mir Glück bringen! Oh, ich danke dir!« Sie trat nahe an ihn heran und strahlte ihn an, wobei ihr Taftkleid leise raschelte. »Ich danke dir«, sagte sie wieder und küßte ihn sanft. »Ich liebe sie.«

»Und ich liebe dich«, sagte Alexis plötzlich. Das hatte er ihr noch nie gesagt. »Ich liebe dich, Daisy.«

Eine kurze, atemlose Stille entstand. Daisys Wangen färbten sich dunkelrot, und sie schlug die Augen nieder. Alexis stand reglos da und wartete. Schließlich sah sie langsam auf.

»Und ich...« Ihr altes Stammeln war wieder da, und Alexis verfluchte sich innerlich. Unter welchen Druck setzte er sie? Und das ausgerechnet heute abend? Verdammter gedankenloser Idiot.

»Und ich l-liebe dich.« Sie schnappte überrascht nach Luft, und Alexis zog sie plötzlich an sich, spürte, wie der glänzende Stoff ihres Kleides gegen sein Hemd rutschte, roch ihren rosigen Duft.

»Du wirst heute abend wundervoll spielen«, sagte er ungestüm. »Und ich werde stolz auf dich sein...« Er brach ab.

Daisy keuchte leicht. Er ließ sie frei und blickte auf seine Uhr.

»Nun denn«, sagte er mit wieder normalerer Stimme. »Genug geredet. Gehen wir.«

Louise machte sich für Sylvia Seddon-Wilsons Grillfest fertig. Es hatte viel Überredungskunst bedurft, bis sie sich bereit erklärt hatte zu kommen, vor allem als sie erfahren hatte, daß Cassian an diesem Abend nach London mußte, um die endgültige Fassung der Klageschrift und der Schadensersatzforderungen mit Karl und Desmond zu besprechen. Zu ihrer Überraschung war es Cassian gewesen, der sie gedrängt hatte, sich wieder einmal zu amüsieren.

»Du darfst dich nicht so in dein Schneckenhaus zurückziehen!« hatte er gesagt. »Ich glaube, seit dem Unfall bist du kein einziges Mal mehr ausgegangen.«

»Natürlich bin ich das!« protestierte sie.

»Und wann?«

Louise starrte ihn an und ließ den Sommer Revue passieren. Was hatte sie denn die ganzen Sommerabende über getan? Das einzige, woran sie sich erinnern konnte, war, daß sie bei Katie im Krankenhaus gesessen oder von Forest Lodge zurückgefahren oder erschöpft auf das Sofa gesunken war.

»Ja, okay«, gab sie zu. »Vielleicht war ich nicht sonderlich gesellig. Aber ehrlich gesagt, bin ich im Augenblick auch nicht wild darauf, Leute zu treffen.«

»Genau!« rief Cassian. »Und dagegen mußt du ankämpfen. Du mußt wieder die alte sprühende Louise werden.« Er grinste sie an. »Betrachte es doch als Probelauf für nächste Woche.«

Louise verzog das Gesicht. Cassian hatte es arrangiert, daß sie alle die nächste Woche – die Woche, bevor für die Mädchen die Schule wieder begann – in London verbringen würden. Das Kindermädchen eines Freundes würde sich um Amelia und Katie kümmern, während Louise und Cassian die Zeit mit nichts anderem verbrächten, als mit Leuten zu Mittag zu essen, Bars aufzusuchen, in guten Restaurants zu dinieren und ins Theater zu gehen. Je voller ihr Terminplan wurde, um so mehr hob sich Cassians Stimmung und um so mehr sank Louise der Mut.

»Warum kaufst du dir nicht ein neues Kleid?« sagte Cassian eben.

»Ach, ich weiß nicht«, meinte Louise gereizt. »Außerdem«, fügte sie unvermittelt hinzu, »kann ich sowieso nicht hingehen. Was sollte ich denn mit den Kindern machen?«

»Barnaby kann sie hüten.«

»Der geht auch aufs Grillfest.«

»Oh.« Cassian runzelte die Stirn. »Dann laß sie doch bei Freundinnen übernachten. Wahrscheinlich sind sie ganz wild darauf.«

Und so war alles ausgemacht worden. Mit Entzückensschreien und Plänen für ein Mitternachtsfest waren Katie und Amelia zu Emily Fairly losgezogen, einer Freundin Amelias mit einer wirklich netten Mutter. Mit dem Versprechen, am nächsten Morgen mit der Klageschrift zurückzukehren, war Cassian nach London aufgebrochen, und Louise war allein zurückgeblieben, um sich ihr Partykleid anzuziehen, ihr Haar zu bürsten und so zu tun, als würde sie sich auf den Abend freuen.

Sie sah in den Spiegel und zog eine Grimasse. Sie sah schrecklich aus, fand sie. Ihr blondes Haar wirkte leblos, ihre Haut war stumpf, und das türkisfarbene Baumwollkleid, das ihr im Sommer zuvor so gut gepaßt hatte, hing nun sackartig an ihr herunter.

Eilig tupfte sie sich schimmernden Bronzepuder auf die Wangen, besprühte ihr Haar mit Glanzspray und malte sich die Lippen korallenrot. Sie betrachtete sich. Äußerlich wirkte sie nun etwas glänzender, ein bißchen strahlender, aber darunter war sie noch immer dieselbe. Sie verzog das Gesicht und lächelte sich tapfer an, aber über dem Lächeln sahen ihr zwei glanzlose, entmutigte Augen entgegen. Irgend etwas stimmt nicht, dachte sie plötzlich. Mit mir stimmt irgend etwas überhaupt nicht, aber ich weiß nicht, was es ist.

Bis um halb acht hatte sich die Kirche gefüllt, und das Orchester war vollzählig. Alexis, der sich so weit nach vorn gesetzt hatte, wie er sich traute, blickte sich nach all den Leuten um, die hergekommen waren, um dieses Konzert zu hören – um Daisy hören –, und er verspürte eine seltsame, ehrfürchtige Verwunderung, die nur von seiner schrecklichen Nervosität unterbrochen wurde. Daisy trat erst in der zweiten Hälfte auf. Irgendwie mußte er es schaffen, ein eintöniges Mozartstück ruhig durchzustehen, am Ende lächelnd zu klatschen, seine Beine in der Pause zu strecken und dabei die ganze Zeit diese schreckliche Anspannung zu ertragen.

»Alexis!« Als er seinen Namen hörte, zuckte er zusammen, als erwartete er schlechte Nachrichten, aber es war nur Frances Mold, die im Seitenschiff am Ende der Reihe stand und ihn fröhlich anlächelte. »Ich bin ein bißchen spät dran gewesen«, erzählte sie, »deshalb sitze ich hinten. Ich dachte bloß, ich komme schnell und sage hallo. Aufregend, nicht wahr?«

»Ich habe fürchterliche Angst«, gestand Alexis. Frances lachte vergnügt.

»Daisy macht das schon!« rief sie. »Du, ich gehe jetzt besser. Sehe ich dich in der Pause?«

»Kannst du dich denn nicht vorsetzen?« fragte Alexis. »Was ist denn mit den Plätzen in der Vorderreihe?«

»Die sind reserviert«, erklärte Frances. »Macht aber nichts! Der Klang ist hinten genauso gut.« Und damit eilte sie davon. Verärgert betrachtete Alexis die leere Reihe reservierter Plätze. Was waren das nur für Leute, dachte er wütend, die sich nicht einmal die Mühe machten, von ihrer privilegierten Stellung Gebrauch zu machen, die einfach nicht erschienen?

Während der ersten Hälfte fand er es heraus. Das erste Stück – eine schlichte, kleine Ouvertüre, derentwegen er das Programm nicht eigens studiert hatte – war eben beendet, und das Publikum hatte zu klatschen begonnen, als plötzlich von hinten Schritte zu hören waren. Als er sich umdrehte, sah Alexis ein elegant gekleidetes Paar den Gang entlangeilen. Ein junger Mann in den Zwanzigern, angetan mit zerrissenen Jeans und einem zerknautschten T-Shirt, ging langsamer hinterdrein.

»Jetzt komm schon, Alistair«, hörte Alexis die Frau ausrufen, als sie an seiner Reihe vorbeikam. »Wir sind auch so schon spät genug!«

Alexis fuhr auf. Alistair – den Namen kannte er doch. Natürlich, das mußte Daisys Bruder sein; der, der seine ganze Zeit damit zu verbringen schien, in der Weltgeschichte herumzugondeln. Folglich mußten die anderen beiden die Eltern sein. Das war Daisys Familie. In heimlicher Faszination schaute er zu, wie sie Platz nahmen; diese Leute, von denen er soviel wußte, die er aber nie kennengelernt hatte. Er beobachtete, wie Daisys Vater sich hinsetzte, die Beine ausstreckte und sein Programm mit einem Schütteln öffnete, als handele es sich um den *Daily Telegraph*. Er sah zu, wie Daisys Mutter begann, ihre schicke cremefarbene Jacke abzulegen, dann merkte, daß sie sie nirgends hinlegen konnte, und sie deshalb wieder anzog. Er beobachtete, wie Daisys Bruder ungezwungen auf einen Stuhl sank und gedankenlos auf seinen Oberschenkel zu trommeln begann.

Alexis bekam Gewissensbisse, daß er diese fremde, vertraute Familie beobachtete, während sie dasaß und sich seiner Anwesenheit überhaupt nicht bewußt war. Gleichzeitig empfand er eine warme Sympathie für sie. Hier befand sich der wichtigste Teil von Daisys bisherigem Leben. Nur wenige Plätze von ihm entfernt. Hier waren ihre Wurzeln, ihr Hintergrund. Er schaute sie der Reihe nach an, hielt nach Daisys Zügen Ausschau, ihrer Mimik, ihren Eigenheiten.

Plötzlich merkte der junge Mann, Alistair, daß er beobachtet wurde. Er wandte sich um, fing Alexis' Blick auf, zog fragend die Stirn kraus und drehte sich wieder nach vorn. Alexis sah schnell fort. Lächerlicherweise begann sein Herz schneller zu schlagen, und zum erstenmal fragte er sich, was er auf sie wohl für einen Eindruck machen würde.

Als Louise vor Sylvia Seddon-Wilsons Haus eintraf, war der Garten schon voller Leute; es wurde Musik gespielt, und der Geruch von Grillfleisch hing in der Luft. Louise blieb am Gartentor stehen und versuchte, ihrem Herz einen Stoß zu geben, aber der Anblick des Treibens vor ihr verursachte ihr weiche Knie.

Sie holte tief Luft, schluckte und wollte einen Schritt vorwärts machen, doch ihre Beine waren wie festgenagelt. Sie biß sich auf die Lippen und sah sich verzweifelt nach einem vertrauten Gesicht um, einem Gleichgesinnten, dem sie sich unauffällig nähern konnte; aber die fröhlichen Gesichter vor ihr schienen alle bedrohlichen Fremden zu gehören.

»Jetzt komm schon«, sagte sie laut, »sei nicht albern.«

Unter großer Anstrengung ging sie aufs Gartentor zu. Dann, als sich die Menge zufällig teilte, erblickte sie plötzlich Barnaby. Er saß auf einer niedrigen Mauer, kaute an einer Hühnerkeule und unterhielt sich angeregt mit einer Frau, die Louise nicht erkannte. Und sein Anblick – in einem cremefarbenen Hemd schicker als gewöhnlich – erfüllte sie mit einem warmen Gefühl des Selbstvertrauens. Mit einemmal wirkte die Menschenmenge wohlwollend. Und als sie noch einmal hinsah, verwandelten sich manche der augenscheinlich Fremden in Bekannte, Freunde sogar.

Bevor ihre Ängste wiederkehren konnten, marschierte Louise in den Garten und kämpfte sich durch die Menschen zu der niedrigen Mauer vor. Als sie dort ankam, war Barnaby verschwunden, und einen Augenblick lang stieg erneut Panik in ihr hoch, aber da hörte sie hinter sich seine Stimme.

»Louise!« In einer Hand hielt er einen Plastikbecher und in der anderen die Reste der Hühnerkeule. »Hast du nichts zu trinken?« fragte er. »Warte, ich hole dir was.« Und zu Louise' Entsetzen schickte er sich an, wieder fortzugehen.

»Barnaby!« sagte sie und leiser: »Kann ich mitkommen?

Ich will nicht...« Sie zuckte die Achseln. »Mich macht das ein bißchen nervös, hier so allein herumzustehen.« Einen Augenblick starrte sie Barnaby verdutzt an. Dann schien er zu verstehen.

»Ja klar. Komm, wir gehen zusammen.«

Beim Gehen überlegte Louise krampfhaft, worüber sie sich mit Barnaby unterhalten könnte. Die letzten Monate über hatten sie über nichts anderes als Katie und den Prozeß gesprochen. Am einfachsten wäre es gewesen, sich in alte Fahrwasser zu begeben; mit einer Bemerkung über Katies Fortschritte anzufangen oder darüber, was Cassian über die Klageschrift gesagt hatte, aber das wollte sie nicht. Sie wollte über etwas anderes reden, etwas Neues. Verstohlen musterte sie Barnaby. Eigentlich hätte sie ihn gerne gefragt, wieso er sich ein neues Hemd gekauft habe, aber irgend etwas ließ sie zögern. Hatte sie denn immer noch das Recht, solche Fragen zu stellen?

»Gefällt dir mein Hemd?« erkundigte sich Barnaby plötzlich. »Es ist neu.«

»Ich weiß«, sagte Louise. »Ich find's sehr schön.«

»Ich hatte plötzlich Lust, heute abend mal was Neues zu tragen«, sagte er. »Weiß auch nicht, warum. Also habe ich mir ein neues Hemd gekauft.« Man hörte seinen Stolz heraus. Louise lächelte.

»Es steht dir sehr gut.«

»Wirklich?« Barnaby drehte sich zu ihr, und sie spürte, wie sie leicht errötete.

»Ja«, sagte sie fest. »Wirklich.« Sie seufzte. »Hätte ich mir doch auch nur etwas Neues gekauft. Ich komme mir so verstaubt vor.«

»So schaust du aber gar nicht aus.« Louise lachte kurz auf.

»Natürlich tue ich das«, sagte sie. »Ich sehe schrecklich aus.« Barnaby sah sie prüfend an.

»Ein bißchen müde vielleicht.«

»Genau«, versetzte Louise. »Ich sehe müde aus und erledigt und wie mindestens fünfundvierzig.«

Eine Pause entstand, dann sagte Barnaby energisch: »Unsinn.« Louise grinste.

»Danke für den Versuch, Barnaby.«

Sie hatten den Getränketisch erreicht, und Louise sah zu, wie Barnaby ihr Weißwein einschenkte.

»Cassian nimmt uns nächste Woche alle mit nach London«, sagte sie und verspürte eine eigenartige Genugtuung, als sie bemerkte, daß Barnabys Hand plötzlich zitterte.

»London? Wieso das denn?«

»Zum Vergnügen. Um Leute zu treffen, Sachen anzuschauen und einkaufen zu gehen ...«

»Oh.« Barnaby reichte ihr den Wein. »Na, das ist ja genau das richtige für dich.«

»Ja«, sagte Louise, »ich denke schon.« Sie trank einen Schluck Wein. Dann sah sie zu Barnaby auf. Er sah so betrübt aus, daß sie ohne nachzudenken sagte: »Eigentlich fürchte ich mich davor.«

»Du fürchtest dich davor?« Louise stieß einen gewaltigen Seufzer aus.

»Ich weiß nicht, was mit mir los ist. Ich habe einfach keine Lust, Leute zu treffen. Am liebsten würde ich mich für den Rest meines Lebens zu Hause verkriechen.«

»Vielleicht ist das einfach eine Reaktion auf die Belastungen der letzten Wochen«, meinte Barnaby unsicher.

»Vielleicht.« Louise nahm einen weiteren Schluck. »Ich bin die ganze Zeit so angespannt«, fuhr sie unvermittelt fort, »und deprimiert. Als ob eine große schwarze Wolke über mir hinge. Ich kann einfach nicht rundum glücklich sein wie ...« Sie brach ab und zuckte die Achseln. »Ich schätze, es liegt wohl auch an dem Prozeß.«

»Ja«, sagte Barnaby bedächtig. »Der Prozeß.«

Sie sahen sich an. Louise wartete darauf, daß Barnaby sagte: »Für Katie ist es das alles wert.« Aber er blieb stumm und trank einen Schluck Wein.

»Manchmal denke ich…«, begann er langsam. Louise starrte ihn an.

»Was?«

»Da denke ich…« Aber bevor er fortfahren konnte, wurden sie von der durchdringenden Stimme Sylvia Seddon-Wilsons unterbrochen.

»Louise!« kreischte sie vergnügt. »Ich habe dich gar nicht kommen sehen! Toll, daß du dich losreißen konntest!«

Sylvia stürzte auf sie zu. Sie war in grelles Pink gekleidet und wedelte mit einem Block Tombolascheine vor ihnen herum. »Habt ihr schon Lose für die Tombola?«

»Noch nicht.« Barnaby suchte in seiner Hosentasche nach Kleingeld.

Sylvia betrachtete Louise neugierig.

»Kein Cassian?«

»Nein. Er ist in London. Arbeitet an der Klageschrift.« Sie konnte nicht anders, sie mußte Barnaby ansehen. Er sah auf und begegnete ihrem Blick.

»Oje«, sagte Sylvia. »Zu schade. Aber Barnaby kümmert sich ja um dich, oder?«

»Ja«, sagte Louise. »Barnaby kümmert sich um mich.«

Während sich die Zuschauer nach der Pause wieder auf ihre Plätze begaben, saß Alexis völlig regungslos da und versuchte, normal zu atmen und seine Beinmuskeln zu entspannen. Aber jedesmal, wenn ihm einfiel, daß Daisy in wenigen Minuten zum Flügel heraustreten würde, der dunkel vor ihm schimmerte, und ihr Vortrag beginnen würde, schossen seine Knie wieder hoch, sein Magen drehte sich um, und er verspürte den Drang, seinen Stuhl umzudrehen, so daß er woandershin blicken konnte.

Um sich zu beruhigen, studierte er im Programmheft erneut Daisys Biographie, sah sich das in einem Studio aufgenommene glamouröse Foto an, die lange Liste ihrer Auszeichnungen und Leistungen. Es war ein beeindruckender Katalog. Sie hatte diesen und jenen Preis gewonnen; sie hatte bei diesem berühmten Lehrer studiert und jenen renommierten Ferienkurs besucht. Alexis runzelte die Stirn. Nichts von dem konnte er mit seiner Daisy verbinden – einem kichernden Mädchen, das noch nie das Innere einer Knoblauchzehe gesehen hatte.

Plötzlich brach Applaus los. Alexis sah auf, und ihm wurde flau im Magen. Dort war Daisy und schritt mit dem Dirigenten vor das Orchester, lächelte, verbeugte sich und nahm ihren Platz am Flügel ein. Der Dirigent ging zu seinem Podium, öffnete gewichtig seine Partitur und blickte ins Orchester. Er sah auf Daisy hinab, die zurücklächelte. Sie legte die Hände auf die Tastatur, und Alexis schloß die Augen.

Schwach vernahm er die ersten Töne des Konzerts, ein Hornsolo. Er ballte die Fäuste, sein ganzer Körper zitterte vor Erregung. Und dann, wie aus großer Ferne, hörte er die anschwellenden Klavierakkorde. Akkorde, die er Daisy bereits hatte spielen hören, allein, viele Male; Akkorde, die Daisy ihm in Jeans vorgetragen hatte, in ihrem Morgenrock, am Morgen, am Nachmittag und spät in der Nacht. Sie hatte sich über sich selbst lustig gemacht, als sie ihm erzählte, welch furchtbare Versuchung es doch sei, beim Üben immer wieder ganz von vorn zu beginnen, und gemeint, bestimmt müsse er den Anfang des Konzerts inzwischen schon im Schlaf kennen.

Was sie jedoch vergessen hatte, war, daß sie im Geiste immer auch die Rolle des Orchesters hören und sehen konnte: die Streichinstrumente, die Blechbläser, die Holzblasinstrumente. Alexis dagegen – der keine musikalische Ausbildung hatte; der, wie er sich nun sagte, keinerlei Vorstellungskraft besaß – war nie imstande gewesen, Daisys einfache Akkorde mit dem vollen, runden Orchesterklang anzureichern, der nun die Kirche erfüllte. Er hatte sich diese schmerzlich schöne Musik nie wirklich ausmalen können.

Das Orchester verstummte zugunsten einer virtuosen Solopassage, und Alexis öffnete die Augen; dies war ihm vertraut. Der Klang des Klaviersolos erfüllte die Kirche, als Daisys Finger gekonnt über die Tasten flogen. Jeder folgte gebannt ihrem Spiel; das Publikum, das Orchester, der Dirigent. Dann wandte sich der Dirigent plötzlich wieder seinem Podium zu, senkte die Arme und brachte das Orchester mit wuchtiger Fülle wieder zum Einsatz. Alexis hielt den Atem an. Die Musik war halb Kampf, halb Liebesspiel, und Daisy spielte ihre Rolle in beidem mit einer Mühelosigkeit, die er ihr nie zugetraut hätte.

Gebannt beobachtete er ihr Gesicht. Fast führte sie einen Dialog mit dem Orchester, lächelte, wenn ihre Themen zusammenfielen, runzelte die Stirn, wenn die Musik drängender und leidenschaftlicher wurde. Sein Blick glitt langsam über ihren Körper hinweg. Alles war auf elegante Weise am richtigen Platz: Ihr blaues Kleid saß makellos, ihr Haar glänzte im Licht, ihre milchigweißen Arme wirkten plötzlich stark und unverletzbar. Dies war eine Daisy, die er kaum erkannte.

Wie versteinert saß er da, während der erste Satz vom zweiten abgelöst wurde; während die Musik drängend und verzweifelt wurde; während die Klänge des Klaviers triumphierend in der Kirche widerhallten. Zwischen den Sätzen war kein Laut zu hören. Wieder hatten alle nur Augen für Daisy.

Als dann der dritte Satz begann und die langsame, perlende Klaviermelodie sich in die Luft hob, lehnte Alexis sich zurück und schloß wieder die Augen. Er erinnerte sich daran, wie er Daisy zum erstenmal gesehen hatte: groß, schlank und tapsig, wie sie auf Zehen ihren Weg durch den Garten der Delaneys gesucht und ihre Fußspitze ins Wasser gesteckt hatte, wie sie zusammengefahren und errötet war, wie sie sich auf die Lippen gebissen hatte. Es fiel ihm schwer, dieses schüchterne Geschöpf mit dem Mädchen – der Frau – in Einklang zu bringen, die da vor ihm spielte.

Er runzelte die Stirn und schüttelte den Kopf, als würde er dadurch klarer sehen können. Dann, als die Musik immer lauter wurde, kam ihm plötzlich, daß dies das erste Mal war, daß er Daisy in einer anderen Sphäre als der seinen erlebte; in einer Umgebung, die nicht sie beide umfaßte, zusammen in seinem Haus oder ihrem, oder im Dorf. Einer in den Armen des anderen hatten sie den Sommer verbracht, alle anderen ignoriert und sich ihre eigene Welt geschaffen. Und in dieser Welt hatte er ein Bild von Daisy aufgebaut, in dem sie von ihrem Milieu abgeschnitten war – von ihren Eltern, ihren Freunden, ihrer Arbeit als Musikerin.

Nun dämmerte ihm allmählich, daß sein isoliertes Sommerbild von Daisy ohne den Rest ihres Lebens so unvollständig war wie die sich erhebenden Klavierklänge ohne das begleitende Orchester. Sie war nicht einfach bloß sein schönes, schüchternes Mädchen. Sie war eine Pianistin, eine Künstlerin, ein großes Talent. Sie war ihm überlegen, dachte er unvermittelt.

Er lehnte sich zurück, ließ die Musik auf sich wirken und sagte sich immer wieder, wie begeistert er davon sei, Daisy so stark und selbstbewußt zu sehen; wie sehr es ihn freue, daß er sie endlich vorspielen hörte. Doch trotz all dieser Beteuerungen spürte Alexis in einem entlegenen Winkel seines Herzens eine seltsame, traurige Vorahnung.

Als Sylvia endlich von ihnen gelassen hatte, schaute Louise Barnaby an.

»Vielleicht«, begann sie und hielt dann unsicher inne.

»Was?«

»Vielleicht könnten wir irgendwann mal miteinander sprechen. Wie die Dinge so stehen. Nur wir zwei.« Louise biß sich auf die Lippen. »Du weißt schon, über Katie und alles. Ohne daß sonst jemand dabei ist…« Sie verstummte und kam sich töricht vor. Doch Barnaby nickte.

»Das würde ich gerne«, sagte er und stellte sein Getränk auf einer steinernen Vogeltränke ab. »Warum eigentlich nicht gleich?«

»Jetzt? Und das Grillfest?«

Barnaby zuckte die Achseln.

»Bin bis oben hin voll«, meinte er. »Ich habe bestimmt schon sechs Hühnerkeulen gegessen.« Louise lachte.

»So habe ich es nicht gemeint«, sagte sie. »Weißt du, ich meinte, mit Leuten reden und das alles. Wäre es nicht schade, so früh zu gehen?« Plötzlich fiel ihr etwas ein.

»Und was ist mit deinem schönen, neuen Hemd?«

»Das ist genauso schön«, erwiderte Barnaby, »wenn ich bei einem Glas Wein mit dir zusammensitze.« Er nahm ihr den Becher aus der Hand und stellte ihn neben seinen. »Komm, Lou, laß uns gehen.«

19

Als das Konzert sich dem Ende näherte und Daisys Schlußakkorde in der Kirche widerhallten, sank Alexis in seinem Stuhl zurück und fühlte sich plötzlich ausgelaugt. Den Bruchteil einer Sekunde entstand eine Pause, dann brach um ihn herum Applaus aus; lauter, stetiger Applaus, der in Tosen überging, als Daisy sich mit strahlendem Gesicht erhob.

Alexis blickte sie an, betrachtete ihre glühenden Wangen und leuchtenden Augen und den goldenen Schimmer um ihren Hals. Sie verbeugte sich zweimal, ehe sie dem Dirigenten erlaubte, sie fortzuführen. Doch der Applaus ließ nicht nach.

Alexis sah, wie Daisys Mutter zwischendrin einmal auf ihre Uhr sah. Sie sagte etwas zu ihrem Mann, der nickte und etwas erwiderte. Und dann wandten beide ihren Blick wieder nach vorn, wo Daisy erneut vor dem Orchester auftauchte. Eine Dame in Schwarz erschien und überreichte Daisy einen riesigen Blumenstrauß, worauf der Mann neben Alexis ihr mit kehliger Stimme zujubelte. Als Daisy das hörte, wirbelte ihr Kopf in Richtung Alexis herum, und sie schenkte ihm ein verlegenes Lächeln.

Unverzüglich drehte sich Daisys Mutter nach hinten und ließ die Augen argwöhnisch über die Menschenmenge wandern. Alexis schlug die Augen nieder und musterte sorgfältig seine Hände; seine alten, faltigen, untalentierten Hände. Ihr Anblick erfüllte ihn mit Schwermut.

Schließlich ebbte der Applaus ab. Daisy trat endgültig ab, und die Orchestermitglieder begannen sich zu erheben und ebenfalls zu gehen. Neben Alexis sammelten die Leute ihre Sachen zusammen, winkten Freunden zu, fragten, ob man noch etwas trinken gehe. Alexis rührte sich nicht. Er konnte sehen, wie Daisys Eltern auf eine Seite der Kirche zusteuerten, offensichtlich auf der Suche nach Daisy. Das Normalste wäre es gewesen, aufzustehen, zu ihnen zu gehen und sich vorzustellen, aber der Gedanke, Daisys Eltern zu begrüßen, zu erklären, wer er war, ihre verhohlene Überraschung und Bestürzung zu beobachten … Alexis erschauerte.

Es kam ihm nun so vor, als hätten Daisy und er den Sommer in einer Seifenblase verbracht. In einer behüteten, geschützten Welt, in der das einzige, was zählte, sie selbst gewesen waren. Und nun würde die Blase jeden Augenblick platzen.

»Alexis!« Er sah auf. Wieder war es Frances Mold. Ihre Wangen waren gerötet, und sie strahlte über das ganze Gesicht. »Oh, Alexis! War das nicht phantastisch?«

»Wunderbar!« erwiderte Alexis herzlich. »Das war ein glänzender Vortrag.«

»Sehr ergreifend, fand ich«, sagte Frances und runzelte ausdrucksvoll die Brauen. »Dieser langsame Satz. Und solch ein sicheres Spiel bei einer so jungen Frau. Ich meine, im Grunde ist sie ja noch ein Kind. Wirklich, sie ist unglaublich!«

»Unglaublich«, sagte Alexis leise. Sein Gesicht kam ihm taub vor.

»Ich fürchte«, meinte Frances traurig, »ich muß leider gleich aufbrechen. Ich habe Sylvia versprochen, auf ihr dummes Grillfest zu kommen. Sag Daisy, daß ich es wunderbar fand und sie morgen früh anrufen werde, ja?«

»Mach' ich«, sagte Alexis. »Bestimmt freut sie sich sehr, daß du da warst.«

»Das ganze Dorf hätte kommen müssen«, erwiderte Frances. »Was sind das nur für Banausen, die lieber auf ein Grillfest gehen! Ich glaube, wir sind hier die einzigen, oder?«

»Ich denke schon«, sagte Alexis. »Die Delaneys hatten eigentlich kommen wollen, aber nachdem Hugh heute aus dem Krankenhaus entlassen wird…«

»Ja«, meinte Frances, »so wird's sein. Na, ich muß jetzt jedenfalls los. Bye.« Und sie entfernte sich den Gang entlang, wobei ihre derben Sandalen auf den altehrwürdigen, abgetretenen Steinfliesen klapperten.

Alexis beobachtete, wie sie fortging, und sagte sich fest,

jetzt *müsse* er wirklich zu Daisy gehen; er habe ihr ja etwas auszurichten; es sei unverzeihlich, das nicht zu tun. Langsam erhob er sich und schlurfte an den Reihen leerer Stühle vorbei zum Mittelgang. Und dann, noch langsamer, machte er sich wie ein Verurteilter zu Daisy und ihrer Familie auf. Als er sich der Sakristei näherte, hörte er angeregtes Plaudern. Vor der Tür blieb er stehen.

»Keine Ahnung, woher sie das hat«, sagte eine weibliche Stimme gerade. »Von mir bestimmt nicht.« Sie lachte fröhlich.

»Nun, dein Spiel war einfach umwerfend«, sagte ein Mann. »Ich wette, die Akademie kann es gar nicht erwarten, dich in die Finger zu kriegen.«

»Also davon weiß ich wirklich nichts.« Daisys freundliche Stimme schwebte zögernd durch die Tür der Sakristei, und Alexis verspürte einen nagenden, sehnsuchtsvollen Schmerz in der Brust. Das war seine Daisy.

Er lugte durch den Spalt der Sakristeitür. Vor ihm, in einem bewundernden Kreis um Daisy, standen ihre Eltern, der Dirigent, die Dame, die ihr die Blumen überreicht hatte, und eine weitere Frau, die Alexis nicht kannte. Drüben in der Ecke war Daisys Bruder und blätterte geistesabwesend in einer alten Ausgabe der *Church Times*.

»Wie auch immer«, sagte Daisys Mutter gerade, »leider müssen wir heute abend wieder nach London zurück.« Daisy sah auf.

»Ich dachte, wir würden alle zusammen essen gehen?« sagte sie. »Mit Alexis.« Sie runzelte die Stirn. »Ich muß Alexis finden.«

»Ja«, sagte ihr Vater. »Wo steckt dieser berühmte Alexis eigentlich? Wir würden ihn gern kennenlernen.«

»Keine Ahnung«, meinte Daisy. »Ich vermute, er wartet irgendwo.« Der Dirigent grinste.

»Ihr Freund?« erkundigte er sich keck.

»Sozusagen«, erwiderte Daisy schüchtern.

»Das hätten Sie uns sagen sollen.« Der Dirigent zwinkerte ihr zu. »Dann hätten wir ihn gebeten, daß er Ihnen die Blumen überreicht, nicht wahr, Maureen?«

»O ja!« rief die Dame in dem schwarzen Kleid. »Ein gutaussehender junger Mann, das wäre doch viel romantischer gewesen als eine alte Schachtel wie ich!«

»Unsinn!« meinte der Dirigent galant. »Sie haben das einfach großartig gemacht.«

Alexis entfernte sich von der Sakristeitür, lehnte sich schwach gegen eine Steinmauer und schloß die Augen. Der nagende Schmerz in seiner Brust wurde stärker. Am liebsten wäre er in die Sakristei geeilt, hätte Daisy in die Arme genommen, sie mit Küssen bedeckt und ihr, ohne sich um die anderen zu kümmern, gesagt, wie stolz er auf sie sei und wie sehr er sie liebe. Aber bei dem Gedanken, daß er die Sakristeitür aufstoßen und sehen würde, wie alle Gesichter sich ihm fragend zuwandten, überfiel ihn lähmende Furcht. Er holte tief Luft und starrte zur Kirchendecke empor, zwang sich, Mut zu fassen, versuchte, etwas Selbstsicherheit zusammenzuraffen.

Und dann hörte er plötzlich Daisys verzeifelte Stimme.

»Aber ihr könnt noch nicht gehen! Ihr habt Alexis noch nicht kennengelernt.«

»Nun, mein Liebes, das liegt ja wohl kaum an uns, oder? Wenn er heimgefahren ist ...« Die Stimme von Daisys Mutter war klar und geschäftsmäßig und ließ Alexis zusammenzucken.

»Ist er nicht. Er würde nie einfach so heimfahren.«

»Ja und, wo ist er dann?«

»Das weiß ich auch nicht.«

Daisy klang zu Tode betrübt, und Alexis sah sie plötzlich

vor sich stehen, wie ein vergessenes Kind, mit hängender Unterlippe, die Blumen traurig über den Boden schleifend. Da hielt er es nicht mehr aus. Er gab sich einen Ruck und drückte die Tür zur Sakristei auf.

»Hallo«, sagte er mit leicht zittriger Stimme. »Tut mir leid, daß ich so spät bin, mein Schatz.« Er lächelte Daisy zärtlich an und streckte dann der Mutter die Hand entgegen.

»Guten Tag.« Er zwang sich, ihrem Blick zu begegnen. »Sie haben vielleicht schon von mir gehört. Ich bin Alexis Faraday.«

Louise und Barnaby saßen im Garten des Larch Tree Cottages. Louise hatte ihnen zwei Gläser Wein eingeschenkt, und Barnaby hatte ein paar Gartenstühle auseinandergeklappt. Nun saß er auf einem davon, hielt seinen Wein in der Hand, beugte sich vor und runzelte die Stirn. Louise umklammerte ihr eigenes Glas und schwieg. Sie hatten den Heimweg fast wortlos zurückgelegt, und während der ganzen Zeit hatte sich in ihr eine merkwürdige, fast berauschende Spannung aufgebaut.

Nun war die Spannung noch stärker geworden. Louise traute sich nicht, etwas zu sagen; eine dunkle Überzeugung hatte sie erfaßt, daß dieser Augenblick bedeutsam war; daß Sprechen ihn – und ihre Chancen – für immer ruinieren könnte. Ihre Chancen auf was? Das wußte sie nicht. Genausowenig, wie sie wußte, warum dieser Augenblick bedeutsam sein sollte oder warum ihr Herz jedesmal schmerzlich zu schlagen begann, wenn Barnaby den Kopf hob, als wolle er ihr etwas mitteilen. Es kam ihr vor, als wüßte sie überhaupt nichts mehr.

»Ich habe nachgedacht«, sagte Barnaby plötzlich in rauhem Ton.

Louise fuhr zusammen und starrte auf ihr Glas. Sie ertappte sich dabei, daß sie dachte »Bitte!«. *Bitte*. Und plötzlich begriff sie, was mit ihr los war. Ich weiß, was ich von ihm hören möchte, dachte sie und versuchte, gleichmäßig weiterzuatmen. Und ich habe schreckliche Angst, daß er es nicht sagt, und wenn er es nicht tut, dann kann ich es auch nicht.

»Über unseren Prozeß«, fuhr Barnaby fort. »Du hältst mich wahrscheinlich für verrückt«, fügte er hinzu. Louise' Herz machte einen weiteren kleinen Sprung, und sie sah ihn mit verhaltenem Atem an, halb wünschend, daß er fortfuhr, halb fürchtend, was er sagen würde.

»Aber weißt du, manchmal kriege ich so meine Zweifel.«

Barnaby hielt inne. Louise atmete langsam aus. »Ernsthafte Zweifel.« Er schaute sie forschend an, um ihre Reaktion zu ergründen. Louise, die seinen Blick erwiderte, traute sich nicht, auch nur einen Gesichtsmuskel zu verziehen, da sie nicht riskieren wollte, ihn vom Kurs abzubringen, ehe er überhaupt begonnen hatte. »Ich weiß, ich habe immer behauptet, daß es das Ganze am Ende wert ist«, verteidigte er sich. »Aber nun... bin ich unsicher geworden.« Er runzelte die Stirn. »Durch Hughs Herzinfarkt sehe ich die Dinge wieder so, wie sie wirklich sind.«

»Was... was genau willst du damit sagen?« wollte Louise wissen. Ihre Stimme bebte, und sie holte tief Luft. Barnaby lehnte sich in seinem Stuhl zurück.

»Gestern nacht«, sagte er langsam, »da war ich so richtig deprimiert. Ich saß da, dachte an Hugh im Krankenhaus, und an Katie, die wieder aus dem Krankenhaus raus ist und der es gutgeht, und den Prozeß und das ganze Geld, und alles kam mir so unsinnig vor, aber es schien keinen Ausweg zu geben. Immer wieder ging mir das durch den Kopf, und ich fühlte mich immer elender.« Er hielt inne und trank einen Schluck Wein. »Und dann«, sagte er, »gingen mir plötzlich die Augen auf. Wir *wollen* vor Gericht gehen, aber wir *müssen* es nicht.

Keiner zwingt uns. Und...« Er verstummte und sah Louise unsicher an.

»Was?« half Louise stammelnd nach.

»Und wenn wir wollten, könnten wir...« Er hielt inne und fuhr dann eilig fort: »Dann könnten wir das Ganze abblasen.«

Ein langes Schweigen folgte. Louise sah Barnaby mit großen Augen an. Sie spürte, wie sie errötete. Ihr Atem ging stoßweise.

»Ich weiß«, rief Barnaby. »Ich bin verrückt. Du mußt ja nicht meiner Meinung sein.«

»Bin ich aber!« rief Louise, und ihre Stimme schallte durch den Garten. »Ich bin deiner Meinung!«

Zu ihrem Erstaunen begann ihr eine Träne die Wange hinunterzurollen, und sie schluchzte unwillkürlich auf. Barnaby sah sie erschrocken an.

»Mir geht's genauso wie dir! Ich möchte gar nicht mehr vor Gericht gehen!« heulte sie. »Ich will bloß wieder ein normales Leben führen. Ich ertrage es nicht, daß diese Sache die ganze Zeit über uns schwebt...« Sie verstummte und brach in heftiges Weinen aus.

»Lou!« sagte Barnaby. Er klang erschüttert. »Lou, ist alles in Ordnung mit dir?«

»Keine Sorge«, stammelte sie. »Mir geht's gut. Es ist bloß...« Sie sah ihn unter Tränen an. »Es ist bloß... ich weiß nicht... die Erleichterung...« Und damit schluchzte sie wieder los.

Einige Minuten saß sie da, den Kopf in die Hände vergraben, schaukelte leicht hin und her und weinte hemmungslos. Bis auf die heiße Röte vor ihren Augen, ihr japsendes Atmen und die Nässe, die ihr durch die Finger strömte, hatte sie alles um sich herum vegessen. Aber allmählich ließ ihr Schluchzen nach, und die nervliche Anspannung begann sich zu lösen.

Ihre Schultern lockerten sich, und ihre verkrampfte Stirn wurde wieder glatt. Und sie spürte, wie sie langsam von dem entsetzlichen Alpdruck befreit wurde, der ihr seit Anbeginn des Prozesses ständig auf der Seele gelastet hatte und der Teil jeden Gedankens und jeden Traums gewesen war.

»Er war einfach die ganze Zeit da!« schrie sie plötzlich. »Er hat alles kaputtgemacht. Wir haben nur noch an diesen Prozeß denken können! O Gott, Barnaby! Was haben wir bloß gemacht! Wir sind verrückt gewesen!«

Barnaby riß den Kopf hoch.

»Willst du damit sagen ...«, sagte er zögernd und sah in Louise' tränennasses Gesicht. »Willst du damit sagen, du willst ihn definitiv rückgängig machen? Ich meine ... ich meine, vor kurzem warst du noch total dafür. Du kannst es dir doch nicht so schnell anders überlegt haben.«

Louise holte ein paarmal ganz tief Luft und rieb sich die Wangen. Dann sah sie zu Barnaby auf.

»Ich habe es mir nicht anders überlegt«, sagte sie. »Ich habe nur mal tief in mich hineingeschaut.« Sie hielt inne. »Wenn du nichts gesagt hättest, tja, dann hätte ich ihn weiterverfolgt, aber bloß, weil mir gar nichts anderes übriggeblieben wäre. Ich dachte, ich säße in der Falle. Ich ging einfach davon aus, daß wir vor Gericht gehen müßten, ob wir es wollten oder nicht.« Sie lachte zittrig. »Als ob das nicht die ganze Zeit von *uns* abgehangen hätte. Und jetzt ...« Sie schob sich eine Strähne aus dem nassen Gesicht. »Also jetzt kommt es mir vor, als seien wir verrückt gewesen, so lange daran festzuhalten.«

»Aber wie steht es mit ...«, Barnaby zuckte hilflos die Schultern, »... mit dem Geld?«

»Ach, das Geld«, versetzte Louise. »Kein Geld der Welt würde mich dazu bringen, in den Zeugenstand zu treten und öffentlich zu erklären, daß Katie eine wandelnde Katastrophe ist.«

»Was?«

»Die Anwälte sagten das. Sie sagten«, ihre Stimme zitterte, »unsere Tochter sei nicht schlimm genug geschädigt. Wir müßten die Persönlichkeitsveränderungen hochspielen, sie als ein Ungeheuer schildern; behaupten, es wäre mit ihr nicht auszuhalten.«

»Diese Schweine!« Barnaby starrte Louise an.

»Entweder das oder man könnte die halbe Million vergessen.« Louise senkte den Blick. »Und überhaupt«, setzte sie leise hinzu, »was wollen wir denn mit einer halben Million Pfund von Hugh und Ursula?«

Es entstand eine lange Pause.

»Wir wollen sie nicht«, sagte Barnaby.

»Nein«, sagte Louise, »wir wollen nichts davon. Ich kann nicht mal mehr daran denken. Ich fühle mich... plötzlich befreit. Als wäre ich eine Krankheit losgeworden, die mich vergiftete und schwächte.«

»Ein bißchen geht es mir auch so«, gestand Barnaby.

Louise lächelte ihn schüchtern an. Einige Augenblicke sahen sie einander in der stillen Gartenluft schweigend an. Dann holte Barnaby tief Luft und meinte: »Und Cassian?«

Einen Moment schaute Louise ihn an, als wüßte sie nicht, wovon er sprach.

»Cassian«, echote sie schwach. »O Gott, ich weiß nicht.«

Sie trank einen Schluck Wein und zuckte zusammen. »Er wird außer sich sein; er wird völlig außer sich sein.«

Unvermittelt kicherte sie fast hysterisch auf. »Der wird total durchdrehen.« Wieder kicherte sie. »Wahrscheinlich wird er explodieren.«

Barnaby starrte sie an. Er öffnete den Mund, um zu sprechen, unterließ es aber.

»Keine Ahnung, wie ich es ihm beibringen soll«, sagte Louise. Barnaby leckte sich nervös die Lippen.

»Meinst du…«, begann er. »Meinst du, er wird vesuchen, dich umzustimmen?«

»Das wird ihm niemals gelingen«, erwiderte Louise entschieden. »Der soll nur kommen!« Sie seufzte und nippte an ihrem Wein. »Das Problem mit Cassian ist«, erklärte sie fast im Plauderton, »daß er alles so verdammt ernst nimmt. Ich glaube nicht, daß er überhaupt weiß, was Humor ist.«

Barnaby sah sie an, unfähig, etwas zu erwidern.

»Das einzige, woran der denkt«, fuhr Louise fort, »ist seine Karriere, seine Aussichten in der Politik und ein Sieg bei diesem dummen Prozeß. Weißt du, er möchte nach London ziehen.« Sie blickte zu Barnaby. »Er möchte, daß wir mit ihm dort hinziehen; die Mädchen auch.«

»Nach London?« fragte er schwach.

»Ja«, erwiderte Louise leichthin. »Das sagt er jedenfalls.«

»Und…« Barnaby schluckte. »Gehst du mit?«

Louise stellte ihr Glas hin und sah ihm direkt ins Gesicht.

»Barnaby«, sagte sie sanft, »glaubst du wirklich, ich und Cassian hätten jetzt noch eine Zukunft?«

Einen Moment erwiderte Barnaby ihren Blick, dann schlug er die Augen nieder und zuckte die Achseln. Er fühlte sich verwirrt. Louise holte Luft, um weiterzusprechen, wurde aber durch das Klingeln des Telefons unterbrochen.

»O Gott«, sagte sie. »Hoffentlich ist nichts mit den Kindern. Warte kurz.«

Sie eilte ins Haus, und Barnaby lehnte sich schwer im Stuhl zurück und versuchte, sich einen Reim auf diese Unterhaltung zu machen; versuchte, keine falschen Schlüsse zu ziehen; versuchte, dieses heimtückische, nicht aufzuhaltende Gefühl der Hoffnung davon abzuhalten, in seiner Brust Wurzeln zu schlagen.

Als Louise zurückkam, furchte er die Stirn und setzte zum Sprechen an. Doch sie kam ihm zuvor.

»Das war...« Ihre Stimme bebte leicht, und Barnaby wurde von panischem Schrecken ergriffen. War den Kindern etwas passiert? Katie?

»Das war Cassian«, sagte Louise. »Seine Besprechung wurde abgesagt.«

Das ängstliche Hämmern in Barnabys Brust ließ nach, und er seufzte erleichtert auf. Louise leckte sich die trockenen Lippen.

»Ich habe ihm gesagt, daß wir die Klage zurückziehen«, sagte sie. »Ich dachte mir, so ist es einfacher. Ich dachte, er ist ewig weit weg.« Sie kicherte. »Dabei hat er von seinem Auto aus angerufen. In fünf Minuten ist er hier.«

Daisy und Alexis standen auf dem Rasen vor der Linningforder Abbey und winkten. Auf der anderen Seite des Crescent machte ein glänzender roter BMW ihnen Lichtzeichen und verschwand in einem eleganten Bogen durch das enge Steintor. Daisy ließ seufzend den Arm fallen.

»Ich bin so froh, daß du meine Eltern kennengelernt hast«, sagte sie glücklich. »Ich glaube, sie mochten dich wirklich gern.«

Alexis blickte auf ihr unschuldiges Gesicht hinunter und erinnerte sich gegen seinen Willen an die Mienen des Argwohns und der Ungläubigkeit, die ihn in der Sakristei begrüßt hatten. Die mißtrauischen, sondierenden Fragen von Daisys Mutter; der alarmierte Gesichtsausdruck des Vaters; die überraschten Blicke der anderen. Alles verdeckt hinter einer Fassade der Höflichkeit.

Der einzige, der sein erheitertes Erstaunen in keiner Weise verhehlt hatte, war Daisys Bruder gewesen. Er hatte Alexis mit großen Augen angestarrt, dann Daisy, dann wieder Alexis. Daraufhin hatte er sich zu Daisy gebeugt und in durchdringendem Flüsterton gefragt: »Das ist also dein Typ?«

Daisy hatte errötend gelächelt. »Ist der denn nicht ein bißchen zu alt für dich?« hatte ihr Bruder vergnügt nachgebohrt, und Daisys Wangen hatten sich noch mehr gefärbt, und ihre Mutter hatte Alexis hastig und mit lauter Stimme eine Frage über seine Arbeit gestellt.

Nun lächelte Alexis Daisy an und sagte: »Na hoffentlich. Ich fand sie auf jeden Fall sehr nett.«

»O ja. Das sind sie auch.«

»Sie haben über die Akademie gesprochen«, fuhr Alexis fort. »Du hast mir gar nicht erzählt, daß du dort ein Stipendium bekommen hast.«

»Ach.« Daisy zuckte die Achseln. »Das ist nichts Besonderes.«

»Deine Eltern scheinen da aber anderer Ansicht zu sein, und dieser Dirigent auch.« Alexis blickte sie ernst an. »Weißt du, Daisy, du hast da etwas sehr Wertvolles. Ich glaube, bis heute war mir das gar nicht so richtig bewußt. Und auch nicht, wie wichtig es ist, daß du das Bestmögliche daraus machst.«

Er ging ein paar Schritte, setzte sich auf das Gras, das noch immer warm von der Sonne des vergangenen Tages war, und klopfte auf den Boden neben sich. Daisy sank in einer dunklen Taftwoge nieder und kuschelte sich an ihn.

»Das war ein wunderschöner Tag«, murmelte sie. »Das Konzert zu geben und meine Eltern zu sehen, und daß sie dich kennengelernt haben und das alles.« Sie sah zu Alexis hoch. »Dieser Sommer war einfach wundervoll.«

»Ich weiß«, sagte Alexis leise. »Wundervoll.« Er hielt inne und fuhr sich durchs Haar. Daisy schmiegte sich enger an ihn.

»Aber weißt du«, fuhr Alexis langsam fort, »der Sommer ist fast zu Ende. Und dann ziehst du nach London und beginnst dein neues Leben an der Akademie, und alles könnte dann...«, er schluckte, »ein bißchen anders werden.«

»Wie meinst du das?« Daisy sah ihn mit großen Augen an. »Was meinst du mit anders? Meinst du damit uns?«

»In gewisser Hinsicht schon.« Alexis hob eine Hand und umfaßte ihr Kinn.

»Dein Leben fängt gerade erst an«, sagte er sanft, »und das wird ein sehr aufregendes Leben werden. Du mußt das Beste daraus machen.«

»Das weiß ich.« Daisy starrte ihn an. »Aber mit uns bleibt doch alles beim alten, oder? Ich meine, ich komme jedes Wochenende her, und wir sehen uns fast so oft wie jetzt auch, so haben wir's doch ausgemacht.«

»Ich weiß, das haben wir«, pflichtete ihr Alexis bei. »Und natürlich sehen wir uns, aber …« Er verstummte.

»Aber was?« Beunruhigt setzte Daisy sich auf. »W-was ist denn los?« In ihrem Kummer fing sie zu stottern an, und Alexis schnürte es das Herz zusammen.

»Nichts ist los«, erwiderte er. »Es ist bloß …« Er hielt inne und schloß kurz die Augen. Was tat er da eigentlich? Warum quälte er sich und Daisy so?

»W-willst … willst du nicht mehr mit mir zusammensein?« fragte Daisy. Ihre Lippen bebten, und ihre Wimpern flatterten nervös. Alexis sah sie an, kaum fähig, etwas zu erwidern.

»Natürlich möchte ich das«, sagte er schließlich mit belegter Stimme. »Daisy, ich liebe dich.«

»Und ich liebe dich auch«, erwiderte Daisy zittrig. Alexis wandte den Blick ab.

»Aber manchmal«, brachte er mühsam hervor, »manchmal ist es nicht genug, sich einfach nur zu lieben.« Daisy holte Luft, und er fuhr rasch fort, bevor sie sprechen konnte. »In London wirst du viele neue Leute kennenlernen, alle in deinem Alter, und du wirst dich herrlich amüsieren. Und ich hoffe, du wirst auch sehr hart an deiner Musik arbeiten.«

Er verstummte. Daisy schwieg.

»Alles, was ich eigentlich sagen wollte«, fuhr er fort, »ist, daß du nicht jedes Wochenende hierherzukommen brauchst. Du sollst ausgehen, deinen Spaß haben und mit all den anderen zusammensein. Und wenn du«, er schluckte, »wenn du vielleicht jemand anderen – einen Mann – kennenlernst, der mehr in deinem Alter ist...«

»Das werde ich nicht!« rief Daisy leidenschaftlich. »Ich würde nie...«

»Doch, das könnte schon sein«, versetzte Alexis sanft. »Und falls das passiert, dann brauchst du dir deswegen keine Gedanken machen. Keine Gewissensbisse!« Irgendwie brachte er ein Lächeln zustande. »Wir haben zusammen einen herrlichen Sommer verbracht, und nichts kann das je ändern, aber nun gehst du deinen Weg weiter.«

»Das möchte ich aber gar nicht«, flüsterte Daisy. Sie biß sich auf die Lippen. »Ich möchte hier bei dir bleiben. Ich wünschte, ich müßte nicht fort.«

»Das weiß ich«, sagte Alexis mit rauher Stimme. »Gott, das wünsche ich mir doch auch.« Plötzlich zog er sie an sich und vergrub sein Gesicht in ihrem weichen, weißen Hals.

»Laß uns nicht über die Zukunft nachdenken«, murmelte er. »Genießen wir die nächsten zwei Wochen doch einfach. Und dann, wenn du nach London ziehst – nun, dann sehen wir mal, wie es läuft, ja?«

»Okay«, sagte Daisy mit bebender Stimme. Sie drückte ihn etwas von sich fort, und er sah bestürzt, daß ihr Gesicht tränennaß war. »Ich werde dich immer lieben, Alexis«, sagte sie. »Egal, ob ich in London bin oder hier oder... oder auf dem Mond. Und ich denke«, sie zögerte, »ich denke, du hast unrecht. Ich finde nämlich, das allein zählt. Wir lieben uns und... alles andere ist vollkommen egal. So sehe ich das.«

Alexis sah sie einige beklommene Augenblicke an.

»Ich bin ein alter Narr«, sagte er schließlich. Daisy kicherte überrascht auf.

»Bist du nicht!«

»Doch«, versetzte Alexis. »Ich weiß nicht, was ich mir eigentlich gedacht habe. Im Grunde sollten wir ein Faß aufmachen und feiern! Was tun wir hier denn noch?«

Er erhob sich und streckte Daisy die Hände entgegen.

»Also«, sagte er. »Du bist der Star, deshalb kannst du entscheiden. Rotwein, Weißwein oder ...«

»Champagner natürlich!«

»Soviel wir trinken können!« Alexis sah Daisy reumütig an. »Daisy, hör nie auf das, was ich sage. Bitte!« Daisy kicherte.

»Okay«, sagte sie. »Abgemacht.«

»Gut. Und jetzt gehen wir und finden einen trinkbaren Schampus.«

Louise und Barnaby saßen schweigend in der Küche. Sie hatten die Gartenstühle ordentlich zusammengeklappt, den Wein hereingebracht und sich zum Warten hingesetzt. Das war vor fünf Minuten gewesen. Nun ließ sie jedes Geräusch von draußen auffahren und zur Tür blicken, dann sahen sie einander schüchtern an und senkten den Blick wieder.

Barnaby starrte bedrückt sein Weinglas an. Er hatte das Gefühl, vorhin sei er an der Schwelle zu etwas gewesen, nahe an einem neuen Verständnis, einem neuen Anfang sogar. Wenn sie doch nur ein wenig mehr Zeit zum Reden gehabt hätten... Er musterte Louise verstohlen und hörte im Geist ihre Worte. »Glaubst du wirklich, Cassian und ich hätten jetzt noch eine Zukunft?« Barnaby ballte die Faust. Am liebsten hätte er damit auf den Tisch geschlagen. Was meinte sie damit? Wollte sie ihm etwas zu verstehen geben? Wollte sie ihn necken? Er mußte unbedingt wissen, woran er war.

Plötzlich hörte man, wie die Tür aufgesperrt wurde. Louise fuhr zusammen.

»Am liebsten würde ich mich unterm Tisch verstecken«, flüsterte sie. »Du nicht auch?«

Aber Barnaby konnte nicht mehr antworten, da Cassian bereits in die Küche marschierte. Er sah wie aus dem Ei gepellt aus und schwenkte unbekümmert seine Aktentasche.

»Hallo«, sagte er. »Ja hallo, Barnaby. Nett, Sie zu sehen.«

»Oh«, sagte Barnaby verblüfft. »Ja.« Durch die Überraschung klang er schroff und unfreundlich, und er war plötzlich verunsichert. Hatte sich Louise wirklich entschieden, was die Klage betraf? Warum schien Cassian so fröhlich? Was ging hier vor? Er beobachtete, wie Cassian sich setzte und sich ein Glas Wein einschenkte; er wirkte völlig gelassen. Barnaby warf einen Blick auf Louise, die nachdenklich zu Boden sah. Er hätte nicht sagen können, woran sie dachte, und sein Herz fing unwillkürlich nervös zu schlagen an.

»Wenn ich recht verstanden habe«, sagte Cassian glattzüngig, »sind Sie in puncto Klage ins Schwanken gekommen.« Er sprach mit Barnaby, als wäre Louise gar nicht da oder würde nicht zählen.

»Nun«, sagte Barnaby mit einem Blick auf Louise, »ja, wir haben beschlossen, daß wir sie fallenlassen wollen.«

»Ich verstehe vollkommen«, sagte Cassian freundlich. »Vor Gericht zu gehen, das ist schon eine beängstigende Vorstellung, aber keine Sorge, alles halb so schlimm. Ich schlage also vor, Sie treffen jetzt keine übereilten Entscheidungen, sondern denken lieber noch mal gründlich darüber nach und überschlafen das Ganze.«

»Na ja«, begann Barnaby zweifelnd. Wieder blickte er zu Louise. Sie sagte ja gar nichts! Was war los? Hatte sie sich umbesonnen? Er schaute zu Cassian, der höflich wartete. Jemand mußte etwas sagen. Barnaby runzelte die Stirn.

»Es ist aber so, Cassian«, sagte er, »daß unsere Entscheidung im Grunde schon feststeht.« Er warf Louise einen Blick zu, und als von ihr keine Reaktion kam, fuhr er fort: »Wir finden, daß der Prozeß eine zu große Belastung ist, für uns wie für Katie. Es gibt keine Garantie, daß wirklich Geld dabei herausschaut, und selbst wenn, die Delaneys sind doch ...« Er verstummte.

»Die Delaneys sind doch Ihre Freunde«, führte Cassian den Satz zu Ende.

»Nun, ja«, sagte Barnaby. »Irgend so was.«

»Ja.« Cassian klang nicht überrascht. »Also, ich sage dazu nur, denken Sie gründlich darüber nach, und ich bin mir sicher, Sie freunden sich mit dem Gedanken wieder an.« Er lächelte Barnaby an. »Sie sind es Katie schuldig, wissen Sie.«

»Sag das nicht!« Louise' Stimme unterbrach ihn wie ein Peitschenhieb, und beide Männer fuhren zusammen. »Wag es nicht, überhaupt etwas über Katie zu sagen«, zischte sie. »Du hast doch überhaupt keine Ahnung. Der Prozeß hilft ihr überhaupt nicht! Der stempelt sie doch zu einer Art hilfloser Hirngeschädigten ab! Er wird der ganzen Welt unterbreiten, daß ihr Leben ruiniert ist! Was ist denn das für eine Hilfe?«

»Louise«, beschwichtigte Cassian sie. »Ich verstehe, daß es schwierig ist, Katies Bedürfnissen ins Auge zu sehen ...«

»Ich sehe ihnen jeden Tag ins Auge, vielen Dank!« schrie Louise. »Ich kenne ihre Bedürfnisse genau. Sie braucht ein normales Leben und Unterstützung und Ermutigung und keinen vermaledeiten Rechtsstreit, der sie unter Druck setzt!«

»Aha, soso«, erwiderte Cassian in beißendem Ton, »und ich nehme an, das gibt es alles umsonst, ja? Diese ganze Unterstützung und Ermutigung?«

»Das meiste davon, ja!« versetzte Louise. Sie verschränkte die Arme und blickte Cassian direkt ins Gesicht. »Katie ist kein Opfer mehr. Ihr geht's gut. Wir hatten unglaubliches Glück, und ich finde, es ist an der Zeit, das ein bißchen mehr zu würdigen.«

»Na, großartig«, erwiderte Cassian sarkastisch, »das ist ja ein bezaubernder, romantischer Traum; aber ich frage mich, was geschieht, wenn Katie erwachsen wird und begreift, daß sie eine halbe Million Pfund haben könnte, wenn ihre Eltern nicht zu feige gewesen wären, vor Gericht zu gehen. Was sagt ihr dann?«

»Zuerst einmal«, entgegnete Louise aufgebracht, »finde ich, daß du aufhören solltest, von dieser berühmten halben Million Pfund zu reden. Ich bin nicht dumm, ich habe doch gesehen, wie ungläubig sich diese anderen Anwälte angeschaut haben. Soviel würden wir vor Gericht nie bekommen, niemals!«

»Das ist nicht...«, begann Cassian. Aber Louise schnitt ihm das Wort ab.

»Und selbst wenn! Selbst wenn wir sie bekämen! Wozu bräuchten wir sie?« Sie hielt inne und blickte zu Barnaby.

Er sah sie an, mit vor Fassungslosigkeit aufgerissenem Mund. Sie schenkte ihm ein kurzes Lächeln und wandte sich wieder Cassian zu. »Finanziell geht's uns gut«, sagte sie langsam. »Mehr als gut. Und wenn mein Vater mal stirbt...«, sie schluckte verlegen, »...dann sind wir sogar... sogar noch besser dran. Und wenn wir da vor Gericht gehen und Hugh und Ursula um die Ersparnisse ihres ganzen Lebens bringen würden, bloß weil Katie zufällig in ihrem Pool verunglückte und nicht in dem von jemand anders... also, das wäre unmoralisch.« Sie trank einen Schluck Wein, während beide Männer sie argwöhnisch beobachteten.

»Cassian, du kannst sagen, was du willst«, fuhr sie ruhig fort, »aber du fährst nicht mit dieser Klage fort. Wir hätten uns überhaupt nie darauf einlassen sollen!«

»Louise«, meinte Cassian ölig. »Ich sehe schon, du bist ein bißchen aufgeregt.«

»Ach, halt doch den Mund, Cassian!« schrie Louise aufgebracht. »Du siehst nicht alles! Du siehst nicht, wenn eine Klage auf wackligen Füßen steht. Du siehst nicht, wenn jemand es sich wirklich anders überlegt!« Sie hielt inne. »Du kennst ja nicht mal den Unterschied zwischen recht und unrecht.« Cassian starrte sie wütend an.

»Diese Klage steht nicht auf wackligen Füßen!« brüllte er. »Es ist eine sehr stichfeste Klage, unterstützt von einigen der besten Juristen Englands, und wenn ihr sie jetzt zurückzieht, dann macht ihr einen Riesenfehler, das kann ich euch sagen!«

»Schön!« schrie Louise. »Dann laß uns einen Fehler machen. Zumindest können wir dann nachts ruhig schlafen!«

»Und eigentlich«, hob Barnaby in tiefem Ton hervor, »könnten wir ja auch später noch klagen, wenn wir wollen. Dazu haben wir Zeit, bis Katie achtzehn ist.«

Cassian sah ihn haßerfüllt an.

»Äußerst klug von Ihnen, Barnaby.« Seine Stimme bebte vor Wut. »Hat unser Farmer noch irgendwelche Rechtstips parat?«

»Laß ihn in Ruhe!« kreischte Louise. »Gott, was für ein Scheißkerl du bist, Cassian!«

»Nun, und du bist ein Dummkopf!« entgegnete Cassian. »Ihr seid beide Dummköpfe. Diese Klage könnte eine Goldmine sein!«

»Wir brauchen keine Goldmine!«

»Und wenn schon, ich aber!« brüllte Cassian unvermittelt. »Ich habe diesen Prozeß einfach verdammt nötig! Alle wissen davon. Alle sind darin verwickelt. Ich meine, die Londoner Kanzlei hilft dabei, die Klageschrift aufzusetzen. Die Londoner Kanzlei! Weißt du, was das bedeutet? Weißt du, welches Gewicht das Ganze dadurch bekommt? Weißt du, was für eine verdammte Katastrophe es wäre, wenn ich umschwenken und sagen müßte: ›Oh, sorry, die Klienten haben es sich anders überlegt?‹« Leicht keuchend hielt er inne; Louise und Barnaby tauschten erstaunte Blicke aus.

»Ich hätte es wissen müssen«, fuhr er wieder etwas beherrschter fort, »ihr habt halt einfach keinen Schimmer, verdammt noch mal, oder? Keiner von euch. Scheißbauern!«

Ein donnerndes Schrappen war zu hören, als Barnaby den Küchentisch einen Meter nach vorn schob. Sein Gesicht war puterrot, und er atmete schwer.

»Es reicht!« brüllte er. »Es reicht! Und jetzt raus, und wagen Sie ja nicht, noch mal so mit meiner Frau zu reden, sonst bringe ich Sie um!« Er erhob sich, ein starker, grober Riese. Cassian zog eine Augenbraue hoch.

»Natürlich«, sagte er, »nun gehen wir zu körperlichen Drohungen über. Die letzte Bastion der geistig Minderbemittelten.«

»Klappe!« befahl Barnaby.

»Ach, wirkl...«, begann Cassian, dann kam nur noch ein Japsen heraus, als Barnaby ihn am Kragen packte.

»Also«, keuchte Barnaby, »entweder gehen Sie jetzt, oder ich werfe Sie sehr hart gegen diese Tür da. Und dann sammle ich Sie auf und werfe Sie noch mal dagegen.«

»Louise!« kreischte Cassian. »Sag ihm, er soll aufhören! Das ist ein tätlicher Angriff. Ich warne Sie!« zischte er wütend.

»Zeigen Sie mich doch an«, versetzte Barnaby und warf ihn zurück auf seinen Stuhl. »Dann sehen Sie, ob mich das schert.«

Mit zitternden Händen glättete Cassian sich das Haar und rückte seine Krawatte zurecht.

»Louise...«, begann er. Aber sie schnitt ihm mit einer erhobenen Hand das Wort ab.

»Wenn ich du wäre, Cassian«, sagte sie freundlich, »dann würde ich gehen. Jetzt.« Ihr Mund verzog sich zu einem ungewollten Grinsen. »Du hast ja keine Ahnung, wozu diese Bauern in ihrer Wut fähig sind.«

Cassian stand auf. Er blickte von Louise zu Barnaby und wieder zu Louise. Das Gesicht weiß. Die Gesichtszüge wutverzerrt.

»Ihr hört noch von mir«, sagte er knapp und ergriff seine Aktentasche.

»Auf Wiedersehen, Cassian«, sagte Louise.

»Ach, leck mich doch!« erwiderte Cassian.

Louise und Barnaby hörten zu, wie er wütend das Haus verließ, die Tür zuwarf und seinen Wagen anließ. Dann, als sie hörten, wie der Wagen sich entfernte, sahen sie einander an.

»Nun«, sagte Louise, »ich frage mich, ob er's kapiert hat.«

20

Am Morgen darauf erwachte Meredith um sieben Uhr. Sie schaute auf den Wecker auf ihrem Nachttisch, fluchte und ließ sich zurück in die Kissen fallen. Am Abend zuvor hatte sie ein pflanzliches Schlafmittel genommen, um endlich einmal wieder richtig durchschlafen zu können. Doch trotz bleierner Glieder quälte sie dieselbe innere Unrast wie immer. Unmöglich, erneut einzuschlafen. Sie drehte sich ärgerlich um und versuchte sich an einen buddhistischen Gesang zu erinnern, den sie bereits bei Unruhe eingesetzt hatte. Aber selbst als ihr der Text jetzt einfiel, hatte sie doch sogleich wieder Hughs blasses Gesicht und seine zerbrechliche Gestalt vor sich, als sie ihn am Abend zuvor aus dem Krankenhaus abgeholt hatten.

Zuvor hatte sie noch mit Hughs Facharzt gesprochen und verzweifelt – und gegen jede Vernunft – versucht, ihm das Versprechen zu entlocken, daß so etwas nicht ein zweites Mal geschehen würde. Doch anstatt ihr die ersehnten Versicherungen zu geben, hatte der Arzt den Augenblick dazu genutzt, ihr eingehend zu erklären, welche Veränderungen Hugh in seinem Lebensstil vornehmen müßte, in welchem Zustand sich seine Arterien befanden und wie seine Familie ihn unterstützen könnte. Er hatte ihr ein buntes Lernposter aufgedrängt, auf dem in Comicform bestimmte Nahrungsgruppen abgebildet waren, und vorgeschlagen, sie solle es an den Kühlschrank hängen. Sie hatte ihn mit großen Augen angestarrt und sich gefragt, wie man nur so begriffsstutzig sein konnte. An der verdammten Ernährung liegt es nicht! wollte sie brüllen. Dieser Scheißprozeß ist dran schuld! Daheim hatten sie einen gedämpften Abend miteinander verbracht und versucht, sich ganz normal zu geben. Ursula hatte sorgfältig ein Abendessen aus einem Rezeptbuch zubereitet, das man ihr im Krankenhaus gegeben hatte, und sie alle hatten den gedünsteten Lachs ohne Sauce hollandaise und die mit Orangensaft anstatt mit Sahne übergossenen Himbeeren mit gezwungener Fröhlichkeit gelobt. Hugh hatte automatisch nach einer Flasche Wein gegriffen und dann innegehalten, die Hand noch immer ausgestreckt. Und Meredith hätte am liebsten geweint. Nicht wegen des Weines oder der Sauce hollandaise, sondern weil hinter der Lustigkeit, hinter der Behauptung, daß sie plötzlich alle lieber Zitronensaft tränken, eine unausgesprochene Angst lauerte, ein bleibender Schatten.

Abrupt warf sie die Bettdecke zurück und stand auf. Durch den Vorhang drangen winzige Sonnenstrahlen ins Zimmer und versprachen einen strahlend schönen Tag. Sie öffnete ihr Fenster und atmete die frische Luft ein; noch immer Sommerluft; noch immer mild, aber doch schon mit einem herbstlichen Hauch. Meredith wußte nicht, ob sie darüber traurig oder froh sein sollte.

»Verdammt, was für ein entsetzlicher Sommer«, sagte sie laut. Sie lehnte sich hinaus und blinzelte auf das tauglänzende Gras. Sie atmete ein paarmal tief durch, schloß die Augen und spürte die Brise auf ihrem Gesicht, und plötzlich schien die Trägheit aus ihren Beinen zu weichen. Sie drehte sich um und begann sich rasch anzuziehen. Vor dem Frühstück, vor dem Tagesbeginn und dem Alltagstrott wollte sie einen Spaziergang machen. Einen langen, erfrischenden, reinigenden Spaziergang.

Um halb neun klingelte das Telefon in Louise' Schlafzimmer. Sie hob den Hörer ab, lauschte ein paar Sekunden und sagte dann mit fester Stimme: »Das glaube ich nicht, Cassian. Ich denke, wir wissen beide, daß es dafür ein bißchen zu spät ist.«

Sie hörte einige weitere Augenblicke zu und legte dann mit betonter Sorgfalt auf. Sie streckte sich genüßlich.

»Es ist das erste Mal, daß ich so was gemacht habe«, sagte sie. »Daß ich jemandem das Wort abgeschnitten habe, indem ich einfach den Hörer aufgelegt habe. Ich muß sagen, ein herrliches Gefühl.«

»Was wollte er?« erkundigte Barnaby sich verschlafen.

»Meinen Körper«, erwiderte Louise.

Neben ihr rumorte es, dann streckte Barnaby seinen Kopf unter dem Federbett hervor, zerzaust und immer noch nicht ganz wach.

»Im Ernst?«

»Nein«, sagte sie bedauernd. »Ich glaube nicht. Er ist nur ganz allgemein zu Kreuze gekrochen. Wahrscheinlich hat er gehofft, wir hätten uns das mit der Klage noch mal anders überlegt.«

Barnaby betrachtete sie einen Augenblick und ließ sich

dann mit einem solchen Plumps zurück aufs Kissen fallen, daß die ganze Matratze bebte.

»Ich verstehe dich nicht«, meinte er. »Ich dachte, du bist in ihn verliebt?«

»Ich weiß. Das dachte ich ja auch.« Louise seufzte. »Als wir anfingen davon zu sprechen, die Klage zurückzuziehen, da merkte ich, das etwas nicht stimmte. Ich ertappte mich dabei, wie ich dachte, daß das wahrscheinlich das Ende für mich und Cassian bedeuten würde, und anstatt mich darüber aufzuregen, fühlte ich mich... erleichtert, mehr als alles andere.« Sie zuckte die Achseln. »Ich versteh's selber nicht ganz.«

»Na, ist ja auch egal«, meinte Barnaby zufrieden. »Was zählt, ist, daß wir wieder zusammen sind.«

»Sind wir das?« fragte Louise scharf.

»Etwa nicht?« Barnaby setzte sich abrupt auf und blickte Louise verdattert an. »Ich meine, letzte Nacht und... und alles...« Er machte eine vage Geste um sich herum.

»Ich weiß«, sagte Louise geduldig. Sie seufzte. »Schau, Barnaby, ich sage ja nicht, daß wir nicht wieder zusammenkommen können, aber du brauchst nicht zu denken, bloß weil Cassian von der Bildfläche verschwunden ist, ist alles plötzlich wieder in bester Ordnung. Probleme hatten wir auch schon, bevor er hier auftauchte.« Sie schob ihr Haar zurück und zog unter der Bettdecke die Knie an. »Eines sollte dir klar sein«, sagte sie bedächtig. »Und zwar, daß ich nicht hinter deinem Rücken eine Affäre mit Cassian hatte. So war es nicht. Ich habe ihn des öfteren besucht, ja. Aber wir haben uns unterhalten, sonst gar nichts.« Unwillkürlich nahm ihre Stimme einen bitteren Ton an. »Als ich versucht habe, dir das zu sagen, wolltest du nicht zuhören. Du hast nur auf deine mißtrauischen Gedanken und den Dorfklatsch gehört.«

»Na ja, nicht mal sprechen hättest du mit ihm sollen«, meinte Barnaby schroff. »Mit diesem widerlichen Kerl.«

»Barnaby!« rief Louise wütend. »Du hast's wohl immer noch nicht kapiert! Ich kann Leute treffen und mit ihnen reden, soviel ich will, ob das widerliche Kerle sind oder nicht. Gott, wenn du immer noch nicht verstehst, daß ...«

»Doch, tu' ich«, protestierte Barnaby eilig. »Ich versteh's.«

»So?«

In dem kleinen Raum herrschte Schweigen.

»Ich finde«, sagte Louise schließlich, »es wäre eine gute Idee, wenn ich nächste Woche mit den Mädchen nach London fahren würde, wie geplant. Nur wir drei, wir machen einen schönen Urlaub, und dann kommen wir zurück und ...«, sie sah Barnaby an, »und dann können wir miteinander reden.«

»Ja«, stimmte Barnaby ernst zu. »Gute Idee.«

»Ich muß dringend mal raus hier«, sagte Louise. »Und ich denke, auch die Mädchen könnten einen Tapetenwechsel gut gebrauchen.«

»Ja«, sagte Barnaby wieder. »Gute Idee.« Eine Pause entstand. »Louise?«

Louise hob den Blick. Barnaby sah sie verlangend an.

»Ich könnte wohl nicht zufällig mit euch kommen? Nach London?«

»Oh, Barnaby.« Louise mußte lachen. »Aber du kannst London doch nicht ausstehen.«

»Ja, ja«, erwiderte er, »aber mit euch zusammen würde es mir gefallen. Ich könnte mit den Kindern in den Zoo gehen und ihnen den Big Ben zeigen, während du im Kaufhaus Harrods shoppen gehst. Das wäre doch toll. Was hältst du davon?« Er sah sie mit einem breiten, flehenden Lächeln an. Louise konnte nicht anders, sie mußte zurücklächeln.

»Vielleicht«, sagte sie schließlich. »Vielleicht.«

Meredith, die forsch ausschritt, spürte, wie sich ihre Lungen mit Morgenluft füllten und ein prickelnder rötlicher Hauch ihre Wangen überzog. Um diese frühe Zeit am Samstagmorgen waren die Straßen frei von Autos; die meisten Leute schienen noch in ihren Betten zu liegen. Ohne es richtig zu merken, steuerte sie auf die Kirche zu. Auf dem Friedhof herrschte Stille, und die Grabsteine waren noch feucht vom Tau. Sie setzte sich auf die hölzerne Friedhofsbank, schloß die Augen und streckte ihr Gesicht der allmählich wärmer werdenden Sonne entgegen. Sie wartete darauf, daß sie innerlich zur Ruhe kam; daß die natürliche Kraft der Sonnenstrahlen ihren Energien eine positive Richtung gab; daß sie das nötige seelische Gleichgewicht fand, um die Dinge so zu akzeptieren, wie sie waren. Doch als sie einige Minuten darauf die Augen wieder öffnete, hatte sich nichts verändert. Außer wenn sie sich ganz stark anstrengte, gingen ihr all ihre Sorgen – um Hugh, Ursula, den Prozeß – und vor allem ihre bitteren und fruchtlosen Zorngefühle nicht aus dem Kopf.

Kurz kam ihr Simon in den Sinn, dann dachte sie schnell wieder an etwas anderes. In den letzten Wochen hatte sie mehr und mehr an ihn denken müssen. In der Nacht nach Hughs Herzinfarkt hatte sie lange und glücklich von ihm geträumt, und die Erkenntnis beim Aufwachen, daß er tot war, überkam sie wie ein Schock, der sie beinahe in Tränen hatte ausbrechen lassen. In wachem Zustand dagegen war sie daran gewöhnt, ihre Gefühle bezüglich Simon im Zaum zu halten. Nun erhob sie sich und steckte die Hände in die Taschen. Es war nach neun; Zeit, nach Hause zu gehen.

»Natürlich«, sagte Louise, »als allererstes müssen wir es Hugh und Ursula sagen.«

Barnaby hielt mitten beim Zuknöpfen seines Hemdes inne und starrte sie an.

»Mein Gott«, sagte er, »natürlich. Ich habe mir gar nicht überlegt, was das für sie bedeutet!« Er sah sie verlegen an. »Ich habe bloß an uns gedacht.«

»Tja«, sagte Louise, »das ist aber auch wichtig.« Sie schenkte ihm ein kleines Lächeln. »Wir sollten es ihnen so bald wie möglich sagen, findest du nicht? Am besten gehen wir gleich heute vormittag hin.«

»Könnten wir nicht einfach bei ihnen anrufen?«

»Nein«, entgegnete Louise entschieden. »Wir müssen es ihnen schon persönlich sagen. Das haben sie verdient.«

»Okay.« Barnaby schaute auf seine Uhr. »Dann laß uns sofort losgehen«, sagte er enthusiastisch.

»Jetzt? Vor dem Frühstück?«

»Warum nicht?« sagte Barnaby. »Gute Nachrichten können nicht bis zum Frühstück warten.«

»Was, wenn sie noch gar nicht aufgestanden sind?«

»Das sind sie«, meinte Barnaby zuversichtlich, »und wenn nicht, dann warten wir.«

»Ja also … na gut«, erwiderte Louise. »Ich muß nur schnell was anziehen.«

Sie langte hinter sich an ihren Nacken, um ihr Kleid zu schließen, und runzelte die Stirn, als sie den Knopf nicht finden konnte.

»Ich mache das schon«, sagte Barnaby sofort. »Laß mich.« Er sprang zu ihr, nahm ihr den Stoff aus der Hand und versuchte, das Kleid zuzuknöpfen.

»Verdammt.« Er atmete schwer und packte den Stoff mit seinen Pranken fester. »Der ist so klein.«

Louise wollte schon sagen, Herrgott noch mal, Barnaby, gib's her, ich mach's schon selber. Doch dann schloß sie den Mund wieder und ertappte sich dabei, wie sie stumm, mit einer Zärtlichkeit, die an Liebe grenzte, im Spiegel sein ernstes, konzentriertes Gesicht betrachtete.

Beim Zurückgehen schlug Meredith einen anderen Weg ein als auf dem Hinweg. Ganz in Gedanken versunken schritt sie forsch aus und verspürte eben erste Hungergefühle, als sie etwas weiter vorn sah, das sie innehalten, scharf die Luft einatmen und die Fäuste in den Taschen ballen ließ.

Ganz unverkennbar stand dort vor ihr Alexis' eleganter grüner Wagen, sorglos schräg zur Straße geparkt, als hätte sein Eigentümer beim Parken andere Dinge im Kopf gehabt. Unwillkürlich glitten Meredith' Augen vom Auto zu einer schmiedeeisernen Gartentür gleich in der Nähe, die, nachlässig offenstehend, in einen bezaubernden Obstgarten führte und, nur wenige Meter weiter, zur Eingangstür eines hübschen, kleinen Landhauses.

Daisy Phillips' Cottage. Hinter dem beschaulichen Eingang, in irgendeinem verdammten, behaglichen Bettchen, lag Alexis mit Daisy Phillips, einem Mädchen, das vom Alter her seine Tochter hätte sein können.

Meredith verstand ihre Reaktion auf diese Affäre nicht ganz. Als ihr Frances das erste Mal davon erzählt hatte, hatte ihre eigene unbekümmerte Haltung sie selbst erstaunt. »Verdammt!« hatte sie gesagt und ihren Wodka hinuntergekippt. »Schaut so aus, als hätte ich den Anschluß verpaßt.« Und seitdem hatte sie versucht, den Anschein kühler Gleichgültigkeit zu wahren. Sie war sogar der Meinung gewesen, sie hätte es geschafft, sich selbst etwas vorzumachen. Aber jetzt, wo sie Alexis' Auto dort so lässig, so ... vertraut vor Daisys Cottage geparkt sah, merkte Meredith, wie verletzt sie doch war. Ihre kühle, ruhige Fassade bröckelte, und sie atmete schneller. Sie ertappte sich dabei, daß sie sich wie eine gekränkte Fünfjährige fragte: Warum hat er Daisy gewählt? Warum nicht mich? Sie fühlte sich plötzlich heruntergesetzt, übergangen und, was gar nicht ihre Art war, den Tränen nahe.

»Ich bin bedient«, murmelte sie laut, während sie an Alexis' Auto vorbeiging und die schmerzlichen Stiche unter ihren Rippen zu ignorieren versuchte. »Ich bin restlos bedient.«

Als sie die Auffahrt zum Devenish House erreichte, verlangsamte sie ihren Schritt. Unvermittelt überkam sie Furcht, Hugh und Ursula gegenüberzutreten, ein Lächeln und einen fröhlichen Gruß aufbieten zu müssen. Sie holte ein paarmal tief Luft und versuchte, an etwas Positives zu denken, aber innerlich kämpfte sie unerbittlich mit aufwühlenden Bildern von Hugh, Alexis und Simon. Immer wieder wurde sie von ihren Gefühlen überwältigt; für etwas anderes war kein Platz.

So konnte sie unmöglich zu Hugh und Ursula hinein. Eine Weile verharrte sie regungslos auf der Kiesauffahrt und versuchte, nicht in Panik zu geraten, überlegte, wohin sie gehen, was sie tun sollte. Plötzlich sah sie das freundliche Gesicht von Frances Mold vor sich, und einen Augenblick erwog sie, im Pfarrhaus Zuflucht zu suchen, wo sie vor unliebsamen Fragen sicher wäre. Dann erinnerte sie sich daran, daß es Samstagvormittag war. Frances würde in der Kiche mit dem Blumenschmuck beschäftigt sein. Ein ungewohntes Einsamkeitsgefühl beschlich sie. Wo war ihre Selbstgenügsamkeit geblieben? Wo ihre Unabhängigkeit? Ihr Sinn für Humor? Sie biß sich auf die Lippen, fuhr sich durchs Haar und überlegte, ob sie nicht einfach noch mal kehrtmachen und einen weiteren Spaziergang machen sollte. Und dann hatte sie die rettende Idee: Sie würde in ihr Studio gehen und malen. Sie würde malen, bis sie sich von der Besorgnis, dem Schmerz und dem Kummer befreit hatte. Sie würde die destruktiven Gefühle, die ihr so zu schaffen machten, in etwas Positives umwandeln. Sie würde den Augenblick nutzen.

Eilig steuerte sie auf das Studio hinter dem Haus zu, als sie sich daran erinnerte, daß sie die Schlüssel nicht dabeihatte. Ganz gegen ihre Art geriet sie deshalb in Rage.

»Scheiße«, zischte sie und öffnete leise die Tür zum Wintergarten. Sie würde die Schlüssel rasch aus ihrem Zimmer holen und konnte nur hoffen, daß keiner sie dabei hörte. Aber als sie auf leisen Sohlen durch den Wintergarten ging, vernahm sie in der Diele Stimmen. Sie machte halt und überlegte, ob sie den Rückzug in den Garten antreten sollte. Aber das würde ihr auch nicht weiterhelfen. Also öffnete sie nach einem tiefen Atemzug widerwillig die Tür zur Diele.

Doch was sie nun sah, ließ sie innehalten und nach Luft schnappen. Dort, an der Tür, standen Barnaby und Louise Kember und unterhielten sich mit Ursula.

Meredith spürte, wie sie in Erwartung einer Auseinandersetzung ein wenig zurückwich und ihr Herz schneller schlug. Sie blickte rasch zu Ursula, aber die wirkte gelassen. In ihrem hübschen, blauweißen Morgenmantel stand sie bei der Treppe und lächelte Barnaby tatsächlich an. Als Meredith hereinkam, wandte sie sich zu ihr um und strahlte sie an.

»Meredith, Liebes«, sagte sie. »Ich bin so froh, daß du wieder da bist! Die Kembers sind mit ein paar wunderbaren Neuigkeiten hergekommen.«

Meredith starrte Ursula verdutzt an. Vage registrierte sie, daß Louise und Barnaby sich an der Hand hielten.

»Sie ziehen die Klage zurück«, verkündete Ursula. »Sie haben beschlossen, doch nicht vor Gericht zu gehen. Ist das nicht fabelhaft?«

Louise lächelte Meredith zögernd an, die ihren Blick starr erwiderte. Ihre Kehle war wie zugeschnürt; sie war unfähig, etwas zu sagen.

»Uns ist plötzlich klargeworden, daß wir einfach nicht prozessieren können«, sagte Louise hastig. »Aus … aus mehreren Gründen. Wir lassen die Klage fallen. Und wir wollten bloß sagen, wie leid es uns tut, daß sie euch soviel Kummer und Verdruß bereitet hat. Ich hoffe, ihr könnt uns verzeihen.«

Wieder lächelte sie Meredith an.

»Nun, Liebes, ist das nicht großartig?« Ursula strahlte Meredith an. »Hugh wird sich so freuen!«

Mit weißem, angespanntem Gesicht erwiderte Meredith ihren Blick. Sämtliche Gefühle, die in ihr gekämpft hatten, schienen sich in einer riesigen Flutwelle des Zorns zu vereinen.

»Großartig?« brachte sie heraus. »Du findest das großartig?«

Einige Sekunden starrte sie in Ursulas lächelndes Gesicht und versuchte verzweifelt, sich zu beherrschen. Aber dann brach die Welle unvermittelt, und durch ihren Körper brandete ein beängstigender Zorn, den sie nicht zügeln konnte.

»Ihr habt unser Leben ruiniert!« Wie eine Tigerin fiel sie über Louise und Barnaby her. »Ihr habt unser Leben ruiniert, und jetzt habt ihr doch tatsächlich den Nerv herzukommen wie Mr. und Mrs. Happy Couple und zu erwarten, daß wir euch vergeben. Tja, dafür ist es zu spät! Daran hättet ihr denken können, bevor ihr euch entschlossen habt, uns alles zu nehmen. Daran hättet ihr denken sollen, bevor Hugh wegen euch einen Herzinfarkt hatte!«

Sie stürzte auf Louise zu, so daß nur wenige Zentimeter ihre Gesichter trennten.

»Ich werde euch *nie* verzeihen, was ihr Hugh angetan habt«, schnaubte sie. »Glaubt ihr etwa, ihr könnt das wiedergutmachen, indem ihr sagt, daß es euch leid tut? Glaubt ihr das?« Ihre Stimme wurde schrill. »Aber da habt ihr euch getäuscht. Unser Leben wird nie mehr das gleiche sein, und das ist eure Schuld! Das liegt alles an eurer … eurer Gier. Ihr verdient keine Vergebung. Nie!«

Louise trat ein paar Schritte zurück. Sie war blaß und zitterte, und in ihren Augen standen Tränen.

»Meredith!« Ursulas Stimme klang ein bißchen scharf. »Liebes, du weißt ja nicht, was du da redest.«

»Nimm sie nicht in Schutz!« kreischte Meredith. »Laß sie nicht so leicht davonkommen!«

»Also leicht war das nicht!« rief Louise unvermittelt. »Ja gut, wir haben einen Fehler gemacht, und es tut uns leid, aber leicht hatten wir es nicht!«

»Wir tun alles, was wir können, um es wiedergutzumachen«, sagte Barnaby rauh. »Wir zahlen euch die Anwaltskosten, und wir besuchen Hugh...«

»Wir wollen euer Scheißgeld nicht, und wir wollen euch nicht in diesem Haus!« Meredith' Stimme peitschte durch die Diele.

»Meredith!« sagte Ursula. »So darfst du wirklich nicht reden! Tut mir leid«, sagte sie leise zu Louise. »Es hat sie sehr mitgenommen, als Hugh...«

»Entschuldige dich nicht für mich!« brüllte Meredith. Und zum Entsetzen aller brach sie plötzlich in heftiges Schluchzen aus. Barnaby fing Louise' entsetzten Blick auf.

»Entschuldige dich nicht für mich!« rief Meredith wieder und rieb sich wütend die Augen. »Wenn ich dich in Verlegenheit bringe, Ursula, dann gehe ich, aber verzeihen werde ich ihnen nicht. Nie und nimmer.«

Und ohne sie noch einmal anzublicken, wandte sie sich abrupt um und rannte die Treppe hinauf. Als sie um den Treppenabsatz bog, schluchzte sie noch einmal laut auf. Barnaby lockerte seinen Griff um Louise' Hand. Er wirkte erschüttert.

»Es tut mir leid«, begann er mit bebender Stimme. Ursula sah zu ihm auf.

»Ja«, sagte sie schlicht. »Ja, mir auch.«

»Mir war gar nicht klar«, sagte er, »wie zerstörerisch diese Klage war. Und wieviel Schaden wir damit angerichtet haben.« Er sah Ursula flehend an. »Ich weiß einfach nicht, was wir tun können, um das alles wiedergutzumachen«, murmelte er hoffnungslos. »Ich weiß es einfach nicht. Ich wünschte, wir könnten noch mal neu anfangen. Ich wünschte bloß...« Er verstummte, und eine lange, unglückliche Pause entstand.

»Wir sollten gehen«, sagte Barnaby schließlich. »Wir haben euren Vormittag schon genug durcheinandergebracht.« Er nahm Louise' Hand. »Wir bleiben in Verbindung.«

»Nein, geht noch nicht«, bat Ursula. Sie zog ihren Morgenmantel enger um sich und betrachtete die beiden nachdenklich. »Ich denke, wir brauchen alle etwas frische Luft. Laßt uns rausgehen.«

Als sie aus dem warmen, feuchten Wintergarten hinaustraten, wirkte die Morgenluft sauber und rein. Unterwegs holte Barnaby ein paarmal tief Luft und blickte dann zu Louise hinüber. Sie sah immer noch blaß und schockiert aus und schien sein zaghaftes Lächeln nicht erwidern zu können. Im Geist hörte er noch einmal Meredith' bittere Anklagen. Dann glitt sein Blick zu Ursula; ihre Miene schien gesammelt, gelassen, fast heiter.

Plötzlich merkte Barnaby bestürzt, wohin sie gingen.

»Da sind wir«, sagte Ursula leise. Louise und Barnaby sahen einander an. Vor ihnen, im fahlen Sonnenschein, glitzerte der Swimmingpool.

Starr beobachteten sie, wie Ursula sich am Beckenrand niederließ, und machten es ihr gehorsam nach, als sie auf den Platz neben sich deutete. Louise schaute ausdruckslos nach vorn und schreckte zunächst vor dem glänzenden, stillen Pool zurück, vor den Erinnerungen, dem Entsetzen und der Gefahr. Doch das Wasser besaß eine seltsam zwingende Macht. Nach ein paar Minuten ertappte sie sich dabei, wie sie, ohne es eigentlich zu wollen, aus den Schuhen schlüpfte und ihre Füße langsam, einen nach dem anderen, in den Pool tauchte. Das saubere, eisige Wasser stieg langsam ihre Waden hoch, bis ihre Beine knietief drinsteckten.

»Mir war immer klar«, sagte Ursula mit sanfter, fast verträumter Stimme, »daß ihr euch am Ende gegen einen Prozeß entscheiden würdet. Ich wußte es. Ich versuchte, es den anderen zu sagen«, sie lächelte Louise an, »aber die wollten nicht auf mich hören.«

»Bis gestern abend wußten wir es ja selber nicht«, räumte Louise ein.

»Ich aber«, wiederholte Ursula freundlich. Sie fuhr mit der Hand durchs Wasser. »Ich wußte, daß ihr euch schließlich umbesinnen würdet.« Sie blickte Louise selbstzufrieden an.

»Es war mein Brief, nicht wahr?«

»Was?« meinte Louise erschrocken.

»Mein Brief«, sagte Ursula glücklich. »Ich war mir sicher, daß ihr euch anders besinnt, wenn ihr ihn lest – wenn ihr versteht.« Sie strahlte Louise an. »Ich hatte doch recht?«

Louise betrachtete Ursulas argloses Gesicht. Vor ihrem geistigen Auge sah sie blaßblaues Papier, das mit törichter Schnörkelschrift bedeckt und nun als Beweismaterial in Cassians Akten abgeheftet war. Sie biß sich auf die Lippen.

»Nun«, meinte sie schließlich, ohne Barnaby anzublicken. »Ich nehme an, er half, ja. In gewisser Hinsicht.«

»Das wußte ich«, sagte Ursula. Sie seufzte zufrieden und lächelte Louise an. »Und du warst nie wirklich in diesen jungen Mann verliebt, nicht wahr?«

Louise blickte rasch zu Barnaby. Sie spürte, wie sie rot wurde.

»Na ja, nein, nicht so richtig.«

»Na bitte«, sagte Ursula in befriedigtem Ton. »Das wußte ich ebenfalls.«

Louise lehnte sich auf ihre Ellbogen zurück, schloß die Augen und spürte, wie das Wasser beruhigend an ihre Beine schwappte. Ohne nachzudenken, sagte sie: »Ich muß die Mädchen mal zum Schwimmen herbringen.«

Abrupt verstummte sie. Wie ein Silberfaden fuhr eine kleine Spannung durch die Stille.

»Bevor der Sommer zu Ende geht«, fuhr sie tapfer fort. »Bloß, damit…« Sie hielt unsicher inne. »Damit sie nicht…« Sie biß sich auf die Lippen. Eine Brise brachte die Blätter in den nahen Bäumen zum Rascheln, und sie spürte, wie sie an den bloßen Armen eine Gänsehaut bekam.

»Ich finde, das ist eine sehr gute Idee«, sagte Ursula schließlich. Es gab eine Pause, dann fügte sie in hoffnungsvollem, zögerndem Ton hinzu: »Ist es wahr… ist es wirklich wahr, daß Katie wieder zur Schule geht?«

»Ja«, sagte Louise. »Das stimmt. Erst mal nur vormittags, um zu sehen, wie sie damit zurechtkommt. Ihr geht's… ihr geht's jetzt viel besser.«

»Oh, ich freue mich ja so!« Ursulas Stimme zitterte ein wenig. »Ich bin sehr, sehr froh. Wir alle haben immer gehofft und gebetet…«

Geraume Zeit schwiegen sie. Dann erkundigte sich Barnaby mit rauher Stimme: »Wie geht's Hugh?«

»Dem geht's auch schon besser«, erwiderte Ursula. »Viel besser.« Sie lächelte Barnaby an. »Jetzt geht es mit allem wieder aufwärts.«

Louise' Lippen bebten, und sie fing leise zu weinen an. Die Tränen strömten ihr wie Regentropfen über das Gesicht.

»Es tut mir so leid«, sagte sie hoffnungslos. »Ich weiß nicht, was ich sonst sagen soll. Es tut mir leid.«

»Weine nicht«, sagte Ursula sanft, »und leid tun muß es dir auch nicht.« Sie legte ihre warme, pergamentene Hand auf die von Louise. »Sei glücklich«, sagte sie. »Sei glücklich, daß das

Schlimmste jetzt überstanden ist. Wir alle haben das Schlimmste jetzt überstanden.«

Louise seufzte tief auf und umklammerte Ursulas Hand dankbar. Sie sah zu Barnaby auf und lächelte ihn unter Tränen zögernd an. Und die drei saßen in einvernehmlichem Schweigen beieinander und schauten auf das tiefblaue Wasser, das im Sonnenschein glitzerte.

ROBERT JAMES WALLER

Die Wiederentdeckung der Liebe –
vom Autor des Welterfolgs
»Die Brücken am Fluß«

41498

43773

43578

43265

GOLDMANN